D1984320

Aus Freude am Lesen

btb

Buch

Jan Vanderleyden, vierzig Jahre alt und Richter von Beruf, verliebt sich in die Braut eines Angeklagten. Er setzt damit nicht nur seine Ehe aufs Spiel und gefährdet seine Berufsaussichten. Vor allem muß er an der Seite dieser jüngeren polnischen Frau seine Vorstellungen davon, was starke Frauen auszeichnet und wie sie ihre Gefühle leben, von Grund auf revidieren. Mit ironisch geschärftem Blick für das Falsche im Richtigen hat Joseph von Westphalen einen garantiert »unkorrekten« Liebesroman geschrieben, der jedoch die Wünsche und Begierden seiner Figuren ernst nimmt und damit von dem erzählt, was Frauen und Männer tatsächlich aneinander bindet – also von der Liebe, so wie sie ist.

Autor

Joseph von Westphalen lebt als freier Schriftsteller und Journalist in München. Einem größeren Publikum wurde er durch seine Harry-von-Duckwitz-Romane bekannt. Westphalen gilt als einer der scharfzüngigsten, bissigsten und witzigsten Autoren Deutschlands.

Joseph von Westphalen bei btb

Das Zeitalter der Eidechse. Roman (72860)
So sind wir nicht! Elf deutsche Eiertänze (73008)
Der Liebessalat. Roman (73148)

Joseph von Westphalen

Die Memoiren meiner Frau

Roman

btb

FSC
Mixed Sources
Product group from well-managed
forests and other controlled sources

Cert no. GFA-COC-1223
www.fsc.org
© 1996 Forest Stewardship Council

Verlagsgruppe Random House FSC-DEU-0100
Das für dieses Buch verwendete FSC-zertifizierte Papier *Munken Print*
liefert Arctic Paper Munkedals AB, Schweden.

1. Auflage
Genehmigte Taschenbuchausgabe Juli 2007,
btb Verlag in der Verlagsgruppe Random House GmbH, München

Umschlaggestaltung: Design Team München
unter Verwendung eines Fotos von getty images
Satz: IBV, Satz- und Datentechnik GmbH, Berlin
Druck und Einband: Clausen & Bosse, Leck
KS · Herstellung: BB
Made in Germany
ISBN 978-3-442-73648-5

www.btb-verlag.de

1

Jan Vanderleyden betrachtete unzufrieden den Aktenordner auf seinem Schreibtisch. Es war vielleicht ein bißchen übertrieben gewesen, Untersuchungshaft anzuordnen. Was lag schon groß vor? Ein Pole, der Polizei kein Unbekannter, aber nicht vorbestraft, gültige Aufenthaltsgenehmigung, stiehlt ein Auto und wird schon zwei Stunden später geschnappt. Der funkelnde Neuwagen war mit einem Sender ausgestattet. Serienmäßig bei diesem Spitzenmodell. Ein wirklicher Profi hätte das gewußt, hätte den Antidiebstahlpeilsender eins, zwei, drei lahmgelegt, wäre mit dem Schlitten quer durch die Republik über die offenen Grenzen nach Polen gefahren, und weg wäre das Auto gewesen.

Der Mann hatte eine Verlobte mit festem Wohnsitz und fester Anstellung. Kein Grund also, ihn gleich einzusperren. Der junge Staatsanwalt aber hatte derart schneidig von Bandenkriminalität und Fluchtgefahr gesprochen, daß Jan nichts anderes übriggeblieben war. Sicher ist sicher. Vielleicht war der Pole ja wirklich ein Teil eines größeren kriminellen Räderwerks. Jetzt kam eben die übliche Leier: Ein Anwalt würde auftauchen und behaupten, daß sich die Untersuchungshaft nicht länger begründen läßt, der Staatsanwalt kommt mit seiner Klageschrift und spricht von Verdunkelungsgefahr und hinreichenden Tatverdachtsmomenten und ermittelt drauflos, um die Grundlage für das Gerichtsverfahren zu schaffen, das irgendwann als ein weiteres von den über hundert Verfahren pro Jahr auf einen der Richterkollegen oder auch auf Jan selbst zukommen würde.

»Nur eine Probefahrt«, hatte der Pole bei seiner Festnahme gesagt. Nicht ganz unwitzig. Als er dem Gericht vorgeführt wurde und entschieden werden mußte, ob man ihn bis zur Gerichtsverhandlung auf freiem Fuß lassen oder in Untersuchungshaft nehmen sollte, hatte Jan sich im Zuge des üblichen Identifikationsklimbims um die Aussprache des komplizierten polnischen Familiennamens bemüht: »Sagen einfach Marek«, sagte der Mann, »geht in Ordnung.« Er sprach mit starkem Akzent und sehr gebrochen. Es war ein freundlicher Vorschlag, als wolle er Jan das Lernen der korrekten Aussprache seines Namens nicht zumuten, als lohne sich das nicht. Jan war nicht sicher, ob er darauf eingehen sollte. Am Ende würde der Bursche ihn Jan nennen und duzen. Das hatte er einmal bei einem Kroaten erlebt. Als ahnte er diese Befürchtungen, sagte Marek, »Marek paßt schon, Herr Richter. Oder Marek X. Im Westen Freunde sagen Marek X. Marek X wie Malcolm X.«

Jan staunte: »Sie kennen Malcolm X?«

»Logo«, sagte Marek, »Neger.«

Jan zuckte zusammen und erklärte kurz, daß der Freiheitskämpfer der Afroamerikaner nicht nur ein Held, sondern auch ein Krimineller gewesen war. »Leider!«

»Weiß das, Chef«, sagte Marek.

Die beiden Polizisten sahen auf die Uhr.

»Sie kommen in Untersuchungshaft, weil wir Ihnen die Probefahrt nicht glauben«, sagte Jan, »der Staatsanwalt wird eine Klageschrift vorlegen.«

Marek hörte nicht zu oder verstand nicht. Wie sollte er Worte wie »dringender Tatverdacht« und »Verdunkelungsgefahr« verstehen. Ein Rechtsanwalt interessierte ihn offenbar nicht. »Bitte Briefpapier«, sagte er.

Jan war korrekt. Er klärte ihn auf: »Ich bin Ihr Richter. Untersuchungsrichter. Ermittlungsrichter. Sie können schreiben, soviel Sie wollen. Briefe, die Sie schreiben, und Briefe, die Sie bekommen, werden von mir gelesen. Kontrolle. Verstehen Sie. Zensur.« Er lächelte, um das Diktaturenwort abzumildern.

»Kontrolle egal«, sagte Marek. Er trug immer noch Handschellen. Als Jan Vanderleyden an dieses Gericht kam, damals aus dem Justizministerium ohne große Praxiserfahrung, hatte er eingeführt, daß Tatverdächtigen, die man ihm vorführte, diese entwürdigenden Handschellen abgenommen wurden. Prompt hatte ein Dealer den freundlichen, pensionsreifen Streifenbeamten mit einem Schlag zu Boden gestreckt und war am fassungslosen Jan vorbei aus dem Fenster des ersten Stocks auf ein Garagendach gesprungen. Erst österreichische Kollegen schnappten ihn Wochen später an der Grenze zu Slowenien. Seitdem wurden ihm die Festgenommenen wieder in den üblichen Handschellen vorgeführt. »Nehmen Sie Herrn Marek X die Handschellen ab«, sagte Jan zu den erstaunten Polizisten, »ich verantworte das.«

Marek war nicht aus dem Fenster gesprungen. Er hatte die Polizisten nicht niedergeschlagen. Er hatte höflich gedankt, und Jan konnte sich plötzlich vorstellen, ihn in seiner Zelle zu besuchen und eine Partie Schach mit ihm zu spielen.

Es klopfte an der Tür.

»Herein!«

Es war Valerie. Neu hier auf der Geschäftsstelle, und wie es aussah, eine echte Verwaltungsperle. Sie hieß mit Nachnamen Tugendreich, aber »Frau Tugendreich, das muß nicht sein, wenn man als Sekretärin bei einem Gericht arbeitet«, hatte sie gesagt.

»Es ist fünf. Ich gehe, brauchen Sie mich noch?« fragte sie jetzt.

Jan schüttelte den Kopf.

»Ade«, sagte Valerie. Sie sagte nicht »tschüß«, nicht »ciao«, nicht »auf Wiedersehen«, nicht »bis morgen dann« und auch nicht »schönen Abend noch«. Ade – drei simple, sympathische, überzeugende Buchstaben.

Seitdem Valerie hier war und »Ade« sagte, hatte Jan Vanderleyden auch Lust, »Ade« zu sagen. Anfangs hatte er es sich verkniffen. Es kam ihm äffisch vor. Es war die Grußformel einer Geschäftsstellenverwalterin, wie das auf Amtsdeutsch hieß. Diese Grußformel zu übernehmen, hatte etwas Anbiederndes. Aber es hatte auch etwas Entgegenkommendes. Als ihm das einfiel, sagte auch Jan Vanderleyden »Ade«. Selbst seine Frau Elisa hatte angefangen, ihr affektiert gedehntes, schickeriahaftes, pseudo-originalitalienisches »Ciao« durch das südwestdeutsche »Ade« zu ersetzen.

Elisa würde erst am Sonntag zurückkommen. Sie hatte ihn gebeten, genügend Getränke zu besorgen. Säfte. Bitte Bio. Keine Cola. Die beiden Söhne wollten das Wochenende nicht im Internat verbringen. Sie würden am Freitag abend kommen. Heute war Donnerstag. Heute konnte Jan Vanderleyden, wie meistens, nach Hause kommen, wann er wollte. Und er wollte noch nicht. Er arbeitete gern.

Der wirklich unangenehme Typ war der Autobesitzer gewesen. Seine Aufregung über den gestohlenen Wagen wirkte ebenso unecht wie sein Stolz, als der Wagen hundert Kilometer vom Ort des Diebstahls vor einer Imbißbude geortet werden konnte.

Leute, die sich Luxuslimousinen kauften, mochte Jan Vanderleyden nicht. Durchaus vorstellbar, daß Versicherungsbetrug dahintersteckte. Alle hackten auf der Ostblockmafia herum. Es wäre zu schön, wenn es sich um einen Ring von durchweg deutschen Schnöseln handeln würde, die sich ihre vollversicherten Neuwagen von polnischen Ganoven klauen lassen, um bei der Versicherung zu kassieren. Vielleicht war Marek eine kleine miese Nummer in einem großen Netzwerk. Es gab Hinweise, daß die Diebe als Gegenleistung die Autobesitzer mit frisch und illegal aus den Ostländern eingeschleusten Mädchen für den Aufwand entschädigten, der allein darin bestand, den Schaden anzuzeigen und bei der Versicherung zu melden.

Jan Vanderleyden war mit Anfang Vierzig als Richter am Amtsgericht gut im Rennen. Er war Realist. Aber auch Realisten haben Träume. Seine Karriere war nicht steil verlaufen, aber immer schön stetig nach oben gegangen, und es gab Aussichten, noch ein gutes Stück höher zu kommen. Präsident des Landgerichts in näherer Zukunft, das war nicht utopisch. Auch Oberlandesgericht war denkbar. Die Universitätskarriere hatte er verpaßt.

Irgendwann mußte Schluß sein mit diesen kleinen Gerichtssälen, diesem stumpfsinnigen Verhandlungsritual, diesen ewigen Belehrungen der Befragten, die die Wahrheit und nichts als die Wahrheit sagen sollten. Vielleicht kam auch ein Posten im Ministerium in Frage. Die brauchten auch immer mal einen Richter ohne Parteibuch. Wenn er noch zwei oder drei Jahre hier weiter an der Front arbeitete, könnte es soweit sein.

Zwischen all dem straf- und zivilrechtlichen Alltagsdreck wie Fahrerfluchten, Steuerhinterziehungen, Scheidungen, Kündigungsklagen gab es immerhin auch Gerichtsverfahren, bei denen man als ehrgeiziger Richter Gelegenheit hatte, mit geschickter Verhandlungsführung zu glänzen und mit unerwarteten Urteilen aufzufallen.

Daß er vor einiger Zeit einem Baulöwen zwei Jahre Haft ohne Bewährung aufbrummen konnte, obwohl einflußreiche Freunde von ihm im Stadtrat saßen, war von der Presse mit Hochachtung und von den Kollegen mit Staunen bemerkt worden. So perfekt war das Urteil, daß es im Berufungsverfahren voll bestätigt wurde. Ein stiller Triumph. Gar nicht still war vor Jahren der Streit Frauenhaus gegen Stadtverwaltung verlaufen. Das war damals durch alle Zeitungen gegangen. Der konservative Stadtrat hatte dem Frauenhaus die Mittel streichen wollen, weil er kein Frauenhaus haben wollte. Weil er keine Lust hatte auf eine Villa in bester Lage voller von ihren Männern traktierter Frauen. Weil diese Frauen heute nicht mehr aussahen wie mitleiderregende Madgalenen und von Dr. Heinrich Faust verführte und geschwängerte und dann doch noch gerettete Gretchen, sondern wie Besucherinnen von Rockkonzerten, die mit offenem Mund Kaugummi kauten. Nach Jan Vanderleydens unanfechtbarem Donnerurteil mußte die Stadt das Frauenhaus noch höher bezuschussen als zuvor.

Dieses Urteil hatte ihn ein paar Wochen lang zum Liebling aufgeschlossener Frauenzeitschriften werden lassen. So hatte er Elisa kennengelernt. Elisa, den Liebling der Nation und all ihrer Frauenzeitschriften, der Liebling eines Fernsehmillionenpublikums, mehrfach mit dem Titel »Schauspielerin des Jahres« gekürt. Als sie auf einem Höhepunkt ihrer Karriere, dem ständig weitere Höhepunkte folgten, einen aufrechten aber doch unglamourösen Richter heiratete, machte sie das noch beliebter und für alle halbwegs feministischen Frauen und Männer endgültig zu einer der ihren. Zwei Söhne hatte sie mit in die Ehe gebracht, Alex und Elias. Irgendwann würden auch diese Faulenzer ihr Abitur schaffen, die nach Ansicht von Elisa wenigstens am Wochenende keine Cola und kein Fastfood zu sich nehmen sollten.

Es war an der Zeit, wieder einmal mit einem schönen, sauberen Gerichtsverfahren in Erscheinung zu treten. Das war er sich und seiner Karriere schuldig. Das war er auch Elisa schuldig. Die Frau, über die ständig in der Presse berichtet wurde, auf deren Ansichten soviel Wert gelegt wurde, daß es in einer Frauenzeitschrift seit Jahren schon eine Rubrik »Elisas Nachttisch« gab, wo Elisa den Leserinnen mitteilte, welche Bücher stets griffbereit neben ihrem Bett lagen und in den Morgenstunden von ihr verschlungen wurden. Jan, der ihren Nachttisch kannte, auf dem nie etwas anderes zu sehen gewesen war als ein Glas Wasser, ein Wecker und eine Schachtel Kopfwehtabletten, hatte Elisa nie auf diesen Widerspruch hingewiesen. Es beruhigte ihn, daß Elisa weniger ideal war als ihr Image, an dem er nicht rühren wollte. Sie nannte ihn oft »Jan der Gerechte« oder »mein Apostel«. Er litt ein wenig unter diesem neckischen Titel und wollte ihn nicht mit kritischen Hinweisen auf Elisas kleine Lügen bestätigen. Die Kinder nannten ihn, weil er gern Sport trieb, »Turnvater Jan«.

Zwei Tage, nachdem Marek friedlich in seine Zelle gebracht worden war, vertiefte sich Jan Vanderleyden in einen seltsamen Brief, den Marek an seine Verlobte geschrieben hatte, und in deren ebenso seltsame Antwort.

Also doch! Also hatte der junge Staatsanwalt doch den richtigen Riecher gehabt! Beide Briefe waren hochgradig konfus, scheinbar ohne Sinn und Verstand abgefaßt, und das konnte doch nur bedeuten: Hier wurden getarnt kriminelle Informationen ausgetauscht. Marek legte Wert darauf, einen einfältigen Eindruck zu machen, war aber mit allen Wassern gewaschen. Offenbar versuchten er und seine Braut auf diese Weise, verschlüsselte Informationen weiterzugeben. Wie gut, daß Jan mißtrauisch genug gewesen war und diese Briefe las. Manche Kollegen hielten das Kontrollieren der Korrespondenz der Untersuchungshäftlinge für pure Zeitverschwendung.

Das blanke Stehlen einer hochversicherten Luxuslimousine war eine strafbare Handlung, aber moralisch nicht besonders verwerflich. Mit so einem Edelauto wurde später der Geltungstrieb korrupter Ostblock-Mafiosi bedient, die so ohne Wartezeiten zu ihrem neuesten Mercedes-Modell kamen, aber geschädigt wurden weder die versicherten Besitzer noch die Versicherungen, die diese Auszahlungen in ihren Tarifen einkalkuliert hatten. Man konnte die Sache mit dem Witz abtun, daß für die Auftragsbücher der Autoindustrie und für deren Arbeitsplätze solche Diebstähle eher positiv waren. Aber nach diesen eigenartigen Briefen sprach einiges für die Vermutung des Staatsanwalts, Marek X könne möglicherweise nicht nur mit Autodiebstählen, sondern auch mit Drogenhandel und Menschenschmuggel zu tun haben, und da hörte der Spaß auf.

Jan Vanderleyden spürte, wie er wieder einmal nach einem Sieg über das Böse, Verkommene, Korrupte dürstete. Deswegen war er schließlich Richter geworden. Man vergaß das Ideal im Gerichtsalltag. Er freute sich, daß ihm dieses Ideal noch etwas bedeutete. Er freute sich über seine Träume von der Gerechtigkeit und über seine Eitelkeit. Alles Lebenszeichen. Er wollte wieder einmal in der Zeitung lesen, daß die Welt ein Morast sei, daß man aber nicht alle Hoffnung aufgeben müsse, solange es einen Richter wie Jan Vanderleyden gäbe, der mit seinem harten und gerechten Urteil einen dieser Sümpfe trockengelegt habe. Dazu das Photo einer ganzen Gruppe von Luxuslimousinenkriminellen, die in Handschellen abgeführt werden und gebückt in den Bus steigen, der sie in die Haftanstalt fahren wird.

Jan wollte es seiner berühmten Frau zeigen. Ein schallendes Gerichtsurteil war etwas anderes als dieses Empfehlen von Büchern, die man nicht gelesen hatte. Noch gab es nichts als den Verdacht. Noch konnte Marek, der selbsternannte Probefahrer eines 150-Tausend-Euro-Schlittens, dem es immerhin gelungen war, die elektronische Wegfahrsperre auszuschalten, auch ein Einzeltäter sein. Doch wenn man diese Briefe mit den Vermutungen der Staatsanwaltschaft verglich, dann konnte man nicht mehr ausschließen, mit diesem Untersuchungshäftling das Ende eines Fadens in der Hand zu halten, an dem sich mit Glück und Ermittlungsgeschick sehr viel Dreck zutage fördern lassen würde. Wenn nicht alles täuschte, war hier nicht nur Hehlerei und Versicherungsbetrug in großem Ausmaß im Spiel, sondern sogar Handel mit Frauen und Internetpornographie. Einige Stellen in diesen Briefen schienen darauf hinzudeuten. Und wenn es etwas gab, das Jan der Gerechte haßte und bekämpfen wollte, dann war es Internetpornographie und moderne Frauenversklavung. Keine Gnade! In den Kerker mit den Bestien. In diesem Punkt herrschte zwischen ihm und Elisa eine geradezu heilige Einigkeit.

Dieser Schlag gegen die Schweinerei wäre auch ein Geschenk für Elisa.

Elisa hatte immer weniger Zeit für ihn und die Familie. Dabei versuchte sie nicht ungeschickt, Jan weiszumachen, daß er es sei, der zuwenig Zeit für sie habe. Das war nicht richtig, aber Jan nahm den Vorwurf stellvertretend für all die Männer an, für den er gelten mochte. Frauen, fanden Frauen wie Elisa, und das fand auch Jan, waren noch immer maßlos benachteiligt, Männer nahmen ihnen die Jobs weg, hatten keine Zeit für sie und waren schwanzfixiert. Nieder mit der Phallokratie.

Die polnischen Originalbriefe hatten übersetzt werden müssen, von einer liebenswerten 85jährigen ehemaligen Warschauer Ballerina, die immer noch Chopin spielen konnte und die vom Gericht beschäftigt wurde, wenn es Bedarf an polnischen Übersetzungen gab. Ihr Familienname war im Gegensatz zu Mareks leicht auszusprechen: Pisareva. Sie wurde aber nur »Ballerina« genannt. Das kam Jan entgegen, der sich auch eingängigere Namen schlecht merken konnte und dazu neigte, das polnische Pisareva zu einem eher italienischen Pisavera zu verdrehen.

Die Ballerina war nicht taub, nicht lahm, nicht blind. Das Inbild der Hoffnung auf ein Alter in Würde und Rüstigkeit. Rauchend ohne Raucherbeine und Lungenkrebs. Neben ihrer polnischen Muttersprache konnte sie Russisch, Tschechisch, Slowakisch – und wenn polnische, russische, tschechische oder slowakische Tatverdächtige vernommen wurden, zogen Gericht und Staatsanwaltschaft die Ballerina als Dolmetscherin hinzu. Es gab Stimmen, die ihre Übersetzerqualitäten in Frage stellten, aber ihre Dienste waren vergleichsweise billig, und auch ein Gericht sollte sparen. Sie hatte immer Zeit und stand wie ein Notarzt auch für einen plötzlichen Termin zur Verfügung. Sie rauchte, was zwar in den meisten Räumen des Gerichts nicht erlaubt war, aber einer älteren Dame konnte man das nicht verbieten. Auch bot sie den Beschuldigten und Verdächtigten Zigaretten an und löste mit dieser Geste häufig ihre Zungen. Nach dem Kriegsende hatte es sie als junge Frau 1945 in den Westen verschlagen, hier war sie jahrzehntelang Sekretärin eines mittelständischen Unternehmers gewesen, hier war sie Bridge und Chopin spielend alt geworden. Je durchlässiger die Grenzen zu den Ostblockstaaten geworden waren, desto mehr Kriminelle aus ehemaligen Ostblockländern es gab, um so mehr hatte die Ballerina zu tun. Zu ihrer Rente verdiente sie gut dazu.

Sie war schon bei Jan und Elisa zu Gast gewesen. Als Elisa von ihr gehört hatte, hatte sie auf eine Einladung gedrungen. Elisa war eine starke Frau, und sie interessierte sich für andere starke Frauen. Es gab schließlich nicht nur blöde, sondern auch gute Frauenzeitschriften und gute Fernsehtalkshows, und da konnten gar nicht genug starke Frauen vorgestellt werden. Frauen mit Geschichte. Frauen, von denen man lernen konnte. Elisa war begeistert von der Ballerina: Was für eine originelle und respektable Erscheinung. Sie hatte den Charme und das dunkle Geheimnis einer Emigrantin. Man hätte sich nicht gewundert, wenn es da eine Vergangenheit im Warschauer Ghetto gegeben hätte, über die sie nicht sprechen wollte. »Vielleicht war sie Widerstandskämpferin«, flüsterte Elisa, als die Ballerina sich auf der Toilette die Lippen nachzog, wagte aber nicht nachzufragen. Der Abend war zu angenehm, um an alten Wunden zu rühren. Elisa kannte jeden seriösen Fernsehlieblingstalkmaster und erst recht jede seriöse Fernsehlieblingstalkmasterin, und natürlich jede seriöse Frauenzeitschriftenchefredakteurin der Nation. Als sie die Ballerina fragte, höflich, aber eine Spur zu laut für eine nicht schwerhörige Frau, ob sie Lust habe auf eine Einladung zu einer Talkshow, die sie ihr vermitteln könnte, wehrte die Ballerina brüsk ab. Als die Ballerina ging, entzog sie sich streng Elisas Küssen, was diese aber nur toll fand. Wie stolz! Wie unvereinnehmbar, die alte Dame!

Für Irritationen hatte dann eine Gerichtsreferendarin gesorgt. Die Ballerina war zum Dolmetschen eines wegen Vergewaltigung angeklagten russischen Zuhälters bei strömendem Regen ins Gericht gekommen, und als sie ihren tropfenden Schirm ausschüttelte und die durchsichtigen Plastik-Überstiefelchen abstreifte, die schon seit Jahrzehnten aus dem Straßenbild verschwunden waren, sagte sie, während sie zu ihrer Zigarettenschachtel griff: »Kinder, das regnet ja wie auf den toten Juden.« Sie hatte das schon des öfteren gesagt, wenn sie bei Regen gekommen war, aber man hatte es für Schnoddrigkeit gehalten oder halten wollen. Jetzt war eine neue hellhörige Gerichtsreferendarin zugegen, und die zuckte zusammen

»Wie bitte?« Sie wollte etwas über die Herkunft der perfiden Redewendung wissen.

»Haben wir damals in Polen gesagt«, war die Antwort.

Die Referendarin wollte mehr wissen: »Wann? Vor 1939 oder nach 1939?« Und als die alte Dame, die sonst noch sehr gut hörte, jetzt nicht verstand: »Bevor die Nazis Polen überfielen oder danach?«

Die Ballerina schüttelte verärgert den Kopf: »Was heißt Nazis. Es waren deutsche Soldaten.«

Die Referendarin ließ nicht locker. Sie hatte ein historisches Interesse: War dies eine Redensart des gemeinen polnischen Antisemitismus oder war es ein Naziausdruck? KZ-Sprache? Auschwitz? Verbrecherische Wehrmacht? Die Ballerina wurde ärgerlich: »Was wollen Sie von mir! Was weiß ich. Vielleicht steht es in der Bibel.«

Man fragte auch jetzt nicht näher nach. Die unerbittliche Referendarin, die doch lernen sollte, wie man Entwürfe zu Urteilen schreibt, war noch sechs Wochen im Gericht und bekam in der Zeit heraus, daß die Ballerina als Geliebte eines Stabsoffiziers der deutschen Wehrmacht die Kriegsjahre in Berlin verbracht hatte, und zwar in Saus und Braus. Auch diese Nähe zu den Tätern war eine Wunde. In der wollte man, als die Referendarin gegangen war, nicht weiter wühlen. Daß eine junge polnische Ballerina sich in einen Offizier der feindlichen Armee verliebt, die soeben ohne jede Vorwarnung das eigene Land überfallen hat, war keine Geschichte, die man gerne hörte.

Die Ballerina hatte die Korrespondenz von Marek und seiner Verlobten übersetzt und mit einer alten Schreibmaschine zu Papier gebracht. Schief und krumm waren die Worte getippt, die Jan so überaus verdächtig vorkamen. Eine Mischung aus Autofahrerromantik und Naturlyrik, die seiner Ansicht nach jede Menge kriminelle Informationen enthielt.

Er rief die Ballerina an.

»Störe ich?«

»Ach was!« sagte sie und machte den Fernseher leiser.

Daß jemand, der Chopin spielt, sich am Nachmittag Fernsehtalkshows ansieht, fand Jan enttäuschend. Er sagte: »Ich rufe an wegen der Briefe. Marek an seine Verlobte und sie an ihn. Sie haben diese Briefe übersetzt.«

»Ja?« fragte die Ballerina. Es war nicht nötig gewesen, sie daran zu erinnern.

»Etwas ungewöhnlich, diese Briefe«, sagte Jan.

Die Ballerina hustete. Ein Raucherhusten, mit dem man erfolgreicher gegen das Rauchen vorgehen könnte als mit allen Warnsprüchen. »In der Tat!« sagte sie dann, befreit und erschöpft, »ungewöhnliche Briefe.«

Jan fragte, ob es ihr nicht auch ein wenig verdächtig vorgekommen sei, wie da ein Untersuchungshäftling in vollen Tönen von der Natur schwärmte. Er las einzelne Sätze vor: »Ich werde sicher bald entlassen werden. Wir werden den Sommer noch gemeinsam genießen und spazierengehen, wenn das Korn hoch steht. Wir lieben beide die reifen Maisfelder!« Das seien sehr ungewöhnliche Aufwallungen für einen Kriminellen, sagte Jan. Und auch für eine Braut, die ihrem Ganoven, einem Mann mit plattgeboxter Nase, darauf antwortet:

»Ich sehne mich danach, mit dir Kahn zu fahren, am Schilf entlang, ah« – auch das sei doch nicht recht vorstellbar. »Da stimmt etwas nicht«, sagte Jan.

»Wir Polen sind ein poetisches Volk«, sagte die Ballerina.

»Und dann wieder das«, sagte Jan und zitierte: »Wir müssen die Zylinder schleifen … Die Automatik funktioniert einwandfrei … Die Kolbenringe der X-Klasse halten auch hochtourige Beschleunigung aus …«

»Wollen Sie meine Übersetzung anzweifeln?« fragte die Ballerina.

Jan beschwichtigte sie höflich: »Ich bitte Sie, Ballerina! Aber: Der Mann hat eine Luxuslimousine gestohlen, und ich habe den Verdacht, daß er nur Teil einer Bande ist. Es geht darum, ob diese Briefe Hinweise enthalten. Was ich Sie fragen will, ist: Halten Sie es für möglich, daß dies eine Art Geheimsprache ist, daß diese Maisfelder und Kahnfahrten in Wirklichkeit etwas anderes bedeuten. Sie kennen das polnische Original. Gibt es da einen Unterton. Könnte da etwas zwischen den Zeilen stehen. Vielleicht heißt das: Die Mercedesse der S-Klasse sind in der Scheune hinter dem Maisfeld versteckt. Heroin im Reservereifen.«

Die Ballerina schwieg. Ihr Atem war zu hören. So gesund, wie sie wirkte, war sie wohl nicht.

Jan fuhr fort. »Hier ist wieder vom Ölverbrauch die Rede, von roten Ledersitzen, von Garagen, Spritzpistolen …. Das Ganze deutet dringend auf eine kriminelle Organisation hin. Es verschwinden schließlich in Deutschland täglich Dutzende von teuren Autos.«

»Und?« fragte die Ballerina – und zwar so trocken, als sei sie selbst ein Teil der Bande.

Jan schwieg.

»Brauchen Sie mich noch?« fragte die Ballerina. Jan hörte, wie sie sich wieder eine Zigarette anzündete. Das Klicken ihres altertümlichen silbernen Feuerzeugs, gegen das alle Nichtraucher im Gericht machtlos waren.

Jan gab es auf. Er hatte die Ballerina noch fragen wollen, was ihrer Ansicht nach mit unvermittelten Wendungen wie »jung ist der Strich der Straße« und »gefesselte Träume in den Koffern junger Mädchen« gemeint sein könne. Die poetischen Polen in Ehren, aber das roch ja nun wirklich ungut nach Zwangsprostitution von Minderjährigen. Sollten die Ganoven Autos der Luxusklasse klauen und umspritzen, aber Mädchenhandel mußte hart bestraft werden.

Nun kam es darauf an, rasch eine zweite, zuverlässige Übersetzung anfertigen zu lassen und sie dann mit der der Ballerina zu vergleichen. Wenn sich Marek einen guten Anwalt nahm, der Haftverschonung beantragte, dann fehlten dem Gericht die Argumente. Der Staatsanwalt hatte im Augenblick nur einen sehr vagen Verdacht. In seiner Funktion als Ermittlungsrichter konnte Jan im Augenblick nicht mehr tun, als Marek wegen des Verdachts auf Bandenkriminalität weiter in Untersuchungshaft zu lassen, auf einen trägen Rechtsanwalt und eine rasch arbeitende Staatsanwaltschaft mit vorzeigbaren Ermittlungsergebnissen zu hoffen.

Am Wochenende würde nichts passieren. Am frühen Nachmittag des Freitags brachte ihm Valerie einen weiteren Brief von Marek an seine Verlobte und einen Brief der Verlobten an ihn. Jan starrte auf die unbegreiflichen polnischen Worte. Immerhin bestanden sie aus lateinischen Buchstaben. Kyrillisch oder Arabisch wäre noch unbegreiflicher gewesen. Jan stellte sich ein Dutzend inhaftierter Tatverdächtiger aus den verschiedensten Ländern vor, die alle Briefe schrieben. Eine Posse. Er sollte Erich davon erzählen. Erich war ein älterer Kollege am Gericht in Mainz. Er hatte nicht mehr lang bis zur Pension. Ein witziger Typ. Sehr souverän. Einer der wenigen selbstironischen Achtundsechziger. Verkünderstimme. Seine Urteile waren Baßarien. Das Fernsehen hatte ihm Angebote gemacht. Manche Kollegen ließen sich vom Fernsehen kaufen und spielten in diesen Gerichtsserien, die unbegreiflicherweise an jedem Nachmittag mehrfach ausgestrahlt wurden, und verdienten das Zehnfache von dem, was sie bei Gericht verdient hatten. Erich spielte gern Theater, aber er wollte nicht Geld damit verdienen. Er wollte nicht berühmt werden. Er wollte Witz und Niveau. Er hatte eine Laienspielgruppe gegründet. Richter spielten in Gerichtsstücken Richter, Anwälte, Angeklagte und Polizisten. Die Stücke schrieben sie selbst. Genauer: setzten sie aus kuriosen wirklichen Fällen zusammen. Erich hatte Jan schon des öfteren gebeten: Sei kein Frosch, mach mit oder steure wenigstens etwas bei. Jan war nie etwas eingefallen. »Ich habe keine Phantasie.« Jetzt notierte er: »Die Verwirrung. Ein Stück. Ort der Handlung: Landgericht. Erster Akt: Die Sprachverwirrung. In Folge der Globalisierung sitzen ein Dutzend Verdächtige aus allen möglichen Ländern in U-Haft. Sie alle schreiben Briefe auf Russisch, Persisch, Indisch, Japanisch, Chinesisch und Koreanisch, die übersetzt und von Untersuchungsrichtern kontrolliert werden müssen. Das Gericht bricht zusammen.« Jan schrieb dazu: »Lieber Erich, vielleicht kannst Du damit etwas anfangen.«

Auch Jan hatte schon Angebote bekommen, den Fernsehrichter zu spielen. Das würde der Klatschpresse so passen. Ein Fernsehstar in der Familie reichte. Jans geregelte, unspektakuläre Tätigkeit als Richter war der ideale Ausgleich für Elisas Prominentenleben, und sie wurde nicht müde, immer wieder öffentlich ihre Ehe zu preisen »mit einem ganz normalen Richter in der Provinz«, sagte sie, was Jan etwas übertrieben bescheiden fand. So prominent wie Elisa war, hätte ein Mann zu ihr gepaßt, fand Jan manchmal, der ein einsames As in seinem Beruf war. Jüngster Richter am Verfassungsgericht. Etwas in der Art.

2

Jan sollte sich mit etwas anderem befassen als mit einem polnischen Kriminellen. Vielleicht nahm er es zu genau. Die Anklageschrift des Staatsanwalts schien dicht genug zu werden, um diesen Marek noch eine Weile in Untersuchungshaft zu halten. Wozu noch all diese Briefe prüfen. Das brachte nur Arbeit. Es gab genügend Verfahren, die dringend vorangebracht werden mußten. Andererseits: Wenn der Bursche Glied einer organisierten Bande war und über seine Verlobte Botschaften nach außen sendete, konnte es nicht schaden, dem nachzugehen. Mit den Übersetzungen der Ballerina war nichts anzufangen. Die Briefe mußten noch einmal übersetzt werden.

Jan rief einen Richterkollegen an. Der war schon nicht mehr im Gericht. Freitag drei Uhr. Er versuchte es bei ihm zu Hause.

»Muß das sein«, sagte der Kollege, »ich höre gerade eine neue CD.«

»Nur ganz kurz«, sagte Jan, »du hast doch eine polnische Putzfrau, eine Studentin.«

»O Gott«, sagte der Kollege, »ich beschäftige sie schwarz, was willst du für dein Schweigen haben.«

»Im Ernst?« fragte Jan.

»Im Ernst was?«

»Im Ernst schwarz?«

»Was glaubst du denn!«

»Du spinnst«, sagte Jan.

»Jan der Korrekte«, sagte der Kollege, etwas gereizt. »Was willst du von ihr?«

»Eine Übersetzung. Kann sie das?«

»Was ist mit unserer Ballerina?«

Jan berichtete dem Kollegen von seinen Schwierigkeiten mit der Ballerina.

»Mach doch keinen solchen Wirbel«, sagte der Kollege. Es war ein Rat. Eine Bitte. Dann gab er ihm die Nummer der Studentin. Dem Ehemann des Lieblings der Nation konnte kein Mensch eine Bitte abschlagen. »Vorsicht, sie sieht gut aus«, sagte der Kollege. Jan konnte solche Sprüche nicht leiden. »Männer!« sagte Elisa angewidert, wenn Bemerkungen dieser Art gemacht wurden. »Schlüpfrig«, wenn nicht sogar »sabbernd« fand sie das. Jans Urteil war nicht ganz so streng, aber in der Sache war er ihrer Meinung. Er hielt diese typisch männlichen Hinweise für pubertär.

Am späteren Nachmittag besuchte Jan Marek in der Zelle. Marek schrieb. »Wie geht es?« fragte Jan.

»Geht schon«, sagte Marek. Immer wieder erstaunlich, wie sich ein stumpfes, derbes Gesicht durch ein Lächeln verändern konnte.

»Sie wollen sich noch immer selbst um einen Anwalt kümmern«, fragte Jan.

»Ja, ja.«

»Soll das Gericht Ihnen einen Pflichtverteidiger bestellen?«

»Nein, nein.«

»Hier habe ich Post für Sie«, sagte Jan und reichte Marek den Brief. »Geöffnet, Sie wissen, wir müssen das lesen.« Er sah ihn so scharf und wissend an, wie er nur konnte.

»Nicht gut«, sagte Marek.

»Gesetz«, sagte Jan.

»Schon gut.« Marek nickte ergeben. Dann fragte er: »Mein Brief raus?«

»Er muß noch übersetzt werden«, sagte Jan.

»Nicht gut, nicht gut«, sagte Marek und schüttelte den Kopf.

»Sie stehen nun einmal im Verdacht, eine nicht unwichtige Person zu sein«, sagte Jan. »Vielleicht soll mit dem Autodiebstahl ja nur von Menschenhandel und Zwangsprostitution abgelenkt werden. Vielleicht sind Sie ein Opfer?«

»Quatsch, alles Quatsch«, sagte Marek. Er hatte begonnen, den Brief zu lesen, den Jan ihm gebracht hatte. Sein Lächeln war jetzt geradezu selig. Seine Untersuchungshaft schien ihm egal zu sein. Als Jan gehen wollte, sah er auf: »Bitte, Richter!«

»Ja?«

Marek sprach jetzt sehr unverständlich. Jan fragte, ob Marek ein Geständnis machen wolle, ob ein Dolmetscher geholt werden solle.

Marek lachte. Er schien Jan zu verstehen. »Dolmetscher nicht. Geständnis Liebe. Richter verstehen.« Soweit Jan ihn verstand, bat ihn Marek, den Brief der Verlobten möglichst bald zukommen zu lassen. Nicht bis Montag damit warten. »Braut will lesen Sonntag Brief.«

Jan hätte am liebsten die Zellentür geöffnet und gesagt, verschwinde, klau weiter deine silbernen Mercedesse und laß dich nicht mehr erwischen. Andererseits, er hatte schon manchmal mit Mädchenhändlern, Kinderschändern und ihren Zuarbeitern zu tun gehabt, die ihre treuherzigen Momente hatten. Er werde den Brief an die Verlobte noch am Wochenende übersetzen lassen und prüfen und, wenn er sauber sei, der Verlobten zukommen lassen, versprach Jan. Das war er diesem Mann schuldig.

»Nicht sauber, nicht denken schlecht«, sagte Marek, und Jan überlegte sich im Gehen, was das alles heißen konnte. Ohne Grammatik werden die Worte schnell zu Rätseln.

Die beiden Söhne kamen doch nicht am Wochenende. Spontaner Sinneswandel der Herren. Sie zogen ein Popkonzert vor. Auch gut. Jan war erleichtert. Mußte man seine Stiefsöhne lieben? Er mochte sie und war geduldig. Mehr war nicht zu machen. Er fühlte sich nur bedingt für sie verantwortlich. Als Elisa in seinem Leben aufgetaucht war, kamen Alex und Elias gerade in die Pubertät und waren nicht gerade liebenswert. Den Namen des Jüngsten fand er ein bißchen übertrieben. Die gleichen Buchstaben wie Elisa. Wie hieß das? Anagramm? Worte, die man jahrelang nicht benutzte, vergaß man. Elisas Elias. Kitschig war das. Hatte er Elisa nie gesagt. Sie erfreute sich noch immer am Namen dieses Sohnes. Ein bißchen inzestuös kam Jan diese Namensgebung vor. Verbaler Ödipus. Außerdem etwas sehr philosemitisch. Wir hassen Nazis. Viel hätte nicht gefehlt, und Elisa hätte dem zweiten Sohn Alex einen arabischen Namen verpaßt. Um ein Versöhnungszeichen zu setzen. Vertragt euch, ihr Töchter und Brüder Zions und Allahs.

Die Biosäfte hatte Jan besorgt, die wurden nicht schlecht. Die Aussicht, am Freitag und Samstag seine Ruhe zu haben, war so angenehm, daß ihn die unhöflich kurzfristige Absage nur mäßig ärgerte. Elisa war es, die sich am Telefon empörte, daß die Söhne nicht kamen. Sie hatte sich so auf ein Familienwochenende gefreut. Obwohl sie die Dreharbeiten nun doch länger aufhielten und sie erst am Sonntag mittag zu Hause sein könnte. Dann würden die Söhne, wenn sie gekommen wären, doch bereits wieder abfahren.

»Wir hätten wenigstens zusammen zu Mittag essen gehen können«, seufzte Elisa.

»Aber sie hassen es doch, mit uns essen zu gehen«, sagte Jan. Daß Elisa das nicht begreifen wollte.

»Dann komme ich auch nicht«, drohte Elisa.

Jan wußte, daß er jetzt lebhaft zu protestieren hatte, wenn es friedlich bleiben sollte: »Du mußt kommen. Ich freu mich auf dich! Bitte!«

Elisa schwieg. Die Lockungen genügten nicht. Jan überlegte, ob er »ich liebe dich« sagen sollte. Es war nicht falsch.

Aber es war ihm jetzt zu amerikanisch. In jedem amerikanischen Film sagten Ehemänner am Telefon »ich liebe dich«. Er sagte: »Es gibt Neuigkeiten von deiner Ballerina. Außerdem ist da ein klasse Typ, den ich einlochen mußte. Marek. Von dem muß ich dir erzählen.«

Elisa fragte: »Du versprichst mir, nicht zu arbeiten, wenn ich da bin?«

»Versprochen«, sagte Jan.

»Ich habe auch Neuigkeiten«, sagte Elisa und kicherte wie ein junges Mädchen.

Ein Kichern, als ob sie schwanger wäre. Kaum möglich. Seit Wochen schon hatten Jan und sie nicht mehr zusammen geschlafen. Kein Anziehungsverlust, wie sie einander versicherten, sondern sie waren nicht dazu gekommen. Aber das war nicht der Grund. Der eigentliche Grund, warum es keine Nachrichten von Nachwuchs geben konnte, war Elisas Alter. Sie ging auf die Fünfzig zu. Sie war ein Stück älter als Jan. Die Frau, für die Zig- oder Hunderttausende von Frauen und Männern der Nation schwärmten, hatte ihr häusliches Glück bei einem unspektakulären Richter aus der Provinz gesucht, der sieben Jahre jünger als sie war. Wie wichtig Elisa sein Jüngersein war, wurde durch das großzügige Aufrunden des Altersunterschieds deutlich, das sie bei öffentlichen Äußerungen gern vornahm. »Mein Mann ist zehn Jahre jünger als ich, aber er hat als Richter Besseres zu tun, als sich hier beim Bundespresseball herumzutreiben.« Das war eine typische Elisa-Antwort auf die Reporter-Fragen: »Wo haben Sie Ihren Mann gelassen? Tanzt er nicht gern?« Jan der Jüngere war Elisas Antwort auf all die Männer, die sich jüngere Frauen nahmen. Ein jüngerer Mann – das war die Trophäe einer starken Frau. Für Jan war diese Abweichung von der Norm der üblichen ehelichen Altersunterschiede kein Problem, sondern ein Ausdruck des Fortschritts. Wenn er gefragt wurde, blieb er bei der Wahrheit, bei den sieben Jahren Unterschied. Natürlich bekam er zu hören: Unglaublich, Elisa sehe jünger aus als er. Natürlich war Elisa für Natürlichkeit: nicht färben, nicht liften, die Haare nicht mädchenhaft lang tragen, um das Alter zu verschleiern und den Männern zu gefallen. Warum sie mit Ende Vierzig kein graues Haar und eine Haut wie eine Frau von Mitte Dreißig hatte, blieb ihr Geheimnis. Nicht umsonst war sie der Liebling der Nation.

Jan hatte sich an ihre Inkonsequenz gewöhnt und stufte sie als weiblich charmant ein. Elisa verabscheute die Männer, die zu Hause schwiegen und ihren Frauen nichts von ihrem Beruf erzählten. Zumindest in ihren zahlreichen Filmrollen als starke Frau verabscheute sie solche Männer. Nicht jede Frau hatte das Anrecht auf einen jüngeren Mann, aber doch auf einen, der sie an seinem Beruf Anteil haben läßt und von seinen Erfolgen und seinen Demütigungen erzählt. Jan erzählte gern von seinen Fällen, mußte aber die Erfahrung machen, daß die Film-Elisa anders war als die Elisa der Wirklichkeit. Das Interesse der wirklichen Elisa an seinen noch so spannend vorgetragenen Gerichtsverfahren erlahmte rasch. Sie gähnte und sagte: »Man könnte meinen, du bist mit deinem Beruf verheiratet.« Dennoch gelang es Jan immer wieder, sich gegen Elisas Willen auch an Wochenenden, an denen sie im Haus war, seiner Arbeit zu widmen. Auch wenn er versprochen hatte, das nicht zu tun. Das Wochenendarbeitsverbot galt offenbar nur für Ehemänner, nicht für deren starke Frauen. Elisa hatte immer irgendwelche Drehbücher zu lesen und begann bedenkenlos mit der Lektüre. Im Lauf der Ehe hatte Jan gelernt, daß dies allein ihn noch nicht berechtigte, sich nun seinerseits in Gerichtspapiere zu vertiefen. Er sollte Elisa bewundern, wie sie mit angezogenen Beinen auf dem Sofa saß und ein Drehbuch las. Und sich nicht in sein Arbeitszimmer zurückziehen. Zu Jans Glück schlief Elisa über der Lektüre von Drehbüchern meist ein, so daß er dann unauffällig ein paar Akten studieren konnte.

Natürlich versuchte Jan, sich das Wochenende von Arbeit frei zu halten, wenn mit Elisa oder der kompletten Familie zu rechnen war. Daher rief er am Freitag abend schon die polnische Putzfrau des Kollegen an. Sie selbst hatten eine palästinensische Putzfrau, und auch das war wie der Name des Jüngsten als Zeichen gedacht. Elias – der Name sollte Elisas Zuneigung zum jüdischen Volk sichtbar machen, während die Putzfrau aus Palästina zeigte, daß diesem geplagten Volk ebenfalls die Sympathie gehörte. Auch diese Putzfrau war nicht angemeldet, wie Jan glaubte. Elisa hatte versprochen, das zu erledigen, und hatte es nie getan. Seinen dringenden Hinweis, er als Richter könne sich eine schwarz arbeitende Haushaltshilfen nicht leisten, hatte sie so spießig gefunden, daß er mit Nichtbeachtung betraft werden mußte. Außerdem war es viel bequemer, die entsetzlichen Formulare nicht auszufüllen. Das Geld, was sie dadurch sparten, schob Elisa der fleißigen Farida lieber so zu.

Die polnische Putzfrau des Richterkollegen war reserviert. Typisch, dachte Jan, die Illegalität macht diese Menschen mißtrauisch. Deswegen sollten sie ja in geordneten Anstellungsverhältnissen leben. Nur das würde sie sicher machen. Dabei war er selbst unsicher, weil die Kollegenputzfrau am Telefon zuhörte, aber mit keinem Ton reagierte.

»Sind Sie noch dran?«

»Natürlich.«

Jan bat sie, ihm die Briefe zu übersetzen – selbstverständlich gegen ein Honorar. »Ich weiß nicht, ob ich das darf«, sagte sie. Er beschwichtigte sie. »Ich bin doch Richter«, sagte er. »Eben«, sagte sie. Ihr sanfter Akzent gefiel ihm außerordentlich. Sie zierte sich eine Weile, sagte, sie müsse sich erst eine Schreibmaschine besorgen, und stieß einen polnischen Schreckenslaut aus, als sie von Jan erfuhr, daß er morgen, spätestens Sonntag früh die Übersetzungen haben müsse. Sie kamen überein, daß sie morgen zu ihm kommen, die Briefe mündlich übersetzen und die schriftliche Übersetzung, falls nötig, nachreichen würde. »Ich zahle einen Wochenendsondertarif«, sagte Jan befreit, »das Fünffache dessen, was Sie bei meinem Kollegen fürs Putzen bekommen.« Anna, so hieß sie, schwieg wieder, Jan war gezwungen, seinen eigenen Worten nachzuhören, und fand sie plötzlich unangenehm großspurig. »Also dann, gute Nacht«, sagte Anna nach einer Pause in die Stille. Es klang seltsam vertraut, und Jan mußte an Elisa denken, die sich mit diesen Worten oft zur Seite drehte und sofort einschlief.

Als Anna kam, überraschte es ihn, wie jung sie war. Kaum älter als Elias. Der hatte mit 22 sein Abitur noch immer nicht, Anna hatte bereits ein Studium abgeschlossen und arbeitete in Deutschland, um sich in Warschau eine Wohnung kaufen zu können. Wieder einmal atmete Jan auf: Wenigstens bin ich nicht sein leiblicher Vater. Diesen Erleichterungsreflex behielt er für sich. Nie hätte er das zugegeben. Es war ihm peinlich. Peinlich war ihm auch, daß er Anna mit der palästinensischen Farina verglich – und seinen Kollegen um die Putzkraft beneidete. Farina war klobig wie eine polnische Kugelstoßerin, und die polnische Anna hatte die Figur einer Eisprinzessin. Allerdings trug sie eine schrecklich schlotternde Hose und eine wurstenge rosa Plüschjacke. Von Elisa wußte er, daß Männer, die Frauen nach Äußerlichkeiten beurteilen, Kotzbrocken sind. Aber schon in seinem Leben vor Elisa waren ihm Freunde zuwider gewesen, die in einem begutachtenden Ton über Frauen sprachen. Selbst wenn sie schwärmten, hatte ihn das irritiert. Nun war er irritiert über sich, weil er eine Frau mit diesem typisch männlichen Blick benotete. Immer ließ sich das nicht vermeiden. Über die Lippen kamen Jan solche Bewertungen aber nie. Elisa wußte es zu schätzen.

Was ihn auch irritierte war, daß Anna nichts wollte: keinen Kaffee, kein Wasser, keinen Saft. Wie sollte man beginnen? »Eine Cola vielleicht«, sagte sie, Jan mußte passen, sie lachte, er fragte, warum, und sie sagte: »Hab ich mir gedacht.« Er erwähnte Elisa, die Biosäfte, die Söhne, sie ließ sich dann doch eine naturtrübe Apfelsaftschorle machen, und Jan ertappte sich bei dem Gedanken, daß ihm Anna als Stieftochter lieber wäre als Elias und Alex als Stiefsöhne.

Er gab ihr die Mappe mit den Briefen und den Übersetzungen der Ballerina und bat sie, sich einen Eindruck zu verschaffen. Weil er nicht tatenlos neben einem konzentrierten Menschen sitzen wollte, stand er auf und sagte: »Ich flicke solange mal mein Rad.«

Sein eigenes Rad hatte er längst geflickt. Die Söhne hatten es benutzt und den Reifen plattgefahren. Sie hatten sein Rad genommen, weil ihre eigenen Räder Platten hatten. Er hatte verlangt, daß sie sämtliche Reifen flickten, aber immer, wenn er darauf bestand, mußten sie zum Zug ins Internat. Er schimpfte, und Elisa schmollte süßlich: »Sei nicht so streng, Richter.« Nun, weil er nicht wußte, was er sonst tun sollte, brachte er die Räder in Ordnung, während Anna die Briefe las.

Als er von der Garage zurückkam, hatte sie die Mappe bereits geschlossen und von sich weggeschoben und sah aus wie eine Spitzensekretärin, die jetzt eine perfekte Inhaltsangabe machen würde. Fixes Mädchen. »Was steht denn da nun wirklich drin?« fragte Jan. Anna wurde rot, feuerrot. Sie hatte eine sehr weiße, nicht ganz reine Haut. In Sekunden sah sie aus, als sei sie von einer schrecklichen Hautkrankheit befallen worden. Jan erschrak: »Um Gottes willen! Was haben Sie?«

»Ich kann das nicht übersetzen«, sagte sie.

Sie war so bedrohlich rot angelaufen, daß Jan nicht wagte, sie zu fragen, warum sie das nicht übersetzen könne.

»Es ist so schrecklich«, sagte sie, ohne gefragt worden zu sein, »es sind doch meine Landsleute, Polen. Wie können die so etwas tun.«

Jan verbarg seine Begeisterung. Endlich würde er auf eine Spur stoßen, sein Instinkt war also richtig gewesen. Wenn diese Frau hier so reagierte, dann war der nette Marek mit Sicherheit in eine riesengroße Geschichte verwickelt. Autodiebstahl allein bringt keinen Menschen zum Erröten. Zwangsprostitution schon eher. Jan witterte Schleuserbanden von bisher ungeahnter krimineller Energie. Er brauchte sich keine Sorgen zu machen, er konnte Marek weiter in Untersuchungshaft festhalten. Kein höheres Gericht würde ihn je dafür rügen können. Kein noch so raffinierter Anwalt würde mit Haftverschonung durchkommen. Jan fragte, ob Anna die Übersetzungen der Ballerina angesehen habe, und ob sie eine Erklärung dafür habe, warum diese Übersetzungen so eigenartig unklar seien?

»Sie hat es versucht. Man kann das nicht übersetzen.« Die Röte wich langsam aus ihrem Gesicht.

Jan war voller Verständnis und fragte: »Vielleicht können Sie ein paar Angaben zum Inhalt machen?«

»Ich bin katholisch«, sagte sie leise, »wissen Sie, ich kann das nicht.«

Jan nickte. »Sie haben mir trotzdem weitergeholfen.« Wie sollte er sie bezahlen? Er hatte mit zwei, drei Stunden und einem entsprechenden Honorar gerechnet. Er hatte ein Kuvert vorbereitet und »Honorar/Übersetzung« darauf geschrieben. Das schob er ihr nun hin. Sie nahm es nicht an. »Ich habe nicht gearbeitet.« Jan lächelte milde. »Die Anfahrt«, sagte er, »wenn jemand kommt und sagt, die Waschmaschine soll ich wegwerfen, die kann er nicht reparieren, dann läßt sich der auch die Anfahrt bezahlen.«

Anna stand auf und wollte gehen. Sie nahm das Kuvert und legte es wieder hin. Jan drückte es ihr erneut in die Hand, sie wehrte sich kichernd. Er schob ihre Hand mit dem Kuvert in die Tasche ihrer häßlichen Plüschjacke und merkte, wie die Hand nachgab und sich öffnete und das Kuvert in der Tasche verschwinden ließ. Wenn er Professor an einer amerikanischen Universität und sie Studentin wäre, dann könnte sie ihn jetzt mit guten Aussichten auf Erfolg wegen Vergewaltigung anzeigen. »Danke«, hauchte sie und verschwand.

Jan fühlte sich bestätigt, daß er Marek weiter in Untersuchungshaft behielt. Der Inhalt der Briefe wurde nun allerdings noch wichtiger. Es mußte schleunigst herausgebracht werden, was die junge Frau so entsetzt hatte. Diesmal durfte kein schüchternes katholisches Gemüt damit beauftragt werden.

Elisa kam erst morgen Mittag. Er probierte die frisch geflickten Fahrräder der Söhne aus und stellte fest, daß die besser fuhren als seines. Laufen wollte er am Abend. Er nannte es »laufen«, er mochte das Wort »joggen« nicht. Er lief lieber im Dunkeln. Am hellichten Tag hatte das Laufen etwas Bekennerhaftes. Jan las selten ein Buch und hörte wenig Musik. Andere Kollegen sangen in kleinen Gruppen oder spielten Instrumente oder kauften sich am Wochenende wenigstens eine neue CD. Oder sie schrieben Theaterstücke und führten sie auf. Jan lief. Aber das dauerte auch nicht länger als eine Stunde. Er wäre gern mit Elisa ins Kino gegangen, aber dies war keine Großstadt, hier liefen nur selten vernünftige Filme. Die meisten Filme, die er sah, waren Fernsehfilme, in denen Elisa mitspielte. Natürlich die Hauptrolle. Die starke Frau. Noch ehe die Filme im Fernsehen gezeigt wurden, brachte Elisa Kassetten mit. Neuerdings DVDs. »Noch nicht die Endfassung!« so entschuldigte sie blutrote Sonnenuntergänge, die dann aber doch nicht rausgeschnitten wurden. Er saß zusammen mit einer Frau auf dem Sofa und betrachtete einen Film, in dem diese Frau von mindestens zwei Mitspielern heiß und von mancher Mitspielerin latent lesbisch verehrt und begehrt wurde, ein Film, nach dessen Ausstrahlung ein hoher Prozentsatz des Millionenpublikums Elisa wieder einmal als Traumfrau bezeichnen würde. So viele dieser einander ähnlichen Filme hatte er schon gesehen, daß er nicht mehr stolz, sondern eher ratlos war – und auch hilflos, weil die Verführungskraft dieser Frau an seiner Seite zwar im Film zu spüren war, aber nicht in der Wirklichkeit des Wohnzimmers.

»Der Sonnenuntergang ...«, hatte er neulich einmal gesagt, um etwas zu sagen.

»...kommt raus, hundert Prozent«, hatte Elisa versichert.
»Und die Musik ...«
»... machen die leiser, dafür werde ich sorgen.«

Morgen Mittag kam Elisa. Die Dreharbeiten zu dem neuen Film waren noch nicht abgeschlossen, es würde nichts zu sehen geben. Die Zeitungen waren uninteressant. Michael Jackson wurde der Prozeß wegen Kindesmißbrauch gemacht. Wenn es beruflich Probleme gab, sagte sein Kollege Hammerstein, tröste er sich immer mit dem Gedanken, als Richter oder als Angeklagter nicht in Amerika zu leben.

Hammerstein hatte einen Job am Oberverwaltungsgericht in Frankfurt an der Oder. Furchtbares Kaff im wilden Osten Deutschlands, aber ein Spitzenjob. Karrieremäßig eine riskante Entscheidung damals, in den Osten zu gehen. Jan war in Koblenz geblieben und hatte eine kleine Warteschleife im Justizministerium in Mainz gedreht, wohin er vielleicht bald wieder in einer ganz anderen Position zurückkehren würde. Aber auch Koblenz war auszuhalten. Das Gerichtsgebäude war immerhin direkt am Rhein, ein prächtiger Bau aus dem 19. Jahrhundert, sein Amtszimmer war geräumig und hatte einen schönen Blick.

Der Kollege Hammerstein in Frankfurt an der Oder war bester Laune, weil er demnächst an das Kammergericht nach Berlin kommen würde. Die Nachricht gab Jan einen Stich. Berlin war natürlich etwas anderes als Koblenz oder Mainz. Jan hätte damals auch nach Frankfurt an der Oder gehen können. »Gratuliere«, sagte Jan und schilderte Hammerstein in wenigen Worten den Fall Marek. Dabei hatte er wieder den Eindruck, daß die Sache zum Himmel stank. »Finde ich auch«, sagte Hammerstein höflich. Jan sagte, in Frankfurt an der Oder, direkt an der polnischen Grenze, werde das Gericht ja des öfteren mit unseren polnischen Freunden zu tun haben. »Das kann man sagen«, sagte Hammerstein. Jan bat um die Telefonnummer eines zuverlässigen und unkomplizierten

Übersetzers, möglichst keine greisenhafte Ballerina oder katholische Putzfrau, der ihm endlich eine zutreffende Übersetzung dieser verdammten Briefe liefern könne. »Du gehst ja ganz schön ran«, sagte Hammerstein.

Der Übersetzer war ein Beamter des Grenzschutzes, ein ehemaliger Slawistikstudent, promoviert, der keinen Job bekommen hatte. »Wieviele Seiten«, wollte er wissen, als Jan ihn am Telefon hatte.

Jan zählte: »Acht.«

»Faxen Sie das rüber, Chef«, sagte der akademische Grenzbeamte dann, »morgen haben Sie Ihre Übersetzungen.«

Elisa wurde wie immer von einem Wagen der Produktionsgesellschaft gebracht. Sie maulte, das Privileg mißfiel ihr, gleichzeitig genoß sie es. Es wäre nicht anders gegangen. Ihr Traum: eine ganz normale Eisenbahnfahrt nach Hause. Von Jan am Bahnsteig abgeholt zu werden. Immerhin nahm Jan, nachdem sie sich freundlich umarmt hatten, ihre Reisetasche und trug sie ins Haus. Der Fahrer grüßte und fuhr ab. »Wie schade, daß die Kinder nicht da sind«, sagte Elisa, und Jan erinnerte sie nicht daran, daß er sie in zehn Minuten zum Bahnhof bringen müßte, wenn sie da wären. Sie nahm ein Bad, wie immer, wenn sie nach Hause kam, ein liebgewonnenes Ritual.

Aus der Wanne rief sie nach Jan, es war aber diesmal nicht das Haarwaschmittel aus dem Schrank, was sie brauchte. »Ich muß dir doch die Neuigkeit erzählen«, sagte sie. Jan setzte sich neben die Wanne, spielte mit ihren Füßen und sagte: »Ich höre.«

»Rate!«

»Schwanger. Der Schauspieler, der im Film dein Liebhaber ist. Du konntest nicht widerstehen.«

Sie kicherte. »Ich glaube, Jan der Gerechte würde mir vergeben«, sagte sie.

»Eine Strafe müßte schon sein«, sagte Jan.

Elisa spielte die Büßerin: »Aber eine ganz milde, bitte.« Dann befahl sie: »Weiterraten!«

»Du färbst heimlich deine Haare, jemand hat dich dabei beobachtet und die Information an die Presse gegeben, und jetzt möchtest du eine Klage einreichen, wegen übler Nachrede, und willst meinen juristischen Rat, stimmt's?«

Jan riet noch ein wenig weiter, um Elisa zu erheitern. Er ließ sich allerlei einfallen. Sie wollte es spannend machen. »Nein, du kommst nicht drauf, du kannst nicht darauf kommen!«

»Sag schon!«

»Ich soll ... nein, ich geniere mich.«

»Du sollst eine Pornorolle spielen!«

»Quatsch! Ich soll – ich soll: meine Memoiren schreiben. Wie findest du das?«

Jan wunderte sich, daß Elisa das überraschend fand. Schrieben nicht alle halbwegs populären Leute, die auf die Fünfzig zugingen, ihre Memoiren.

»Wie findest *du* das?« fragte er.

»Ich weiß es nicht«, sagte sie ehrlich. »Ist es albern? Ist es ganz charmant? Ist es vermessen? Ist es verzeihlich? Ist es nervig? Ist es cool? Ist es uncool? Ist es geil? Ist es ungeil? Ich weiß es nicht.«

Elisa mußte sich bald entscheiden, ob Memoiren zu ihr paßten oder nicht. Ihre Agentin war auf diese Idee gekommen. Erst in anderthalb Jahren war der runde Geburtstag, aber anderthalb Jahre vergehen schnell. In spätestens einem Jahr mußte das Manuskript vorliegen.

Mit Elisa war Geld auch in dieser Beziehung zu verdienen. Von den Millionen Menschen, die sie gern sahen, würden Hunderttausende vielleicht ihre Memoiren lesen. Die Agentin hatte daher gleich drei Verlage an der Hand. Einer renommierter als der andere, wie sie sagte. Elisa kannte sich durch ihre Kolumne ein bißchen mit Büchern aus und wußte, daß die Verlage, die sich um ihre Memoiren rissen, nicht zu den besten gehörten. Aber das brauchte sie Jan, der von Büchern wenig Ahnung hatte, nicht zu sagen.

Sie war etwas enttäuscht, daß Jan nicht begeistert war. Ihre Frage, was er davon halte, war mehr rhetorisch gemeint gewesen. Eigentlich hatte sie von ihm einen Freudentanz erwartet: Ein übermütiger Jan, der Hände in die Luft stößt wie ein Sportler, der gewonnen hat: Ja, meine Frau schreibt ihre Memoiren! Das war doch was.

Eigentlich war sie schon dazu entschlossen. Eigentlich sah sie sich bereits in Buchhandlungen sitzen und signieren. Das fehlte zu ihrem Glück. Als Film- und Fernsehstar war sie in festlicher Erwartung eines Preises oft genug über mehr oder weniger rote Teppiche gelaufen. Aber in einer Buchhandlung Leute mit einer Lesung zu beglücken, ein bißchen intellektuell und dabei dem Publikum ganz nahe sein, das wollte sie auch einmal erleben. Nicht immer nur Autogramme auf diese nichtssagenden Postkarten kritzeln, sondern einen persönlichen Satz in ein Buch schreiben, das alles andere als nichtssagend sein würde.

Sie gingen dann, wie so oft, wenn Elisa für ein, zwei Tage nach Hause kam, nicht essen. Sie hatte keine Lust, den flauschigen Bademantel auszuziehen, sie hatte keine Lust, sich im Lokal anglotzen zu lassen. Jan bestellte den Tisch im französischen Lokal wieder ab und orderte dafür zwei Pizzas beim Italiener. »Diese Pizzas kommen aber in die Memoiren«, sagte er.

Sie war froh, daß er das Thema noch einmal aufgriff und sie nicht wieder eitel davon anfangen mußte. »Ich meine, es betrifft dich ja auch«, sagte sie, »du würdest ja auch vorkommen. Ganz ohne Privatleben geht es nicht.« Das hatte ihr die Agentin eingeschärft. Das Buch ließe sich nur vermarkten, wenn Elisa die in ihren Interviews gepflegte Zurückhaltung aufgebe und etwas über ihre Familie preisgeben würde – ein bißchen wenigstens. Es mußte ja nicht stimmen. Keine Memoiren ohne Mythenbildung.

Jan hatte nichts einzuwenden. Er las weder Romane noch Memoiren, und er glaubte auch nicht an die Macht von Büchern. Was Elisas Memoiren betraf, bestand ein erheblicher bis dringender Verdacht auf Wirkungslosigkeit. Nicht einmal juristisch wirklich interessant waren die Fälle der Prominenten, die sich ins Gespräch bringen und dabei kassieren wollten, und gegen deren Erinnerungsbücher ehemalige Freunde und Partner mit Unterlassungsklagen vorgingen.

Aber Jan wollte Elisa nicht entmutigen. Ihre verschämte Freude an dem Plan gefiel ihm. Noch mehr gefiel ihm das Bild einer in nächster Zeit ruhig am Schreibtisch sitzenden und ihn in Ruhe am Schreibtisch sitzen lassenden Elisa. Obwohl das Bild fast außerhalb seiner Vorstellungskraft war. Denn Elisa konnte sich nicht konzentrieren, und die Frage war, ob sie überhaupt schreiben konnte. Ihr diese Frage zu stellen, wäre allerdings entschieden zu hart gewesen.

Schon bei ihren Buchtips wurde Elisa massiv von der Redaktion geholfen. Mit Beklemmung erinnerte sich Jan an den Brief, den Elisa einem der Söhne einmal zum Geburtstag geschrieben hatte. Sie war zu Dreharbeiten in Kuba und konnte unmöglich kommen. Der erste Geburtstag eines Sohnes, bei dem sie nicht anwesend war. Das wollte sie zum Ausdruck bringen. Jan wußte davon, weil Elias den Brief nicht zu Ende gelesen, sondern mit dem Ausruf zur Seite gelegt hatte: »Was schreibt denn die für einen förmlichen Schwulst!«

»Hast du denn überhaupt Zeit zu schreiben«, fragte Jan stattdessen.

»Wenn du mich in Ruhe läßt«, antwortete sie. Sie sagte es nicht vorwurfsvoll klagend, nicht einmal ironisch, sondern kokett, fast ein bißchen stolz: als würde Jan sie ständig von der Arbeit abhalten. Als müsse sie sich gegen ihn zur Wehr setzen. Das Gegenteil war der Fall: Sie mochte es nicht, wenn er sich in ihrer Gegenwart auf seine Arbeit konzentrierte. »Es gibt ja auch einen Lektor«, sagte Elisa dann, um alle Zweifel an der Entstehung ihrer Memoiren auszuräumen. Jan dachte:

Dazu muß aber erst einmal etwas geschrieben sein. Er sagte nichts. Elisa aber mußte ihm die Bedenken angesehen haben, denn sie gab nun zu, was längst eine mit der Agentin abgemachte Sache war: »Vielleicht bekomme ich auch einen Ghostwriter.«

Jan nickte, jetzt nicht wie ein Lehrer, dem man fremde Hilfe bei der Hausaufgabe hatte gestehen müssen, sondern zu Elisas Überraschung sehr einverstanden. Wer einen Ghostwriter beschäftigte, war eine wirklich bedeutende Person. Außerdem befänden sich die Memoiren dann in professionellen Händen. Eine totale Blamage wäre ausgeschlossen. Und Schreibtischarbeit würde Elisa auch mit einem Ghostwriter genug haben. Jan freute sich auf die nächste Zeit: Elisa gebeugt über die von einem Ghostwriter verfaßten Kapitel ihrer Memoiren, so konzentriert, daß die Pizza neben ihr erkaltet. Jetzt sieht sie mal, daß am Wochenende arbeiten muß, wer etwas erreichen will, und läßt ihn trotz Sonntag drei, vier Stunden seine Akten studieren, ohne den immer gleichen Satz zu sagen: »Man könnte meinen, du bist mit deinem Beruf verheiratet und nicht mit mir!«

Als dieser Vorwurf immer häufiger geäußert wurde, hatte Jan einige Wochen lang heimlich eine Liste geführt, aus der eindeutig hervorging, daß er sich immer erst dann in sein Arbeitszimmer zurückzog, wenn er ein erotisches Annäherungsangebot gemacht hatte und damit bei Elisa gescheitert war. Nach einem Vierteljahr war Jan dann mit der Liste gekommen. Hier: Samstags meist gegen 21 Uhr, sonntags zwischen 15 und 17 Uhr hatte sie diesen immer gleichen Satz gesagt, nachdem er zuvor eindeutig sein sexuelles Verlangen kundgetan hatte. »Leider habe ich keine Überwachungskamera und auch keine heimlichen Tonaufzeichnungen«, hatte Jan gesagt, »das zuständige Gericht hat meinem Antrag auf Abhörung der Wohnung nicht zugestimmt.« Elisa hatte gelacht, um die Situation zu entschärfen, und hatte sich die Bemerkung verkniffen, daß eine Kamera zeigen würde, wie erbärmlich immer gleich er sein sexuelles Verlangen anmeldete. Ein Mann muß sich eben anders nähern, dachte sie, stürmischer, sagte das aber nicht, um Jan nicht zu kränken. Sie hatte ihn haben wollen, so wie er war. Er war ein Mann, der das Nein einer Frau diskussionslos akzeptierte. Das war das Problem: Er spürte das Ja hinter dem Nein nicht oder wollte es nicht spüren. Jan war kein Überwältiger, er war nicht überwältigend. Das hatte auch seine Vorteile. Elisa wollte ja auch tatsächlich nicht überwältigt werden. Sie wollte nur keinen Mann, der sich nach dem Abwinken ohne Aufstand in sein Arbeitszimmer zurückzieht. Wenn es nach Elisa gegangen wäre, dann hätte Jan ein bißchen mehr betteln und bocken müssen und ihren Wunsch nach Ruhe nicht einfach akzeptieren dürfen. Natürlich kannte sie seine Argumente: Warum soll ich weiter probieren, wenn ich mit ziemlicher Sicherheit keinen Erfolg habe. Dann tut die Abweisung immer mehr weh. Ist doch besser, mit dem Anbaggern aufzuhören, solange man noch klar denken kann – und sich dann mit der Arbeit abzulenken, die sowieso getan werden muß. Gegen soviel Vernunft konnte Elisa nur wenig einwenden.

Bei ihrer Arbeit als Schauspielerin erfuhr sie genug Anerkennung und Annäherungsversuche. Und ja, es war auch schon vorgekommen, daß sie Annäherungsversuchen nachgegeben hatte. Das lief unter der Rubrik »kleines Geheimnis«. Das war bei einer Frau wie ihr gar nicht zu vermeiden. Es war nie ernst, natürlich nicht. Es war immer heiter und einmalig. Es wurde viel gelacht. Wenn Elisa in ihren Interviews sagte, Sex sei für sie eine heitere Angelegenheit, dann dachte sie an ihre kleinen Geheimnisse. Es waren nichts als Anziehungsbestätigungen.

Jan las längst nicht mehr all die Interviews, die sie gab. Und wenn, wäre er der letzte gewesen, der nachfragen würde, was sie sich angesichts der eher trüben häuslichen Sexualität bei einer Aussage gedacht habe, daß sie heiteren Sex bevorzuge.

3

Seit die Memoiren-Idee in der Welt war, dachte Elisa immer wieder daran, wie sich ihr erotisches Leben am elegantesten in ihr Buch einbringen ließe. Sie hatte keine Lust, als die obertreue Richtergattin dazustehen, die sie nicht war. In den Zeitschriftenportraits wurde das Thema ausgespart, in den Memoiren würde das nicht möglich sein. Alle Verlage, mit denen Elisas Agentin verhandelt hatte, hatten angedeutet, daß klassische Memoiren immer Bekenntnisse seien, ein bißchen was wollten die Leser schon erfahren.

Mit den Produktionschauffeuren führte Elisa zu deren Freude auf den oft langen Fahrten angeregte Gespräche. Diesmal aber war sie so stumm im Fond gesessen wie eine mißlaunige Diva. Der Fahrer hatte sich erkundigt: »Ist Ihnen nicht gut heute?« Sie war so still, weil sie im Geist mit dem Ghostwriter sprach und ihm klarzumachen versuchte, daß sie keine so ganz treue Frau sei, daß das aber in den Memoiren diskret herauskommen dürfe. Als Aufruf zum Seitensprung dürfe das nicht verstanden werden, aber auch nicht als Sünde, der man sich zu schämen hätte. Die moderne Frau müsse eine Nacht mit einem anderen nicht unbedingt ihrem Mann auf die Nase binden. Ganz wichtig sei, daß das kleine Geheimnis nicht die große Offenheit und Ehrlichkeit beschädigen dürfe, die das Fundament einer guten Beziehung seien. »Schreiben Sie irgendwas mit Perle im Inneren der Muschel, Glanz im Verborgenen, so in der Richtung«, hörte sie sich ihren Ghostwriter bitten, den sie doch noch gar nicht kannte, aber mit dem sie sich in Gedanken schon bestens verstand: »Schreiben Sie so, daß die Leserin weiß: Diese Frau hat ihre Erfahrungen, über die sie nicht im einzelnen reden will, Sie sind der Dichter, Sie kriegen das schon hin.«

Als die Pizza vom Schnelldienst verzehrt war, fragte Jan vorsichtig, ob »Memoiren« die richtige Bezeichnung für das Buch sei, ob man sich unter »Memoiren« nicht eher die Lebenserinnerungen einer achtzig- bis neunzigjährigen Schauspielerin vorstellte, die diese zu Papier gebracht habe.

»Das ist ja der Witz«, sagte Elisa und sprudelte los: Also sprächen sie nur aus Spaß von den »Memoiren«, mittlerweile aber hätten die Verlage gesagt, das wäre gar kein so schlechter Titel. Eben weil er eigentlich etwas Altmodisches und Altehrwürdiges habe, werde er von den Leuten möglicherweise als frech und ironisch empfunden. Jedenfalls weniger pompös als »Mein Leben«. Aber noch stehe nichts fest. Wenn das Manuskript fertig sei, werde man sich das alles noch einmal gut überlegen. Bis dahin werde von »Memoiren« die Rede sein. Vielleicht kommt man ja dann auf einen ganz anderen Titel. Vielleicht werde ihr Buch ja dann vielleicht »Mein Mann, der Richter« genannt, sagte Elisa und kicherte. Sie hatte fast allein eine Flasche Rotwein getrunken und war albern. Gleich würde sie müde werden. Sie drückte einen Finger auf Jans Nase: »Du wolltest mir etwas von der Ballerina erzählen.«

Jan erzählte von den eigenartigen Übersetzungen der Ballerina, von der verweigerten Übersetzung der katholischen polnischen Putzfrau. Er hoffe, daß das Rätsel durch die neue Übersetzung endlich gelöst werden würde.

»Ist ja spannend«, sagte Elisa und gähnte.

»Wenn ich dir nicht versprochen hätte, nicht in mein Arbeitszimmer zu gehen«, sagte Jan mit mildem Vorwurf, »würde ich mal nachsehen. Vielleicht hat der Typ die Übersetzung ja schon gefaxt.«

»Na schau doch nach!« sagte Elisa, »ich geh schon mal ins Bett. Aber bleib nicht an deinem Schreibtisch hängen. Erzähl mir dann.«

In der Ablage des Faxgeräts lag tatsächlich ein Schwung säuberlich ausgedruckter Seiten. Auf dem Deckblatt stand: »Hallo Chef, so einen klasse Auftrag bekommt man nicht alle Tage. Hat richtig Spaß gemacht. Wenn dieser Marek und seine Braut so weitermachen, würde ich gerne weiter die Übersetzungen machen. Daß eine alte Ballerina und eine junge katholische Polenputzfrau damit überfordert waren, ist nicht verwunderlich. Wenn Sie noch Fragen haben, können Sie jederzeit anrufen. Soll ich die Rechnung an das hiesige Gericht oder an Ihr Gericht stellen? Viel Spaß beim Lesen.«

Die ersten Sätze von Mareks Brief lauteten: »Mein Schwanz ist prall wie ein reifer Maiskolben. Er faßt sich gut an. Ich will, daß Du Dir einen Maiskolben besorgst, Prinzessin. Du sollst meinen Brief mit einem Maiskolben in der Hand lesen und Dir vorstellen, es sei meiner.« So ging das weiter. Vom »Rammen« und »Stoßen« war die Rede, vom »Zucken« und »Keuchen« und natürlich immer wieder vom »Abspritzen«. Danach ging es ohne Unterbrechung wie gehabt kraftstrotzend weiter, unrealistisch, als gäbe es bei Männern nicht so etwas wie eine Regenerationsphase.

Die Antwortbriefe nahmen alle die zum Teil kuriosen Ausdrücke auf und variierten sie. Sie waren etwas weniger monoton als die von Marek, ließen die Neugierde des Lesers aber auch erlahmen. Bei ihr sorgten zahllose Bestätigungs- und Anfeuerungsausrufe für einen bewegten Rhythmus. Immer wieder war das Wort »ja« in die erotischen Tiraden eingeflochten.

Was bei der Ballerina nach schlechter Naturpoesie geklungen hatte, nach dem Besingen einer Kahnfahrt auf einem einsamen polnischen See, am Schilf entlang, erschien nun auch in einem anderen Licht. Hier waren es die »Schilfkolben«, die Marek an seinen aufrecht ragenden Schwanz erinnerten. Der akademische Grenzbeamte hatte die Übersetzung mit Fußnoten kommentiert. »Wohl kein ganz so gelungener Vergleich. Ein Schilfkolben ist eher pelzig. Die Verlobte übernimmt interessanterweise den Schilfkolbenvergleich in ihrer Antwort nicht. Sie phantasiert realistischer.« Das Wort »Kahnfahrt« kam mehrfach vor. Hier lautete der Kommentar des Übersetzers: »Erstaunlich sensible Metapher für einen Ganoven. Marek meint mit Kahn hier nicht den wirklichen Kahn. Die Verlobte ist sein Kahn. Das Bild ist nicht unliterarisch. Kann sein, daß es einen Rocksong gibt, auf den er sich bezieht, mir ist so, als habe ich einmal eine polnische Punkband den Refrain singen hören ›du bist mein Kahn ...‹. Die Form des Kahns ist natürlich die der Vagina. Er reduziert seine Briefpartnerin darauf, und sie geht darauf ein.«

Auch die Briefstellen, die nach dem Frisieren und Umspritzen gestohlener Luxuslimousinen und damit nach Bandenkriminalität im großen Stil geklungen hatten, waren nichts als sexuelle Phantasien. Auch hier spielte der Kolben wieder seine beherrschende Rolle, der im Zylinder gut geschmiert auf und ab rast, hochtourig und unverwüstlich. Die Typenbezeichnungen besonders starker Motoren wurden übernommen, um auf die eigene besonders hohe sexuelle Leistungsfähigkeit hinzuweisen. S-Klasse bezog sich ausschließlich auf die hohe Qualität des erträumten Geschlechtsverkehrs. Was die Kolbenringe betraf, so wies eine Anmerkung des Übersetzers darauf hin, daß hierbei wahrscheinlich auf die sexuelle Praxis zwischen dem Untersuchungshäftling und seiner Briefpartnerin angespielt werde, bei der die Partnerin dem Partner einen oder mehrere sogenannte Cockrings über den Penis streift, die eine besonders harte und anhaltende Erektion bewirken. Dementsprechend waren X und XX und S-XX keine Kürzel für dunkle Zwischenlager des Diebesguts im polnischen Grenzgebiet, sondern phallische Prahlereien, die von den Größenangaben der Konfektionskleidung abgeleitet waren. Mit »Spritzen« war natürlich nicht das Umspritzen und damit Unkenntlichmachen der gestohlenen Autos gemeint, sondern die Ejakulation. Anmerkung des Übersetzers: »Die Metaphorik wird vor allem von der Briefpartnerin erstaunlich konsequent durchgezogen. Sie weiß genau, wie ein Motor funktioniert, und wie das in den Zylinderkopf eingespritzte Gasgemisch zu Explosionen führt, und identifiziert sich lustvoll mit diesem Vorgang. In meiner Übersetzung konnte ich in der Eile nicht alle sprachlichen Feinheiten herausarbeiten, die vor allem die Briefe der Partnerin auszeichnen.«

Jan fühlte sich als Verlierer. Wenn hier tatsächlich nichts als sexuelle Phantasien ausgetauscht wurden, sollte es morgen seine erste Tat sein, Marek aus der Untersuchungshaft zu entlassen. Die Staatsanwaltschaft mußte schon griffigere Ergebnisse vorlegen, wenn Marek weiterhin schmoren sollte. Hier gab es keine Möglichkeit, mit einem brillanten Gerichtsverfahren einen Sumpf trockenzulegen, die Welt ein bißchen besser zu machen und seine Karriere voranzutreiben. Marek würde wegen seiner Probefahrt mit einer minimalen Bewährungsstrafe davonkommen, und das zu Recht. Vielleicht würde der Besitzer des Wagens einen Kratzer im Lack entdecken und auf Sachbeschädigung klagen, und der ganze Fall würde als windiges Zivilverfahren enden.

Es war kurz nach neun. So früh am Abend konnte man am Sonntag noch anrufen. Der Übersetzer lachte: »Wahnsinn, was!« Jan fragte, ob er es ausschließen könne, daß dieser pornographische Briefwechsel zwischen den Zeilen kriminelle Botschaften enthalte. »So wahr ich über den Einfluß Leopold von Sacher-Masoch auf die polnische Literatur des Fin de siècle promoviert habe«, sagte der akademische Grenzschutzbeamte.

Und was ist mit diesen unappetitlichen Stellen – hier: »Mein kleines Mädchen, gefesselt wirst Du nach der Peitsche Deines Herrn rufen ...« Jan stöhnte. »Sind Sie sicher, daß das nichts mit Mädchenhandel und Zwangsprostitution zu tun hat?«

»Ich bitte Sie, das ist harmloser Fesselschnickschnack, sie spielt das böse Mädchen, er spielt den groben Zuhälter, etwas in der Art. Oder umgekehrt. Sie als die Domina. Mal so, mal so. Vielleicht etwas schwülstig von mir übersetzt, aber auch im Original nicht ganz kitschfrei, diese Passage.« Der Grenzschutzbeamte lachte wieder und fügte hinzu: »Das war die erste Übersetzung, bei der ich mein Wissen als Slawist einsetzen konnte. Danke.«

»Ich danke auch«, sagte Jan leise.

Ein Rückschlag. Angesichts der vermutlich schon sanft schlummernden Elisa empfand er es auch als Niederlage, daß ein Häftling offenbar mehr Sex hatte als sein Richter. Das Liebesleben mit Elisa ließ zu wünschen übrig. Er hatte bisher nie gelitten. Nach fast zehn Jahren Ehe war das normal. Er wußte von Fällen, da waren die sexuellen Bedürfnisse schon nach vier Jahren verödet, verglichen damit ging es mit Elisa leidenschaftlich zu.

Was Jan zusätzlich irritierte, war, daß ihn diese Briefe mit ihren grotesken Übertreibungen nicht abstießen. Auf sexuelle Deutlichkeiten reagierte er normalerweise mit Abscheu. Maiskolben! Das war doch das letzte. Dennoch war er nicht so empört, wie er nach seinem Gefühl hätte sein müssen.

Daß Untersuchungshäftlinge pornographische Briefe an ihre Bräute schrieben, war nichts Neues. Jan selbst hatte allerdings bisher noch nicht das Vergnügen einer solchen Lektüre gehabt. Vermutlich, weil er keine Frau war. Er wußte von Kolleginnen, die damit reichlich konfrontiert wurden. Als junger Richter hatte er ihnen zunächst nicht geglaubt, wenn sie in der Kantine laut und kreischend vor Vergnügen aus der Erinnerung Details dieser Briefe zum besten gaben und sich damit zu übertreffen versuchten. Er hatte diese älteren Kolleginnen für Hysterikerinnen gehalten. Frustrierte Fünfzigjährige, die sich mit Phantasien vom Sexualprotz-Häftling die Zeit vertrieben. Als er einmal Zweifel an der Echtheit und der Existenz dieser Briefe angemeldet hatte, hatte ihn eine Kollegin mit auf ihr Zimmer gebeten. »Kommen Sie, Sie junger Mann!« Nach all den Jahren hatte Jan noch immer diese Formulierung im Ohr. Die Kollegin trug einen Rock, der für eine Richterin entschieden zu kurz war. Gerade dies hatte sie in Jans Augen verdächtig gemacht. Wer solche Röcke trug, log auch. Sie stakste vor ihm her auf ihr Zimmer. Sie war natürlich eine Altachtundsechzigerin, dieser Rock war ihr letzter Protest. Ihre Beine waren hübsch, sie konnte es sich leisten. Aber Jan fand es unmöglich. Die Altachtundsechziger waren unter den Kollegen damals in der Überzahl. Sie hielten Jan für einen dieser neuen konservativen Streber. So redeten sie jedenfalls ungeniert über andere Richter in seinem Alter. Immerhin gehörte er keiner Partei an. Das sprach für ihn. Wenn er schon kein Linker war, so wenigstens kein rechter Parteikarrierist. Die Männer trugen Jeans unter den Roben, die Frauen Miniröcke. »Da«, hatte die kecke Kollegin gesagt und ihm einen Ordner zugeschoben. Jan blätterte kurz und sagte: »Tatsächlich.«

»Ficken, ficken, ficken«, sagte die Kollegin, »ist doch klar: Die denken an nichts anderes.«

Die Untersuchungshäftlinge wußten, daß ihre Briefe gelesen wurden. Offenbar machte es ihnen vor allem dann Vergnügen, möglichst ordinär zu schreiben, wenn Richterinnen mit dem Fall befaßt waren. Richterinnen, die sie unattraktiv fanden, sollten mit dieser Zwangslektüre gedemütigt werden, attraktiven versuchte man auf anzügliche Art zu schmeicheln. Die Minirockkollegin, zu Jans Erstaunen auch noch eine Adelige, zeigte ihm ältere Briefe eines wegen Raubes und schwerer Körperverletzung in Haft auf sein Gerichtsverfahren wartenden schweren Jungen an seine Freundin, in denen er ungeniert schrieb, daß er seine scharfe Richterin gerne hernehmen würde. »Er wußte, das lese ich. Das war keine Drohung. Das war als Kompliment gedacht. Das sollte mich bei der bevorstehenden Verhandlung für ihn einnehmen. Er war so von sich und seinem Schwanz überzeugt, daß er glaubte, ich würde ihm tatsächlich die Mindeststrafe geben, um mich möglichst bald von dem frisch Entlassenen beglücken zu können. Er bekam drei Jahre, in denen sein Größenwahn vermutlich abstarb.«

Männliche Richter, das wußte Jan aus Erfahrung, bekamen gelegentlich Briefe zu lesen, in denen die Häftlinge ungeschickt von dem »netten Herrn Richter« schwärmten, der sicher von ihrer Unschuld überzeugt sei und sie freisprechen werde. Auch damit wollten sie punkten.

Der Fall Marek war nach wie vor ungewöhnlich. Mareks Potenzprahlerei war nicht für das Auge eines mitlesenden Richters bestimmt, und wäre eine Kollegin mit einem kurzen Rock mit dem Fall befaßt gewesen, hätte er diese Briefe wohl ebenso geschrieben und bestimmt nicht, um die Richterin zu beeindrucken. Ihm ging es nur um seine Braut. Vom Unrecht seiner Inhaftierung und seiner ganz offensichtlichen Unschuld, von der die Häftlinge sonst schrieben, kein Wort. Stattdessen schien er die Haft als günstige Gelegenheit zu begreifen, sich sexuell aufzuladen, um danach um so besessener über seine Braut herfallen zu können. Das hatte Jan seinerzeit bei der Minirockkollegin gelernt, daß in den Häftlingen ein idiotischer Potenzmythos vom sexuell ausgehungerten Wilden entstehen kann und sie nach ihrer Entlassung nicht enden wollende Sexorgien in Aussicht stellen, von denen ihre Freundinnen und Frauen und eben auch die eine oder andere Richterin profitieren könnten.

Das Überraschende und Neue und irgendwie noch immer Verdächtige und Unglaubwürdige war, daß Mareks Ganovenbraut den Ton seiner Briefe aufgriff und mit einer pornographischen Wucht zurückschrieb, die Mareks Zeilen mindestens ebenbürtig war.

Jan war die Lust vergangen, Elisa von der Ballerina, von Mareks Briefen und der weiteren Entwicklung des Falls zu erzählen. Eine Widerstands-Ballerina entpuppt sich als Kollaborateurin und eine kriminelle Schlüsselfigur als harmloser Sexprotz. Und der Richter Jan Vanderleyden als ein Kriminal-Phantast, der weniger Sex hat als ein Häftling. Ein Reinfall das Ganze.

Jan hoffte, daß Elisa schon eingeschlafen wäre, wenn er sich nun ins Bett zurückschleichen würde. Da stand sie plötzlich hinter ihm. Er hatte sie nicht gehört und erschrak. »Komm doch endlich schlafen«, sagte sie. Sie blickte uninteressiert auf Jans Schreibtisch. Plötzlich wurden ihre Augen starr. Schnell wie eine Schlange schoß ihre Hand auf den Schreibtisch und griff nach einer der übersetzten Briefseiten. »Was ist das!?« schrie sie. »Womit beschäftigst du dich!?« Sie las: »Ja, bohr Deinen Maiskolben tief in mich, Du himmlisches Ficktier, schände und besudle Deine Nichtswürdige ...« Elisa holte Luft. »Eine Erklärung bitte! Ich möchte eine Erklärung.« Ein ungewöhnlich ungemütlicher Ton. »Das nennst du also arbeiten«, sagte sie und machte ein Gesicht, wie sie es in ihren Filmen immer machte, wenn das Drehbuch das Ertappen des Ehemanns mit einer Geliebten vorsah.

»Richtig«, sagte Jan, »das ist Arbeit, und zwar eine Scheißarbeit.« Er erzählte ihr jetzt den Fall. Auch von den Häftlingen erzählte er, die so gerne Richterinnen in Miniröcken provozierten.

»Das ist ja unglaublich, wieso hast du mir das nie erzählt?«

»Ich habe es dir mehrfach erzählt. Du bist immer darüber eingeschlafen. Ich bin scheinbar kein guter Erzähler. Ich habe es dir erzählt, damit du es deinen Drehbuchautoren oder Regisseuren oder Produzenten erzählst. Weil das doch ein guter Stoff ist. Eine gute Rolle. Auch für dich. Die Minirockrichterin – das wäre mal was anderes.«

Elisa sah Jan prüfend an. Sie wußte nicht recht, woran sie war. Manchmal nahm er sie auf den Arm, und sie merkte es nicht gleich.

»Im Ernst«, sagte Jan.

»Aber dieser Maiskolbenschwachsinn, was ist das? Wer schreibt das. Ein Schwuler oder wer?«

War Marek schwul? Auf die Idee war Jan noch gar nicht gekommen. Nicht undenkbar.

»Solche Briefe schreibt jedenfalls keine Frau!« entschied Elisa und legte die Übersetzung des Briefs an Marek auf den Schreibtisch zurück. Angewidert. »So denkt keine Frau, so empfindet keine Frau, so schreibt keine Frau!« Ein scharfes Urteil, das Elisa fällte. Ihre Stimme war unangenehm schneidend.

Jan schöpfte Hoffnung. Vielleicht hatte Elisa den richtigen Riecher. Vielleicht war doch etwas anderes dahinter. Vielleicht verfolgte er doch eine richtige Spur.

»Wenn ich Ermittler wäre«, sagte Elisa, »würde ich mir die angebliche Verlobte von diesem Marek näher anschauen. Da stimmt doch was nicht.«

4

Am Montag versank Jan Vanderleyden in Arbeit. Die Akten anderer Fälle türmten sich. Das Telefon übte seinen Terror aus. Drei bis vier weitere Richter bräuchte das Gericht, wenn die Arbeit rasch und sorgfältig getan werden sollte. »Überlastung!« – das war die klassische Begründung der Kollegen, wenn Urteile schlampig und unsauber ausfielen. Das Amtsgericht überlastet, das Landgericht überlastet, das Oberlandesgericht überlastet – Überlastung einte alle Bereiche. Jan wollte nie in die Lage kommen, diese dumme Ausrede zu benutzen. Es gab Kollegen, die der Ansicht waren, nur durch schlampige Urteile könne das Ministerium zu der Einsicht gebracht werden, daß an den Gerichten nicht das Recht herrsche, sondern ein unvertretbarer Personalmangel. Vor allem die auf die Pensionierung zusteuernden altlinken Richterkollegen waren dieser Ansicht. Je elender die Zustände, desto eher Aufstand und Abhilfe, hatten sie früher geglaubt. Sie glaubten es nicht mehr, aber Reste von diesem Glauben machten sich ab und zu noch bemerkbar. Jans Eifer war ihnen auch deswegen ein Dorn im Auge. Wenn er wie ein Verrückter arbeitete, würde nie eine neue Stelle geschaffen werden.

Diese Akten bedeuteten: Vor 18 oder 19 Uhr würde er die ganze Woche nicht aus dem Gericht kommen. Einen Augenblick lang war Jan wütend auf den sexbesessenen Marek und dessen offenbar ebenfalls sexbesessene Verlobte, die nach Elisas Ansicht gar keine Verlobte sein konnte, sondern nur ein schwuler Freund. Die idiotischen Briefe hatten ihn auf eine falsche Spur gelockt. Vor allem hatten sie ihn damit kostbare Stunden gekostet. Er ärgerte sich jetzt auch über das Geld, das er dieser katholischen Putzfrau für ihr keusches Nichtübersetzen zugesteckt hatte. Er war zu korrekt, sich dieses Geld vom Gericht wiedergeben zu lassen. Schmerzensgeld für das Lesenmüssen von Pornographie war das gewissermaßen im Nachhinein. Im bigotten Amerika könnte vermutlich jede Studentin ihren Professor deswegen vor Gericht bringen: Verstoß gegen die Menschenwürde. Hohes Gericht, meine Geschworenen: Dieser Perverse weidete sich an meinem Erröten. Als alles vorbei war, drückte er mir Geld in die Hand und zwang mich, es anzunehmen. Damit wollte er mich nicht nur ein weiteres Mal demütigen, sondern auch zum Schweigen bringen.

Ein Gutes hatten die Briefe immerhin gehabt. Elisa war wieder munter geworden, und nachdem sie eine Weile über Jan den Kopf geschüttelt hatte, weil der so naiv gewesen war, die Briefe an Marek für die von einer Frau zu halten, hatte sie ihm plötzlich kichernd zwischen die Beine gegriffen und gesagt: »Ich bin froh, daß du keinen Maiskolben hast.« Aus dieser Bemerkung heraus war es dann seit Wochen einmal wieder zu sexuellen Aktivitäten gekommen. »Lieb mich doch!« hatte Elisa etwas unerwartet gesagt. Besser als wenn sie es »poppen« genannt hätte, fand Jan.

»Poppen« hatte sie vor sechs Wochen gesagt, als sie den jungen hübschen Kameramann zu sich aufs Hotelzimmer gelassen hatte. Das kleine Geheimnis. Davon wußte Jan nichts. Der magere Jan hatte eine bessere, sportlichere Figur, aber der sanfte Schmerbauch des Kameramannes war nicht zu verachten gewesen. Jeder im Team mußte es mitbekommen haben, keiner wagte, darüber auch nur eine Bemerkung zu machen. Nur der Agentin hatte sie gestanden: »Stell dir vor, wir haben gepoppt.« Und gleich den Zeigefinger an die vorlauten Lippen gehalten. Also das, fand Elisa, war keine Sache, die in die Memoiren gehörte. Da gab es etwas charmantere und auch bedeutendere Männer in ihrem Leben, die für Würze in ihren Memoiren sorgen würden. Am besten, man schrieb es so, daß offenblieb, ob sie nun mit diesen Männern etwas gehabt hatte. Außerdem war es letztlich doch auch egal. Es war ja nie etwas wirklich Ernstes.

Der Fall Marek rutschte in den Hintergrund. Jan mußte sich jetzt auf eine komplizierte Verhandlung konzentrieren, in der es darum ging: betrügerischer Konkurs – ja oder nein? Den ganzen Tag dauerte die Verhandlung. Die Urteilsverkündung mußte verschoben werden. Die Reporter der Lokalpresse gingen ihm auf die Nerven. Gegen 17 Uhr war Jan in seinem Zimmer, nahm die Robe ab, hängte sie in den kärglichen Büroschrank, ließ sich einen Kaffee bringen und beugte sich ein letztes Mal über die Akten und Unterlagen, um den Fall mit einem Urteil zum Abschluß zu bringen, das er morgen Vormittag verlesen müßte.

Mit dem Kaffee kam ein neuer Brief von Marek. »Nein«, schrie Jan, »nicht schon wieder!« Valerie lächelte. Das Kuvert war nicht geschlossen. Immerhin lernfähig. Wozu zukleben, wenn es der böse Richter wieder aufmacht. Jan versuchte, sich auf die Formulierung seines Urteils in Sachen betrügerischer Konkurs zu konzentrieren, zog aber dann, um sich abzulenken, Mareks Brief aus dem Kuvert. Neben dem polnischen Brief gab es einen auf deutsch geschriebenen – offenbar an Jans Adresse:

> Hallo Chef Richter
> Verzweiflung – warten auf Antwort Frau Czerkowska – Schweigen nicht gut normal – bitten geben alles Brief dalli U-Haft
> Marek

Er hatte Marek, diesem Maiskolbenprotz, am Freitag versprochen, seinen Brief nach der Prüfung zu befördern. Offenbar hätte Marek heute mit einer Antwort gerechnet. Die war nicht gekommen, und er hatte ganz richtig geschlossen, daß sein Brief nicht rausgegangen war. Jan war genervt und gerührt zugleich. Er hatte keine Lust, sich jetzt erneut mit dem hinderlichen Fall zu befassen. Marek laufen lassen – das wäre das Beste, aber das erforderte auch Rücksprache mit der Staatsanwaltschaft und eine Begründung. Jan hatte in dieser übervollen Verhandlungswoche einfach keine Zeit für den Fall Marek. Es sah nicht nach Haftbeschwerde aus. Wenn er noch ein paar Tage zu Unrecht in Untersuchungshaft sitzen würde, könnte er keine Autos klauen. Jans Mitgefühl hielt sich in Grenzen. Eine Frau zu haben, die einem postwendend jeden Brief beantwortet, das dürfte ihm die Stunden in der Zelle vertreiben helfen. Wer hat schon das Glück. Jan glaubte immer noch, daß es eine Frau war. Marek konnte nicht schwul sein. Ohrringe hatte heute jeder. Die Schwulen, mit denen er als Richter bisher zu tun gehabt hatte, sahen oft so aus, als würden sie gerne übereinander herfallen, aber nicht so, als würden sie postwendend Briefe beantworten, in denen es um das Übereinanderherfallen geht. Elisas Vermutung war zweifelhaft. Aber Jan konnte sich nicht damit befassen, nicht in dieser Woche.

Als er sein Urteil für den morgigen Vormittag früher als erwartet fix und fertig formuliert hatte, nahm Jan abermals Mareks noch immer unabgeschickten Brief vom Freitag und den von heute zur Hand. Auch wenn die Sache ihm nach wie vor Rätsel aufgab, war es wohl nicht mehr nötig, diese Briefe übersetzen zu lassen. Das aber brauchten die beiden Briefschreiber nicht zu wissen.

Jan überlegte sich, ob er es seiner Sekretärin zumuten sollte, ihr jetzt nach 18 Uhr noch ein paar Zeilen zu diktieren, da streckte sie nach kurzem Klopfen ihren Kopf ins Zimmer und jubelte: »Ich gehe jetzt!«

Es war Jan ohnehin fast lieber, die paar Zeilen selbst zu schreiben. Wie hieß die vermeintliche Verlobte? Marek hatte sie zur Erheiterung des Bundesgrenzschutz-Übersetzers mit den Worten »Mein Fickloch« oder »Mein Ficktier« angeredet – diese Grußformel sollte das Gericht vielleicht lieber nicht wählen. Czerkowska hieß sie. Jan las ab und tippte:

> Sehr geehrte Frau Czerkowska,
> Briefe von und an Untersuchungshäftlinge werden vom Gericht gelesen, wenn das Gericht Grund zu der Annahme hat, diese Kontrolle könne für die Ermittlungen von Bedeutung sein. Wie alle Untersuchungshäftlinge wurde auch der Sie als seine Verlobte angebende Herr Marek Mroczkowski hierüber informiert. Wie Sie sich vielleicht vorstellen können, stellt das Übersetzen Ihrer beider Briefe das Gericht vor eine außerordentlich schwierige Aufgabe und nimmt daher mehr Zeit als üblich in Anspruch. Herr Marek Mroczkowski hat uns gebeten, die Briefe möglichst ohne Verzögerung zu befördern. Durch ihren ungewöhnlichen Inhalt sind aber Verzögerungen bei der Beförderung nicht auszuschließen.
> Mit freundlichen Grüßen
> Amtsgericht Koblenz
> Jan Vanderleyden

Warum sich Jan solche Mühe gab, wußte er selbst nicht. Er hätte die Briefe weiter zurückhalten oder aber von nun an ungeprüft befördern lassen können. Aber irgendwie rührte ihn dieser Marek, und er glaubte ihm eine Erklärung schuldig zu sein. Und dann war da die Frage nach der geschlechtlichen Identität der Person, die er manchmal »meine Brautprinzessin« nannte. Vielleicht wirkten diese Zeilen klärend. Vielleicht stellte sich jetzt heraus, wer hinter der rätselhaften Frau Czerkowska stand. Es wäre ein bißchen übertrieben gewesen, sie ins Gericht zu bitten. Guten Tag, ich bin der Untersuchungsrichter Ihres Verlobten, meine Frau bezweifelt, daß eine Frau solche männerfreundlichen Briefe schreibt, würden Sie uns bitte bestätigen, daß diese Briefe aus freien Stücken ohne Androhung von Gewalt entstanden sind.

Es war etwas unüblich, an die Partnerin eines Untersuchungshäftlings einen solchen Begleitbrief zu schreiben. Andere Richter würden das nicht tun. Sie würden entweder den Grund zu einer Vorladung suchen oder gar nichts unternehmen. Jan hatte im Lauf seiner Zeit als Richter festgestellt, daß sich Fragen oft sehr schnell wie von selbst lösten, wenn man nicht den langwierigen Amtsweg wählte, sondern die richtigen Leute anrief oder ihnen in einer natürlichen, unjuristischen Sprache ein paar Zeilen schrieb. Auf diese Weise hatte er schon manches Verfahren beschleunigt, Leute erfolgreich ermuntert, Klagen einzureichen, als Zeugen auszusagen oder auch Klagen zurückzuziehen.

Zwei Tage später kam ein Brief für Marek. Jan hatte insgeheim gehofft, daß ein paar Zeilen an ihn dabeiliegen würden, und so war es auch.

> Sehr geehrter Herr Richter Vanderleyden,
> über Ihre Zeilen an mich habe ich mich sehr gefreut. Es tut mir leid, daß Marek und ich dem Gericht mit unseren polnischen Briefen Schwierigkeiten und Kosten gemacht haben. Als Mareks Bekannte erachte ich es als meine Pflicht, ihm die Untersuchungshaft so angenehm wie möglich zu machen. Ich kann selbstverständlich verstehen, daß das Gericht diese Briefe von und an Untersuchungsgefangene prüfen muß. Ich bin eine große Liebhaberin von Recht und Ordnung in der Demokratie. Ich bin sicher: Das Gericht wird herausfinden, daß Marek kein großes Verbrechen begangen hat.
> Mareks Deutsch ist leider nicht besonders gut. Er wird mir weiter in Polnisch schreiben, und ich werde auf Polnisch antworten. Ich werde aber fortan meinen Briefen

eine deutsche Übersetzung beifügen. Ebenso werde ich eine Übersetzung von Mareks Briefen an mich anfertigen und mitschicken. Wenn Sie meinen Übersetzungen nicht trauen, können Sie sie probeweise übersetzen lassen. Sie werden die Bestätigung bekommen: Es geht nicht besser. Ich bitte, auch diese Übersetzungen an Marek weiterzuleiten. Er möchte die Zeit in Haft ausnützen, um sein Deutsch zu verbessern.
Hochachtungsvoll
Zofia Czerkowska

P.S. Mein Vorname spricht sich nicht aus wie im Deutschen, wo der Name Sophia dreisilbig ist und die Betonung auf der zweiten Silbe liegt: So-phi-a. Mein Name aber wird auf der ersten Silbe stark betont. Das Z am Anfang wird ausgesprochen wie ein scharfes S, also Ssóff 'ja.

Damit hatte Jan nicht gerechnet. Dieses Entgegenkommen war nun wieder fast verdächtig. Die deutsche Übersetzung von Zofias sprich Ssóff 'jas Brief an Marek begann:

Hallo Marek,
von Deinem Richter Herrn Vanderleyden weiß ich, daß er unsere Briefe übersetzen lassen muß. Ich will ihm die Arbeit erleichtern. Deswegen fertige ich von Deinen wie von meinen Briefen deutsche Übersetzungen an. Für den Richter, aber auch für Dich. Du sollst diese deutschen Fassungen auch lesen. Du kannst bei der Gelegenheit Dein Deutsch aufbessern. Bitte lies die deutschen Briefe und vergleiche sie mit den polnischen. So kann man leicht eine Sprache lernen. Dein Deutsch ist wirklich eine Katastrophe. Wenn man in einem anderen Land lebt, muß man sich integrieren. Jetzt zur Sache.

> Ja, Du geile Fickmaschine, Du weißt, wie sehr sich mein blitzender Turbo-Zylinder nach den heftigen Stößen Deines gut geölten und tadellos beringten XXL-S-Kolbens sehnt. Ja, wenn Du Gas gibst und die Drehzahl erhöhst, schreie ich vor Glück und warte darauf, daß Du mich in das rote Lederpolster des Wagens drückst …

Das war nichts Neues. Ähnliches war auch in den bisherigen Briefen gestanden. Neu und sehr ungewöhnlich war Zofias Begleitbrief und die Tatsache, daß sie Übersetzungen anfertigte. Neue Rätsel: Warum diese Kooperationsbereitschaft? Was war das für eine seltsame Mischung aus Musterschülerhaftigkeit und Schamlosigkeit, Naivität und Intelligenz. Das fehlerfreie Deutsch stand in groteskem Kontrast zu der geradezu idiotischen Enthemmung. Wie war diese Höflichkeit mit der Dreistigkeit vereinbar, mit der diese Frau ihm als Vertreter des Gerichts ungeniert anbot, ja ihn geradezu aufforderte, Einblick in ihre und Mareks eher eintönige Sexualphantasien zu geben, als wäre sie stolz darauf.

Daß irgendwelche bandenkriminellen Geheimbotschaften zwischen den langweiligen Sexkolbenbeschreibungen versteckt waren, schloß Jan mittlerweile aus. Er würde bei Gelegenheit den psychologischen Gutachter fragen, was er davon hielt. Irgendeine Spielart von Exhibitionismus mußte das sein. Vielleicht war diese Zofia ja ein Transvestit, dem es gefiel, sich auszustellen. Wenn er Zeit hätte, würde er die Minirockrichterin anrufen und ihr die Geschichte erzählen und sie nach ihrer Meinung fragen. Sie dürfte schon längst in Pension sein, fiel ihm dann ein.

Jan Vanderleyden stürzte sich in seine Arbeit. Nur ein einziges Verfahren war dabei, mit dem er sich ein wenig profilieren konnte. Kampf eines Rentners gegen ein Landratsamt, das ihm ein Drittel seiner mageren Rente für die Pflege seiner an Alzheimer erkrankten Frau, die in einem Heim lebte, abzog. Fälle dieser Art häuften sich. Hier mußte Jan ein Tiptop-Urteil hinkriegen – möglichst zugunsten des Rentners. Das Landratsamt würde dann in Revision gehen. Und nichts war triumphaler und der Karriere förderlicher, als wenn ein anderes Gericht in einer höheren Instanz das erste Urteil bestätigen würde – und zwar in jedem Punkt.

Die Lauferei würde in den nächsten Tagen zu kurz kommen. Auch an sein Schwimmen zwei Mal pro Woche war nicht zu denken. Und doch, Jan war glücklich. Er mochte seinen Beruf, und er liebte, wie er sagte, seine Familie. »Ich liebe meine Familie!« Es war ihm nicht bewußt, daß einige Millionen Ehemänner mit passablen Berufen, wenn sie auf diesen 20-Jahre-Abiturtreffen nach dem Ausmaß von Glück oder Unglück in ihrem Leben gefragt wurden, die gleiche Antwort gaben: »Ich liebe meine Familie!« Es war eine Universalantwort: Beruf und Vaterland mögen, Frau und Kinder lieben. Industriekapitäne und Automechaniker gaben dergleichen von sich und glaubten sogar daran.

Jan wußte, daß er es gut hatte mit Elisa. Nicht, weil sie berühmt war, daran gewöhnte man sich leicht. Sein Glück bestand in ihrer häufigen Abwesenheit. Sie hätte auch Arzneimittelvertreterin sein können. Jan war glücklich, weil er nicht wie so viele seiner Kollegen zwischen vier und fünf Uhr am Nachmittag mit seiner Frau telefonieren und ihr kleinlaut beibringen mußte, daß es wieder einmal später werden würde und vor sieben mit seinem Auftauchen zu Hause nicht gerechnet werden könne. Ein Privileg, daß ihm diese Anrufe erspart blieben. Ein weiteres Privileg, daß die Söhne im Internat waren. »Wenn ich du wäre, würde ich das ausnützen«, hatte ein Kollege einmal gesagt. Jan hatte nicht verstanden und fragte am nächsten Tag bei seinem Kollegen nach. »Was hast du gemeint?« Der Kollege verrenkte entschuldigend den Oberkörper: »Ich hatte vergessen, daß Elisa deine Frau ist.«

Offenbar war Jan eine Ausnahme. Die Abwesenheit normaler Ehefrauen mußte ausgenützt werden. Aber das galt nicht im Fall von Elisa. Elisa war etwas Besonderes, mit ihr als Frau waren keine Seitensprünge nötig. Das hatte der Kollege mit seiner ordinären Bemerkung nicht bedacht.

Auch Elisa arbeitete unermüdlich. Es war die vorletzte Woche der Dreharbeiten zu dem neuen Film, in dem sie die Rolle einer Galeristin spielte, die sich in ihrer knappen Freizeit auch noch um die nur scheinbar unheilbar kranke Tochter kümmern muß, weil der Ehemann ein unzuverlässiger Trinker ist, der seine Frau, wie diese später erfahren wird, obendrein mit verlotterten Alkoholikerinnen betrügt. Schon jetzt war die Elisa-freundliche Presse ganz wild auf den neuen starken Film und flehte um Exklusiv-Interviews.

Mit Elisa konnte man sechzehn Stunden am Tag drehen. Ihre Kondition wurde bewundert, konnte allerdings nie unter Beweis gestellt werden, weil die Kollegen auf einen normalen Feierabend pochten. Lange, unausgelastete freie Stunden am Abend. Elisa widerstand den Blicken des Kameramannes mit dem süßen Schmerbauch und hatte das Gefühl, sich damit zu betrügen. Die Unwiederholbarkeit war ein Prinzip – mußten aber Prinzipien nicht ab und zu gebrochen werden? Sie hätte Jan gegenüber keine Gewissensnot gehabt. In ihrem Beruf konnte sie sich das leisten, fand sie. Als Frau. Was Männer sich schon immer herausgenommen hatten und noch immer ständig herausnahmen, konnte sich auch eine emanzipierte Frau herausnehmen, ab und zu wenigstens. So viel poppen konnten Frauen gar nicht, um es den Männern heimzuzahlen und mit ihnen gleichzuziehen.

Diese langen Abende im Hotel. Johannes, der Kameramann, war ein so amüsanter Typ. Seine Haut war weich. Er hatte so viele Haare auf der Brust, daß man den Zeigefinger hineinstecken und die Haare zu einem Zipfel zusammendrehen konnte. Eigentlich idiotisch, darauf zu verzichten. Es war mehr wegen der Rolle: Eine ihrem untreuen Ehemann treue Frau zu spielen und in Wirklichkeit dem treuen Ehemann ein weiteres Mal untreu zu werden, das fand Elisa stillos. Und der kein weiteres Mal zum Zug kommende Kameramann war keiner, der sich dann abwandte. Er wurde besonders süß. Und Elisa fühlte sich so jung in ihrer verspielten Abwehr.

Am Wochenende kamen die Söhne. Damit zerschlug sich Jans Hoffnung, das Verfahren Alzheimer-Gatte gegen Landratsamt bis zur Verhandlungsreife vorzubereiten. Die Söhne wollten nicht mit ihm ins Kino gehen, keine Wanderung machen, keinen Ausflug. Sie wollten sich nicht äußern zu der Frage, ob jemals und wenn, dann wann mit ihrem Abitur zu rechnen wäre. »Ich krieg die Krise«, stöhnte Elias, als ihm Jan eine Prognose zu entlocken versuchte. »Geht am Samstag abend nett essen«, riet Elisa durchs Telefon. Sie würde wieder erst am Sonntag kommen können, wollte aber ihre Vorstellung von häuslicher Harmonie aufrechterhalten. An ein gemeinsames Essengehen war nicht zu denken. Immerhin setzte Elisa durch, daß die Söhne am Montag schwänzten. Sie selbst würde erst am Dienstag abfahren und also endlich einmal etwas Zeit für die Familie haben. »Vielleicht kannst du am Montag ausnahmsweise mal erst am Mittag ins Gericht gehen«, flötete sie in Jans Ohr. »Vielleicht«, sagte er.

Und tatsächlich richtete Jan es so ein, daß er sich den Montag freinahm. Elisa fiel ihm um den Hals, wie eine Frau, deren Mann ihr endlich die seit langem heimlich ersehnte gemeinsame Weltreise versprochen hat. Jan bekam ein schlechtes Gewissen. Machte er sich so rar? Auch Elisa bekam ein schlechtes Gewissen. Ihre Begeisterung war übertrieben geraten und entsprach nicht ihrer wirklichen Freude. So innig umarmte man nur Menschen, von denen man abhängig war.

Jan hatte einen Grund, warum er am Montag noch mit der Familie zusammensein wollte. Er wollte Elisa von dieser Zofia erzählen, und dazu war es am Sonntag trotz mehrerer Anläufe nicht gekommen. Immer, wenn er damit anfangen wollte, hatte Elisa mit den Söhnen reden wollen oder war am Einschlafen oder das Telefon hatte geklingelt und sie für eine Stunde beschäftigt. Am Montag abend waren die Söhne in ihr Internat abgereist. Jan setzte durch, daß Elisa keine Pizza ins Haus bestellte. Entschlossen wie der Kommissar in einem Krimi drückte er auf die kleine Plastiknase am Telefon, die früher einmal eine Gabel gewesen war und den Hörer gehalten hatte, und trennte so die gewünschte Verbindung. Elisa lachte. Die Kühnheit gefiel ihr. Sie gingen zum Türken. Gegen den Türken konnte Elisa nichts einwenden. Es schmeckte ausgezeichnet, sie wurde nicht angegafft, keiner bat sie um ein Autogramm, keiner fragte sie, ob sie Elisa sei. Die Türken sahen türkisches Fernsehen und kannten Elisa nicht.

Beim übersüßen Dessert hatte Jan endlich Gelegenheit, von Zofia zu erzählen: »Ich wollte nur sagen: Es ist eine Frau. Du hattest das bezweifelt. Es scheint Frauen zu geben, die so sind.«

»So was?« Elisa war unkonzentriert.

»So verfickt«, sagte Jan mutig.

»Ich würde mich nach wie vor nicht wundern, wenn mit deiner Sofia etwas nicht stimmen würde«, sagte Elisa.

Auf das »deine« ging Jan nicht ein. Er verbesserte nur die Aussprache: »Zofia – Ssóff 'ja«

»Macht dir scheinbar Spaß, den Namen richtig auszusprechen«, sagte Elisa.

Jan schüttelte den Kopf. Er war nur für Genauigkeit.

»Ich warne dich«, sagte Elisa.

»Oh«, sagte Jan, »wovor?«

»Daß du dir Hoffnungen machst. Du machst dir ja richtig Hoffnungen, daß es solche Frauen geben könnte. Das hättet ihr gern, ihr Männer.«

Jan mochte Elisa nicht, wenn sie so sprach. Sie fuhr fort, und zwar siegessicher: »Ich schätze mal, sie ist ein Transvestit, deine Zofia, ein Transsexueller vielleicht. Die sollen auch dauernd ans Poppen denken.«

5

Neue Ermittlungen der Staatsanwaltschaft hatten ergeben, daß im Fall von Marek tatsächlich dringender Verdacht auf Bandenkriminalität bestand. Der junge Staatsanwalt nickte Jan triumphierend zu. Es gab genug Richter, die eine Untersuchungshaft übertrieben gefunden und Marek bis zur Verhandlung auf freiem Fuß gelassen hätten. Es war davon auszugehen, daß er dann auf Nimmerwiedersehen verschwunden wäre. Dank der beherzten Unterschrift von Jan Vanderleyden hatte man einen Fisch im Netz, in das hoffentlich noch einige andere Gestalten gehen würden, die das Leben friedlicher Menschen unnötig durcheinanderbrachten.

Es war ziemlich sicher, daß Marek in einer Verhandlung gegen eine größere Bande zumindest als Zeuge eine wichtige Rolle spielen konnte. Natürlich durfte man nicht einen Typen in Untersuchungshaft schmachten lassen, um einen Zeugen griffbereit zu haben. An dieser Stelle war die Sache mit Marek alles andere als korrekt, und Jan tat so, als merke er das nicht.

Da kein Verteidiger letztlich auf Haftverschonung drang, war Jan nicht gezwungen, über den Fall Marek penibel nachzudenken. Kein höheres Gericht konnte in diesem Fall den Eindruck haben, daß hier wieder einmal die Kollegen in den Amts- und Landgerichten aus Bequemlichkeit oder Arbeitsüberlastung ein Verfahren verschleppten und den armen Tatverdächtigen zu lange in Untersuchungshaft behielten.

Die Sex-Briefe allerdings hatten absolut nichts mit den

mutmaßlichen Machenschaften einer Bande zu tun, die im großen Stil Autos in östlichen Staaten verschwinden ließ und mit der Marek nach Unterlagen der Staatsanwaltschaft verwickelt war. Jan hätte die Briefe ungelesen weiterleiten können. Da sie ihm nun aber schon einmal übersetzt vorgelegt wurden, las er sie auch. Er wäre sich wie ein Spielverderber vorgekommen, wenn er das nicht getan hätte.

Als junger Referendar hätte ihn die Lektüre vielleicht irritiert. Jetzt fand er das Ausmaß der Sexbesessenheit erheiternd, auch aus Trotz, weil Elisa Mareks Briefe vermutlich abstoßend, wenn nicht empörend gefunden hätte und Zofias verdächtig unweiblich. Empörung aber war nicht angebracht, entschied Jan. Eher die Frage, ob das eigene Sexleben nicht etwas dürftig war. Nun waren das hier Briefe, was sich aber in Wirklichkeit zwischen Marek und Zofia zutrug, wußte man nicht. Immerhin träumten sie vom unglaublichsten Sex. Jan waren solche Träume fremd.

Jan las diese Briefe, wie er Fernsehserien verfolgte, die unter seinem Niveau waren. Irgendeine geheime Anziehungskraft haben sogar die dümmsten Sendungen. Selbst die bedeutungslosesten Figuren besitzen etwas, was man selbst nicht hat, und wenn es nur blitzende weiße Zähne sind oder eine besonders glatte Haut. Hier blitzte hinter den wenig abwechslungsreichen pornographischen Formulierungen eine echte Gier auf, die Jan so nicht kannte. Oft genug, wenn sexuelle Übergriffe als Straftaten zu verhandeln waren, stammelten die Täter, es habe sie überkommen. Staatsanwälte, Nebenkläger und Gericht ließen diese schwache Aussage nicht gelten, und nur, wenn der Anwalt des Angeklagten drei teure Gutachten auf den Tisch wuchten konnte, aus denen die Zwanghaftigkeit seines Charakters und das Verschwinden des freien Willens bei Ausschüttung von Sexualhormonen wissenschaftlich unumstößlich dargestellt war, hatten manche Richter ein Einsehen und ordneten die Einweisung in eine geschlossene psychiatrische Klinik an.

In den Briefen von Marek und Zofia fand Jan das Überfallartige der Sexualität so beschrieben, daß es ihn erstmals nicht wütend machte, sondern erheiterte, fast rührte, zumal der Wunsch, überfallen zu werden, von Zofia auszugehen schien. Sie lockte Marek und beschimpfte ihn, wenn er auf ihre Lockrufe nicht mit den gewünschten stürmischen Maiskolbenlitaneien reagierte. Dabei benutzte sie gern das Wort »erbärmlich«, was Marek zu gefallen schien. Er griff es auf, bezeichnete sich manchmal selbst als ihren »erbärmlich sich windenden Lustwurm« – eine Formulierung, die von Elisa aus einem ihrer besonders starken Frauenfilme hätte stammen können, dort natürlich würden die Worte nicht wollüstig gestöhnt, sondern verächtlich ausgespuckt werden, aber so, daß kein Freund des Winselns seine Freude daran hätte.

Natürlich lobten sich beide als »böse«. Marek schrieb bewundernd von seiner »bösen, schönen Verlobten«, und sie nannte ihn ihren »bösen Buben«, der sich schämen sollte, sich vor dem Herrn Richter so gehen zu lassen. Die Vorstellung des mitlesenden Richters schien die beiden nicht zu stören. Daß er jetzt mit ins Spiel gebracht wurde, ging Jan etwas zu weit. Als Aufputschmittel für ein Exhibitionistenpaar wollte er nicht dienen.

Einmal bat Marek seine Zofia mit den üblichen Lustwurmwindungen, ihm ein paar neue Photos von sich zu schicken. Sie schrieb zurück, dies sei sicher nicht erlaubt. Jan witterte eine Gelegenheit, endlich Gewißheit darüber zu erlangen, daß Zofia weder Transvestit noch transsexuell war, und fügte bei Mareks nächstem Brief an Zofia einen Zettel bei: »Wie kommen Sie auf die Idee, das Mitschicken von Photos sei nicht erlaubt? Solange sie nicht aus Metall sind und man mit ihnen nicht Gitterstäbe durchsägen kann, darf man einem Untersuchungshäftling so viele Photos schicken, wie man will. Das Gericht.«

Schon Zofias nächstem Brief lagen drei Photos bei. Zu Jans Enttäuschung Aufnahmen, die nichts als einen Fuß in einem

Schuh mit einem ziemlich hohen Absatz zeigten. Von vorn, von hinten und von der Seite. Schuhe, wie sie nach Ansicht Elisas von Frauen nicht getragen werden durften, denn sie waren allein dazu da, den Männern ein Wohlgefallen zu bereiten, während der weibliche Fuß in ihnen langsam verkrüppelte. Im dazugehörigen Brief schrieb Zofia: »Die Photos zeigen meine neuen Lieblingsschuhe aus deiner Lieblingsperspektive. Daß ich dir die Bilder zukommen lassen kann, hast du der Gnade des Herrn Richters zu verdanken.«

Jan hatte gute Lust, Zofia ins Gericht zu bestellen und sie zu fragen, was der Unsinn solle. Bei der Gelegenheit könnte er das rätselhafte Wesen endlich komplett in Augenschein nehmen. Die Photos zeigten eindeutig einen Frauenfuß. Ein Transvestit mit so schlanken Fesseln – das war nicht möglich. Dennoch wollte Jan weitere Gewißheit.

Es gab aber keinen Grund, Zofia zu einem Termin zu laden. Wenn überhaupt, hatte die Staatsanwaltschaft Grund, mit ihr zu sprechen und sie nach den Untaten ihres Verlobten Marek und seiner Rolle in dieser Luxuslimousinen-Hin-und-Herschieberei zu befragen. Vermutlich würde sie, wenn die Ermittlungen endlich abgeschlossen waren und das Verfahren dann stattfand, vom Gericht als Zeugin geladen werden. Zum jetzigen Zeitpunkt als Richter mit ihr zu reden hieß, der Staatsanwaltschaft ins Handwerk zu pfuschen. Die sonderbaren Bemerkungen über den gnädigen Herrn Richter, die sie in den Briefen an ihren U-Haft-Marek plazierte, waren nicht sonderbar genug, um sie vorzuladen. So etwas hatte man zu ignorieren.

Das fiel Jan nicht allzu schwer. Ein neuer Fall zog all seine Aufmerksamkeit auf sich. Eine Wettbewerbsverzerrungssache. Im Grunde waren das die interessanten Verfahren. Das hatte juristisches Niveau. Polnische Sexualprotze einzusperren, ihre grotesken Briefe zu lesen und so einen Kümmerling wie Marek nach Monaten wegen ein paar nachgewiesener

Nichtigkeiten zu einem Jahr ohne Bewährung zu verurteilen, das gehörte nicht gerade zu den Delikatessen des Berufslebens. Die drei oder vier Kumpane, die der Kriminalpolizei irgendwann in endlosen Überstunden ins Netz gehen und von der Staatsanwaltschaft dem Gericht präsentiert werden würden, hätten garantiert mehr Dreck am Stecken als Marek. Sie würden bei der Verhandlung unentwegt grinsen, wohl wissend, daß man ihnen nicht einmal den Hauch von Körperverletzung würde nachweisen können, die ein Teil ihres täglichen Handwerks war. Gegen Marek würde die Staatsanwaltschaft die Anklage fallenlassen, um ihn als Zeugen zu hören, als Zeuge aber würde er umfallen wie seine Zofia, die der Staatsanwalt vielleicht auch als Zeugin bestellen und die auch von nichts eine Ahnung haben würde. Das Ganze war kein Fall, um seinen Richterruhm zu mehren. Jan las nun auch die immer gleichen Briefe immer flüchtiger und nur noch stichprobenmäßig. Er fing an, das Interesse für Marek und seine merkwürdige Gespielin zu verlieren. Mehr noch: Es war ihm peinlich, daß er den Kindereien eine Weile so sorgfältig nachgegangen war und daß er sich dadurch so viel Zeit hatte rauben lassen.

Nach etwa vierzehn Tagen kam ein Einschreiben zu seinen Händen. Von Frau Zofia Czerkowska. Sie wollte eine Aussage machen und bat um einen Termin. In einem etwas penetranten P.S. merkte sie schnippisch an, daß der Herr Richter die Korrespondenz wohl nicht mehr überprüfe, sonst wüßte er von ihrem Wunsch und hätte ihr vielleicht schon einen Terminvorschlag gemacht.

Menschen, die freiwillig Aussagen machen wollten, waren in der Regel neurotische Wichtigtuer. Aber es konnte doch auch wirklich wichtig sein. Zofias Aussage war vielleicht ein Schlüssel. Höchst unwahrscheinlich zwar, aber eben nicht auszuschließen. Einen angebotenen Schlüssel sollte man wenigstens ausprobieren. Obwohl Jans Terminkalender keine

Lücken enthielt, teilte er mit, wann er am Montag nächster Woche Zeit für sie habe.

Um sich einzustimmen, ließ er die Korrespondenz nicht mehr achtlos an sich vorüberziehen, sondern las nun wieder konzentriert mit. Nach wie vor legte Zofia die Übersetzungen bei. Die Zeit in der Untersuchungshaft hatte Marek sexuell noch größenwahnsinniger gemacht. Nur reichten die Maiskolben und die Kolben in den Zylindern der Luxuslimousinenmotoren nicht mehr aus, um seine phallischen Visionen zu bebildern. Nun nahm er Zofia, die an einen Baumstamm gelehnt war, und sein Prügel erinnerte ihn an einen Stamm. Sie konterte: »Seit ich Dir gesagt habe, daß der Herr Richter nicht mehr mitliest, läßt Du Dich gehen. Du solltest Dich schämen.« Sie selbst schämte sich keineswegs, auf seine Baumstammphantasie einzugehen und zu beschreiben, wie sie den mächtigen Marek vor seiner »Explosion« von sich stoßen würde, und zwar »grausam«. Dieser Satz könnte sogar Elisa gefallen, die der Ansicht war, daß Geschlechtsverkehr oft genug Vergewaltigung sei, gegen die sich die starke Frau zur Wehr setzen müsse. Das pikante Finale würde Elisa vermutlich weniger gefallen: Zofia schrieb mit viel Freude am Detail, wie sie Marek zwingen würde, den »Saft«, mit dem er sie bespritzt habe, von ihren Beinen zu lecken.

Elisa würde diesmal, so hatte sie versprochen, das ganze Wochenende gemütlich und ohne Hetze da sein. Sie freue sich schon riesig auf das Familienleben. Die Söhne waren bestellt. Sie maulten, die Aussicht auf neue Fahrräder ließ sie zusagen. Jan machte eine Kopie von Zofias Brief. Er wollte Elisa nach ihrer feministischen Einschätzung fragen und war gespannt, ob sie das Finale unappetitlich oder amüsant finden würde. Schließlich war »Männerdreck« ein Wort der Frauenbewegung gewesen. Gut, das war Vergangenheit, das war so weit weg wie das Wort »Klassenkampf«, aber eine gewisse Aufwallung gegen die Penetration und ihre natürlichen

Folgen konnte er als Zeuge von manchen Telefongesprächen Elisas mit ihren engsten Freundinnen noch immer heraushören. Demnach müßte Elisa es eher gerecht und komisch als degoutant finden, wenn Männer den Saft, den sie am falschen Ort verschüttet hatten, auch selbst beseitigen mußten.

Schon anderntags kam erneut ein Brief von Zofia an ihn, in dem sie sich in einem altmodischen Amtsdeutsch übertrieben für die »Vorladung« bedankte. Jan kopierte den Artikel »Vorladung« aus einem juristischen Lexikon und schrieb für Zofia mit freundlicher Ironie an den Rand:

> Gnädigste:
> Eine Vorladung ist etwas eher Unerfreuliches, für das man sich nicht bedankt. Eine Vorladung kann mit Gewalt erzwungen werden. Es gibt in Ihrem Fall keine Vorladung. Betrachten Sie sich nicht als vor-, sondern als eingeladen, die von Ihnen gewünschte Aussage zu machen. – Dies nur der Sprachkorrektheit wegen. Ihr Deutsch ist ausgezeichnet. Eben deswegen fällt eine falsche Wortwahl auf.

Ab die Post. Wieder eine Viertelstunde mit dieser Person zugebracht! Jan ärgerte sich über seine Geduld. Das alles kostete Zeit, wertvolle Zeit. Wenn man weiterkommen wollte, durfte man sich nicht mit einem Untersuchungsgefangenen abgeben, der sich seine Langeweile mit monströsen Sexualphantasien vertrieb – und vor allem nicht mit dessen offensichtlich etwas verdrehter Verlobten. Den Nebensächlichkeiten auf den Grund zu gehen, war eine Schwäche von Jan, die ihn oft in Zeitnot brachte. Elisa, die selbst nie Zeit hatte, fand diese Schwäche allerdings sympathisch. »Das ist doch menschlich«, sagte sie und gab ihm einen Kuß: »Du bist eben kein kalter Paragraphenheini.« Jan lächelte gequält, wenn Elisa so sprach. Er wußte, was nach diesem Lob für ein Satz folgen würde. Er mochte den Satz nicht. Er war ihm zu selbstherrlich, zu einseitig: »Deshalb habe ich dich ja doch geheiratet«, sagte Elisa.

6

Drei Wochen schon war Elisa nicht mehr zu Hause gewesen. Es hatte Ärger wegen ihrer Memoiren gegeben. Jan brauchte das nicht zu wissen, fand Elisa, die selbst nicht alles wußte. Ihre Agentin hatte ihr nicht das ganze Ausmaß des Ärgers verraten. Einen Star mußte man schonen.

Die ungeschickte Äußerung eines Autors hatte den Ärger ausgelöst. Das war die offizielle Version. Ein unverschämter, arroganter, frauenfeindlicher Autor, der sich schämen und entschuldigen sollte. Elisa hatte ihn bei irgendwelchen Kollegen vom Film kennengelernt, und weil sie beschwipst oder einfach nur guter Laune und vertrauensselig war, hatte sie ihm von ihrem Memoirenprojekt erzählt und daß dies, da sie so wenig Zeit habe, wohl kaum ohne einen Ghostwriter zu machen sei. Und weil sie eine impulsive Frau war und der Autor ihr gut gefiel und man über seinen neuen Roman viel Gutes hörte und sie sich vorstellen konnte, ihn für das Projekt zu gewinnen, hatte sie ihn gefragt, ob er sich vorstellen könne, ihr Ghostwriter zu werden. Sie war etwas enttäuscht darüber gewesen, daß der Autor ihr daraufhin nicht stürmisch beide Hände abwechselnd küßte und laut ausrief: Das wäre ja phantastisch! Statt dessen sagte er: »Ist das ein Witz?«

Elisa überlegte sich nicht weiter, was der Autor gemeint haben könnte. Keine Woche später erschien in einer großen Zeitung ein Interview mit diesem Autor, und auf die Frage, an welchem Buch er als nächstes arbeiten würde, sagte er:

»Ganz sicher nicht an den Memoiren von Elisa Nazionale.« Der Interviewer verstand nicht, was das heißen sollte, und fragte nach. Worauf der Autor sagte, er sei gefragt worden, ob er die Memoiren Elisas, des Lieblings der Nation, schreiben wolle, er hätte aber sofort abgelehnt. Und dann fielen die schrecklichen Worte: »Das fehlte noch! So weit auf dem Hund bin ich noch nicht.«

Leider war dies keine Äußerung, gegen die man gerichtlich vorgehen konnte. Die Agentin hatte es gelesen und wußte gleich, was das bedeutete. Der ohnehin unentschlossene Verleger erster Wahl würde jetzt garantiert die Finger von dem Projekt lassen, und der Zweite-Wahl-Verleger würde einen geringeren Vorschuß anbieten.

Natürlich hatte die Agentin sofort in der Redaktion der Zeitung angerufen und sich beschwert – obwohl sie wußte, daß nichts mehr zu machen war. Sie mußte es daher bei einem Appell belassen und hoffte, daß die große Zeitung, die ärgerlicherweise bislang mit Elisa-Berichterstattungen gegeizt hatte, vielleicht demnächst mit einem großen Wiedergutmachungsinterview Elisas Glanz wieder erstrahlen und die häßlichen Flecken vergessen machen würde, die das Interview hinterlassen hatte.

Das alles war nur geschehen, weil Elisa eigenwillig darauf bestanden hatte, sich ihren Ghostwriter selbst auszusuchen. »Kinder«, hatte sie gesagt und auf ihre unvergleichliche Elisa-Art mit den Augen gerollt, »wenn ich für meine Memoiren schon eine Hilfe brauche, dann möchte ich nicht, daß ihr mir jemanden vor die Nase setzt. Den möchte ich mir schon selbst aussuchen.« Daß ein Mann besser wäre als eine Frau, hatte sie glücklicherweise von Anfang an einleuchtend gefunden. Ihre Memoiren durften kein allzu feministisches Produkt werden. Auch Männer und ganz normale Frauen gehörten zu ihrem Publikum und sollten ihre Memoiren lesen. »Ich bin ja eigentlich mehr eine Postfeministin«, sagte Elisa. »Eben«, hatten die Agentin und der Erste-Wahl-Verleger gleichzeitig gesagt, als dieser Punkt bei den ersten Vertragsverhandlungen zur Sprache gekommen war.

»Kennt sie sich denn mit Autoren aus?« hatte der Verleger die Agentin leise gefragt, als Elisas Handy klingelte und sie sich zum Telefonieren in eine andere Ecke des großen Verlegerzimmers zurückzog. »Elisa kennt Gott und die Welt«, sagte die Agentin und verwies darauf, daß sie allwöchentlich in der Spalte »Elisas Nachttisch« Buchempfehlungen ausspreche. »Ja, kennen Sie diese Rubrik denn nicht?« fragte die Agentin. »Wir orientieren uns doch mehr an den Rezensionen im klassischen Feuilleton«, sagte der Verleger. Etwas deutlich, wie er seine Distanz zeigte, fand die Agentin. Das konnte sie nicht auf sich sitzenlassen. »Sie werben in Ihren Anzeigen mit Elisas Formulierungen«, sagte sie und erinnerte ihn daran, daß sein Verlag jüngst einen Roman mit einem Elisa-Zitat beworben hatte. Sie zog triumphierend die Zeitungsseite aus ihrer Handtasche: »Hier!« Der Verleger las den Anzeigentext leise vor: »Ich konnte dieses Buch nicht aus der Hand legen! Elisa« – er senkte sein Haupt. »Für gewisse Bücher können wir solche Zitate gut gebrauchen«, sagte er leise.

Die Agentin verschwieg, daß die Leseempfehlungen nicht von Elisa selbst stammten, sondern in ihrem Namen von der Frauenzeitschriftenredaktion formuliert wurden. Dort saßen genügend Praktikantinnen, die Zeit hatten und kompetent waren. Ein Vorteil der hohen Arbeitslosigkeit, daß junge Frauen, die in den fetten Jahren nach Abschluß ihres Hochschulstudiums gute Stellungen mit stattlichen Gehältern bekommen hätten, nun zu Dutzenden als unbezahlte Praktikantinnen in den Redaktionen herumsaßen, Briefe frankierten, Photokopien machten, die Buchpakete der Verlage öffneten und nach zwölf Semestern Literaturwissenschaft und einer Doktorarbeit über die Einflüsse der Popkultur auf den Roman der Gegenwart froh waren, auch einmal ein Buch lesen und sich dazu äußern zu dürfen. »Bitte kurz und positiv«, sagte die Chefredakteurin. Aus der kurzen Empfehlung machte die Redakteurin dann den üblichen Elisa-Lesebefehl: »Wer dieses Buch nicht kauft und verschlingt, der wird dieses Leben nie begreifen.« Für derartige Formulierungen erhielt Elisa pro Woche 2000 Euro. Ein bißchen schade, daß Elisa auch in einer anderen Frauenzeitschrift eine ähnliche Spalte hatte: »Elisa liest«. Elisa hatte damit keine Probleme. »Es gibt so viele tolle Bücher«, sagte sie immer mit hinreißendem Temperament, »ich könnte noch zwei Spalten mit meinen Empfehlungen füllen.«

Das Eigenartige war: Elisa schien wirklich daran zu glauben, daß sie alle diese Bücher selbst las und mit eigenen Worten empfahl. Die Literaturredakteurinnen der Zeitschriften empfahlen Elisa die Bücher, die sie empfehlen sollte, auf eine so unaufdringliche Art, daß Elisa das Gefühl hatte, das Buch gelesen, beziehungsweise verschlungen zu haben. Nur bei einigen schwierigen und dicken Romanen hielt sie die Behauptung für angebracht, sie habe diesen »Hammer von Roman« doch ab und zu aus der Hand legen und sich einen Tee kochen müssen.

Nur Jan war über das wahre Ausmaß dieses eigenartigen Realitätsverlusts im Bild. Er wußte nicht, daß es sich um eine geläufige Unsitte der Kulturbranche handelte, und hätte bezeugen können, daß Elisa bei neunzig Prozent der von ihr gefeierten Bücher nicht einmal die Schutzfolie entfernt hatte. Daß die immer und überall als grundehrlich geltende Elisa in diesem Punkt ein wenig verlogen war, fand Jan fast charmant. Auch weil er selbst oft als der »Gerechte« und als ehrliche Haut galt, konnte ein bißchen Lüge im Haus nicht schaden – zumal es einer guten Sache diente: der Förderung des Lesens.

Zum Schrecken ihrer Agentin und ihres Zweite-Wahl-Verlegers hörte Elisa nicht auf die Vorschläge, einen professionellen, von Agentin und Verlag gemeinsam ausgesuchten Ghostwriter wenigstens unverbindlich zu beschnuppern. »Wieso, ich kenn doch so viele Autoren, laßt mich doch machen«, sagte sie, und ihre Agentin und der Zweite-Wahl-Verleger sahen sich ratlos in die Augen.

Die Agentin bereute, daß sie Elisa geschont hatte. Als das niederschmetternde Interview des taktlosen Autors erschienen war, hatte sie alles nur Mögliche getan, um zu verhindern, daß Elisa ein Exemplar dieser Zeitung zu Gesicht bekam. Mit Erfolg. Elisa hatte nur vage Andeutungen vernommen, daß Unschönes über sie in der Zeitung gestanden habe. Zum Glück hatten die Überbringer dieser Nachricht ein schlechtes Gedächtnis und konnten sich nicht erinnern, wann und wo. Im übrigen, hieß es, stammten diese Äußerungen von einem Autor, der seine Mittelmäßigkeit hinter Arroganz verbarg – waren also nicht ernstzunehmen. Der Film war bereits abgedreht, Elisa befand sich zum Nachsynchronisieren in München. »So weit unten bin ich noch nicht. Das fehlte noch.« Diese Sätze durfte Elisa nicht lesen, fand ihre Agentin. Elisa, die immer zupackende Frauen spielte, spielte in dem neuen Film eine besonders zupackende Frau – und die brauchte eine besonders zupackende Stimme. Wenn sie sich als Zumutung für einen Ghostwriter empfinden würde, könnte es ihr den optimistischen Ton verschlagen. Es war eine Wochenzeitung, in der das Interview stand, das erhöhte die Gefahr. Die Agentin kaufte alle Exemplare dieser Zeitung im Hotel und in den umliegenden Kiosken auf. Und tatsächlich, Elisa bekam das schandbare Blatt nicht zu Gesicht. Vielleicht war es ein Fehler, dachte die Agentin, vielleicht wäre der Anblick der verletzenden Worte eine Lehre für Elisa gewesen, und sie würde darauf verzichten, selber einen Ghostwriter suchen zu wollen. Immerhin aber hatte der Autor, der ihr nach ihrer harmlosen Anfrage so bösartig in den Rücken gefallen war, das Wort »Elisa Nazionale« geprägt. Er hatte zwar auch das abfällig gemeint, aber, herausgelöst aus seinem heimtückischen Zusammenhang, hörte es sich wie das italienische »Claudia Nazionale« an und ließ sich gut für Werbezwecke gebrauchen.

Elisa hatte Jan verschwiegen, daß sie mit ihrer Agentin kommen würde. Jennifer. Jan vermied es, diesen Namen auszusprechen. Jennifer hießen fünfzehnjährige Mädchen, die von ihren Vätern mißbraucht wurden. Zumindest laut Anklage.

Jan war enttäuscht. Er hatte bis Freitag am späteren Nachmittag alles weggearbeitet. Das Wochenende war ganz für die Familie reserviert. Dennoch stellte er sich rasch auf die neuen Verhältnisse ein und ließ sich, als Elisa in der Haussauna im Keller war, von der Agentin eine Kurzfassung dessen erzählen, was bisher in Sachen Memoiren schiefgelaufen war. Er konnte es nicht dramatisch finden und schaute sie fragend an.

»Sie haben doch Einfluß«, sagte die Agentin.

»Ich will mich nicht einmischen«, sagte Jan.

»Wir müssen verhindern«, flehte die Agentin, »daß Elisa mit einer zweiten Abfuhr ihren Marktwert verdirbt.«

Jan nickte. Er war froh, Richter zu sein und nicht an Marktwerte denken zu müssen. Als Elisa aus der Sauna kam, sah sie aus wie Fünfzig. Immer nach der Sauna war das so. Vor der Sauna fühlte sie sich erschlagen und sah aus wie Ende Dreißig. Nach der Sauna, wenn sie sich nach ihren eigenen Worten »pudelwohl« fühlte, sah sie aus wie Mitte Fünfzig. Jan fragte sich, ob der Agentin das auch auffiel.

Elisa schmiegte sich in den flauschigen Bademantel. Sie strahlte. »Ich hab's«, sagte sie.

Die Agentin schwieg und warf Jan einen verzweifelten Blick zu.

»Sag schon«, sagte die Agentin.

»Bruno«, sagte Elisa.

»Welcher Bruno«, fragte Jan.

Elisa sagte, sie habe eine Viertelstunde in der Sauna schwitzen müssen, dann sei ihr endlich Bruno eingefallen.

»Wer ist denn Bruno?« fragte Jan.

Elisa erhob sich und dirigierte ihre Worte: »Bruno – ist – der – ideale« – sie machte eine Kunstpause.

»Name für einen Mops«, ergänzte die Agentin.

»Bruno ist der ideale Ghostwriter.«

Die Agentin sah aus, wie alle Jennifers aussehen, wenn sich vor Gericht ihre Mißbrauchsvorwürfe als Phantasien entpuppen. »Ich kenne keinen Bruno«, sagte sie so kalt, daß Elisa hätte nachfragen müssen. Sie war aber beseligt von ihrem Bruno-Einfall, der harte Mißton fiel ihr nicht auf. »Ich werde euch von Bruno erzählen«, sagte sie wie eine verliebte Kindergärtnerin, ging in die Küche und setzte Teewasser auf.

Bruno war in Elisas Leben zu Beginn ihrer Karriere aufgetaucht. »Mein Gott, Kinder, das ist über fünfundzwanzig Jahre her«, sagte sie und hielt erschrocken die Hand vor den Mund, als habe sie mit dieser Zahl ein Geheimnis verraten. Es war dreißig Jahre her. »Der Sprung« – so hatte ihr erster Film geheißen. Er war zunächst zwiespältig aufgenommen worden. Begeisterung hier, Verrisse dort. Elisa, damals noch keine Zwanzig, spielte eine junge Frau aus Rumänien. Damals gab es noch keinen Bevölkerungszustrom aus dem Osten, aber durch den Eisernen Vorhang entschlüpften doch immer wieder Menschen den Fängen kommunistischer Diktaturen. Es war kein Modethema, ein Einzelschicksal war da verfilmt worden. Elisa aus Köln hieß auch im Film Elisa. Sie spielte eine Halbzigeunerin, die aus der Diktatur Rumäniens hatte fliehen können. Viele böse Menschen, die in dem Film ihren Weg kreuzten, nannten sie Zigeunerflittchen oder Zigeunerluder, die wenigen politisch Korrekten sprachen ethnologisch ehrfurchtsvoll von Sinti oder Roma, und einer fragte: »Sind Sie jetzt vom Stamme der Sinti oder dem der Roma« – eine Dialogpassage, bei der in den Kinos heftig gelacht und die als papieren getadelt wurde. Natürlich geriet die Film-Elisa unverschuldet unter den Einfluß krimineller Profiteure, kam auf die schiefe Bahn, wurde zur Prostitution gezwungen und erschoß am Ende ihren Zuhälter, nachdem sie dieser krankenhausreif geschlagen hatte, in einem heroischen Notwehrakt.

Linke Zeitungen beschrieben den Film damals als gut gemeinten Kitsch, rechte Boulevardzeitungen ereiferten sich, daß unsere fremdenfreundliche Gesellschaft als fremdenfeindlich dargestellt werde. Und die schauspielerische Leistung der jungen Elisa fiele nur deswegen auf, weil diese Frau den Charme einer Kaufhauszigeunerin ausstrahle. Das hatte Elisa tief verletzt.

Kurze Zeit später war in einer großen Zeitung eine ganzseitige Besprechung des Films abgedruckt worden. Titel: »Liebeserklärung an die Kaufhauszigeunerin«. In dem Artikel wurde die Schauspielkunst Elisas in den höchsten Tönen gelobt. Am Ende der Kritik malte sich der Kritiker aus, wie Elisa in einem zukünftigen Film in die Redaktion einer Boulevardzeitung eindringt und den Chefredakteur mit den Worten über den Haufen schießt: »Du Schwein verstehst keine andere Sprache!«

Genugtuung! Die junge Elisa hatte diese Kritik immer wieder gelesen. Der Kritiker hatte erkannt, daß sie eine Rächerin war. Sie hatte ihre damalige Agentin gebeten, die Telefonnummer des Kritikers herauszufinden. Sie wollte ihn anrufen und sich bedanken. »Das tut man nicht«, hatte die Agentin ihren jungen Schützling belehrt. Da hatte Elisa selbst bei der Zeitung angerufen und sich nach der Nummer ihres Lobsängers erkundigt, hatte bei der Gelegenheit erfahren, daß er kein Kritiker, sondern ein nicht unbekannter Schriftsteller war. Bruno. »Wer?« – »Kennen Sie den nicht?« wurde sie gefragt. Elisa war keine Leserin. Sie hatte gerade ihr Abitur gemacht und gleich danach den Film und sonst wenig Ahnung. Sie rief Bruno an und sagte, »Hallihallo, ich darf doch Bruno und du sagen« – und sprudelte los, wie wunderbar und wohltuend sie seine Hymne gefunden habe und wie dankbar sie sei: »Vielen, vielen Dank!« Dann bedankte sich Bruno bei ihr und sagte, er habe schon des öfteren Leute in Zeitungsartikeln gelobt, aber nie hätten die sich bedankt, Elisa sei die erste, sie habe Stil. Und weil beide noch nicht mit dem Telefonieren aufhören wollten, fing Elisa noch einmal von vorn an, und dann versicherte sie Bruno, wie peinlich es ihr sei, daß sie seine Bücher nicht kenne. Bruno sagte, er werde eines aussuchen, das ihr gefallen könne, und ihr schicken. Sie hörten nicht auf zu telefonieren und sagten mehrmals, daß sie sich sicher bei irgendeiner Gelegenheit treffen würden, und Elisa versprach sich und sagte »in die Arme fallen« und dann: »Entschuldigung, ich meinte natürlich in die Arme laufen.« Zwei Tage später schickte ihr Bruno einen seiner Romane. Hoffentlich ist er signiert, hatte Elisa gedacht, aber er war nicht nur signiert, Bruno hatte vorn die freien Seiten vollgeschrieben: daß Filme besser seien als Romane, weil man sie sich in zwei Stunden ansehen könne, während man zum Lesen von Büchern Tage bräuchte. Zeit sei aber kostbar, deswegen habe er die Stellen angestrichen, die ihr vielleicht gefallen könnten, es seien Stellen, wo eine junge Frau vorkomme. Er, Bruno, könne sich Elisa sehr gut in dieser Rolle vorstellen, er habe, als er das schrieb, eine junge Frau wie Elisa im Kopf gehabt, freilich ohne sie damals zu kennen.

Elisa hatte mit roten Ohren die Stellen gelesen und konnte sich in der Tat damit identifizieren. Da war von einer zwanzigjährigen Tramperin aus Norwegen die Rede, die mit ihren dunklen ungewaschenen Haaren, wie eine Zigeunerin aussah. Sie wird mitgenommen von einem vierzigjährigen Diplomaten, der nicht glauben kann, daß es so dunkle Norwegerinnen gibt, die wie Zigeunerinnen aussehen. Zufällig hat er eine Kassette mit Zigeunermusik im Auto und spielt sie ihr vor, und sie schreit vor Vergnügen. Der Diplomat will nach Wien fahren, die Tramperin nach Spanien. In Würzburg würden sich ihre Autobahnwege trennen, aber der Diplomat kann nicht anders und fährt sie bis Basel, und wenn er schon in Basel ist, kann er auch bis Genf fahren, und dann auch bis Lyon.

Und weil es auch schon nicht mehr drauf ankommt, fährt er die Rhône runter bis nach Nîmes und Montpellier – und wenn er schon so weit ist, kann er sie auch bis Barcelona fahren. Hinter der spanischen Grenze in Port-Bou macht er halt, sie trinken den zwanzigsten oder dreißigsten Kaffee, und er erzählt ihr, wer Walter Benjamin war, und daß der sich an diesem Ort vor Jahrzehnten auf der Flucht vor den Nazis das Leben genommen hatte. Ich bitte Sie um eines, sagt der Diplomat, und die Tramperin hofft, daß er sie jetzt endlich fragen wird, ob er mit ihr ins Bett gehen darf, denn der Diplomat ist ein hübscher Mensch, und nichts anderes will sie als mit ihm im Bett sein. Beim Einschlafen zwischendurch während der Fahrt ist sie des öfteren an seine Seite gekippt und hat es als angenehm empfunden, müde an ihm zu lehnen. Der Diplomat aber sagt: Wenn Sie jemals von einem Neonazi dumm angeredet werden sollten, dann treten Sie diesem Schwein mit aller Kraft in die Eier, und wenn er sich krümmt, treten Sie von unten noch einmal gegen sein Kinn, so fest es geht, daß ihm die Zähne aus dem Mund fliegen. Dann hatte er sie bis Barcelona gefahren und ihr ein Hotel gezeigt und erzählt, daß er vor zwanzig Jahren, als er so alt war wie sie, die zigeunerinnenhaft aussehende Norwegerin, hier einmal übernachtet habe, für einen Spottpreis. Es kostete immer noch einen Spottpreis, und er suchte das Zimmer, es war sogar ein Zimmer mit Klo, und auf dem gußeisernen, weiß lackierten Wasserspeicher der Spülung war in den stolzen Lettern des Industriezeitalters die Typenbezeichnung zu erkennen: »The Great Niagara«. Und noch immer war kein Wasser in diesem Speicher. Dann wollte er gehen, beziehungsweise fahren, einfach die endlose Strecke die Rhône rauf über Genf, Zürich, München bis Wien zurückfahren. Übernachten Sie doch, sagte die norwegische Tramperin, ich bitte Sie, bleiben Sie hier, bei mir, in Ihrem alten Zimmer, Sie müssen sich ausruhen. Und er sagte, nein, das ist keine Art, Männer in meinem Alter und eine junge Tramperin, das geht nicht. Früher hat die Moral das verboten, heute ist es der Stil. Sie sind kein Moralapostel, Sie sind ein Stilapostel, hatte die norwegische Tramperin daraufhin schlagfertig gesagt.

Elisa hatte vergessen, wie die Geschichte in Brunos Roman weitergegangen war, ob der Diplomat dann doch geblieben oder tatsächlich abgefahren und auf dem weiten Rückweg nach Wien womöglich tödlich verunglückt war.

An das Kapitel mit der Autofahrt nach Barcelona aber erinnerte sie sich noch immer. Sie hatte im Lauf der Zeit manchen Produzenten auf den Roman hingewiesen und eine Verfilmung vorgeschlagen, aber der Roman war nach Ansicht der Produzenten nicht populär genug, eine Verfilmung wäre zu riskant. Als Elisa wieder einmal mit dem Vorschlag herausrückte und zu erkennen gab, wie gern sie die norwegische Zigeunerin spielen würde, sagte der Produzent: Elisa, du bist phantastisch, du bist Ende Dreißig und siehst aus wie Mitte Zwanzig, aber eine 18jährige Tramperin kannst du nicht mehr spielen. »Danke«, hatte sie gesagt und dabei beleidigt die zweite Silbe des Wortes angehoben.

Auf der Umschlagrückseite des Romans mit dem Diplomaten und der Tramperin aus Norwegen war ein Photo von Bruno gewesen, und so hatte sich Elisa den Diplomaten vorgestellt. Bruno hatte ihr nicht nur das Buch zugeschickt, sondern auch eine Musikkassette mit rumänischer Zigeunermusik beigelegt und dazugeschrieben: »Das haben die beiden damals auf ihrer Fahrt rauf und runter gehört.«

Elisa war begeistert gewesen. Sie wollte Bruno, der ihr nun so nah war, als habe sie viele Stunden an seiner Seite im Auto gesessen, sofort besuchen und ihm ins Gesicht sagen, wie gut ihr diese Romanepisode und die Musik dazu gefallen haben, wie gern sie diese norwegische Tramperin spielen würde. Ihre damalige Agentin aber hatte sie gewarnt: Tu das nicht, der ist nur hinter jungen Frauen her und erfindet zur Tarnung Romanfiguren, die sich im Gegensatz zu ihm dafür zu fein sind. Elisa wollte sich nicht bremsen lassen, dann aber meldeten sich plötzlich jeden Tag neue Produzenten und Regisseure und boten Elisa interessante Rollen an. Diese Termine waren wichtiger. Journalisten baten um Interviews. Die Agentin koordinierte die Termine. Ein Journalist stellte Elisa hundert Fragen, die sie in einer halben Stunde beantworten sollte. Das kann ich nicht, sagte sie. Das können Sie, sagte der Journalist. Eine der Frage lautete: »Lob ist uncool?« Elisas Antwort war: »Nicht Brunos Lob.« Sie hoffte, er würde das Interview lesen und den Gruß verstehen. Die Redaktion aber strich die Frage und ihre Antwort.

Bruno schrieb ihr dann noch ein paar Mal. Er bedauerte, nichts mehr von ihr zu hören. »Dein Schweigen paßt nicht zu dir«, schrieb er. Er wollte wissen, ob Elisa einen Blick in den Roman getan und in die Musikkassette hineingehört habe, und wie sie das gefunden hatte. Sie kam nicht dazu, ihm zu antworten. Er schrieb: »Ich kann mir vorstellen, daß Du jetzt einiges um die Ohren hast und keine Zeit zum Antworten findest. Vielleicht kannst Du wenigstens beiliegenden Fragebogen ausfüllen.«

Ich kann mit der Romanpassage, auf die du mich hingewiesen hast, etwas anfangen, und mit der beigelegten Musik auch.

Ja

Nein

Zutreffendes ankreuzen

Vielen Dank noch mal für die Hymne in der Zeitung, aber jetzt ist es genug.

Ja

Nein

Zutreffendes ankreuzen

Zwei Kreuzchen hätte Elisa damals nur zu machen brauchen, aber sie kam nicht dazu. Die damalige Agentin frohlockte: Die Neigung der jungen Elisa zu einem älteren Schriftsteller paßte ohnehin nicht in ihre Vorstellung von Karriere. Sie schrieb an Bruno: »Im Namen meiner Klientin Elisa teile ich Ihnen mit, daß sie keinen weiteren Kontakt mit Ihnen wünscht.«

Damit war Bruno aus Elisas Leben verbannt, mit dem er ja nie leibhaftig in Berührung gekommen war. Elisa machte Karriere und dachte hin und wieder an ihn. Immer wenn sie von einem neuen Buch Brunos hörte, empfand Elisa eine ungewöhnliche Scheu. Es erinnerte sie an ihren Anruf und seine Briefe danach.

Wenn die Redakteurinnen Elisa für ihre Nachttisch-Kolumnen einen neuen Roman Brunos vorschlugen, sagte sie auf eine eigentümliche gedehnte Art: »Ach – ich weiß nicht.« Irgendwann erhielt Elisa den Preis eines Verlegerverbands: »Die goldene Lesebrille«. Die Lieblingsvorzeigefernsehschauspielerin der Nation mit der skandalfreisten aller Karrieren war nun auch »die Vorleserin der Nation« geworden, wie es in der Laudatio geheißen hatte – Vorleserin im Sinn von Vorkosterin: »Elisa hat es auf sich genommen, die Bücher auf Schmackhaftigkeit und Verdaulichkeit und etwaige Giftstoffe zu prüfen und zu entscheiden, ob sie für den Souverän, vulgo das Volk genannt, geeignet sind.« Heiterkeit und Klatschen. Alle Zeitungen meldeten, daß Elisa das Preisgeld sofort der Stiftung »Bücher für die Dritte Welt« überwiesen habe. Peinlicherweise hatte sie das dann vergessen, die Stiftung hatte sie nach drei Monaten schüchtern daran erinnern müssen. Schuld der Agentin, fand Elisa, und hatte einen Grund, sie zu entlassen. Seitdem kümmerte sich Jennifer vorbildlich und mit neuem Schwung um den vielbeschäftigten Schützling.

Elisas Leselüge kam den Verlagen und der Buchkultur zugute, deswegen schwiegen auch die Zweifler und Spötter. Verlage und Autoren, die noch nicht das Glück gehabt hatten, von Elisa in den Lesehimmel gehoben zu werden, hofften auf diesen Augenblick und wagten keine Kritik. Nur wenigen

Unbestechlichen im Kulturgewerbe blieb nicht verborgen, daß die von Elisa nicht empfohlenen Bücher nun noch mehr zu nichts wurden. Es war, als hätten sie eine Qualitätskontrolle nicht bestanden.

Eine kleine, ohnmächtige Zeitung hatte sich damals über den Preis der »goldenen Lesebrille« mokiert und wartete mit einer simplen Multiplikation auf: Bekanntlich hat das Jahr 52 Wochen. Bei 10 Romanen pro Woche sind das 520 Romane, die von einer Frau gelesen werden, die drei bis vier Filme im Jahr dreht und dabei ihre Familie nicht vernachlässigt. Bravo! Ich hoffe, schrieb der Autor des Kommentars, daß Elisa das Pensum noch etwas erhöht und auf 730 Bücher pro Jahr kommt, das wären dann zwei Bücher pro Tag. Dann nämlich, hieß es weiter, bestünde vielleicht die Chance, daß ihr auch einmal ein Roman von ihm in die Finger falle. Dieser Kommentar war Elisa nicht in die Finger gefallen. Zum Lesen von Zeitungen hatte sie nun wirklich keine Zeit. Auch ihrer Agentin war dieser kleine Artikel entgangen. Er stammte von Bruno.

Ein schlechtes Gewissen aber brauchte Elisa wegen Bruno nicht zu haben. Es war nicht nett, daß sie ihm damals nicht geantwortet hatte, aber das war ja wohl verjährt. Immerhin: Sie erinnerte sich noch. Es war kein Verbrechen, ein paar ganz nette, aber nicht sonderlich wichtige Briefe nicht beantwortet zu haben. Sie hatte sich nichts vorzuwerfen. Es wäre im übrigen ein bißchen die billige Tour, sich mit Empfehlungen von Brunos Romanen für seine damalige Verteidigung zu bedanken. Eine Hand wäscht die andere – nein danke, das war nicht Elisas Art.

»Sei ein Schatz und such mir seine Adresse raus«, sagte Elisa zu Jennifer, die die von ihrem Entschluß begeisterte Elisa beschwor: »Hast du es dir gut überlegt?«

»Bruno ist der Richtige«, sagte Elisa, »ich spüre es.« Sie griff sich ans Herz und strahlte: »Diese Liebeserklärung damals, ich bin sicher, er liebt mich noch immer ein bißchen.«

Jan kam mit einer Flasche Schampus aus dem Keller, die zur Feier des künftigen Ghostwriters geöffnet werden sollte. »Wer liebt dich noch immer?« fragte er, denn wenn er es nicht fragen würde, würde Elisa schmollend klagen: Mein Mann will nicht wissen, wer mich liebt. Jennifer sah zu Boden und sagte leise und gar nicht wie eine Agentin: »Du weißt, das ist eine Ewigkeit her.«

7

Am Montag zog sich vom Morgen bis zum Mittag die Verhandlung über einen betrügerischen Konkurs hin, ein Verfahren, das von der Presse mit großem Interesse beobachtet wurde, und das Jan zu seinem Verdruß auch am Nachmittag nicht abschließen konnte, weil der widerliche Anwalt des widerlichen Angeklagten plötzlich einen neuen Zeugen aufbieten wollte. Vertagung. Jan mußte dem Sprecher des Gerichts sagen, was der den Medienleuten sagen sollte. Dann gab es da noch den Ärger mit einem Durchsuchungsbefehl, den ein übereifriger Staatsanwalt etwas unüberlegt angeordnet hatte. Die Zeit war wieder einmal zu kurz. Als sich Valerie kurz vor fünf abmeldete, machte sie darauf aufmerksam, daß Jan in wenigen Minuten einen Termin mit Frau Czerkowska hätte. Die Dame sei bereits da und warte. Jan seufzte. Es paßte ihm jetzt gar nicht. Das war ein Luxustermin. Er war mit seinen Gedanken woanders. Im Fall Marek gab es im Augenblick keine neuen Ermittlungsergebnisse der Staatsanwaltschaft, wenn das so weiterging, würde er dem eigentlich ganz netten, aber den Mund immer etwas zu voll nehmenden Staatsanwalt mitteilen müssen, daß er Marek aus der Untersuchungshaft entlassen werde, es sei denn, er könne ihm bald handfeste Ergebnisse vorlegen.

Angestrengt und überarbeitet wie Jan war, interessierten ihn im Augenblick schon gar nicht diese grotesken Sexbriefe und die Frage, ob eine Frau sich solche Briefe gefallen lassen und in einem ähnlichen Ton darauf antworten würde. Das war nur noch privat und auch nur, wenn man Zeit dafür hatte, war das von einer gewissen Bedeutung. Elisas Verdacht, Zofia könne keine normale Frau, sondern eigentlich nur ein durchgeknallter Transvestit sein, war der Grund, warum er Zofia diesen Termin eingeräumt hatte. Wenn er nicht so viele andere dringliche Sachen hätte erledigen müssen, wäre das jetzt vielleicht eine willkommene Ablenkung gewesen, so aber war es eine Störung, die er still verfluchte. Trotzdem: Man durfte niemanden warten lassen.

Punkt siebzehn Uhr öffnete Jan die Tür zum Zimmer der Sekretärin, in dem Zofia sitzen mußte, und rief, ohne hineinzusehen: »Sie können jetzt kommen, Frau Czerkowska!« Das war nicht höflich, aber er wollte auch nicht höflich sein. Er wollte zeigen, daß er eigentlich keine Zeit hatte. Daß nicht er den Wunsch nach diesem Treffen hatte, sondern sie. Er wußte im Augenblick nicht mehr, warum sie überhaupt hier war. Richtig. Sie wollte eine Aussage machen. Jan setzte sich wieder an den Schreibtisch. Jetzt den Kopf in die Akten zu senken, eine Weile nicht aufzublicken, um der eintretenden Besucherin zu zeigen, wie ungelegen sie ihm sei, das wäre etwas übertrieben, entschied Jan, schob die Akten beiseite, als er die Schritte aus dem Nebenzimmer sich nähern hörte, und blickte, jetzt doch gespannt, auf die offene Tür.

Erst in dem Augenblick, als sie in der Tür auftauchte, wurde Jan klar, daß seine Phantasie ohne sein bewußtes Zutun ein vages Bild von Zofias Erscheinung erzeugt und unbemerkt in seinem Hirn abgelegt hatte. Das phantasierte Bild entsprach in keiner Weise der Wirklichkeit. Jan hatte sie sich blond und blaß vorgestellt, schlampig angezogen, nach diesen Briefen zu urteilen natürlich frech und ordinär, vielleicht ein bißchen verwahrlost. Auch Elisas Vermutung, eine Frau schreibe solche Briefe wie Zofia nicht, hatte Jans Erwartungen geformt. In seine Phantomvorstellung von Mareks Gangsterbraut hatte sich daher eine verdächtig tiefe Stimme gemischt sowie die blutrot überschminkten Lippen und das affektierte und kokette Auftreten von Transvestiten. Modisch zerrissene Jeans hatte er vor sich gesehen, die so tief sitzen, daß auch bei schlanken Mädchen die Lenden kleine Speckwülste bilden – eine unbegreifliche Geschmacksverirrung. Eine Schultertätowierung vielleicht noch.

Die Frau, die nun auf ihn zukam, war eine andere. Ein Typ, wie man ihn selten in der Wirklichkeit sieht, mehr in der Werbung von Banken. Frauen dieser Art trugen normalerweise einen eleganten Laptop mit sich herum oder ein schmales Businessköfferchen. Eine sportliche Geschäftsfrau. Sehr gepflegt, sehr gute Figur. Kostüm. Der Rock kurz, wohl wissend, daß er bei diesen Beinen nicht kurz genug sein konnte. Könnte selbst eine Staatsanwältin sein. Sehr hohe, spitze Schuhe. Das Alter? Von Anfang Zwanzig bis Ende Dreißig war alles möglich. Eine gewisse Makellosigkeit ließ keine Schätzung zu. Auch war Jan kein guter Schätzer. Das Alter der Menschen, die fast täglich als Angeklagte vor ihm standen, mußte er nicht schätzen. Vor Beginn der Vernehmung las man ihnen unter anderem ihr Geburtsdatum vor und fragte, ob es stimmte. Elisa sah manchmal wie Mitte Fünfzig, manchmal wie Mitte Dreißig aus. Jan hatte sich abgewöhnt, das Alter von Frauen zu schätzen. Man beleidigte sie, wenn man sie älter schätzte, man beleidigte sie, wenn man sie jünger schätzte. Am meisten beleidigte man sie, wenn man richtig schätzte. Wenige Augenblicke später sagten sie, daß sie keine Probleme mit dem Älterwerden hätten.

»Zofia Czerkowska«, sagte die Frau mit einer warmen Stimme und charmantem slawischem Akzent: »Danke, daß Sie sich Zeit genommen haben.« Jan gab ihr die Hand. Gepflegte, hübsche Hände. Keine Transvestitenpranke. Sie kam nicht als Ganovenbraut, das war eher der Auftritt einer verdeckten Ermittlerin, die endlich Licht in den Filz von Vergaberechts-Delikten bringen sollte. Sie trug nichts bei sich, keine Handtasche, nicht einmal eines dieser aufquellenden schwarzledernen Kalender- und Adreßbücher. Das fiel ihm auf. Eine, die alles im Kopf hatte, vermutlich auch die hundert wichtigsten Handynummern.

Jan deutete auf die Sessel in seinem Dienstzimmer, wo man bequemer sitzen könnte, wenn man einige dort liegende Aktenordner wegräumen würde. »Ich habe keine Probleme, Sie am Schreibtisch sitzen zu sehen«, sagte sie und lächelte. Einen solchen Satz hatte Jan noch nie gehört. Deswegen gab es doch diese Sitzgruppen, um wenigstens im Zimmer des Richters die Möglichkeit zu haben, Hierarchiegefühle und Verhörsituationen zu vermeiden. Ohne mächtigen Schreibtisch als Kommunikationshürde dazwischen ließen sich nach Ansicht aller Psychologen sehr viel schneller vernünftige Ergebnisse erzielen. »Bitte«, sagte Jan, deutete jetzt auf den Stuhl vor dem Schreibtisch und nahm selbst Platz. Wie eine Bittstellerin sah Zofia nicht aus. »Sie wollen eine Aussage machen«, sagte Jan.

Es war nicht vorstellbar, daß diese Frau solche Briefe schrieb. Elisa hatte recht. Nur: Da saß diese Frau. Es gab sie. Oder schrieb diese Briefe jemand anderes?

Zofias Deutsch war geschickt, die wenigen Fehler intelligent, der Akzent verstärkte den geheimagentinnenhaften Eindruck. Das einzige, was nicht paßte, war, daß sie Jan mit »Herr Richter« ansprach. »Ich heiße Vanderleyden, Frau Czerkowska«, sagte Jan. Sie nahm das Angebot nicht an. Sie blieb bei ihrem »Herr Richter«, wollte ihrerseits aber nicht mit »Frau Czerkowska« angesprochen werden. Die Deutschen hätten Schwierigkeiten mit diesem Namen. Jan solle sie Zofia nennen. Jan fragte, ob er den Namen Czerkowska falsch ausspreche. Nein, das nicht, aber trotzdem. Sie möge ihren Familiennamen nicht. Zu dem Vornamen Zofia hingegen stehe sie. Jan wurde keck: »›Zofia‹ und ›Herr Richter‹, das geht nicht, dann müssen Sie den ›Herrn‹ weglassen.« Er fügte hinzu: »Auch Ihr Marek sagt nicht ›Herr Richter‹, sondern ›Hey Chef‹.«

»Okay, Richter«, sagte sie, »ich werde es versuchen, es fällt mir nicht leicht.« Sie seufzte und lächelte. Ihr Lächeln war so beschaffen, als sei ihr Leben nicht leicht. Eine querschnittsgelähmte Schwester mußte vielleicht versorgt werden. Etwas in der Art.

Jan war sicher, daß sie nun Mareks Unschuld beteuern und dann um Entlassung des Verlobten aus der Untersuchungshaft bitten würde. Sie konnte sich ausrechnen, daß man eine Bitte von ihr weniger leicht abschlagen konnte als den ausgetüftelten Haftverschonungsantrag eines penetranten Anwalts. Doch auch hier hatte sich Jan getäuscht. Sie hatte nicht vor, Marek zu entlasten.

»Es ist nicht *mein* Marek«, begann sie und legte dann los, als wolle sie den Herrn Richter (sie konnte oder wollte den »Herrn« nicht weglassen) nicht lange belästigen und auch selber keine Zeit verlieren. Ihr rasches Zursachekommen war imposant, routiniert, verhandlungserfahren. Marek habe sie als seine Verlobte ausgegeben, sagte sie, das sei nicht richtig. Sie habe keine Lust, Marek in Schwierigkeiten zu bringen, aber noch weniger Lust, seinetwegen Schwierigkeiten zu bekommen. Sie habe keine Ahnung, was Marek treibe.

Es klang fast glaubwürdig. Auch weil sie ihr Unwissen nicht weiter beschwor. Jan sagte, der Zustand der Verlobung habe keine große Bedeutung, das sei nur ein Ausdruck für eine gewisse Bindung. »Meine Verlobte« klänge ernsthafter als »meine Freundin« und zuverlässiger als »meine Geliebte« und werde daher von Tatverdächtigen gern benutzt, um den Anschein zu erwecken, in der bürgerlichen Gesellschaft fest verankert zu sein. »Ist doch klar«, sagte Jan, »sie wollen so tun, als bestehe keine Fluchtgefahr, als müsse man sie nicht in die Zelle sperren, als könne man sie bis zur Verhandlung auf freiem Fuß lassen, als würden sie nicht untertauchen, weil sie ja die Verlobte nicht verlieren wollen.«

Jan setzte, als er das sagte, das freundlichste Lächeln auf: »Aber Briefe haben Sie ihm schon geschrieben – Zofia?« Bei diesem heiklen Thema hätte er lieber »Frau Czerkowska« gesagt, aber es hatte auch etwas Intimes, ihren Wunsch zu respektieren und sie ausgerechnet im Zusammenhang mit dem wüsten Briefwechsel beim Vornamen zu nennen.

Sie sah ihn an. Vollkommen ungeniert. Vielleicht sogar stolz. »Ja«, sagte sie und stand auf. »Die Briefe stammen von mir. Ich möchte Ihre Zeit nicht länger in Anspruch nehmen, Herr Richter.«

Diesmal war Jan höflich. Er begleitete sie zur Tür. Sie verabschiedeten sich. »Ach«, sagte sie, »ich bin umgezogen, ich denke, Sie werden mich nicht mehr brauchen, aber wenn doch ...« Sie öffnete ihre Kostümjacke und fingerte in einem kleinen, unsichtbaren Täschchen ihrer Weste nach einer Visitenkarte. Sie standen nahe beieinander. Es fiel Jan angenehm auf, daß Zofia nicht nach Parfüm roch. Er erinnerte sich an eine lange zurückliegende Scheidungsverhandlung. Eine Liebschaft war jahrelang gutgegangen. Eines Tages benutzte die Geliebte Parfüm. Prompt witterte die Ehefrau Untreue und verlangte die Scheidung und viel Geld. Seitdem hielt Jan Frauen, die sich nicht parfümierten, für besonders raffinierte Geliebte.

Geruchlos aber war Zofia nicht. Sie roch, wie ein neues Portemonnaie riecht. Oder ein neues Adreßbuch. Sie roch, wie es in Läden mit feinen Lederwaren riecht. Oder in sündhaft teuren neuen Autos mit Ledersitzen. Der angenehm herbe Geruch kam von ihrer Weste. Mit zugeknöpfter Kostümjacke hätte sie als Investmentbankerin durchgehen können. Die Weste verlieh ihr aber etwas reizvoll Gefährliches. Die Art, wie sie das dunkel glänzende Kleidungsstück aufblitzen ließ, erinnerte an siegreiche Revolverhelden, die den Mantel beiseite schlagen, damit der Gegner einen kurzen Blick auf ihre Waffe werfen kann. Vorsicht.

Darf ich fragen, was Sie beruflich machen, wollte Jan fragen, aber sie kam ihm zuvor: »Ich muß«, sagte sie, »vielen Dank.« Und weg war sie.

Jan stand etwas verlassen in seinem Zimmer, und es fiel ihm

auf, daß dieser mit billigen alten Möbeln eingerichtete Raum nicht zu einer Frau wie Zofia paßte. Mit einem Mal erinnerte er sich an seine Schulzeit, an sonnige Sommernachmittage in der Badeanstalt. Es war aber jetzt kein Sommersonnennachmittag, der die Erinnerung auslöste. Eine hartnäckige, durchaus sichtbare Erektion ließ ihn zurückdenken. Überrascht nahm er hinter seinem Schreibtisch Platz und befühlte sich ungläubig. Nie in seinem Berufsleben, nie in seiner Studienzeit hatte ihn am hellichten Tag eine Erektion überrascht. Auch in der Tanzstunde gehörte er nicht zu denen, die ihren Steifen, wie es damals etwas hölzern hieß, die Partnerin beim langsamen Schieber fühlen ließen. Eine Zumutung für die Mädchen, da waren sich Jan und Elisa rückblickend einig. Die ersten und letzten unkontrollierbaren Erektionen hatte es gegeben, als sich Jan mit fünfzehn, sechzehn im Freibad an den straffen Badeanzügen mancher Mädchen nicht sattsehen konnte. Eine pubertäre Anwandlung, und jetzt nach Jahrzehnten spürte er vollkommen unerwartet an sich die gleiche Reaktion, die ihn irritierte, aber auch erheiterte. Ein Gruß von früher, ein Lebenszeichen. Er hielt noch immer Zofias Visitenkarte in der Hand, und der Gedanke an die Wiedererweckerin seiner pubertären Gelüste bewirkte sofort deren erneutes Erwachen. Dieser flinke, konspirative Griff, mit dem sie die Karte aus dem fast unsichtbaren Schlitz ihrer Weste gezogen hatte! Diese ungewöhnliche, eng anliegende Weste, die Zofia zu einer Art Ritterin machte. Hatten nicht Rüstungen auch an der Seite Ösen, mit denen sie sich verschnüren ließen? Jan schlug in einem veralteten Konversationslexikon nach, eine Privatspende des vormaligen Gerichtspräsidenten, und suchte, weil das Ergebnis nicht befriedigend war, im Internet, wo in Sekunden die schönsten Rüstungen aller Art zu betrachten waren. Dort waren sie aber aus Metall und nicht aus Leder.

Zofia war eine Frau, und sie hatte zugegeben, die wüsten Briefe an Marek geschrieben zu haben. Elisas Vermutung war damit entkräftet. Jan freute sich darauf, Elisa bei ihrem nächsten Wochenendaufenthalt zu berichten, daß Zofia kein Transvestit und allem Anschein nach auch nicht transsexuell war. Im Augenblick war Elisa allerdings derart von ihren Memoiren beseelt, daß sie sich nicht für Frauen interessieren dürfte, die Briefe schrieben, wie sie Frauen eigentlich nicht schreiben durften. Jan hätte Schwierigkeiten gehabt, Zofia zu beschreiben. »Scharf« fand er ihre Erscheinung, aber das würde er nicht sagen, weil das bei Elisa eine gegen Männer gerichtete Verallgemeinerungslitanei auslösen würde, der er sich nicht aussetzen wollte: daß ein kurzer Rock und höhere Absätze schon ausreichten, um Männer eine Frau scharf finden zu lassen. Aus diesem Grund würde er auch Zofias aufregend nach Portemonnaie duftenden Harnisch verschweigen. Wenn ihm dieses ungewöhnliche Kleidungsstück gefiel, dann würde Elisa sich vermutlich abfällig dazu äußern. Männliche Zustimmung empfand sie als anzüglich. Daher hatte sich Jan angewöhnt, die erotische Ausstrahlung von Frauen nicht mit ihrer Kleidung zu beschreiben. Jedenfalls nicht in Elisas Gegenwart. Sie nannte ihn deswegen zwar einen typisch männlichen Ignoranten, aber dafür mußte er sich keine Belehrungen über die Unappetitlichkeit sexistischer Männerblicke anhören.

Natürlich fand Jan andere Frauen attraktiv. Er konnte sich auch ab und zu verlieben – kleine Anwandlungen, die meist nach einer halben Stunde verflogen waren. Nur in Ausnahmefällen hielt sich das Bild von Frauen, die Jans Aufmerksamkeit geweckt hatten, bis zum Zubettgehen. Es konnte vorkommen, daß der Traum von einem noch glücklicheren, von einem etwas beschwingteren Leben mit einer anderen Frau ihn bis zum Kopfkissen verfolgte – nie aber dachte er an sie noch am nächsten Tag. Diese kleinen, harmlos verhuschten Gefühle hatten weder mit Liebe noch mit Sex zu tun, und schon gar nicht waren sie mit etwas so Profanem wie einer Erektion verbunden.

Zofia hatte keine zarten Kopfkissenträume ausgelöst, sondern das handfeste, von Jan schon seit vielen Jahren nicht mehr empfundene Bedürfnis, diese Frau anzufassen, zu befühlen, an sich zu ziehen. Er hätte zu gern gewußt, wie andere Zofia einschätzten. Er konnte versuchen, morgen seiner Sekretärin Valerie ein Urteil zu entlocken. Valerie war eine junge Frau mit ausgefransten Jeans. Sie dürfte alle Frauen, die ein Kostüm trugen, spießig finden. Früher, als Elisa noch mehr Interesse an Jans Beruf und auch mehr Interesse an der Qualität ihrer Filme gehabt hatte, hatte Jan ihr manchmal Bescheid gesagt, wenn ihm als Haftrichter ein Schwerkrimineller vorgeführt werden sollte. Elisa bereitete sich auf eine Rolle als Kommissarin vor, sie profitierte davon, wenn sie wußte, wie wirkliche Kriminelle sich verhielten. Sie war einfach dazugekommen und hatte perfekt die Gerichtssekretärin gespielt und mit Aktenordnern hantiert. Dabei sog sie, wie sie sagte, Gesten und O-Töne auf. Einmal hatte ein Doppelmörder seine idiotischen Lügen unterbrochen, auf Elisa gedeutet und gesagt: »Die Frau kenne ich von irgendwoher.« – »Das ist unmöglich«, hatte Jan gesagt. Und Elisa, ganz keck: »Wollen Sie mich ermorden?« – »Die Stimme«, sagte der Mörder ganz unmörderisch, »ich kenne diese Stimme.« – »Meine Sekretärin hat eine gewisse Ähnlichkeit mit einer bekannten Schauspielerin«, sagte Jan, und der Doppelmörder nickte verklärt. Als er dann später abgeführt wurde, hatte Elisa Jan kichernd umarmt und gesagt: »Irrer Typ irgendwie.«

Jetzt fragte er sich, wie Elisa wohl Zofia eingeschätzt hätte, wenn sie bei diesem Auftritt dabeigewesen wäre. Wie wäre ihr Kommentar? »Interessante Person« oder »ordinäre Person«, »Klassefrau« oder »Powerfrau« oder »Männerfrau« oder »Luder«? Würde sie die Gesamterscheinung als »elegant« oder »gewagt« oder etwa als »spießig« bewerten? Oder als »toll ehrlich«? Oder gar als »kämpferisch«? Als »berechnend« oder als »verschlagen«, als »schick« oder »ein bißchen bieder«? Elisas Urteile waren unberechenbar. Jan fand Zofia aufregend, das ließ sich nicht leugnen. Selbst an sie zu denken, blieb nicht ohne Folgen. Die Lust schlief nicht oder nicht tief oder stellte sich nur schlafend.

Jan wollte noch einiges wegarbeiten, aber Zofia ging ihm nicht aus dem Kopf. Und vom Kopf lief eine neue oder bisher ungenutzte Leitung direkt zwischen seine Beine. Ein heißer Draht. Er wußte jetzt, daß Zofia diese Briefe schrieb, aber er wußte noch nicht, warum sie das tat, wenn sie nichts mit Marek zu tun haben wollte. Viele Männer gaben eine Menge Geld aus, um fremde Frauen am Telefon ein bißchen stöhnen zu hören. Das war schlecht möglich, wenn man inhaftiert war. Vielleicht gab es längst eine Art Brief-Prostitution. Das wäre nur konsequent. Letter-Sex. Wenn man kritischen Fernseh- und Zeitungsberichten Glauben schenkte, waren Telefonsex-Partnerinnen oft bügelnde Hausfrauen, oft sogar ihre Babies wickelnde junge Mütter, die sich mit ein paar Urlauten ihr Haushaltsgeld aufstockten. Das hatte Zofia ihm nicht sagen wollen, weil sie die dummen Schwarzarbeitsfragen vermeiden wollte. Elisa würde, wenn es so war, in Zofia ein Opfer der von Männern diktierten Verhältnisse sehen, eine bedauernswerte Frau, die sich durch widrige Umstände zu diesem entwürdigenden Hinzuverdienst gezwungen sah, und die es haßte, mit ihren Briefen die abscheulichen männlichen Bedürfnisse nach käuflicher Liebe zu befriedigen. Es sah danach aus, daß Elisa recht hatte: die willige Frau für eine männliche Phantasie. »Und du bist darauf reingefallen«, würde Elisa sagen und ihm gutgelaunt durch die Haare fahren, »Jan der Gerechte ist wankend geworden und hat geglaubt, daß die Frauen im Grunde nichts lieber tun als Schwänze zu lutschen und sich durchficken zu lassen. Tja, mein Lieber, darauf kannst du lange warten.«

Was Jan an solchen Bemerkungen Elisas ärgerte: daß er die falsche Adresse dafür war, daß sie ihm typische männliche Eigenarten oft stellvertretend vorhielt, die seine Eigenarten nicht waren. Er träumte ja nicht von willigen Frauen. Wäre Elisa ehrlicher zu sich selbst gewesen, und würde sie Jan besser kennen, hätte sie feststellen müssen, daß da manchmal der Anflug eines Bedauerns über sie kam, die Frau eines Mannes zu sein, der dem Feindbild kämpferischer Frauen nicht entsprach, der sie vorbildlich behandelte und keinerlei Anlaß gab, in die Klagen der Freundinnen über die Macken ihrer Männer einzustimmen.

Zofia hatte Jan zwar ihre Visitenkarte gegeben, aber keinen triftigen Grund, sich noch einmal bei ihr zu melden. Er hätte zu gern gewußt, was sie beruflich machte. Natürlich konnte er unter irgendeinem Vorwand bei ihr anrufen und so tun, als sei das für die Ermittlungen von Bedeutung, aber das war nicht in Ordnung. Er wurde nicht ohne Grund »Jan der Gerechte« genannt. Er mochte es nicht, private Interessen mit beruflichen zu mischen. Diese Briefe, das war längst klar, hatten mit der Strafsache nichts zu tun. Sie waren bemerkenswert aber privat und gingen das Gericht nichts an. Eine Prostituierte mit dem Spezialgebiet Hardcore-Sexbriefe konnte Zofia nicht sein – unmöglich. Was aber bewog sie, diese Briefe zu schreiben, wenn sie sich nichts aus Marek machte? Was hatte sie davon? War es Mitleid mit dem armen polnischen Landsmann? Aus Mitleid aber konnte kein Mensch seitenlang vom Keuchen der Lust schreiben. Kein Mann und auch keine Frau.

Zofia aber schrieb weiter. Sie schrieb Marek von ihrem Besuch beim »Herrn Richter«. Jan las die Passage mit Vergnügen. Sie schrieb nicht, daß sie gesagt hatte, sie seien nicht verlobt. Sie schonte Marek. Er brauche sich keine Sorgen zu machen, schrieb sie, sie habe den Eindruck, er sei beim Herrn Richter in guten Händen. Sie behauptete, der Herr Richter habe sie zu einem Verhör bestellt. Das stimmte nicht und gab Jan die Gelegenheit, Mareks Antwort an Zofia einen Zettel beizulegen. Diesmal nannte er sie nicht »Gnädigste«, sondern schrieb: »Sie haben die Tatsachen verdreht, liebe Zofia! Das war kein Verhör, und nicht ich hatte Sie bestellt, wie Sie schreiben. Es war Ihr Wunsch, mir etwas mitzuteilen.« Während er an seinem Schreibtisch saß und diese Worte schrieb, lächelte er und sah die gerüstete Zofia wieder deutlich vor sich, und während er sie vor sich sah, spürte er, wie von seinem Kopf durch die neue oder neu entdeckte Direktleitung ein angenehmer Luststoß nach unten fuhr.

In den darauffolgenden Tagen wurden Zofias Briefe immer kürzer. Prompt beschwerte sich Marek. Er fühlte sich allein gelassen. Jan lächelte. Der Unterhaltungswert der Korrespondenz war beträchtlich. Daß er mehr wußte als Marek, erheiterte ihn. Zofia erklärte in ihrer Antwort an Marek, sie habe viel zu tun und müsse demnächst für einige Zeit geschäftlich verreisen. Auf dem Brief klebte ein gelber Zettel mit einer Nachricht an Jan: »Das stimmt nur zur Hälfte. Wenn Sie mich vorladen, Richter, kann ich Ihnen Näheres mitteilen.« Diese Bemerkung bewirkte bei Jan eine verwegene Erektion, die ihn, da die Tür zu Valeries Geschäftsstellenzimmer offenstand, minutenlang an den Schreibtisch fesselte und am Aufstehen hinderte. »Wenn Sie mich vorladen, Richter, kann ich Ihnen Näheres mitteilen.« Jan konnte sich nicht erinnern, jemals in seinem Leben einen so aufregenden Satz gelesen zu haben.

8

Jan wurde nicht ohne Grund von Elisa »der Gerechte« genannt. Er versuchte, auch zu sich selbst gerecht zu sein, und hatte genug Stil, dabei alles selbstgerechte Gehabe zu vermeiden. Als Richter hatte er fast täglich zänkische Menschen vor sich. Exzesse selbstgerechten Zeterns waren die unvermeidliche Begleiterscheinung einer demokratischen Rechtsordnung. Er hatte sich an die empörten Ausrufe, an das anfängliche Abstreiten jeder Schuld, an die Uneinsichtigkeit von Straftätern noch immer nicht gewöhnt. Sie waren ihm zuwider in ihrer Doppelmoral und in ihrer Unfähigkeit, die eigene Doppelmoral als solche zu erkennen. Man entzog ihnen das Wort, man drohte, sie aus dem Gerichtssaal entfernen zu lassen, die Wirkung war gleich Null. Am schlimmsten trieben es die Spendenwäscher, die nicht einsehen konnten, wieso das ritterliche Säubern von Geldern für ihre geliebte Partei ein Verbrechen sein sollte. Wenn er mit solchen Menschen zu tun hatte, fühlte sich Jan wohl in seiner politischen Unabhängigkeit. Parteizugehörigkeitsverbot für Richter hatte er einmal in einer Zeitschrift des Richterverbands gefordert – natürlich als kleine Satire. In der nächsten Nummer: Wahlverbot. Dann: Zölibat.

Möglicherweise hatte man mit einem Parteibuch bessere Aufstiegschancen. Es gab aber immer und überall auch Bedarf an parteilosen Richtern. Wenn er wählen ging, stimmte er die Wahl vorher mit Elisa ab. Wenn einer mißmutig grün wählte,

wählte der andere mißmutig rot. Das war kein Geheimnis. Elisa gab diesen alten Familienbrauch vor jeder Wahl in Interviews preis. Was sie verschwieg: Daß die Söhne mit den Liberalen und Konservativen sympathisierten. Das war hart und hoffentlich nur als Aufstand gehen die Elterngeneration zu verstehen – und nicht als politische Willensäußerung.

Urteile mußte Jan im Gericht ständig fällen. Zu Hause wollte er daher weder Parteien noch die Gesinnung von Elisas Söhnen noch Elisas neuen Mantel noch ihren neuen Film beurteilen. Wenn aber ein neuer Film mit Elisa fertig war, gab es kein Entrinnen. »Sag doch mal ganz spontan, wie du ihn findest«, sagte Elisa gereizt, wenn sie ihm noch vor der Ausstrahlung die Kassette mit einem neuen starken Elisa-Frauenfilm vorgeführt hatte. Den Vorwurf der fehlenden Spontaneität nahm Jan gerne hin, wenn er dafür wenigstens nicht sagen mußte, wie langweilig und immer gleich er ihre Filme fand, sondern sich in Ruhe ein paar Worte ausdenken konnte. Anfangs hatte er bei der Gelegenheit gesagt: »Das Gericht zieht sich zur Beratung zurück«, war an seinen Schreibtisch gegangen, hatte rasch eine Beurteilung verfaßt und sie anschließend verlesen. Hinter juristischen Worten ließen sich nekkisch sein Mißfallen und der Verdacht verstecken, daß auch dieser Film nichts taugte. Elisa hatte sich gefreut wie ein Kind. Sie hob diese »Urteile« auf und las sie ihren Leuten vom Film und Fernsehen und den Zeitschriften vor. Eine Zeitschrift hatte eines dieser »Urteile« abgedruckt und Jan angeboten, allwöchentlich in diesem Stil eine Filmkritik zu schreiben. Anstelle der verblendeten Cineasten-Artikel die Kolumne: »Hier spricht Jan Vanderleyden Recht.«

»Mach das doch«, hatte Elisa gebettelt, aber Jan war eisern geblieben. Er wollte eine seriöse Karriere. Nicht diese ewigen Medien. Die Kollegen, die als Fernsehrichter ihr Zubrot verdienten oder sich gar in hauptberufliche Fernsehrichterinnen und -richter verwandelten und sich dabei dummverdienten, waren ihm ein Graus.

An diesem Wochenende stand weniger der neue Film im Zentrum der Aufmerksamkeit als der Besuch von Bruno. Elisa hatte offenbar erreicht, daß der potentielle Ghostwriter anreiste und übers Wochenende bleiben wollte. Man mußte sich schließlich beschnuppern. Er sollte nicht in einem Hotel wohnen, sondern hier im Haus. Falls er sich bereit erklärte, Elisa beim Memoirenschreiben zur Hand zu gehen, mußte er sich mit allem vertraut machen. Dann würde im Haus ein festes Zimmer für ihn eingerichtet werden. Er sollte nach Belieben ein- und ausgehen und jede Schublade öffnen können. »Es gibt hier keine Geheimnisse«, sagte Elisa.

Sie hatte Jan gebeten, möglichst früh am Freitag nachmittag zu Hause zu sein. Sie selbst könne erst gegen Abend kommen. Möglicherweise komme Bruno schon am Nachmittag. Daß er um Gottes Willen nicht vor verschlossener Tür stehe.

Jan hatte protestiert: »Das ist *dein* Bruno! Was soll ich mit ihm anfangen.«

»Du wirst dich, wenn er anbeißt, sowieso an seine Gegenwart gewöhnen müssen«, brüllte Elisa in ihr Handy. Sie war im fernen Litauen, wo eine Strandszene an der Ostsee nachgedreht worden war.

Vor fünf Uhr zu Hause zu sein, fand Jan übertrieben. Weil Elisa alles selbst organisieren wollte, aber nicht organisieren konnte, mußten immer andere büßen. Es war einer der ersten Frühlingstage. Die Bäume fingen an, langsam grün zu werden. Das Wetter machte so gute Laune, daß Jan auf dem Nachhauseweg mit dem Rad noch eine Extrarunde drehte.

Gegen halb sechs kam er nach Hause. Auf den Haustürstufen sah er einen Mann sitzen. Die späte Nachmittagssonne schien noch warm. Der Mann hatte sein Jackett über die Knie gelegt und rauchte eine Zigarette. Wenn Jan weniger von Elisas Starke-Frauen-siegen-immer-Film gesehen hätte und mehr alte amerikanische Schwarzweißkrimis, in denen starke Männer verlieren, hätte ihn dieser Mann an einen Privatdetektiv erinnert, der schon bessere Tage gesehen hatte, aber sein Schicksal mit Würde trägt. Nur der Hut fehlte ihm. Jan tat so, als habe er ihn noch nicht gesehen, und stellte erst sein Rad in die Garage. Dieses Sitzen auf den Stufen hatte etwas Jugendliches. Als Jan auf die Haustür zuging, erhob sich der Mann. Ein unmodischer Typ trotz seiner modisch kurzgeschnittenen Haare, nicht mehr der Jüngste. Er lächelte, stellte sich aber nicht vor.

»*Sie* sind das also ...«, sagte Jan.

»Wer bin ich also?« fragte der Mann zurück, jetzt ohne Lächeln. Mag sein, daß Jans erste Worte etwas herablassend ausgefallen waren.

»Sie schreiben also die Memoiren meiner Frau«, sagte Jan.

»Mal sehen«, sagte der Mann.

»Warten Sie schon lang?« fragte Jan.

»Meine eigene Schuld«, war die Antwort. Und dann: »Das Warten wurde mir versüßt von der Vorstellung, daß es noch Staatsdiener gibt, die am Freitag bis fünf arbeiten. Respekt.«

Jan sagte: »Ich bin kein Staatsdiener. Staatsdiener sind Beamte. Ich bin Richter. Richter sind unabhängig.«

»Das weiß ich«, sagte der Mann, »das betonen Richter immer. Aber auf ihre Weise dienen sie doch auch dem Staat. Jedenfalls mehr als ein Schriftsteller.«

Jan fand, wenn man nach Hause kommt, und ein Fremder sitzt auf den Stufen vor der Haustür, dann könnte der sich gefälligst vorstellen. Das aber tat er nicht.

»Jan Vanderleyden«, sagte Jan daher.

»*Sie* sind das also«, zitierte ihn der Mann.

»Wer bin ich also?« zitierte Jan zurück.

»Der geheimgehaltene Ehemann der berühmten Elisa Nazionale.«

Frech, fast kränkend fand Jan die Bemerkung. Allerdings nicht uncharmant vorgebracht. Endlich streckte der Mann ihm die Hand hin: »Ich bin Bruno.« Offenbar wollte alle Welt nur noch mit Vornamen angeredet werden. Jan schloß die Tür auf. Auch frech, daß Bruno sich im Haus gleich eine neue Zigarette anzündete, ohne zu fragen.

»Sie rauchen noch?« fragte Jan.

»Ich rauche wieder«, sagte Bruno, »mehr aus Protest gegen das hysterische Nichtrauchen. Ich muß nicht. Wenn es Sie stört, mache ich die Zigarette aus.«

»Lassen Sie nur«, sagte Jan und bot an, einen Tee zu kochen.

»Ein Wein wäre mir lieber«, sagte Bruno.

Dann rief Elisa von einem Flughafen an. Es könne zehn oder elf Uhr werden. Bis später. Jan holte Wein aus dem Keller, suchte den Korkenzieher und fragte, um etwas zu sagen: »Sie kommen aus Berlin?«

»Wieso Berlin?«

»Deutsche Schriftsteller kommen heute doch fast immer aus Berlin.«

»Kennen Sie Pirmasens?« fragte Bruno.

»Nicht wirklich«, sagte Jan. »Es gibt da ein Amtsgericht. Ein ziemliches Kaff, oder?«

»Das kann man sagen.« Bruno nickte. Er lebte in Pirmasens. Jan erschrak. Es wäre ihm lieber gewesen, wenn der Ghostwriter seiner Frau aus der Hauptstadt gekommen wäre. Oder aus Hamburg. Oder Frankfurt. Oder aus Köln oder München. Pirmasens – das klang nach sozialem Abstieg.

Es würde noch Stunden dauern, bis Elisa käme. Essen wollte Bruno nichts. »Ein Geist ist zu Gast«, sagte er in Anspielung auf seinen Ghostwriter-Job. Um sein leibliches Wohl brauche sich Jan nicht zu kümmern. Unterhalten werden müsse er nicht.

In der Tat, Bruno war selbst unterhaltsam, wenn man ihn nur rauchen und das Weinglas selbst nachschenken ließ. Jan war erleichtert, keine Konversation mit einem Schriftsteller führen zu müssen, und hörte gern zu.

Früher hatte Bruno in Hamburg gelebt. Mit Frau und drei Kindern. Selige Zeiten, 80er Jahre, klare Feindbilder, Atomkraft nein danke, Nachrüstung pfui Teufel, Krieg unvorstellbar, alle Türken gute Menschen, der Kanzler eine Schießbudenfigur – und Romanvorschüsse, daß man in die Knie ging vor Vergnügen und auch vor Grauen, wenn man ans Versteuern dachte. Riesige Altbauwohnung. Gute Zeiten für Schriftsteller, die im Geschäft waren. Und Bruno war im Geschäft vor dem Zusammenbruch des Neuen Marktes und der Ausbreitung der Neuen Deutschen Misere, vor der Einführung des Euro und vor dem Verzweifeln an der Staatsverschuldung, an den Arbeitslosen, am Schwinden der Kaufkraft, an der Zuwanderung von Kriminellen, an der Abwanderung der Industrie und der Aussicht, hundert Jahre alt zu werden – aber ohne Aussicht, Sterbehilfe auf Rezept verschrieben zu bekommen. Damals in den fetten Jahren hatte Bruno am Vormittag hundert neckische Zeilen darüber geschrieben, daß er das Tragen von Schlipsen idiotisch fände, dafür gab es ein Honorar, mit dem man zwei Monatsmieten bezahlen konnte. Bruno lebte fürstlich von der Hand in den Mund und hielt das für normal. Es war auch normal. Die Zeiten der armen Poeten waren vorbei. Warum sollten Künstler und Literaten nicht das Gleiche wie die Ärzte und Anwälte verdienen, die in ihren Praxen und Kanzleien Kunstwerke hängen hatten und deren Frauen Bücher lasen. Ab und zu wurde er verklagt, wenn einer seiner Artikel allzu wüste Beschimpfungen enthielt. Er war nie verurteilt worden. »Ich habe gute Erfahrungen mit Richtern«, sagte Bruno. Die Prozesse hatten nur seinen Marktwert erhöht. »Gratuliere«, sagte Jan so ironisch wie möglich, um die Prahlerei zu bremsen. Bruno schwieg daraufhin.

Er schwieg so lange, bis Jan die Stille nicht mehr ertrug. »Ihr Jackett sieht nach Kaschmir und Seide aus, ganz so schlecht scheint es Ihnen in den jetzigen schlechteren Zeiten auch nicht zu gehen.«

»Ich trage ausschließlich die Sachen meiner Freunde auf«, sagte Bruno: »Die Jacke stammt von einem Anwalt. Irgendwo ist ein Fleck, der angeblich nicht mehr rausgeht. Ein solches Kleidungsstück könnte Mandanten verstimmen. Ein Schriftsteller kann das noch lange anziehen.« Er deutete auf Jan: »Sie könnten auch meine Größe haben. Wenn Sie was loswerden wollen, bitte. Nur Schlipse brauche ich nicht.«

Jan erinnerte sich an seine erste Wohnungssuche als junger Richter. Eine schöne, große, alte Wohnung in Mainz mit einer moderaten Miete. Natürlich gab es ein paar andere Bewerber, die den Makler indiskutabel anschleimten. Einziger ernstzunehmender Konkurrent war ein entschlußlos aus dem Fenster blickender Schriftsteller. Jan gab dem Makler seine Visitenkarte und war ganz sicher, daß er als junger Richter die Mitbewerber und natürlich auch diesen entschlußlosen Schriftsteller aus dem Feld schlagen würde. Es konnte keinen zuverlässigeren Mieter geben als einen Richter. Zu seiner maßlosen Überraschung hatte der Makler nach kurzem Tuscheln mit der greisen Hausbesitzerin dann diesen Schriftsteller vorgezogen. Die greise Hausbesitzerin hatte bedauernd die Schultern hochgezogen: »Tut mir leid, Dichter sticht Richter.« Diese Worte hatte Jan noch immer im Ohr. Sie hatten sein Verhältnis zu Bruno nicht besser gemacht.

Jan sagte: »Sie haben immer noch nicht erklärt, was Sie in einen Ort wie Pirmasens verschlagen hat. Eine schöne Frau?«

Nein, es steckte keine schöne Frau dahinter, leider nicht. Es war offenbar eine längere Geschichte. Bruno holte aus. Irgendwann Mitte der 90er Jahre hielt es seine Frau nicht mehr aus mit ihm. Seine Unordnung, sein Musikhören, seine Mißachtung der Grundregeln der Ehe, sein Unernst, seine Kulturverachtung, seine Seitensprünge. Jan wunderte sich über Brunos Offenheit. »Ich bin Schriftsteller«, sagte Bruno, »Schriftsteller sind Exhibitionisten.« Er fuhr fort: Seine Frau brauchte eine eigene Wohnung. Sie wollte weg von Hamburg. Nach Berlin. Sie wollte leben. Die Kinder gingen aus dem Haus und studierten. Alles mußte er zahlen, kein hochbegabter Nachwuchs mit Aussicht auf Stipendien. »Diese Zweifel an der Qualität der eigenen Gene«, sagte Bruno zerknirscht und strich sich über den kahlen Kopf, als wolle er damit sagen, daß auch seine männlichen Nachkommen nicht viel Haare hätten, und als trage er auch dafür die Verantwortung.

Jan kannte keine Geldprobleme, aber beim Thema Ausbildung dachte er mit Schrecken an Elias und Alex und daran, was aus den beiden Schulversagersöhnen einmal werden sollte, die Elisa so gern als überdurchschnittlich begabt beschrieb. Obwohl sie ihnen wegen ihrer ständigen Abwesenheit keine ideale Mutter sein konnte. »Dafür sind sie recht gut gelungen«, sagte sie immer. Diese Beschwichtigungsformel würde sie sicher auch Bruno gegenüber anwenden, und so könnte die Behauptung den Weg in ihre Memoiren finden.

»Haben Sie nie an Scheidung gedacht?« fragte Jan.

Bruno lächelte – nachsichtig: »Lieber Herr Richter: Was soll das bringen! Ich zahle mich lieber freiwillig zu Tode als auf Grund eines Gerichtsurteils.« Er schüttete sein fast volles Glas Wein wie andere Leute Wasser in sich hinein, goß ungeniert nach und ergänzte: »Ich betrachte diese Zahlungen als Strafe für meine Dummheit.«

»Welche Dummheit?«

»Die Dummheit, mich am Leben beteiligt zu haben.«

Bruno sagte das nicht bitter. Eher heiter. Wer heirate und Kinder kriege, sei selbst schuld. Wer sich darauf einlasse, müsse für die Folgen einstehen. Auch dafür, daß die Kinder durch die Achtundsechziger Nichterziehung nicht gerade Kämpfernaturen geworden waren.

»Drogen?« fragte Jan mitfühlend.

»Nicht mal das hier«, sagte Bruno und nahm die leere Flasche und schüttelte die letzten Tropfen in sein Glas: »Keinen Wein, keine Zigaretten, keinen Alkohol, keine Drogen, keine Affären, keinen Job, keinen Nihilismus – nichts.«

Jan hatte Erbarmen, holte eine neue Flasche und, obwohl er sonst nur zum Essen Wein trank, nun auch ein Glas für sich selbst. Unbegreiflich, wie unbelehrbar und genießerisch dieser Mensch die Zigaretten zum Mund führte. Als sei Rauchen gesund. Wenn Bruno, als er seine Hymne auf die junge Elisa geschrieben hatte, ein Mann von Mitte Dreißig gewesen war, dann mußte er jetzt, da Elisa auf das Memoirenalter von Fünfzig zuging, Mitte Sechzig sein. So wirkte er nicht. Im Gegenteil. Jan kam sich steifer und erwachsener vor als dieser Gast oder Geist, und das ärgerte ihn.

»Und warum Pirmasens?«

Die große, immer teurer werdende Wohnung in Hamburg war nicht mehr zu finanzieren. Absurd für einen getrennt lebenden Mann. Andererseits: Wohin mit den Tausenden von Büchern? Im Laufe eines Autorenlebens sammelt sich einiges an. Allein das Zeug von netten Kollegen. Dann die vergilbten Jugendlieben, an denen man hängt. Dann die kostbaren Standardwerke. Dazu Tausende von Schallplatten und CDs. Brunos Frau hatte sich geweigert, ihre luftige Berliner Wohnung damit vollzustopfen. Das meiste gehörte ohnehin Bruno. Wohin damit? Er machte Versuche, sich davon zu trennen. Irgendwann mußte es ja doch sein. Tagelang sortierte er Bücher und Platten aus. Nach drei Tagen waren einige kleinere Kartons voll. Er fuhr zu einem Antiquar, der in den fetten Jahren für überflüssige Bücher gute Preise gezahlt hatte. Die Sichtung des Angebots fand auf der Straße vor dem Antiquariat am offenen Kofferraum von Brunos Auto statt. Eine Polizistin kam und sagte, daß das Parken in der zweiten Reihe verboten sei. Bruno und der Antiquar sagten, dies sei kein Parken, sondern ein Ausladen. Schöne Sachen dabei, sagte der Antiquar und nickte fachmännisch. Ja, sagte Bruno, und es wurde ihm weh ums Herz. Nach zehn Minuten kam die Polizistin wieder vorbei und sagte: Sie laden ja gar nicht aus. Bruno sagte: Wenn ich so Sächsisch reden würde wie Sie, würde ich mich mit Bespitzelungen etwas zurückhalten. Nach einer halben Stunde hatte der Antiquar fünf Bücher ausgewählt. Und der Rest?

Bruno litt sichtbar, während er sich an die Szene erinnerte und sie zum besten gab. Die restlichen Bücher konnte der

Antiquar leider nicht nehmen. Und wohin damit? Der Antiquar zog sein Handy aus der Tasche, wählte eine Nummer und hielt Bruno das Handy hin. Ein weniger wählerisches Antiquariat. Nein danke, kein Platz. Und wohin jetzt? Einer Stadtbücherei schenken. Kleiner Tip: denen die Kartons nachts vor die Tür stellen. Wenn man ihnen nämlich den Schatz persönlich übergibt, treffen sie eine Auswahl, und man wird wieder nicht alles los. Der Antiquar gab Bruno einen lächerlichen Geldschein. Unter den Scheibenwischer hatte die Polizistin inzwischen unbemerkt einen Strafzettel geklemmt. Etwa der gleiche Betrag wie der, den Bruno für die fünf Bücher bekommen hatte. Das Scheitern seiner Ehe hatte ihn nicht so deprimiert wie diese Sache mit den Büchern. Denn das Bücherproblem war nicht durch Trennung lösbar. Bücher wegzuschmeißen – das ging nicht. Diese Mißachtung konnte man sich als Autor nicht leisten. Damit zerstörte man sein eigenes Fundament. Man schrieb nie wieder eine Zeile, wenn das Ende der Bücher so aussah. Und noch lebte Bruno vom Schreiben. Wenn man das noch Leben nennen konnte. Das Dilemma war komplett.

Bruno haderte mit dem Schicksal. Warum konnte er sich nicht trennen von einem Besitz, der ihn nur belastete!? Warum hatten seine Kinder nicht fleißig Medizin oder Jura oder in Gottes Namen auch Betriebswirtschaft studiert, dann hätten sie längst ihre Jobs und könnten sich selbst ernähren! Und warum konnte sich seine Frau nicht einen anderen Mann anlachen, der sie heiraten und für sie sorgen wollte! Dann könnte er die große Wohnung in Hamburg halten und sich wie jeder normale Mensch weiterhin Bücher und CDs kaufen und sie nach dem Lesen und Hören oder auch nach dem Nichtlesen und Nichthören zu den anderen ins Regal stellen, ohne sich die quälende Frage der Armseligen und engherzig Gewordenen stellen zu müssen, ob und wann er welches der anderen paar Tausend Bücher und welche der anderen paar Tausend Platten jemals noch einmal lesen oder hören würde.

Das deutsche Stimmungstief hatte Bruno erreicht. Kein Wachstum, kein Aufschwung, kein Konsum, keine Nachfrage – er war ein Spiegelbild der Misere. Kein Krieg in der Nähe, keine Krankheiten, keine Terrorregime an der Macht. Nicht einmal Ehekrieg, man lebte gütlich getrennt. Die Kinder gesund, ansehnlich, abgeschlossene Hochschulstudien, keine Bulimie, kein Aids, keine Drogenabhängigkeit, nicht schizophren geworden. Nur stehen sie eben immer noch nicht auf eigenen Beinen. Und diese Situation beelendete Bruno dermaßen, daß er alle Lebenslust verlor. Er wollte nicht immer noch der Ernährer sein. Tag und Nacht mußte er schreiben. Er wollte in Cafés gehen und vergessen, daß er nicht mehr der Jüngste war, und Frauen kennenlernen, aber er hatte weder Geld noch Zeit dafür.

In dieser aussichtslosen Lage hatte Bruno eine Lesung in Pirmasens. Sieben Stunden Fahrt mit Umsteigen in Hannover, Kassel, Mannheim und Kaiserslautern. Irgendwo in Südwestdeutschland. Jemand sagte ihm: Pirmasens, da ist Schuhindustrie, da kannst du die besten Schuhe zu Großmarktpreisen kaufen. Bruno trug gern die Jacken und Hosen von Freunden, Schuhe nur gelegentlich. Er zog auf die Reise ein paar gebrauchte, etwas zu enge Schuhe an, die ihm ein befreundeter Justitiar einer Bank geschenkt hatte, weil die minimalen Gebrauchsspuren das Ansehen des Geldinstituts herabsetzen konnten. Sehr edle, sehr harte englische Klassiker. In Pirmasens würde er sich für einen Spottpreis ein paar wunderbare neue, passende Schuhe kaufen und die Bankerschuhe diskret entsorgen. Nach dem letzten Umsteigen in Kaiserslautern näherte sich die schäbige Regionalbahn dem Ziel. Bei jedem winzigen Bahnhof flohen Leute aus dem Zug. Pirmasens war Endstation. Der häßliche Bahnhof lag außerhalb des Ortes, er wirkte wie ein Provisorium in der Steppe. Die wenigen letzten Mitreisenden hasteten zu einem Bus, der sofort abfuhr. Dann wurde es still. Kein Schalter, kein Kiosk. Bruno hätte sich gern eine Lokalzeitung gekauft, um zu sehen, was an dem Ort geboten war, an dem er einen Abend, eine Nacht und einen Morgen seines Lebens verbringen würde. Das, was wie das Zentrum der Stadt aussah, durfte zu Fuß eine gute halbe Stunde entfernt sein. Ein angenehmer Spaziergang nach einer Reise – aber nicht mit zu engen und zu harten Schuhen. Bruno war sicher gewesen, daß in einer Schuhstadt schon am Bahnhof Schuhgeschäfte sein würden. Nichts. Wüste, und diese Wüste lebte nicht. Kein Taxi weit und breit. Die Telefonzelle außer Betrieb. Bruno machte sich zu Fuß auf den Weg. Es ging leicht bergauf. Die Schuhe drückten und rieben. Nach einigen hundert Metern taten die Druckstellen weh. Er humpelte bis zu den ersten Häusern. Ein Königreich für ein Pflaster. Endlich eine Apotheke. Geschlossen. Hatte um vier Uhr nachmittags einfach zu. Er fragte nach dem Hotel. Nur Türken unterwegs, nur Schulterzucken. Kein einziges Schuhgeschäft. Endlich Rettung: eine gute deutsche Rentnerin. Apotheke? Die waren hier am Nachmittag zu. Pflaster? Vielleicht in einem Drogeriemarkt. Bruno steuerte mit letzter Kraft den Drogeriemarkt an, der am Ende der nur mit skateboardfahrenden Türkenkindern bevölkerten Fußgängerzone lag. Wenn die Forscher es vor hundert Jahren zu Fuß zum Nord- und Südpol schafften, würde Bruno bis zu diesem Drogeriemarkt durchhalten. Er hielt durch. Mit letzter Kraft. Um in dem weiträumigen Laden keinen überflüssigen Schritt mehr gehen zu müssen, fragte er die Frau an der Kasse: Haben Sie Pflaster? Wenn ein Soldat so ermattet flehen würde – jeder Todfeind würde ihm behilflich sein. Nicht die Dicke an der Kasse. Sie pflegte ihre Fingernägel und sah nicht einmal auf. Sie sagte auch nichts. Kein einziger Kunde war in dem riesigen Laden. Aber sie war nicht erfreut über die Unterbrechung in Gestalt eines bedürftigen Fremden. Sie seufzte, weil sie bei der Maniküre unterbrochen wurde, und deutete mit dem Kinn in eine Richtung, wo der humpelnde Bruno schließlich fündig wurde. Im Hotel wird er seine Wunden versorgen. Das Hotel war in einem 60er Jahre-Stil gebaut, den keine Retro-Mode je erträglich machen würde. Bruno schleppte sich durch eine riesige menschenleere Halle mit einer unverhältnismäßig niedrigen Decke. Kein Mensch an der Rezeption. Aber eine Glocke. Bruno bekam einen bleischweren Schlüssel und fragte aus Spaß: Bin ich hier eigentlich der einzige Gast? Heute ja, war die Antwort. Bruno wurde es unheimlich. Sein Zimmer war eine große Zweieinhalbzimmersuite mit einem erschütternd geschmacklosen Teppichboden. Man hatte das Gefühl, dreißig oder vierzig Jahre in einen entarteten Bungalow zurückgebeamt worden zu sein. Die Rechnung würde der Veranstalter zahlen, aber Preise waren immer interessant: vergleichsweise nichts kostete die Suite. Bruno versorgte seine aufgerissenen Blasen. Der Buchhändler holte ihn ab und deutete an, daß die Lesung eine Katastrophe würde. Keine einzige Vorbestellung. Bruno gab einen Kurzbericht der Eindrücke, die er in den letzten Stunden vor Ort gesammelt hatte. Der Buchhändler nickte trostlos. Er leitete die Filiale der großen Buchladenkette. Tote Hose hier. Alle Initiative zwecklos. Wieso haben Sie mich eingeladen, fragte Bruno. Weil noch Geld übrig war in diesem Jahr, und weil seine Frau mal ein Buch von Bruno gelesen hatte: Das war nicht schlecht. Er selbst kam nicht zum Lesen. Zuviel Bürokram. Auch schlechter Umsatz mußte verwaltet werden. Mittlerweile waren sie in seinem Filialleiterbüro über der Buchhandlung angelangt. Auch dies ein großer Raum, Platz gab es in Pirmasens. Auf mehreren Monitoren flimmerten Bilder aus dem weiträumigen Laden. Überwachungskameras. Wegen der Diebstähle früher. Jetzt wurde nicht mal mehr geklaut. Auf den Bildschirmen sah man zwei Mitarbeiter, die lustlos einige Stühle wegräumten, die sie zuvor vermutlich ebenso lustlos aufgestellt hatten. Befehl vom Chef. Damit es nicht so leer aussah. Der Buchhändlerchef saß da wie ein Fluglotse in einem Flughafen, auf dem nichts mehr los war, und sagte: Das hat mit Ihnen nichts zu tun, wenn keine Leute kommen, das ist Pirmasens. Das letzte Mal war ein bekannter Schauspieler hier, der anderswo Hallen füllte, der las aus seinen Erinnerungen, und da kamen gerade mal zwanzig Leute.

Bruno machte eine Pause und sah den schweigenden Jan an, etwas mißtrauisch: »Das interessiert Sie doch nicht wirklich?«

»Doch«, sagte Jan, »sehr nachvollziehbar, ich stelle mir gerade meine Frau in dieser Situation vor.«

Bruno lachte: »Falls wir uns einigen und ich tatsächlich die Memoiren Ihrer Frau schreibe oder ihr dabei unter die Arme greife, dann werde ich dem Vertrag einen Vermerk beigeben: Der Ghostwriter rät von einer Lesung in Pirmasens dringend ab.«

»Klingt alles fürchterlich«, sagte Jan, »nun ist es noch unbegreiflicher, warum Sie da hingezogen sind.«

»Weil diese Stadt noch depressiver war als ich«, sagte Bruno. Das hatte ihm irgendwie gefallen. Das hatte ihn geheilt. Verglichen mit Pirmasens kam er sich damals plötzlich richtig gut drauf vor. Und dann natürlich das Materielle. Warum zogen Firmen oft wer weiß wohin? Weil es sich rechnete.

Zwischen dreiviertel acht und acht, während Bruno und der Buchhändler auf den Verkaufsraumüberwachungsmonitoren beobachteten, wie sich vier ältere Damen und später noch zwei Schüler in der Leseecke des Ladens einfanden und zögernd Platz nahmen, hatte Bruno begriffen, daß sich Pirmasens für ihn rechnete, daß diese Stadt womöglich seine Rettung war. Schuhindustrie? Das war einmal. Wurde heute alles in Asien gemacht. Zigtausende von Arbeitsplätzen weg. In den Kneipen war damals Highlife gewesen. Die Hotels waren voll von emsigen Geschäftsleuten, die Apotheken offen, konsumbesessene Kunden in den Drogerie- und Buchläden. Daneben jede Menge amerikanisches Militär. Heute war Pirmasens in den Vereinigten Staaten durch die im Lauf der Jahre hier stationierten Soldaten bekannter als in Deutschland. Wer wußte denn in Deutschland, wo Pirmasens lag? Jetzt leere Fabriken, leere Kasernen, leere Häuser, leere Wohnungen. Eine Geisterstadt. Wenn man wissen wollte, wie es früher in der DDR war, mußte man nach Pirmasens kommen: Nichts wie weg war die Devise. Die Kinder verließen sofort nach der Schulzeit die Stadt und kamen nie mehr wieder. Die Familien, die hier wohnten, erzeugten den Nachwuchs für den Rest der fortpflanzungsunwilligen Republik. Der Buchhändler wurde immer bitterer und witziger. Was anderes als vögeln könne man hier sowieso nicht, sagte er und blickte, während er seine Stadt weiter skizzierte, ständig auf die Monitore. Da! Der Deutschlehrer war wie versprochen doch gekommen! Sieben Besucher. Gar nicht so schlecht. Gleich acht Uhr. Langsam können wir. Er drückte Bruno das Kuvert mit dem Honorar in die Hand. Ungewöhnlich, vor der Veranstaltung. Was weg war, war weg, sagte er und fragte nach den Fahrtkosten. Fahrschein wollte er nicht sehen. Sie sind erster Klasse gefahren, befahl er, ein eindeutiges Angebot zu lügen. Bruno nickte. Der Buchhändler legte noch einige schöne große Scheine dazu, stellte die Monitore ab und löschte die Lichter im Tower. Als sie nach unten in den Laden gingen, fragte Bruno nach den Mietpreisen. Hier kostete eine Wohnung weniger als eine Garage in einer normalen Stadt. Deswegen war Bruno mit seinen Büchern und Platten nach Pirmasens gezogen. Seitdem hatte er bessere Laune und mehr Geld zum Reisen. Pirmasens war das ideale Zwischenlager seiner Bibliothek und seiner Plattensammlung. Vielleicht auch Endlager, wer weiß.

»Wie ging das mit den Schuhen weiter?« fragte Jan.

Bruno staunte über Jans Interesse.

Jan erklärte: »Als Richter muß man mitdenken, wenn Leute Aussagen machen. Ich stelle mir vor, daß es mit einem verpflasterten Fuß in einem engen Schuh noch enger wird.«

»Nicht schlecht, Herr Richter«, sagte Bruno, »nur mit lükkenloser Aufklärung kommt man der Wahrheit auf die Spur. Ich lege sofort ein Geständnis ab: Ich bin am Morgen nach der Lesung und der Nacht im Hotel, die ich als einziger Gast ohne Zeugen verbrachte beziehungsweise verschlief, wieder in den Drogeriemarkt gegangen und habe mir, da es in Pirmasens keine günstigen Schuhe mehr zu kaufen gibt, ein paar Badeschlappen aus Plastik besorgt. Die Rückreise nach Hamburg habe ich in diesem Aufzug angetreten. Vermutlich sah ich aus wie einer dieser zuckerkranken Penner, die wegen ihrer Schwellfüße auch oft diese billigen Schlappen tragen.«

Eine dritte Flasche Wein wurde entkorkt. Jan wunderte sich, daß Bruno nichts von ihm wissen wollte. Wenn er, Jan, die Memoiren einer Frau zu schreiben hätte, würde er keine Gelegenheit auslassen, deren Mann zum Reden zu bringen. Jan sagte das, und Bruno erwiderte, man könne Leute auch kennenlernen, wenn man auf sie einrede und sie beim Zuhören beobachte. Jan wollte das Ergebnis dieser Beobachtung wissen. Bruno sagte: »Ich bin ziemlich sicher, daß Sie bei meiner Pirmasens-Schilderung dachten: Eigentlich die ideale Stadt für ein heimliches Liebesnest.«

»Da muß ich Sie enttäuschen«, sagte Jan und ärgerte sich über seine redlich klingende Antwort.

»Ich weiß«, sagte Bruno. Agentin Jennifer hatte ihm zur Einstimmung eine Auswahl von Presseberichten zugeschickt: Elisa, wie sie leibt und lebt. »So einen Stoß«, sagte er, zeigte mit Daumen und Zeigefinger den unflätigen Umfang des Dossiers an und machte ein angewidertes Gesicht. »Mir ist klar, daß Sie keine dieser mit miesen Heimlichkeiten verunzierten Normalehen führen.« Er zitierte aus dem Gedächtnis eine Reihe von Eigenschaften, die in den Elisa-Homestories immer wieder genannt wurden: »harmonisch, zufriedenstellend, mehr als zufriedenstellend, toll, ganz großartig, treu, aber nicht symbiotisch« – für den Ghostwriter der Memoiren einer so glücklich verheirateten Person nicht gerade eine gute Voraussetzung.

Elisa kam gegen elf. »Das ist also die Frau, die mir seit dreißig Jahren die Antwort auf einen harmlosen Brief schuldet«, sagte Bruno zur Begrüßung. »Du bist aber nachtragend«, sagte Elisa mit dem von ihrem Millionenpublikum so geliebten Schmollblick und gähnte: »Reden wir morgen.«

9

Bei ihrem zweiten Auftritt trug Zofia keinen etwas sehr kurzen Rock, sondern ein etwas sehr enges schwarzes Kleid, das über die Knie reichte. Jan wußte wieder nicht, ob es edel oder gewagt oder übertrieben war. Lange Ärmel. Diese Art Kleider trug Elisa in ihren Elisa-Powerfrauen-Filmen bei Beerdigungen, wenn der verlogene Ehemann oder der nichtsnutzige Geliebte von einem gerechten Autounfall hinweggerafft worden war. Das Kleid der stolzen, geheimnisvoll glühenden Witwe. Mehr Triumph als Trauer. Die strenge Rachegöttin. Elisas Figur war vielleicht eine Spur kompakter, und sie hätte im Film vermutlich einen Hut zu diesem Kleid getragen, und Jan beim gemeinsamen Vorab-Anschauen des Films gefragt, wie er den Hut finde, um sich dann über seine Antwort lustig zu machen, noch ehe er sie gegeben haben würde. Elisa hätte in ihrem Film allerdings keinen solchen Gürtel um die Hüften getragen. Ein sehr breiter schwarzer Gürtel mit einigen großen, metallisch umsäumten Zierlöchern rundherum – Riesenösen oder kleine Bullaugen. Aber nicht martialisch. Nicht Punk, sondern Lady. Könnte auch eine James-Bond-Partnerin tragen, dann allerdings würde ein Dolch oder eine Harpune in diesem Gürtel stecken. Billig oder kostbar – auch das war nicht zu entscheiden. Zur Begrüßung zupfte sich Zofia den engen Handschuh von den Fingern der rechten Hand. Dann nahm sie Platz, schlug die Beine übereinander und hielt mit der behandschuhten Linken den schlaffen abgestreiften Handschuh der Rechten, als sei das ein Insignium von Herrschaft und Macht. Sie sah aus, als würde sie für ein Gemälde posieren, und schwieg.

»Sie wollten mir etwas mitteilen«, sagte Jan geduldig.

»Verhören Sie mich«, sagte Zofia. Eine Mischung aus Frage und Bitte. Sie lächelte nicht.

Dafür lächelte Jan. »Also gut: wohnhaft in?«

»Hier am Ort«, sagte Zofia.

»Wie sieht es mit den Papieren aus: Visum, Aufenthaltsgenehmigung, Arbeitserlaubnis – alles in Ordnung?«

Zofia nickte und spielte mit dem Handschuh.

»Geboren wo und wann?«

»In Krakau, wann, sage ich nicht.«

»Sie üben welche Tätigkeit aus?«

»Geschäfte«, sagte Zofia.

»Darf ich fragen, welcher Art die Geschäfte sind? Können Sie das näher erläutern?« Jan versuchte, diese Frage trotz der spielerischen Situation ein wenig schneidend zu stellen.

»Ich bin Geschäftsfrau«, sagte Zofia, als wäre das eine Antwort.

»Mädchenhandel, Zwangsprostitution sind auch Geschäfte«, sagte Jan streng.

»Herr Richter, wofür halten Sie mich!« sagte Zofia. Eine rätselhafte Frau. Eine Agentin. Eine Neurotikerin. Was hatte sie vor? Sie spielte ein Spiel, und Jan wollte herausbekommen, was das für ein Spiel war. Den ganzen Tag hatte er mit einer sich grotesk in die Länge ziehenden Verhandlung zu tun gehabt, eine dieser dreckigen Mietsachen: Böser Hausbesitzer gegen guten Mieter. Nur Lügen, Lügen auf beiden Seiten, nur Dreck und Kleinkariertheit. Nach einem anstrengenden Arbeitstag mit Dutzenden von echten Fragen war ihm nicht mehr danach, eine Gerichtsbefragung zu spielen. Er brach das Verhörspiel ab und sagte Zofia auf den Kopf zu, daß er ihr nur aus privatem Interesse den Termin eingeräumt hatte.

»Ja, Herr Richter«, sagte sie leise. Es klang wie ein Geständnis. Aber auch erfreut.

»Meine Frau bezweifelt, daß eine Frau einem Mann solche Briefe schreibt, wie Sie sie Marek geschrieben haben«, sagte Jan.

»Ihre Frau kennt den Briefwechsel«, sagte Zofia. Wieder diese Mischung aus Frage und Feststellung, eher amüsiert als indigniert. Sie fing an, ihren rechten Handschuh anzuziehen. Offenbar eine Vorbereitung zum Abgang. Energisch bohrte sich die Hand in die schlaffe Hülle und füllte sie mit Leben. Der Handschuh war eng. Sie streifte das schwarze, dünne Leder mit Massagebewegungen hoch und machte abschließend gymnastische Fingerbewegungen. Als der Handschuh erfolgreich saß, sagte sie: »Warum soll eine Frau einem Mann nicht solche Briefe schreiben.« Jan wünschte, Elisa hätte den Satz gehört. Ein selbstsicherer, klarer Satz, an dem manche von Elisas feministischen Sprechblasen zerplatzten.

Zofia ging dann doch noch nicht. Sie machte ihre Mitteilung: Also, Marek war ein netter Kerl, ein polnischer Landsmann, wie sie neulich schon gesagt hatte, alles andere als ihr Verlobter. Sie mochte den Namen »Marek« nicht, das war so ein kleiner Ganovenname. Marek, das paßte wirklich zu einem windigen Autodieb. Sie glaubte nicht, daß Marek mehr Dreck am Stecken hatte oder Mitglied einer großkriminellen Bande war, aber das ging sie nichts an. Das herauszufinden, war Sache des Herrn Richter.

Falls Zofia für Marek ein gutes Wort einlegen wollte, stellte sie das geschickt an. Sie wirkte vollkommen glaubwürdig. Marek sei ein grober Kerl, fuhr sie fort, sie habe sich in ihm geirrt. »Hat er Sie geschlagen?« fragte Jan besorgt. Zofia lachte. »Im Gegenteil!« Marek hatte Schläge haben wollen. Ob der Herr Richter das nicht an seinen Briefen gemerkt habe. Dieser devote Ton. Dieses Betteln um Erniedrigung. Zofia mochte keine Männer, die sich krümmten. Natürlich hatte sie etwas mit ihm, aber über den Sex wolle sie lieber nicht sprechen. Nachdem Marek bei seinem Autodiebstahl geschnappt wurde und in Untersuchungshaft kam, habe sie als erstes gedacht: Da gehört er hin. In eine Zelle. Aber natürlich hatte ihr Marek auch leid getan. Eine echte Zelle ist etwas anderes als ein phantasierter Lustkerker. Sie habe daher die Verlobte gespielt und sei auf seine Briefe eingegangen. Vorbei. Sie werde ihm nicht mehr schreiben. Marek habe ihre Briefe gar nicht verdient.

Dann hat Elisa doch recht gehabt, dachte Jan. Dann war hier doch keine wüste, originalweibliche Sexualität am Werk, sondern eine Sonderform von Gefangenenseelsorge. Als habe sie Jans Gedanken erraten und wolle sie korrigieren, sagte Zofia: »Ich hätte diese Briefe lieber einem anderen Mann geschrieben.« Und nach einer Pause: »Es war mir angenehm, daß wenigstens Sie sie gelesen haben.« Jan schwieg. Nach einer weiteren Pause sagte Zofia: »Jan ist auch ein polnischer Name, aber nobel. Marek ist schmierig.« Die Annäherung machte Jan verlegen. »Meine Vorfahren stammen aus Holland«, sagte er. Es sollte ein bißchen abweisend klingen.

Im Aufstehen spürte Jan, daß seine Hose spannte. Wieder eine dieser unmerklich entstandenen Erektionen. Glücklicherweise hing seine Robe über der Stuhllehne. Er griff nach ihr, hielt sie vor sich und stand auf. Beim Aufwiedersehensagen an der Tür machte Zofia Anstalten, ihren rechten Handschuh erneut auszuziehen.

»Lassen Sie ihn an«, sagte Jan, »sieht doch gut aus.«

»Finden Sie?« sagte Zofia und gab ihm die Handschuhhand. Sie fühlte sich angenehm an. Angenehmer als eine nackte Hand.

»Geschäftsfrau, Alter unbekannt«, sagte Jan, schüttelte den Kopf und zeigte mit einem Lächeln, daß er diese vage Berufsangabe ausnahmsweise ohne weiteres Nachfragen durchgehen ließ. Es war ein Spiel. In diesem Augenblick fühlte er, noch während er Zofias rechte Hand hielt, wie sich ihre andere Hand um seine Erektion schloß. Offenbar hatte die über dem linken Arm hängende Robe die Erhebung nicht ausreichend getarnt.

Später rekapitulierte Jan immer wieder diesen entscheidenden Augenblick, tagelang: Warum hatte er nicht mit Empörung reagiert? Warum war er nicht zurückgezuckt? Weil kein Mann auf der Welt auf einen solchen Überfall vorbereitet sein konnte. Trotzdem: Es hätte Möglichkeiten gegeben, sich mit Würde zu entziehen. Es gab doch Worte, um sich zu wehren, vom simplen »Was fällt Ihnen ein!« bis zu einem etwas eleganteren »Finden Sie nicht, daß Sie ein bißchen zu weit gehen!« Warum hatte er das nicht gesagt? Wie hatte er, der als Richter tagtäglich Gelegenheit hatte, seine Geistesgegenwart zu trainieren, sich so überrumpeln lassen können? Er hatte den mutwilligen und vermutlich sorgfältig und dreist geplanten Vorstoß einer Wahnsinnigen hingenommen, als handle es sich um eine Fahrlässigkeit, eine kleine Ungeschicklichkeit. Man kennt das: Dame kippt Herrn aus reinem Versehen einen Pappteller mit Senf über die Hose und bietet nach einem kleinen Schreckensschrei Wiedergutmachung in Form von Auswaschen der Hose an. Dabei kommt man sich dann näher. Der bekleckerte Mann hatte dabei eine Chance. Er hatte genügend Zeit, um nachzudenken, ob er das Angebot annehmen wollte oder sich besser mit einem Neindanke zurückziehen sollte. Im übrigen konnte ein Mann von Welt auch noch in Unterhosen mit ein paar guten Witzen seine Würde wahren, wie Jack Lemmon, während die raffinierte Dame seine Hose trockenföhnte. All diese Fälle, nette Filmszenen, waren im Bereich der bürgerlichen Spielregeln.

Zofias Griff aber war wie aus einer anderen Welt gekommen. Überraschender als ein Verkehrsunfall, mit dem man rechnen mußte, wenn man Auto fuhr. Eine Ungeheuerlichkeit, die Jan hätte abweisen müssen. Doch mit einer Erektion in der Hose konnte man schlecht den keuschen Mönch spielen. Der Protest würde in diesem speziellen Fall etwas albern und unglaubwürdig wirken – etwas doppelmoralisch. Und Jan haßte die Doppelmoral.

Da er nicht erschrocken reagiert hatte, war es kein Wunder, daß der Lauf der Dinge seinen Fortgang nahm:

Jan hielt noch immer Zofias rechte Hand. Er roch jetzt auch den herben Lederduft der Edelhandschuhe. So hatte neulich Zofias Jeanne d'Arc-artige Ritterinnenweste gerochen. Das hatte ihn auch schon betört. Der Geruch nach neuem Portemonnaie. Die Erinnerung an die Lust von letzter Woche vermehrte noch die jetzige. Er drückte ihre rechte Hand, und sie erwiderte den Druck mit der linken. Sie lächelte und sagte: »Meine Richterrute.« Es war nichts Anmaßendes in diesem Possessivpronomen. Dann sagte sie: »Ich wußte es.«

»Ich wußte es nicht«, sagte Jan und zog sie ein winziges Stück an sich heran, hielt sie aber auch auf Distanz. Wenn er sich schon nicht wehrte, wollte er wenigstens führen, auch wenn ihm der Tanz unbekannt war. Er wartete ab, was jetzt geschah. Sie hatte angefangen. Er würde nichts unternehmen. Sie mußte mit seinem Protest gerechnet haben. Gehofft hatte sie, daß er den Überfall zulassen würde. Man kauft gespannt ein Los, und kaum hat man gewonnen, denkt man: Ich wußte es!

Natürlich gab es keine stürmische Umarmung. Es hatte sich keinerlei Leidenschaft angestaut, die sich hätte entladen müssen. Jan hatte diese seltsame Frau nicht begehrt, er hatte nicht nach ihr geschmachtet. Sie hatte eine unkontrollierte körperliche Reaktion bei ihm ausgelöst, das war alles. Er wartete ab. Plötzlich glitt sie entschlossen an ihm herunter, ohne den Griff von dem Gebilde in seiner Hose zu lösen. Er ließ die schwarze kunstseidene Robe fallen, die als Tarnung versagt hatte. Von oben herab sah er, wie Zofia behende den Reißverschluß seiner Hose öffnete. »Meine Richterrute«, sagte sie wieder, wie ein Mädchen zu einem Spielzeug, das sie sich lange gewünscht hatte. Sie befreite das ersehnte Geschenk mit einer erstaunlich routinierten Bewegung. Sie streichelte es begeistert, faßte es mit ihren beiden schwarzen Lederhandschuhhänden erst wie eine kostbare Gabe, dann wie einen

Quirl, und ließ es unvermittelt in ihrem Mund verschwinden. Jetzt glich sie mehr einer Fachärztin, die wußte, was zu tun ist. Es war eine Sonderbehandlung. Unerschrockene künstliche Beatmung. Neue indische Naturheilkunde. Zofia hätte gut eine Ärztin sein können. Zumindest in den Elisa-Filmen sahen Ärztinnen ähnlich attraktiv aus und traten auch so auf: zuverlässig, sicher, entschlossen, höflich und mit dem selbstverständlichen Recht, alle Teile des Körpers des Patienten näher zu untersuchen. Eine Frau, die wußte, was sie tat. Jan fühlte sich in guten Händen. Man geht zum Arzt, weil das Knie vom Laufen etwas dick ist. Man gerät an eine Urlaubsvertretung. Es ist einem ein bißchen peinlich, sich vor der unbekannten fremden Frau zu entblößen. Sie ist so adrett. Mit gemischten Gefühlen präsentiert man ihr sein häßliches Knie. Sie geht in die Hocke, um die Schwellung näher zu betrachten und zu befassen. Mit einem Mal geniert man sich nicht mehr, sondern ahnt schon die Heilung. Ein bißchen so fühlte sich Jan.

Eine Premiere. Noch nie hatte sich eine Frau auf diese Weise über Jan hergemacht. Und er hatte es nie vermißt. Das Gerede der Männer über die Wonnen, von einer Frau oral verwöhnt zu werden, hatte er immer lächerlich oder abstoßend gefunden. Selbst Richterkollegen konnten sich, wenn sie betrunken genug waren, zu solchen Schwärmereien hinreißen lassen. Peinlich hatte Jan das immer gefunden. Dieses Bedientwerdenwollen, das da zum Ausdruck kam. Männer, die solche Wünsche äußerten, waren Jan nicht nur suspekt, sie waren für ihn unten durch, auch wenn sie nur in leisen Nebensätzen beim Juristenstammtisch etwas davon verlauten ließen. Ekelhaft, diese Selbstherrlichkeit und diese Angeberei.

Jans sexuelle Phantasien hatten sich bisher auf eine etwas zugänglichere Elisa beschränkt. Mehr war da nicht. Er träumte nicht von jüngeren Mädchen, nicht von Callgirls, die einen verwöhnten, nicht von Dominas, nicht von Sklavinnen, nicht von homosexuellen Abenteuern, und selbst der Traum so vieler Männer war ihm fremd: Eine bisexuelle Schönheit steigt herab in die Realität des Schlafzimmers und vollendet das eheliche Liebesspiel, indem sie der schmelzenden Gattin mit glänzenden Augen und Blickkontakt zum pausierenden Gatten die zarten Vor- und Nachbehandlungen angedeihen läßt, die zufriedenstellend auszuführen so wenige Männer in der Lage sind. Wäre Elisa ein bißchen mehr so gewesen, wie sie immer wieder zu Beginn der Elisa-Filme war, wenn die Ehen und Liebschaften als intakt vorgeführt wurden, dann wären Jans sexuelle Wunschvorstellungen zu hundert Prozent erfüllt gewesen. Doch kein normaler Mensch konnte ein komplett erfülltes Liebesleben erwarten. Eine nicht ganz so verführerische Elisa hatte den Vorteil, daß Jan länger laufen, mehr Sport treiben und mehr arbeiten konnte. Sex war schließlich nicht das einzige im Leben. Eine Winzigkeit gab es vielleicht, die er vorgebracht hätte, wenn er bei einer nachfragenden Fee einen erotischen Wunsch freigehabt hätte: Jan fand blonde Frauen aufregender als dunkle. Elisa aber war dunkel, und sie wollte dunkel bleiben. Sie dachte leider nicht wie manche andere Frauen daran, ihr allmähliches Grauwerden mit blond gefärbten Haaren zu tarnen. Eine Äußerlichkeit. Blonde Frauen fand Jan heimlich attraktiver und genierte sich dafür.

Ehe Zofia leibhaftig in seinem Leben aufgetaucht war, hatte er vage eine blonde Frau vor Augen gehabt. Klar, blonde Polin, so ist nun mal das Klischee. Und vielleicht war er bei der ersten Begegnung tatsächlich ein bißchen enttäuscht gewesen, daß sie mehr so aussah, wie man sich eine Anästhesistin aus Budapest oder Ankara vorstellt, von der man sich widerstandslos ins künstliche Jenseits befördern läßt. Sein Erstaunen über die Eleganz der mysteriösen Ganovenbraut hatte ihn dann seine ursprünglichen Erwartungen rasch vergessen lassen.

Und jetzt? Wohin mit den Händen? Jan spreizte die Finger und fuhr damit wie mit zwei Kämmen in Zofias ungarische, wenn nicht gar indische Haarpracht. Sie ließ sich dadurch in ihrem Eifer so wenig beirren wie ein junger Hund, der sich an den Zitzen seiner Mutter labt. Sie saugte noch heftiger.

Zofia tat ihr Bestes. Die Resistenz des Herrn Richter spornte sie zu höchster Leistung an. Auch wenn Jan keine Erfahrung mit dieser Praktik hatte, spürte er doch, daß er für die ihm neue Spielart der Lust nicht geschaffen war. Das hier war nicht alleinseligmachend. Derart passiv zu bleiben, war nichts für ihn. Als Vorspiel war es aufregend, das ja. Aber wie konnten so viele Männer mit verklärten Augen von dieser oralen Angelegenheit sprechen wie von der großen sexuellen Beglückung. Der Wunsch, mit seiner Richterrute nun endlich in Zofias Ganovenbrautvagina einzudringen und selbst tätig zu werden, wurde immer heftiger. Er unterdrückte ihn. Noch war er quasi das Opfer. Den Schritt zur Mittäterschaft scheute er dann doch. So aber konnte die Sache nie zu ihrem natürlichen Ende gebracht werden, das er, vor Lust nun langsam immer schwächer werdend, nun dringend herbeisehnte.

Es kam aber nicht in Frage, die Sonderbehandlung zu beenden und als enthemmter Patient über die enthemmte Ärztin herzufallen, die nicht den Eindruck machte, gegen diesen weiteren Schritt irgendwelche Einwände zu haben. Doch allein die Vorstellung der Untat brachte Jan dem glücklichen Finale dann doch ein entscheidendes Stück näher, und schließlich war es die kuriose und perverse Vision, Zofias Haare wären nur schwarz gefärbt und in Wirklichkeit blond, oder sie würde bei der nächsten Begegnung mit wasserstoffblonden Haaren erscheinen, die die Schleusen zu öffnen begann. Statt der in diesem Fall üblichen Erfolgsmeldungen wie einem ekstatischen »Ich-komme-gleich« oder den klassischen »Ja-ja-ja«-Rufen stieß Jan zu seiner eigenen Überraschung einen Satz hervor, der ihn in seiner Fremdheit und Maßlosigkeit und Verdrehtheit dermaßen erregte, daß dem vulkanischen Ausbruch nun fast nichts mehr im Weg stand. »Ein anständiges Polenmädchen sollte blonde Haare haben«, sagte er mit letzter Beherrschung und der brechenden Strenge eines eigenwilligen und nicht ganz zufriedengestellten Liebhabers, der kurz vor der Ohnmacht steht. Und dann noch, wie ein spätrömischer Willkürherrscher: »Das nächste Mal erwarte ich eine Blondine.« Zofia schien diesen Befehl mit einer gewissen Begeisterung zu akzeptieren. Sie nickte heftig, als habe Jan mit seinem absurden Einwand und seiner Mahnung vollkommen recht, und dieses Nicken war es dann, das die letzten Schranken beseitigte und Jan trotz seines untätigen Dastehens die ersehnte Erlösung bescherte. Ihre schwarzen Lederhände verkrallten sich in die Innenseiten seiner Oberschenkel, und der süße Schmerz dieses Griffs begleitete das Verströmen.

Endlich am Ziel. Mit der Neugier des unerfahrenen Patienten, den Mund geöffnet und den Kopf glücklich gesenkt, beobachtete Jan, was mit der ihm kunstvoll und professionell entlockten Samenspende nun passieren würde. Es hätte ihn nicht gewundert, wenn Zofia ein Reagenzglas aus dem Gürtel gezogen hätte, um das Sperma darin aufzufangen. Nichts dergleichen geschah. Sie verharrte noch eine Weile kniend vor ihm. Ihre Hände lösten sich von seinen Schenkeln und betasteten nun die Muskulatur seines Hinterns, prüfend fast, und er spürte nicht ohne Stolz an den Griffen, daß dieser Test zu ihrer Zufriedenheit verlief. Er spürte auch, wie sich die stolze Richterrute in ihrem Mund zurückverwandelte. Offenbar gehörte das zur Behandlung dazu. Dann gab sie das Spielzeug frei, Jan sah von oben, wie sie es lächelnd in der Hose verstaute und behutsam den Reißverschluß schloß. Graziös erhob sie sich und lächelte ihn an. Wieder ganz ungarische Ärztin. Es hätte gut gepaßt, wenn sie gesagt hätte: Sie können beruhigt sein, Herr Vanderleyden, es ist alles in Ordnung. Das Sperma mußte sie geschluckt haben, nirgends war davon eine Spur zu sehen.

Die Behandlung hatte sie erhitzt. Da sie einen dunklen Teint hatte, wirkte ihr gerötetes Gesicht nicht fiebrig, sondern gesund und blühend. Ihr Blick war nicht ohne Triumph. Die letzten Worte, die gesprochen worden waren, standen noch im Raum: Das nächste Mal erwarte ich eine Blondine. Ein lächerlicher Satz angesichts dieser schönen dunkelhaarigen Frau, die jetzt mit wenigen Handgriffen ihre etwas zerzauste Haarpracht wieder in Form brachte. Der Satz war nicht ernstzunehmen, und sie nahm ihn offenbar nicht ernst. Zumindest schien sie ihm den Satz nicht übelzunehmen. Er war im Zustand der Unzurechnungsfähigkeit gefallen. Etwas erschreckend waren die Worte »das nächste Mal«, die Jan entschlüpft waren. Aber auch das gehörte zum Lustgestammel. Ihr Lächeln war glühend und ohne jeden Vorwurf. Etwas ganz und gar Unerwartetes hatte stattgefunden, eine Ungehörigkeit, ein Übergriff, ein Ehebruch, ein Unding. Ein Rätsel, das Ganze. Ein Wahnsinn war es gewesen, sich darauf einzulassen. Bodenloser Leichtsinn. Doch Zofias strahlender Blick ließ keinerlei Peinlichkeit aufkommen. Es gab keinen Grund, irgendeine Erklärung abzugeben. Sekundenlang liebte er sie dafür, daß nicht der geringste Vorwurf in ihrem Blick lag. In Elisas Filmen kam von den Geliebten der männlichen Unholde, die die schöne Elisa unbegreiflicherweise betrogen, ziemlich bald die leise und unheilvolle Frage: »Und jetzt?« Zofia sah nicht so aus, als würde sie diese Frage stellen. Ganz Ärztin eben. Sicher. Alles im Griff. Wenn sie statt ihres schwarzen Kleides und ihrer Amazonenhandschuhe einen weißen Kittel getragen hätte, hätte sie sagen können: Sie sind gesund, Herr Vanderleyden. Das freut mich. Sie können beruhigt sein. Wenn Sie sich nicht gut fühlen, kommen Sie wieder. So sah sie aus.

In diesem Augenblick klingelte das Telefon auf Jans Schreibtisch. Er machte eine wegwerfende Geste, als werde er sich dadurch nicht bei der Verabschiedung stören lassen, doch Zofia setzte sich mit ihrer Geste durch. Sie deutete mit einem Nicken und ihrem schwarzen Lederhandschuhzeigefinger an, daß er ans Telefon gehen solle, daß sie nicht weiter stören werde. Während er den Hörer abnahm, verschwand sie aus dem Zimmer und schloß lautlos die Tür hinter sich.

Es war Elisa, und wieder liebte Jan Zofia ein paar Sekunden lang, daß sie im richtigen Augenblick gegangen war. Allein im Zimmer fühlte er sich frei und unschuldig. Ein schlechtes Gewissen hatte nicht er, sondern Elisa, weil sie wieder einmal erst zwei Tage später als geplant zurückkommen könne und die verschiedensten Aufträge für Jan hatte. Das übliche: Alex und Elias ins Gebet nehmen. Ihnen strenge Internate in England androhen. »Sankt Helena«, sagte Jan gutgelaunt. Elisa verstand nicht: »Ein Internat?« Jan erklärte: »Verbannung, Napoleon, die Strafinsel wäre das richtige für deine mißratenen Söhne.« Elisa fand die Bemerkung nicht komisch. Und dann mußte die Arbeit an den Memoiren ja auch langsam beginnen. Ob er vielleicht mit Bruno sprechen könne, wie er sich das weitere Vorgehen vorstelle. Ein Zeitplan müsse aufgestellt werden. Sie schmeichelte: »Du kannst doch besser organisieren als ich.«

Jan versprach alles, und alles würde er halten. Er liebte Elisa, weil sie als Rechthaberin nicht recht behalten hatte. Weil nun erwiesen war, daß es Frauen gab, die es ihrer Ansicht nach nicht geben konnte. Schade, daß sie nie davon erfahren durfte. Sie würde es vermutlich einfach nicht glauben, wenn er ihr erzählen würde, was eben vorgefallen war. Solche Szenen kamen nicht einmal in ihren Filmen vor. Ihre Filme wurden zur besten Sendezeit ausgestrahlt, aber das bedeutete auch: Die Sexszenen sehr diskret. Elisa würde es für eine Männerphantasie halten, wie auch Jan das Geschwätz von den gelutschten Schwänzen und wie schön das sein konnte für reichlich märchenhaftes Gerede gehalten hatte.

Eigentlich, fand Jan, war Elisa schuld mit ihrer Behauptung, die an Marek gerichteten Antwortbriefe könnten nicht von der Hand einer Frau sein. »Unmöglich!« Jan hatte Elisas Ausruf im Ohr. So selbstgewiß durfte man keine unbewiesenen Behauptungen aufstellen. Das mußte selbst den geduldigst nickenden Ehemann zu einem inneren Widerspruch reizen. Doch klar, daß man dann seine Zweifel bekam und der Sache nachging.

Obwohl er als Richter täglich mit Lug und Trug zu tun hatte, konnte Jan sich nicht vorstellen, daß Zofia ihm nur Theater vorgespielt hatte, daß er in die Falle getappt war, die eine berechnende Frau im Vertrauen auf ihre erotische Wirkung auf Männer gestellt hatte. Das war eine zu abenteuerliche Erklärung, das war Film, aber nicht Wirklichkeit: Ganovenbraut gewinnt das Vertrauen des Richters, indem sie sich scheinbar von dem inhaftierten Ganoven distanziert. Dabei weckt sie geschickt das sexuelle Interesse des Richters. Es kommt zu intimen Übergriffen. Dann Erpressung. Da sich Jan nicht erpressen läßt, geht sie an die Öffentlichkeit. Abstreiten zwecklos. Denn sie hat genügend richterliches Sperma erbeutet. Da waren jede Menge Samenfäden, die ihre genetische Herkunft aus der Rute des Richters nicht hätten verleugnen können. Dann Anzeige und Prozeß. Er hat mich zu oralem Sex gezwungen. Das ist Vergewaltigung. Jan hätte keinerlei Chance gehabt. Berufliche Karriere und Ehe mit Schimpf und Schande zu Ende. Andererseits: Wenn selbst ein amerikanischer Präsident solche Vorkommnisse überstanden hatte! Vielleicht wurde die Klage fallengelassen. Vielleicht würde Elisa die Chance nutzen und öffentlich verkünden: Ich verzeihe meinem Mann. Dann würde er sich ein Jahr beurlauben lassen, bis alles vergessen war, und um die Versetzung an ein anderes, weit entferntes Gericht bitten. Die große Karriere wäre damit freilich ausgeschlossen. Nichts mehr mit Oberlandesgerichtspräsident. Aber ein berufliches und familiäres Überleben in der bisherigen Art wäre durchaus denkbar. Wer würde nicht mal schwach. Peinlich vor allem wegen Elisas Söhnen. Jan konnte sich vorstellen, wie sie einerseits feixen, andererseits empört verkünden würden, von einem solchen Stiefvater würden sie sich endgültig nichts mehr sagen lassen.

Daß Zofia ihn mit ihrem beherzten Vorgehen erpressen oder ruinieren wollte, war andererseits nicht mit Sicherheit auszuschließen. Dennoch war Jan nicht wirklich beunruhigt. Er nahm eine Katastrophe in Kauf, ohne daran zu glauben. Eine Katastrophe wäre billig und trivial gewesen. Aber Zofia war nicht billig und trivial.

Das hier war nicht Amerika, wo jede Studentin jede hoffnungsvolle Akademikerkarriere mit der Versicherung beenden konnte, der Professor habe ihren Hintern getätschelt. Das hier war Koblenz am Rhein. Zwar kam es durchaus vor, daß auch in deutschen Provinzstädten die biedersten Staatsanwälte ihre Pflichten vergaßen, wenn willige Frauen ihre abscheulich vergrößerten Busen oder auch nur Lippen in lockende Reichweite brachten. Doch Zofia war echt. Ihr Busen und ihre Lippen waren nicht vergrößert. Jan hatte das unbegründbare Gefühl, daß diese Frau sein Vertrauen nicht mißbrauchen würde.

Er hatte ihre Worte im Ohr: »Ich wußte es!« Die drei Worte hatten durchaus nicht nach Sumpf und Korruption und dem Beginn von tödlichen Verstrickungen geklungen. Sie klangen noch nach: Ich wußte es. Kein ordinärer Mißton. Es hatte rein und schön und zärtlich geklungen. Jan lächelte fast selig, wenn er an diese drei Worte dachte. Ich liebe dich – das sagten alle so dahin, aber was waren die berühmten drei kleinen Worte wert? Heute gesagt, morgen vergessen. Das alte Lied. Wie anders die drei Worte von Zofia: Ich wußte es. Das hieß mehr, viel mehr.

Ich wußte es – das hieß:

Ich wußte es, daß ich deine Richterrute zum Erwachen bringen würde.

Ich wußte es, daß du diese Reaktion nicht vor mir verbergen würdest.

Ich wußte es, daß du kein Spießer bist, der mich zurückstoßen wird.

Ich wußte es, daß du nicht sagen würdest: Hier nicht!

Ich wußte es, daß du nicht sagen würdest: Aber ich bin doch verheiratet!

Ich wußte es, daß trotz des überraschenden Vorstoßes deine Richterrute stolz bleiben würde.

Ich wußte es, daß du nicht zu den Männern gehören würdest, die sich im Handumdrehen aussaugen lassen.

Ich wußte es, daß du keine weißen Feinrippspießerunterhosen, sondern eine rote Boxershorts tragen würdest.

Ich wußte es, daß es dir gefallen würde, wie meine schwarzen, edlen Lederhandschuhhände deine Richterrute umfassen und liebkosen.

Ich wußte es, daß du nicht zu den Männern gehören würdest, die nach der Ejakulation unwirsch werden, sondern daß du souverän und freundlich bleiben würdest.

Ich wußte es, daß du mir vertrauen würdest.

Ich wußte es, daß ich dir vertrauen könnte.

Jan glaubte, daß all diese Bedeutungen in Zofias drei kleinen Worten enthalten waren. Er glaubte es. Er wußte es keineswegs. Böse Überraschungen konnte es geben. Aber das glaubte er nicht. Er lächelte, wenn er daran dachte, was geschehen war. Es war ihm in keiner Weise peinlich. Er lächelte auch über die Antwort, die er gegeben hatte: »Ich wußte es nicht«, hatte er gesagt, wahrheitsgemäß.

Weniger angenehm war ihm die Erinnerung an einen anderen Satz. »Das nächste Mal erwarte ich eine Blondine«, hatte er gesagt. Ungeheuerlich. Was sagte man nicht alles, wenn die Lust im Anrollen ist. Dennoch, das ging zu weit, das war dreifach daneben: erstens dieser Befehlston, zweitens dieser absurde Wunsch und drittens durfte es ein nächstes Mal natürlich nicht geben. Die halbe Stunde in seinem Dienstzimmer konnte Jan sich wegen ihrer Einmaligkeit verzeihen, eine Wiederholung nicht mehr.

Daß er unverhofft ein sexuelles Abenteuer erlebt hatte, beschwingte und erheiterte Jan. Nicht mehr so unbescholten zu sein, gefiel ihm. Jan der Gerechte, der offene und ehrliche Jan hatte ein Geheimnis zu verbergen. Er würde schweigen, ausweichen oder lügen müssen, wenn ihn jemals jemand fragen sollte, ob er schon einmal Sex im Amt gehabt habe. Die betrunkenen Kollegen gerieten, wenn keine Frauen beim Richterstammtisch dabeiwaren, schon angesichts junger gepiercter Kellnerinnen in ihr albernes, haltloses Schwärmen. Zofia hingegen war eine gepflegte Erscheinung. Das Erlebnis hatte eine gewisse Klasse gehabt, und Jan war stolz darauf, nicht prüde gewesen zu sein. Ich bin so frei, dachte er und lachte in sich hinein.

Seit er mit Elisa verheiratet war, war der »Pimmel«, wie er in ihrer Ehe hieß, eine Art folgsamer Knecht, über dessen Dienste nicht weiter geredet wurde. Er verschaffte zuverlässig Lust, wenn Lust erwünscht war. Am Anfang hatte Elisa zu Jans Pimmel manchmal wie zu einem gehorsamen Hund gesprochen und ihn gelobt und beschwichtigt, wenn er ungestüm drängte. Nun war er kein artiges Haustier mehr gewesen. Er hatte gezeigt, daß noch Instinkte und eine gewisse Unfolgsamkeit in ihm steckten.

Natürlich belog sich auch der ehrliche Jan. Er unterdrückte die Angst vor peinlichen Folgen, so gut es ging, aber sie meldete sich immer wieder. Marek machte ihm Sorgen. Zofia hatte ihrem falschen Verlobten nun definitiv mitgeteilt, daß sie keinen weiteren Briefwechsel mehr mit ihm wünsche. Sie schrieb ihm nicht auf Polnisch, sondern auf Deutsch. »Lerne endlich die Sprache dieses Landes und krieg Deinen Arsch hoch.« Sie empfahl ihm, einen Anwalt zu nehmen, nannte einen Namen. Er solle sich um die Aufhebung der Untersuchungshaft und um das Beweisen seiner Unschuld kümmern. Jan las entzückt, was sie Marek fröhlich riet: »Das Leben besteht nicht nur aus Maiskolben, du alter Wixxxer«, das Wort Wixxxer salopp mit drei X. Möglicherweise eine Anspielung auf die Übergröße des Marekschen Phallus. Sie wollte den falschen Verlobten schonen: Sie sei eine Weile nicht erreichbar und könne deshalb nicht antworten. Geschäfte in der Heimat. Jan schloß nicht aus, daß es wirklich so war. Er konnte sich Zofia in verschiedenen Aktionen vorstellen, auch als tüchtige und skrupellose Investmentfrau. Durch die Osterweiterung waren paradiesische Zustände nicht nur für Schlepper und Schleuser und Schieber aller Art entstanden, sondern auch für intelligente zweisprachige Menschen, die zwischen Ost- und Westländern vermittelten. Westliche Firmen wollten im Osten Zweigniederlassungen aufmachen, östliche Arbeitslose wollten im Westen Spargel oder Erdbeeren ernten – wer hier die jeweiligen Länder kannte und ihre Sprachen beherrschte, der konnte ganz legal eine Menge Geld verdienen.

Mareks Anwalt machte natürlich als erstes Druck, indem er Haftverschonung beantragte. Die Ermittlungen von Staatsanwaltschaft und Polizei waren nicht weitergekommen. Jan rief den jungen Staatsanwalt an und drohte: »Ich muß Ihren Marek laufenlassen, wenn Sie keine Beweise liefern.« In einem Kriminalfilm hätte der Staatsanwalt geantwortet: Es ist ja wohl mehr *Ihr* Marek als *mein* Marek. Diese Anspielung unterblieb in der Wirklichkeit.

Ein Marek auf freiem Fuß, das war keine sehr angenehme Vorstellung. Vertrauliche Anspielungen waren das Letzte, was Jan gebrauchen konnte. Möglichst laut vor anderen: Hey Chef Richter, gefällt dir meine Braut?

Doch Jan hatte Glück. In Sachsen hatte man einen Betrüger festgenommen, der gutgläubige Westdeutsche mit obskuren Anlagegeschäften gelockt hatte, und in diesem Zusammenhang war bei den Ermittlungen auch der Name von Marek genannt worden, ein klarer Grund, ihn noch weiter in Untersuchungshaft zu lassen. Vielleicht konnte man ihn sogar nach Sachsen überstellen, dann wäre das Koblenzer Landgericht Marek und den ganzen Fall los – ein verlockender Gedanke.

10

Als Richter und Fernsehfilmzuschauer und auch als Zeuge von launigen Gesprächen mit Kollegen wußte Jan: Ehebrecher erkennt man daran, daß sie ungewöhnlich aufmerksam zu ihrer Frau und ihren Kindern sind. Obwohl er sich keinen ausgewachsenen Ehebruch vorzuwerfen hatte, sondern mehr einen einmaligen Schwächeanfall, spürte er die Wiedergutmachungsreflexe am eigenen Leib. Weder Elisa noch Alex und Elias waren in diesen Tagen zu Hause, aber er war am Telefon so voller Verständnis für Elisas übliches Verschieben ihrer Nachhausekommtermine, und er versprach so widerstandslos, sich um das schulische Fortkommen der beiden Söhne zu kümmern, daß Elisa »Du bist der beste Mann der Welt!« rief. Noch eine Spur zuvorkommender, und sie hätte möglicherweise wieder einmal gesagt: Man könnte meinen, du hast eine Geliebte! Das wollte Jan jetzt nicht hören, deswegen fügte er ein »Wenn ich dazukomme« an seine Versicherung an, noch an diesem Wochenende den Schuldirektor aufzusuchen.

Natürlich kam Elisas gelegentlicher Betrugsverdacht stets zärtlich gurrend und im Spaß. Kein Ehemann der Welt würde eine Frau wie Elisa hintergehen. Einmal hatte sie eine ihrer fünfhundert besten Freundinnen, die das zu bezweifeln gewagt hatte, streng auf einen wichtigen Punkt hingewiesen: In den Filmen spielte sie Architektinnen, Galeristinnen, Ärztinnen, die von ihren nichtsnutzigen Ehemännern, in fortschrittlicheren Filmen von ihren unverheirateten Partnern oder sogar Liebhabern betrogen wurden, und die dann in Wut und Schmerz über sich hinauswuchsen. Es waren immer tolle Frauen, aber doch letztlich mehr oder weniger normale Architektinnen, Galeristinnen und Ärztinnen. In Wirklichkeit aber war Elisa eben keine mehr oder weniger normale Architektin, Galeristin oder Ärztin, sondern die herausragende Elisa – und die zu betrügen würde sich ein Ehemann sehr gut überlegen, sprach Elisa, beschwipst zwar, aber so selbstherrlich, daß die Freundin sich eine Anmerkung nicht verkneifen konnte: Ob ihr dann nicht eine Erfahrung zum Spiel ihrer Dauerrolle fehle? »Was meinst du mit Dauerrolle?« fragte Elisa zurück, bereit zu einem Stutenbiß. Die Freundin wich aus, griff aber von einer anderen Seite an: »Es gibt in Amerika sehr schöne und berühmte Schauspielerinnen, die nicht nur Betrogene spielen, sondern auch betrogen werden.« Elisas Augen wurden eng: »Was willst du damit sagen?« fragte sie leise, »daß ich mich vorsehen soll oder was?« Die Freundin schwieg und wußte: Sie war zu weit gegangen. Von diesem Augenblick an gehörte sie nicht mehr zum engen Kreis der fünfhundert Lieblingsfreundinnen. »Wir sind hier nicht in Amerika!« sagte Elisa noch. Das war noch in der Zeit vor Jan gewesen. Heute hätte Elisa gesagt: Wenn Stars Stars heiraten, dann kann das nicht gutgehen. Das war ja einer der Gründe, warum sie mit Jan als Mann so zufrieden war: Ein Richter war kein Schauspielerkollege, der ständig mit hübschen jungen Kolleginnen zu tun hatte und seine Bein- und Bauch- oder Oberarmvergleiche anstellte, die dann zu Ungunsten der Ehefrau ausfielen.

Jans Freundlichkeit dehnte sich auch auf Bruno, den Ghostwriter aus. Die Sache mit Zofia hatte Jan so beschwingt, daß er diesen Menschen nun eher ertrug. Etwas übertrieben von Elisa, ihm im Haus ein Zimmer anzubieten. Dazu mußte das Studio der Söhne freigemacht werden. Sie nannten es Studio, weil sie behaupteten, hier musikalisch kreativ sein und verschiedene Aufnahmen mischen zu können. Es war aber mehr ein Abstellraum für ihre ausrangierten Computer. Alle zwei oder drei Jahre mußte ein neuer Computer angeschafft werden, und natürlich brauchte jeder seinen eigenen. So hatten sich rasch mehrere raumfüllende Monitore angesammelt, bis die erste Generation von Flachbildschirmen im Haus Einzug hielt. Dazu eine Menge Tastaturen und Festplatten, die nicht weggeworfen werden durften, weil sie irgendwelche Programme und Daten enthielten, die noch einmal gebraucht werden konnten. »Bist du wahnsinnig«, schrien die Söhne am Telefon, als Jan anfragte, ob man nicht einige ältere Computerteile weggeben könnte. Seine Zofia-bedingte Wiedergutmachungsbereitschaft würde bald verbraucht sein bei diesem Ton. Jan ließ sich das Problem schildern und schlug vor, die Daten der alten Festplatten der alten Computer auf den neuesten Computer zu überspielen. Dann könnte man die alten Computer entsorgen und das Zimmer freimachen. Jetzt mußte sich Jan noch einen unverschämten Satz anhören: »Du hast keine Ahnung!« Elias sagte das, der Mamaliebling. »Gib mir deinen Bruder«, sagte Jan.

Alex war freundlicher. Und klüger. Er roch einen günstigen Handel. Er erklärte dem Vater: Alles nicht so einfach. Gewisse Sachen laufen nur mit gewissen Programmen. Programme lassen sich nicht so leicht auf andere Festplatten übertragen. Die Stecker nicht kompatibel, zu wenig Steckplätze, Grafikkarten, Modems, lauter Probleme. Theoretisch sei das eine gute Idee, praktisch nicht zu machen. »Es sei denn«, sagte Alex.

»Es sei denn was?« fragte Jan.

Alex schwieg.

»Was denn?« Jan wurde ungeduldig.

»Das geht doch nicht«, sagte Alex.

»Was geht nicht?«

»Schon wieder ein neuer Computer«, sagte Alex schüchtern. Er hatte sein Umweltbewußtsein entdeckt. Die Welt würde an ihrem Computermüll ersticken. Der alte war erst ein Jahr alt.

»Allerdings geht das nicht«, sagte Jan.

Schweigen.

Es ging dann doch. Weil es nicht anders ging. Es gab keine andere Möglichkeit, das Studio in ein Ghostwritergästezimmer zu verwandeln: Elias und Alex erhielten außerplanmäßig je einen neuen superschnellen Hochleistungslaptop plus je eine externe Festplatte mit einem Speicherplatz, der vor wenigen Jahren noch die Computerfreaks dieser Welt vor Glück und Staunen hätte weinen lassen. Damit konnten sie die Programme und Daten all ihrer alten Computer kopieren und die ausgedienten Teile zur Entsorgung freigeben. So war der Weg frei, das sogenannte Studio in ein Gästezimmer für Bruno zu verwandeln.

»Das ist doch ein Angebot«, sagte Jan am Ende der telefonischen Verhandlung erschöpft.

Alex war mit der Abmachung zufrieden und zeigte das auch. Elias, dieses undankbare kleine Monster, maulte noch immer: »Wann bitte soll das passieren?« Ob sich Turnvater Jan klargemacht habe, was es bedeutete, Zigtausende von Dateien hin und her zu schieben. Tagelang würde der Transfer dauern. Er ließ durchblicken, daß diese Aktion seinen schulischen Leistungen nicht guttäte. Es war klar: Er hatte seine Entschuldigung gefunden, falls er nicht in die nächste Klasse versetzt wurde.

An dem Wochenende, als das Studio in Brunos Gästezimmer umfunktioniert wurde, war auch Elisa zu Hause. Sie hatte es sich in den Kopf gesetzt, daß die komplette Familie mit Bruno ins Elsaß fahren solle. Damit man sich mal so richtig kennenlernt, ehe es losgeht mit den Memoiren. Sie hatte von einem Restaurant gelesen, dessen Chef keine Gourmets mehr sehen wollte. Sein Feinschmeckerstern war ihm egal, er kochte nur noch Sauerkraut. Toll, fand Elisa. Was für ein Mann! Jan wurde fast eifersüchtig auf den Koch und seine Großtat. So hatte Elisa das letzte Mal vor Jahren von Jans heldenhaften Urteilen geschwärmt. Die Kinder interessierten sich weder für Feinschmeckerlokale noch für Sauerkraut. »Diese Furzerei!«, sagte Elias. Elisa lachte und sah Bruno an, der das gehört hatte. Ihr Blick sagte: Hast du das gehört, Bruno. Hier herrscht ein ungezwungener Ton. Wir sind keine Spießer. Merk dir bitte solche Szenen. Sie sagte: »So sollen meine Memoiren werden. Prall. Voller Leben. Natürlich. Ungeschönt. Frisch.« Alex sagte: »Fürze sind nicht frisch.«

Alex und Elias interessierten sich nur für ihre neuen Computer, nicht für das Überspielen der Daten von den alten. Jan mußte streng werden und ihnen klarmachen, was ein Versprechen war. »Ja, Herr Richter«, hieß es. Brunos Gästezimmer wurde Geisterzimmer getauft, weil er ja der Ghostwriter war. Der Vorschlag kam von Elias. Geisterzimmer! Elisa fand die Wortschöpfung genial: »Das muß rein«, sagte sie. Keiner verstand sie. Sie meinte: rein in die Memoiren.

Elias sagte: »Hab ich mir anders vorgestellt, wenn Mutter ihre Memoiren schreibt.«

Bruno machte eine Grimasse, sagte »wird gemacht« und trug mit gedämpfter Erzählerstimme einige improvisierte Sätze vor: »Anfangs glaubte ich, ohne einen Ghostwriter würde ich es nicht schaffen, meine Memoiren zu schreiben. Wir richteten schon ein Ghostwriterzimmer im Haus ein. Das war ein Aufstand, weil die Kinder ihr Computerlager räumen mußten. Elias, der jüngere meiner Söhne, nannte es Geisterzimmer. Was haben wir gelacht. Aber dann habe ich mich doch entschlossen, meine Erinnerungen ohne fremde Hilfe zu Papier zu bringen. Wie so oft in meinem Leben sagte ich mir: Elisa, du kannst das.«

»Bruno, du bist wundervoll«, sagte Elisa lachend. »Du bist genau der Richtige. Du verstehst mich, du triffst den Ton. Der muß ganz leicht und heiter sein.«

Brunos Blick wurde fremd. Er runzelte die Stirn: »Elisa, wir müssen klären, ob ich als Mitautor genannt werde.«

»Ja?« fragte Elisa.

»Man könnte meinen Namen als Mitautor weglassen«, sagte Bruno.

»Zum Beispiel«, sagte Elisa entzückt.

»Das kostet aber etwas«, sagte Bruno und erklärte: »Das ist eine Marktwerteinbuße. Man kann darüber reden. Es muß bezahlt werden.«

»Bruno, du Schlitzohr!« rief Elisa, als sie verstanden hatte. In dieser Frage solle er sich an Agentin Jennifer wenden, die werde das mit dem Verleger klären. »Ausbaldowern«, sagte Elisa. In ihrer letzten Rolle als mutige Staatssekretärin im Gesundheitsministerium kam das Wort vor, seitdem verwendete sie es gern.

Die Fahrt in das elsässische Exfeinschmeckerlokal kam zu Jans Überraschung tatsächlich zustande. Elisa konnte sich bei den Söhnen besser durchsetzen als er. Alex, der seit kurzem den Führerschein hatte, mußte schwören, keinen Wein zu trinken, und durfte das Auto fahren – und schon war er für die Unternehmung gewonnen. Um Elias gnädig zu stimmen, wurde ihm erlaubt, vorn zu sitzen. Hinten Jan und Bruno, Elisa in der Mitte. »Zwischen meinen Männern«, sagte sie. Früher sei man auch zu dritt hinten gesessen. Elias sollte vor der Abfahrt noch die Kommode des neuen Geisterzimmers für Bruno freimachen. Alle drei Schubladen waren mit Dutzenden von ineinander verschlungenen Computerkabeln vollgestopft. »Ich kann nicht mitkommen«, sagte Elias triumphierend und deutete auf die Kabel. Zu Jans Erstaunen nahm Elisa das unförmige Kabelknäuel und drückte es dem renitenten Sohn in den Arm: »Das kannst du unterwegs entwirren«, sagte sie. Im Sauerkrautrestaurant angekommen, verweigerte Elias standhaft alle Sauerkrautgerichte und beschäftigte sich mit dem weiteren Lösen der Kabel – seltsam still und zufrieden. Elisa trat Jan unter dem Tisch auf den Fuß und bewegte ihren Kopf Richtung Elias. Jan wußte nicht, was sie damit sagen wollte. Vielleicht: Schau mal, wie er sich konzentrieren kann! Oder:

Man muß ihn nur machen lassen! Jan fand das geduldige Entschlingen und sorgfältige Aufrollen der Kabel eher beängstigend. Als habe man ihm eine Therapie verordnet, die er mechanisch absolvierte. Autistisch. Eine kuriose Form von Trotz und Verweigerung auch, dieses Entwirren, während alle anderen wirre Sauerkrautknäuel zum Mund führten. Natürlich hütete sich Jan, eine dementsprechende Bemerkung zu machen.

Bei der Heimfahrt kippte Elisa beschwipst und übermüdet zwischen Jan und Bruno hin und her, und ehe sie einschlief, lallte sie leise: »Dieser Abend muß in die Memoiren.«

Zu Hause im Bett war sie anschmiegsam und albern, weil sie pupsen mußte, was sie im Auto vor Bruno und den Kindern unterlassen hatte. Sie werde nur noch mit Jan allein in Sauerkrautlokale fahren, sagte sie, pupste, sagte »ups«, schmiegte sich an Jan, ließ seine Finger wandern, wohin, und tun, was sie wollten – und so schliefen sie wieder einmal miteinander. Es wurde nicht geschwitzt und gekeucht, nicht gelallt und gestammelt, nicht gekrallt und gebissen, nicht gefaucht und gebrüllt – es war der kultivierte, routinierte, dennoch befreiende und durchaus zufriedenstellende Geschlechtsverkehr eines Ehepaars, das seit Jahren verheiratet ist, und dem moderate sexuelle Aufwallungen noch nicht ganz fremd geworden sind.

»Sie haben etwas gegen mich«, sagte Bruno, als Jan anderntags vom Laufen kam und ihn in der Küche beim ratlosen Betrachten der Espressomaschine antraf. Elisa und die Kinder waren schon in aller Frühe abgereist. Jan zeigte ihm, wie die Maschine zu bedienen war, und duschte. »Keine Sorge«, sagte Bruno, als Jan danach wieder auftauchte, »ich werde mich hier nicht ständig aufhalten.«

»Schon gut«, sagte Jan. Es ging ihm etwas anderes im Kopf herum: das Stadtgespräch. Er war nicht damit befaßt, aber juristisch war es spannend. Die Kollegen vom Verwaltungsgericht hatten heute nachmittag zu entscheiden, ob man die Versammlung einer kleinen, erbärmlichen Rechtspartei am

Deutschen Eck zulassen sollte oder nicht. Das Deutsche Eck in Koblenz, da, wo die Mosel in den Rhein fließt, eine spitze Landzunge, mit einem monströsen Denkmal Kaiser Wilhelms I. verunziert, war eher etwas für vorgestrige Monarchisten als für debile Neonazis. Dummerweise hatte Jan Elisa davon erzählt, und die hatte gleich empört gefordert: »Das mußt du verbieten!« Jan hatte ihr geduldig zum wiederholten Mal erklärt, daß für Versammlungsverbote das Verwaltungsgericht zuständig sei, er aber Richter am Amtsgericht war, was Elisa immer wieder vergaß oder vergessen wollte, vielleicht, weil sie nicht mit einem Amtsrichter verheiratet sein wollte. Wie viele Menschen, die von der Justiz keine Ahnung haben, fand sie, »Amtsrichter« klinge poplig, und vergaß immer wieder, daß es so ein popliger Amtsrichter ist, der eine ausgewachsene Politgröße in Untersuchungshaft stecken kann. Sie vergaß in ihrem politischen Eifer auch immer wieder, daß es nun einmal ein Versammlungsrecht gab. Ein Verbot mußte begründet werden. Das wollte Elisa nicht einsehen. Sie legte sich auf keine Partei fest, aber sie empfand sich als links. Wenn sie diese Position verkündete, machte sie ein Gesicht wie Rosa Luxemburg. Nur schwer hatte sie sich damit abfinden können, daß Jan von keiner politischen Richtung etwas wissen wollte. Typisch Mann, fand sie. Jans Urteile, soweit sie von öffentlichem Interesse und erwähnenswert waren, empfand sie allerdings befriedigt als links. Jan ließ sie in dem Glauben. Sie waren nicht links, sondern juristisch sauber. Es war nicht links, wenn man korrupten Baulöwen Gefängnis ohne Bewährung aufbrummte, sondern das Gesetz sah das vor. Das entscheidende war nicht die Politik, sondern die Beweislast. Einmal hatte er versucht, Elisa die Macht der Beweise zu erläutern. »Korinthenkacker«, war ihre Antwort. Er entschädigte sie allerdings für seine politische Unbestimmtheit und Urteilsunlust mit einer Bemerkung, die sie im Kreis ihrer Freundinnen gern zitierte: »Wenn es nach mir ginge, könnte den Männern das Wahlrecht entzogen werden.«

Was die Neonaziversammlung am Deutschen Eck betraf, würden, wie es aussah, nicht mehr als zwei Dutzend rechte Idioten zusammenkommen, eine oder zwei Stunden Schwachsinn reden und sich dann wieder zerstreuen. Eine groteske rechte Splittergruppe offenbar. Ein Verbot würde das Deutsche Eck als Versammlungsort rechter Gruppen, die straffer organisiert waren, erst richtig attraktiv machen. Das alte Lied. Ein Zulassen der Versammlung würde natürlich zu Gegendemonstrationen führen. Selbst Alex und Elias, die sonst konservativ daherredeten, würden revolutionär werden, ihre neuen 120-Gigabyte-Laptops vergessen, sich unerlaubt aus dem Internat schleichen, um gegen die als windelweich empfundene Gerichtsentscheidung ein Zeichen zu setzen und den Glatzen ihre Reime entgegenzuschreien:

Wem Hitler hat ins Hirn geschissen,
der sollte schleunigst sich verpissen!

»Genial!« fand Elisa den Reim von Alex. Ein Beweis, daß die konservativen Ansichten nur Opposition waren. Sie hatte wieder mit der Hand eine Schreibbewegung gemacht, die bedeutete: Muß in die Memoiren.

Die Versammlung wurde verboten. Elisa konnte stolz auf ihren durch und durch antifaschistischen Wohnort Koblenz und alle seine Richter sein. Der Ruf der Stadt war gerettet. Gerichte in bedeutenderen Städten hatten sich der braunen Gefahr gebeugt und rechte Versammlungen zugelassen. Nicht hier! Unsere Stadt sagt nein zum rechten Abschaum – das war die parteienübergreifende Widerstandsstimmung. Jan allerdings war alles andere als begeistert. Juristisch war die Entscheidung seiner Ansicht nach nicht dazu angetan, von einem wehrhaften Rechtsstaat zu sprechen. Es war ein reiner Winkeladvokatenschachzug, der den Kollegen da eingefallen war, um ein Verbot auf die Schnelle zu begründen:

Die rechten Dummköpfe hatten einen exakten Ablaufplan ihrer Veranstaltung eingereicht. Unter anderem war das Absingen des Liedes »Ich hatt' einen Kameraden« vorgesehen, und zwar mit Begleitung von zwei Trompeten und zwei Posaunen. Und genau hier konnte man einhaken. Die Blechbläser klangen so ähnlich wie die Signale, die Fähren auf Rhein und Mosel ausstießen. Sachverständige konnten das bestätigen. Das konnte an dieser nicht ungefährlichen Stelle des Flusses zu Navigationsmißverständnissen führen, die die Schiffahrt erheblich gefährdeten. Es hatte hier schon des öfteren Zusammenstöße von Schiffen gegeben. Jetzt mußte die Ablehnung des Bewilligungsantrages zum Abhalten einer Versammlung nur noch so spät wie möglich herausgehen und juristisch so verdreht formuliert sein, daß die rechten Dummköpfe keine Chance mehr hatten, einen modifizierten Eilantrag zu stellen, diesmal ohne Trompeten und Posaunenschall.

Jan fand: Die Gesetze wurden hier schikanös benutzt. Das gefiel ihm nicht. Auch wenn die Schikane in dem Fall die Richtigen getroffen hatte, blieb er dabei: Juristisch war das eine Posse, er hätte lieber einen seriöseren Grund für ein Verbot gefunden. »Du hast null Humor«, sagte Elisa, die sich telefonisch auf dem laufenden hatte halten lassen.

Daß Bruno am Abend noch immer da war, war zunächst eine böse Überraschung. Er hatte es sich auf der Terrasse bequem gemacht. Mit der Espressomaschine schien er jetzt klarzukommen. Ein Heer von Tassen stand gebraucht um ihn herum. Er kam offenbar nicht auf die einfache Idee, die Tasse auszuspülen und wiederzuverwenden. Die geleerten Tassen benutzte er als Aschenbecher. Die Tür ins Wohnzimmer war offen, das Zimmer hell erleuchtet, vermutlich alles voller Mücken. Jan würde sich bei Elisa beschweren. Sie mußte diesen Mann disziplinieren. Es war ihr Bruno. Daß der in seinem Alter noch immer seine Achtundsechziger-Wohngemeinschaftsmanieren demonstrieren mußte! Jan konnte sich eine Bemerkung nicht verkneifen: »Ich kann Ihre Frau verstehen, daß sie ohne Sie leben wollte.«

Bruno hatte einen Stapel mit Photoalben vor sich liegen. Er ging nicht auf Jans Spitze ein. »Ich versuche, mich mit Elisas Vergangenheit vertraut zu machen«, sagte er und deutete auf die Alben. Er sei noch keineswegs sicher, ob er den Auftrag annehmen solle. »Was meinen Sie?« fragte er unvermittelt.

Jan verstand nicht.

»Sie sind doch ihr Mann«, sagte Bruno, »Sie kennen Ihre Frau, Sie kennen ihr Leben. Soll ich ihre Memoiren schreiben? Wird das gutgehen?«

»Sie haben Fragen«, sagte Jan.

»Ich habe ein bißchen Schiß«, sagte Bruno.

Jan staunte: »Vor Elisa?«

Bruno lachte: »Verstehen Sie mich nicht falsch: davor, daß ihr Leben nicht genug hergibt.«

Jan fühlte sich etwas beleidigt. »Sie ist eine sehr erfolgreiche Frau.«

»Erfolg ist verdammt langweilig«, sagte Bruno. »Immer bergauf – wo ist die Spannung?«

»Ihr Problem, Ihr Job«, sagte Jan, »ich nehme an, dafür wird ein Geist wie Sie bezahlt – und vermutlich nicht zu knapp. Sind Sie mit Ihrem Geisterzimmer zufrieden?«

»Alles bestens«, sagte Bruno. Er hatte eine kleine Lupe an einer Schnur um den Hals hängen, mit der er Elisas Kinderphotos betrachtete, während sie redeten. »Süß«, sagte er.

Jan sagte: »Elisa glaubt, daß Sie damals verliebt waren in sie, stimmt das?« Er war selbst überrascht von seiner Frage, die ihm plötzlich unangemessen vertraulich vorkam. Fast hätte er eine Entschuldigung angehängt, aber Bruno blickte vom Photoalbum auf und lächelte ihn offen und freundlich an, als habe er auf die Frage schon längst gewartet. »Eine lustige Vorstellung«, sagte er.

»Was?«

»Wenn ich Elisas Mann wäre.«

»Jetzt hat sie einen Richter und keinen Dichter«, sagte Jan.

»Und keinen alten Knacker«, sagte Bruno.

»Sie wollen nur hören, daß Sie nicht alt wirken«, sagte Jan und wollte es wissen: »Wie alt sind Sie eigentlich?«

»Sechsundsechzig, Hohes Gericht, ich gestehe es.« Bruno verbeugte sich wie ein Sünder, fügte aber keck hinzu: »Geiles Alter, finden Sie nicht?«

»Achtzehn Jahre älter als Elisa«, sagte Jan.

»Damals war der Unterschied größer als heute«, sagte Bruno und erinnerte sich: Ja, er war wohl ein bißchen in Elisa verliebt gewesen. Wie man sich eben in eine Frau auf der Leinwand verliebt. Millionen sehen den Film, und Zigtausende verlieben sich. Nichts Besonderes. Nicht jeder hat allerdings die Möglichkeit, seine Verliebtheit in eine Hymne zu verwandeln und in einer Zeitung als Filmbesprechung zu veröffentlichen. Und nicht jeder, der begeistert über eine Schauspielerin schreibt, wird auch begeistert von ihr angerufen. Doch, von diesem Telefongespräch habe er lange gezehrt. Damals lebte er mit einer von ihrem Mann verlassenen Reihenhausfrau zusammen, einer Bildhauerin mit drei Kindern, die ihn, den Freund der Mutter, nicht respektierten. Bruno hatte das kleinste Zimmer im Haus und dichtete dort. Als Elisa damals anrief, war Mittagszeit. Die Kinder hatten gerade geschrien: Komm runter, es gibt Essen! Die pubertäre Tochter, die ihn sonst mit den Worten: Heb mal ab, Arschloch, es ist für dich! aufforderte, ans Telefon zu gehen, flüsterte mit einem Mal völlig verwandelt und mit rotem Kopf: Es ist Elisa. Bruno konnte sich noch genau an dieses Jahrzehnte zurückliegende Gespräch erinnern, weniger an den Inhalt als an den Ablauf. Er hatte damals, in den 70er Jahren, viel Kontakt mit Schriftstellerkollegen gehabt. Man hatte sich oft angerufen. Wichtige und berühmte Kollegen waren am Telefon, bekannte Autoren, die zumindest den beiden älteren Kindern der Bildhauerin aus den Lesebüchern ein Begriff sein sollten. Diese Kinder aber kannten keine Gnade. Sie nannten alle bekannten Autoren der Einfachheit halber Thomas Mann und sagten, wenn das Essen auf dem Tisch stand: Quatsch morgen mehr mit Thomas Mann und komm endlich. Als aber Elisa anrief, gab es kein Zetern, das Gespräch zu beenden und zum Essen zu kommen. Ein langes Gespräch war es, bestimmt eine Stunde, doch niemand drängte. Als Bruno nach unten ins Eßzimmer kam, saßen die Bildhauerin und ihre Kinder um eine Platte mit erkalteten Pfannkuchen herum. Es herrschte feierliche Andachtsstimmung. Von diesem Tag an wurde er von den Kindern akzeptiert. Sie konnten nichts damit anfangen, daß Bruno Bücher schrieb, und es war ihnen völlig einerlei, wenn Leute anriefen, die in ihren Deutschlesebüchern standen. Und wenn der echte Thomas Mann noch gelebt und angerufen hätte, wäre ihnen auch das vollkommen gleichgültig gewesen. Daß aber eine Schauspielerin Elisa hier angerufen hatte, über die Illustrierte und Jugendmagazine gleichermaßen berichteten, das machte den Freund der Mutter zu einem wichtigen Mann, dem man in Zukunft mit ein wenig Ehrfurcht begegnete. »Arschloch« wurde er seitdem nicht mehr genannt. »Das habe ich Elisa zu verdanken«, schloß Bruno.

Jan war gerührt. Bruno konnte gut erzählen. Vielleicht war er doch der richtige Mann für Elisas Memoiren. Vielleicht mußte man seine in den Espressotassen ausgedrückten Zigaretten einfach eine Weile ertragen.

Der Altersunterschied habe ihn damals abgehalten, Elisa aufzusuchen und sie kennenzuleren, sagte Bruno. Das sei vollkommen indiskutabel gewesen. Schlimm genug, daß er ihr noch ein paar Mal geschrieben hatte. Geträumt aber habe er noch lange von ihr. Diese Hier-bin-ich-Träume.

»Was ist das?« fragte Jan.

Bruno wunderte sich über die Frage: »Na, sie steht plötzlich vor der Tür und sagt: Hier bin ich! Tut mir leid, daß ich nicht früher kommen konnte. Und dann fliegt sie einem um den Hals. Kennen Sie diese Träume nicht?«

Jan schüttelte den Kopf.

»Komisch«, sagte Bruno.

11

Es kam nicht oft vor, daß Jan Vanderleyden mit seinem Leben unzufrieden war, und diese seltenen Momente des Zweifelns vergingen immer sehr rasch. Es gab zuwenig Zeit, sein Leben in Frage zu stellen und auch zu wenige Gründe, um zu klagen. Es lief zu gut, als daß er hätte ins Grübeln kommen können. Wenn ihm die Arbeit zuviel wurde, dann dachte er wie jeder anständige Mensch an die Millionen Arbeitslosen und machte weiter. Murren wäre geschmacklos gewesen. Wenn er nach einer Woche voller bescheuerter Gerichtsverhandlungen mit bescheuerten Klägern und bescheuerten Beklagten die Nase von seinem Richterjob voll hatte, dann dachte er daran, daß er erst Anfang Vierzig war und es eigentlich nur bergauf gehen konnte – Richtung Oberlandesgericht, Verwaltungsgericht, Ministerium. Irgendwann würde er mit all den Querulanten und Lügnern nichts mehr zu tun haben und sich auf einer interessanteren Ebene mit dem Auslegen der Gesetze und der sogenannten Rechtsfindung beschäftigen können.

Oder Jan dachte, wenn der Gerichtsüberdruß ihn übermannte, an die arbeitslosen Rechtsanwälte, die Taxi fuhren oder kellnerten – auch das gab es, und es waren keine Einzelfälle. Es gab entschieden zuviele Anwaltskanzleien. Also wütete auch hier der Darwinismus, Kanzleien schrumpften oder mußten dichtmachen, und so schwirrten vor allem in attraktiven Städten Hunderte von Juristen ohne Job herum und gaben sich als solche nicht zu erkennen, weil ein Anwalt ohne Job nach Totalversager klingt, während ein entlassener Fabrikarbeiter wenigstens noch auf Politiker, Parteien, Gewerkschaften, Arbeitgeber und den Kapitalismus schimpfen kann.

Dieses Schicksal hätte auch ihn ereilen können. Selbst ein gutes Examen schützte einen nicht mehr vor diesem Mißgeschick. Die Zeiten waren deutlich härter geworden. Also empfahl es sich, ruhig und zufrieden zu sein, wenn einem die Arbeit hoch kam und zuviel wurde.

Wenn Jan in den letzten Tagen ganz besonders zufrieden mit seinem Leben war, wenn eine fremde Gutgelauntheit sein Lächeln fast übermütig erscheinen ließ, dann konnte diese ungewohnte Heiterkeit nur einen Grund haben: Zofia. Auch wenn die Behandlung nicht länger als eine halbe Stunde gedauert hatte: So ein Erlebnis hatte ihm gefehlt. Immer war er artig gewesen, schon als Schulkind kein Bedürfnis zu Streichen. Junge unfähige oder alte ausgebrannte Lehrer hatten sich verzweifelt an den kleinen Jan gewandt und um Vermittlung gebeten: Kannst du nicht auf diese Störenfriede einwirken, damit ich meinen Unterricht fortsetzen kann? Und tatsächlich konnte er gut vermitteln, ohne daß er deswegen als Streber galt, und diese Fähigkeit konnte er gut gebrauchen. Lebenswichtig für einen Richter. Denn wichtiger noch als Verfahren mit hieb- und stichfesten oder vielleicht sogar intelligent blitzenden Urteilen durchzuziehen, an denen andere Gerichte in Revisionsverfahren nicht groß herummeckern konnten, war es, einen Teil der gräßlichen Zivilgerichtsverfahren gar nicht erst entstehen zu lassen. Ein Richter, der es nicht schaffte, genügend Verfahren abzuschmettern, erstickte in Arbeit und mußte juristisch schlampig werden. Kein Richter konnte zweihundert Verfahren im Jahr abwickeln. In Schlichtungsterminen mußte den Parteien klargemacht werden, daß bei einem Prozeß beide Seiten nur Zeit und Geld verlieren würden und für niemanden irgend etwas zu gewinnen war als für die Anwälte. Diese Einsicht verfeindeten Leuten nahezubringen, war nicht leicht, zumal die anwesenden Anwälte dem nur gerne zustimmten, wenn auch sie genug zu tun hatten und ihrerseits den Fall loswerden wollten.

So gut war Jans Laune neuerdings, daß ihm einige Schlichtungen besonders gut gelangen. »Sie sind ja ein ganz Charmanter«, sagte die Protokollführerin, als Jan in nur einer halben Stunde eine Schreckschraube von Immobilienbesitzerin überzeugen konnte, daß es absolut sinnlos und nicht einmal steuerlich von Vorteil war, einen Dachkippfensterhersteller wegen verspäteter Lieferung auf Schadensersatz zu verklagen. »Mein Gott, wegen drei Monatsmieten«, sagte Jan und lächelte sie milde an. »Na schön«, sagte die Schreckschraube und betrachtete den Kippfenstermenschen wie eine Wespe, die man nicht erschlägt, sondern nur vom Gartentisch fegt: »Dann lassen wir es diesmal gut sein.«

Diebisch – anders konnte man die Freude nicht nennen, die Jan seit dem letzten Treffen mit Zofia beschwingte. Gelegenheit macht Diebe, und völlig unerwartet hatte sich eine Gelegenheit ergeben. Heimlich hatte er etwas mitgehen lassen – etwas von der Lust, von der in der sexbesessenen Welt ständig die Rede war und von der er nie genascht hatte. Es war einerseits ein nachgeholter Streich, andererseits fühlte er sich dadurch auch erwachsener. Zofia und er hatten etwas getan, was man nicht tut. Das erheiterte ihn. Sie waren Komplizen. Er hatte Lust, über die gute Laune zu reden, die ihn dadurch überkommen hatte. Da die Sache ein Geheimnis war, konnte er nur mit Zofia selbst darüber reden. Eigentlich das Normalste der Welt. Eher unnormal, nach einem so intimen Streich kein Wort mehr miteinander zu wechseln. Verklemmt wäre das. Jan stellte sich vor, mit Zofia essen zu gehen, sie anzulächeln und ihr ein Geständnis zu machen: Ob Sie es glauben oder nicht, das war für mich eine Premiere. Vielen Dank für die fällige Erfahrung. Das wollte er loswerden.

Bruno behauptete seit Tagen, er werde jeweils am darauffolgenden Tag endlich in sein seltsames Pirmasens zurückfahren, aber er blieb. Möglicherweise wollte er von Jan zum Essen eingeladen werden, denn er hantierte betont ungeschickt mit Spiegeleiern und Speck. Das Haus roch fremd und furchtbar. Jan rief Elisa an, die in München ihren Film synchronisierte, und beschwerte sich, zum wiederholten Mal. »Ich schreib doch nicht alle Tage meine Memoiren«, sagte sie in einem Kleinmädchentonfall. Die Formulierung fiel Jan auf. Bei einer Gerichtsverhandlung hätte er die Aussage ironisch präzisiert: Sie meinen, Sie lassen nicht alle Tage Ihre Memoiren schreiben.

Gestern hatte Bruno ihn gefragt, ob Elisas Eltern noch lebten. Nein, ein Autounfall hatte beide auf einen Schlag getötet. Elisa war damals vierzehn. »Das haut einen um oder es macht einen stark«, sagte Jan. Es war der Satz, den Elisa in dem Fall auch immer sagte.

Bruno nickte. »Nazis?« fragte er.

»Keine Ahnung, wie kommen Sie darauf?« Jan wurde unwirsch.

»Haben Sie Elisa nie gefragt?« fragte Bruno, »muß doch die Generation gewesen sein, ist doch spannend, was die Eltern oder die Eltern seiner Frau da gemacht haben. Ihre Eltern dürften ja zu jung gewesen sein«, sagte er und sah Jan prüfend an.

»Der Achtundsechziger kann es nicht lassen«, sagte Jan. Er wollte das Thema abschließen. Er hatte Elisa tatsächlich nie nach der Vergangenheit ihrer Eltern gefragt. Auch deswegen, weil sein Vater leider nicht zu jung gewesen war. Jan hatte einen alten Vater gehabt. Er war kein Holländer und erst recht kein holländischer Widerstandskämpfer. Die Familie Vanderleyden lebte schon seit Generationen in Deutschland. Leider war der Vater auch Richter gewesen. In der Nazizeit. Das verhieß nichts Gutes. Der Vater war schon sechzig, als 1964 seine zweite, junge Frau Jan zur Welt brachte. Zwanzig Jahre später starb sein Vater. Er hatte Glück gehabt, Jan gehörte nicht mehr der Generation an, die mit ihren Eltern ins Gericht ging. Jans Freunde hatten Eltern, die jünger waren. Keiner fragte mehr nach. Er wußte nichts von der Vergangenheit seines Vaters und wollte nichts wissen. Natürlich gab es Archive, in denen er hätte nachforschen können. Lieber nicht. Und schon gar nicht wollte er in den Memoiren seiner Frau lesen, daß Elisas Ehemann, der Richter Vanderleyden, Sohn irgendeines Nazirichters Vanderleyden war, auf dessen Konto soundsoviele bestialische Todesurteile gingen. Natürlich korrekt nach Nazirecht. Vielleicht war es so. Wäre der Vater kein Mitläufer gewesen, hätte er das gesagt. Biographen blieb nichts verborgen. Ghostwritern vermutlich auch nicht. Er konnte Elisa bitten, die Stelle rauszustreichen, falls der unerbittliche Bruno etwas herausfinden würde. Schließlich waren es ihre Memoiren. Aber diese Bitte wäre etwas seltsam. Wie sah denn das aus! Jan der Gerechte will etwas verbergen. Das paßte nicht. Vielleicht fand Bruno ja auch Unerfreuliches über Elisas Eltern heraus. Mal sehen, ob sie dann auch noch für die große Offenheit war. Neben einer blonden Elisa hätte sich Jan vielleicht einen anderen Vater gewünscht, wenn er seine Biographie korrigieren könnte.

Jan fand, er hatte sich ein Essen mit Zofia schon wegen des lästigen Brunos verdient. Er rief Zofia an. Ihr Kärtchen war noch in seinem Portemonnaie. Es roch noch immer nach der Weste, aus der sie es gezogen hatte.

Sie schien überrascht und nicht erfreut: »Ja?«

Bei diesem fast mißtrauischen »Ja?« wurde Jan klar, daß er ein warmes »Ich wußte es!« erwartet hatte. Mit ihrem polnischen Akzent. Ihre Kühle machte ihn hilflos, aber hilflos wollte er nicht sein. Am besten, er spielte wieder das Vernehmungsspiel mit ihr. Also sagte er mit der ironischen Strenge eines Haft- oder Untersuchungsrichters: »Mir fehlen hier noch einige Angaben zu Ihrer Person in den Akten, Ihr Geburtsdatum zum Beispiel. Und Ihre berufliche Tätigkeit müßte auch noch etwas präzisiert werden.«

»Ich verstehe«, sagte Zofia, jetzt deutlich wärmer und offenbar kooperationsbereit, als wäre dies kein Scherz, sondern Ernst. Sie war bereit, wieder ins Gericht zu kommen. Die Täterin zieht es an den Ort der Tat zurück, dachte Jan. Sein Interesse an Zofia hatte nun beim besten Willen nichts mehr mit Mareks Untersuchungshaft zu tun, er wollte nicht private mit dienstlichen Angelegenheiten vermischen. Bloß das nicht! Der späte Knabenstreich sollte außerhalb des Gerichts bei einer netten Unterhaltung ad acta gelegt werden. Er wollte jetzt wirklich wissen, was diese eigenartig zupackende Frau beruflich machte, und damit seine Nachforschungen über sie abschließen. Er schlug ein Restaurant vor. Sie schwieg. Irgend etwas paßte ihr nicht. »Ist Ihnen ein anderes Lokal lieber?« fragte Jan. Sie schwieg weiter. Jetzt ritt ihn der Teufel: »Sie können mich natürlich auch zu sich einladen.« Er sagte es so ironisch wie möglich und hoffte, daß es wie eine Parodie auf einen Mann klang, der eine Frau mit allen Mitteln anzubaggern versucht.

Sie reagierte aber nicht, wie er gehofft hatte, mit einem ironisch empörten »Na, Sie gehen aber ran!«, sondern sagte ernst und jetzt wieder kühl: »Das ist keine gute Idee.« Offenbar ging ihr Jan auf die Nerven. Vielleicht war ihr auch der Übergriff von letzter Woche peinlich. Oder sie plante doch eine Erpressung oder wollte ihn doch wegen Vergewaltigung anzeigen und wunderte sich über Jans Naivität. Bei diesem Gedanken wurde Jan von einer Welle des Schreckens erfaßt. Auszuschließen war das nicht. Woher nahm er die Sicherheit, daß es nicht so war? Wahnsinn: Diese Frau hatte ihn in der Hand. Sie wetzte bereits ihre Messer. Sie wartete nur auf den günstigen Augenblick zuzustechen und seine Karriere effektvoll zu zerstören. Er war immerhin für viele Hafttage ihres geliebten Marek verantwortlich. Bei dem Überfall im Dienstzimmer war ihm nicht nur ein beweiskräftiges Ejakulat, sondern offenbar auch jede natürliche Vorsicht abhanden gekommen. Schimpf, Schande, Selbstmord – Jan sah diesen Ablauf wieder einmal einen Sekundenbruchteil lang vor sich.

»Zu Hause ist tabu«, sagte Zofia, und wenn Jan nicht alles täuschte, klang das nicht grundsätzlich ablehnend. Es klang so, als gäbe es neben Restaurants, die ihr aus unerfindlichen Gründen nicht genehm waren, und ihren vier Wänden einen Ort, der eben nicht tabu war, an dem eine Begegnung stattfinden konnte. Jan schöpfte Hoffnung. Nach Erpressung oder Anzeige klang das nicht. Er durfte jetzt nicht lockerlassen. Gleichzeitig fing er an, die Geduld zu verlieren, vor allem mit sich selbst. Sex im Dienst, das kam täglich tausendfach in allen Ämtern, Büros, Kanzleien, Universitäten vor. Nur weil ihm das erstmals selbst begegnet war, war das kein Grund, dem eine größere Bedeutung zu geben. Er sagte daher mit einer ihm fremden Verwegenheit: »Ich habe nächste Woche in Trier zu tun. Da gibt es diesen berühmten Dom. Treffen wir uns dort.« Sie schwieg. Salopp und blasphemisch fügte er hinzu: »Eine Kirche ist doch ideal, nachdem wir so gesündigt haben. Zwölf Uhr Mittag kann man sich gut merken.«

Obwohl die Verabredung doch nur dazu da war, eine kleine intime Episode nett zu beschließen und alle eventuell zurückgebliebene Peinlichkeit beim Essen mit einer Flasche Wein ein für allemal runterzuspülen, reagierte Jan auf seinen eigenen Vorschlag sofort mit einer heftigen Erektion.

»In Ordnung, ich komme«, sagte Zofia – jetzt dunkel und gedämpft.

12

Jan erledigte bei den Kollegen im Landgericht Trier zügig, was zu erledigen war. Der Richterverein des Landes suchte einen Vizepräsidenten. Jan war im Gespräch. Er wußte nicht, ob er sich diese ehrenamtliche Tätigkeit aufhalsen sollte. Viel Zeit würde das kosten, aber natürlich einiges an Beziehungen bringen. Auch Richter brauchten ihre Vereine und Verbände, aber er mußte nicht unbedingt in der Verbandsspitze mitmischen. Bedenkzeit. Es reichte, wenn er sich in zwei, drei Wochen entschied. Es brächte frischen Wind in den etwas verstaubten Verband, wenn jüngere Kollegen etwas zu sagen hätten. Natürlich wollten die Kollegen mit Jan essen gehen und waren enttäuscht, daß er nicht konnte. Er war ehrlich. »Ich treffe eine alte Bekannte.« Natürlich hieß es: »Bringen Sie sie doch zum Essen mit.« Pro forma ließ sich Jan sagen, wo die Kollegen essen gingen. Ein pensionierter Richterkollege sagte: »Ich glaube, alte Bekannte treffen ist lustiger«, und zwickte Jan in den Arm.

Viertel vor zwölf war Jan vor dem Dom. Er hatte das Gefühl, ein wandelndes Spezialmeßgerät zu sein, das reagierte, wenn Zofia sich näherte. Oder eine Wünschelrute, die bei Wasseradern ausschlägt. Wünschelrute, Richterrute. Das war doch nicht mehr normal bei einem Mann Anfang Vierzig. Einem Richter. Möglicherweise demnächst Vizepräsident des Verbandes. Zum Glück trug er einen Trenchcoat.

Irgendeine berühmte historische Szene hatte sich vor irgendeinem berühmten Dom zugetragen. Er versuchte, sich zu erinnern und kam nicht drauf. Er könnte Bruno anrufen. Bruno saß sicher noch immer in seinem Haus und verwüstete das Geisterzimmer oder schnüffelte in den Photoalben der Eltern nach Hakenkreuzen, um Stoff für seine Vergangenheitsbewältigungszwänge zu finden, briet Spiegeleier, versaute Espressotassen und haderte mit sich, ob er Elisas Memoiren nun schreiben sollte oder nicht.

Zehn vor zwölf. Jan kaufte ein Heftchen mit Informationen über den Dom. Der älteste Kirchenbau Deutschlands. Das war ihm neu. Um sich von Zofia abzulenken, rief er Bruno an. Der sagte: »Es war der Dom von Worms, vor dem es Zoff mit Brunhild und Kriemhild gab.« Jan schlug sich an den Kopf.

Um zwölf Uhr betrat Jan den Dom. Keine Zofia. Er hielt sich nicht gern in Kirchen auf und ging wieder nach draußen in die Sonne. Das nervöse Warten erinnerte ihn daran, daß er seit Jahrzehnten nicht mehr nervös gewartet hatte. Was, wenn Zofia nicht käme? Es war vielleicht etwas sehr dreist gewesen, Trier für das Treffen zu nennen. Hierher mußte man erst mal kommen. Das war eine Reise, das kostete Zeit und Geld. Und dann war es wohl auch etwas schmierig, wenn sich Ehemänner in anderen Städten mit fremden Frauen verabredeten. Als wollten sie nicht gesehen werden. Vielleicht hatte Zofia gedacht: Der kann mich mal! Den versetze ich! Jan dachte an das abgesagte Mittagessen mit den Richterkollegen. Er schätzte Zofia als pünktlich ein. Etwas konnte nicht stimmen. Er fragte ein kompetent aussehendes Touristenpaar, ob es einen anderen Dom in Trier gäbe. »Dom nicht, aber noch so eine ziemlich alte Kirche«, war die Antwort.

Wenn Zofia in der Zwischenzeit den Dom betreten haben sollte, hätte ihm das auffallen müssen. Eine Frau wie Zofia konnte man nicht übersehen. Und sie hätte ihn sehen müssen. Zwanzig nach zwölf. Wie lange sollte er warten? Sollte er Zofia vergessen und zu dem Essen der Richterkollegen dazustoßen? »Wer kommt denn da, war wohl nichts mit der alten Bekannten!« Oder sich einsam in eine Pizzeria verkriechen und das Versetztwerden als gerechte Strafe anerkennen?

Obwohl ein erneuter Gang durch die Kirche wenig Erfolgsaussichten haben würde, betrat Jan noch einmal den Dom und suchte mit den unsicher-ehrfürchtigen Schritten, an denen die Ungläubigen in Kirchen zu erkennen sind, nach Zofia. Eine Gruppe Touristen wartete auf die nächste Führung, ein Dutzend alte betende Frauen war in den Bänken verteilt. Dann waren da noch ein junger Bankangestellter, bei dem die christliche Einkehr geheuchelt aussah, und ein häßliches dickes Mädchen, das allen Grund hatte, sich bei Gott über ihr Äußeres zu beschweren. Hinten, in der Nähe der Beichtstühle leuchteten die Haare einer tief ins Gebet versunkenen Büßerin so weißblond, daß Jan sein Verlangen nach Zofia einen Augenblick vergaß und in die Nähe der Frau schlich.

Als er hinter ihr stand, wurde ihm plötzlich klar, daß es Zofia war – Zofia mit blonden Haaren. Schon bei Jans erstem Kirchenrundgang vor einer halben Stunde hatte sie hier in der letzten Bankreihe gekniet. Leise und in höchster Anspannung näherte sich Jan ihr von hinten. Ein Irrtum war ausgeschlossen. Auch wenn sie wegen der anderen Haare kaum wiederzuerkennen war. Aber es waren zweifellos ihre Handschuhe. Das Gesicht hatte sie in Gebetsmanier mit den Händen bedeckt. Oder wie ein Mädchen, das sich die Augen beim Versteckspiel demonstrativ zuhält, um nicht zu sehen, wohin die anderen Kinder verschwinden. Ene, mene, Eckstein, alles muß versteckt sein. Sie trug eine schwarze enge Jacke. Durch die gebeugte Bethaltung spannte das schwarze feine Leder. Die Schulterblätter zeichneten sich ab und erinnerten an den matt glänzenden Rücken eines Pferdes oder Hundes. Die Haltung war formvollendet die der Büßerin. Diese Handschuhe hatten vor etwa vierzehn Tagen zugegriffen. Jan hörte seine eigenen Worte: »Das nächste Mal erwarte ich eine Blondine.« Er sah wieder ihr stürmisches Nicken vor sich. Das hier war das Ergebnis. Sein verrückter Wunsch war ihr offenbar Befehl gewesen. Jan erschrak, aber es war ein wollüstiger Schrecken. Derart nah bei ihr geriet die Richterrute außer sich. Er öffnete seinen Mantel und kniete sich neben sie. Es dauerte nicht lange, da spürte er, wie die Hand der Nachbarin nach seiner Hose tastete. Ein vertrauter Gruß diesmal, keine Überraschung mehr. Als Zofia Anstalten machte, den Reißverschluß zu öffnen, bremste Jan ihr enthemmtes Vorgehen. Das ging zu weit. Diesmal waren sie schließlich nicht allein im Raum.

Obwohl ihm das alles noch nie in seinem Leben passiert war, obwohl er noch nie in einer Kirchenbank gekniet hatte, geschweige denn mit einer Erektion und neben einer Frau, mit der er sich hier verabredet hatte, obwohl er nicht wußte, was von einer doch noch immer ziemlich fremden Person zu halten war, die sich die Haare blond färbte, wenn man ihr sagte, man erwarte das nächste Mal eine Blondine, obwohl er es immer als Selbstverständlichkeit angesehen hatte, ein treuer Ehemann zu sein und nicht die geringsten persönlichen Erfahrungen in den Künsten des Seitensprungs gesammelt hatte, wußte Jan genau, was jetzt zu tun war. Ein Instinkt leitete ihn, auch das domestizierte Raubtier wußte, wie die Beute zu reißen war.

»Komm!« sagte er und erhob sich. Draußen rief er ein Taxi und sagte: »Ein anständiges Hotel, hier in der Nähe.« Die Fahrt dauerte eine halbe Minute. Zu Fuß wäre es kaum länger gewesen. »Hier ist es«, sagte der Taxifahrer und lachte. Sie lachten alle drei über die absurd kurze Fahrt. Jan hörte Zofia zum ersten Mal lachen. Es erleichterte ihn, daß eine Besessene wie sie Sinn für die Komik einer Situation hatte. Die Fahrt kostete kaum mehr als die Grundgebühr. Jan gab dem Fahrer einen größeren Schein und bedankte sich. »Alles Gute«, sagte der Taxifahrer.

Es waren genügend Zimmer frei. Gepäck? Kein Gepäck.

Während Jan den Anmeldezettel ausfüllte, stand Zofia einige Meter entfernt. Jan kannte das aus Filmen: So hielten sich Nutten im Hintergrund, wenn ausgehungerte Männer, die Jahre im Gefängnis abgesessen hatten, ein Hotelzimmer nahmen. Endlich Sex. Schöne und gemeine Nutten, die ihr ahnungsloses Opfer bereits verpfiffen hatten. Wenig später tauchten dann die Komplizen vom letzten Bankraub mit Pistolen im Hotelzimmer auf und wollten irgendeinen Anteil, der ihnen nicht zustand. Die Nutte zog sich blitzschnell an und verschwand. Dann Schüsse. Während Jan überlegte, wie unleserlich er seinen Namen und seine Adresse auf das Anmeldeformular schreiben sollte, sah er sich bereits mit Zofia im Bett liegen und den aus seiner Untersuchungszelle ausgebrochenen Marek mit einem Messer in der Tür stehen: Na, Chef, wie gefällt dir meine Braut!? Er sah auch Elisa in der Tür stehen und hörte sie sagen: Meinen Anwalt kennst du ja!

Dieses Mal war Jan nicht mehr der Überrumpelte wie neulich im Beratungszimmer. Vor keinem Gericht könnte er sich jetzt als erstarrtes Opfer darstellen. Er wußte, was er tat. Affekte, das ja, Affekte leiteten ihn, sexuelle Affekte, aber auf eine Handlung im Affekt würde kein Anwalt der Welt plädieren. Die Lust schaltete den Verstand nicht aus. Die Warnsysteme funktionierten, wie die Instinkte funktioniert hatten. Aber: Es mußte sein.

Es gefiel ihm, daß Zofia sich nicht neben ihn an den Tresen stellen wollte, wie eine ordentliche Frau oder Freundin, die sich für das gemeinsame Zimmer interessiert. Mit ihren sehr blonden Haaren, ihren sehr hohen Absätzen und der Art, wie sie scheinbar gelangweilt mit ihren sehr langen Handschuhen spielte, konnte und wollte sie nicht verbergen, worum es bei diesem Hotelaufenthalt ging. Dieses Abseitsstehen war diskret und ordinär zugleich, eine brisante Mischung. Es war doppelt unkorrekt. Unterdrückte Türkinnen standen auch in solchem Abstand zu ihren Männern. Das hieß: Ich habe nichts zu sagen.

Im Lift drückte Zofia dann übermütig auf die Tasten anderer Stockwerke, um die Fahrt zu verlängern. Als Hotelgäste zustiegen, grüßte sie mit einem charmanten Unschuldslächeln und stellte sich eng an Jan. Erleichtert stellte er fest: Keine Empörung bei den Personen, die ihnen begegneten. So ordinär und nuttig konnte Zofia nicht wirken, wie er glaubte. Ihr Zauber betörte offenbar nicht nur ihn. Er fiel auch Kirchgängern und Taxifahrern angenehm auf, und selbst versteinerte Rentnerinnen und Rentner verwandelten sich in liebenswürdige Liftbegleiter, die Zofia freundlich zunickten, wenn sie den Lift verließen. Auch der Mann an der Rezeption hatte die abseits stehende Zofia freundlicher in seinen Willkommensgruß integriert, als man das mit einem Callgirl machen würde. Das alles waren Indizien dafür, daß Zofia ein normales soziales Wesen sein mußte, auch wenn Jan in seiner Gier sie nicht mehr als ein solches erkannte.

Zofias Zauber hatte Jan vom treuen Mustergatten der beliebtesten Fernsehschauspielerin der Nation im Handumdrehen zu einem leichtsinnigen Ehebrecher gemacht – genauer: In wenigen Minuten würde er das sein: ein skrupelloser Betrüger seiner Frau – es sein denn, die Welt ging unter oder Marek und Elisa stürmten doch noch das Hotel.

Als Richter waren Jan genügend Fälle in Erinnerung, die damit zu tun hatten, daß Männer sich von den Reizen irgendwelcher Frauen verhext fühlten, sich daraufhin verschuldeten, Raubüberfälle verübten, als Buchhalter Millionen in die eigene Tasche gleiten ließen, die Ehemänner der Hexen oder die eigenen Ehefrauen ermordeten, unschuldige Säuglinge aus dem Fenster warfen oder auch nur ihren die Scheidung einreichenden Ehefrauen das ihnen zustehende Geld nicht zahlen wollten. Alles nur wegen vier Wochen Madagaskar mit der Frau, der sie verfallen waren. Wenn diese Frauen dann als Zeuginnen vor Gericht erschienen, waren es entweder plumpe, unattraktive Weiber oder aber billig aufgetakelte Äffinnen.

Zwar hatte Zofia Jan bereits blind vor Lust gemacht, aber noch glaubte er erkennen zu können, daß sie nicht zu den Frauen gehörte, deren Attraktivität nur auf den Verblendeten wirkt und anderen Menschen verborgen bleibt. Er war nach einer Frau verrückt, mit der man sich offenbar durchaus sehen lassen konnte.

Er faßte ihre Handgelenke, damit sie nicht weiter auf die Tasten der anderen Stockwerke drückte und so die Vorlust schnippisch verlängerte. Festgehalten zu werden, schien ihr ebenso zu gefallen wie das Spiel, möglichst lange Lift zu fahren. Sie wirkte sehr jung heute. Er konnte ihr Alter weniger denn je schätzen. »Wie alt bis du eigentlich?« fragte er. »In jedem Fall zu alt für dich«, sagte Zofia. Jetzt waren sie in ihrem Stockwerk, und Jan drängte sie auf den Flur.

In ihrem Hotelzimmer blitzten ein paar Augenblicke lang von fern matte Notsignale durch seinen Kopf: Jan Vanderleyden, faß dich an den Kopf und sprich die Worte: Was tu ich hier! Das ist deine letzte Chance. Es gibt Aids, Mann! Du kennst diese Frau nicht. Du hast null Erfahrung mit Frauen dieser Art. Laß die Finger von ihr. Warum läßt sie sich nicht ausziehen? Sie kann nicht normal sein. Vergiß sie.

Es waren letzte ersterbende Warnungen vor dem Untergang. Die Stimme der Vernunft wie eine kaum noch vernehmbare Souffleuse.

Das Blond hatte sich Jan das letzte Mal vorstellen müssen, nun war es tatsächlich da. Jetzt war Zofia keine ungarische Fachärztin, sondern eine polnische Agentin, die ihn schwach machen und ihm ein Geheimnis entlocken sollte. Zum ersten Mal in seinem Leben Sex mit einer Blondine, keiner echten Blondine, aber einer Unechten, was fast noch aufregender war. Es kam ihm plötzlich vor, als habe er immer von einer Liebesnacht mit einer blonden Frau geträumt und diesen Traum nicht zugelassen, weil er ihm zu albern und zu äußerlich war. Nun raubte ihm die Wirklichkeit fast den Verstand.

Er betrachtete ihre hübsche Lederjacke. Es war Zeit, Zofia

auszuziehen und sie nackt zu bewundern. Als ahnte sie seine Gedanken, faßte sie sich an ihre Jacke, aber nicht um sie abzustreifen, sondern um sie mit einem Reißverschluß mit einem Ratsch bis zum Hals zu schließen. Dabei blickte sie ihn triumphierend an. Es war ziemlich klar, daß dies keine Verweigerung war, sondern Teil eines Verweigerungsspiels. Mit ihrer geschlossenen Jacke erinnerte sie an eine Ostblockagentin aus der Zeit des Kalten Krieges – aber an eine, die einen niemals reinlegen wird. Auch an die gerüstete Jeanne d'Arc erinnerte sie ihn wieder, die Jungfrau von Orléans. Eine Jungfrau hat kein Aids.

Jan hätte es lächerlich gefunden, jetzt nach Präservativen zu verlangen. Er hatte den Söhnen immer wieder eingebläut: Niemals ungeschützten Geschlechtsverkehr! Er war so sehr in seinem männlichen Schwung, das hätte jetzt allen Wind aus den Segeln genommen. Der Schwung war mehr wert als sein Leben. Er hätte es unverzeihlich gefunden, dieser Frau nicht zu vertrauen. Sie vertraute ihm ja auch. Er genoß ihre rätselhafte Zuneigung und wollte sie nicht verspielen. Er war sicher, sie würde ihn verachten, wenn er in diesem schönen Augenblick mit der ängstlichen Aids-Frage ankäme. Wieder hatte er das warme »Ich wußte es« von der ersten Begegnung im Ohr. Es hieß: Ich wußte es, daß du wußtest: Zofia kannst du vertrauen.

Es war eine Perücke. Nein, das wäre dann doch zu weit gegangen, ihm zuliebe ihre schönen schwarzen Haare blond zu färben. Aber daß er auf blond steht, findet sie in Ordnung. Hauptsache, man steht auf was. Hauptsache geil. Was geil macht, ist gut. Und natürlich ist blond geil. Wie auch schwarz geil ist. Echt ist geil, und unecht ist geil. Jan schwankte zwischen Begeisterung und Entsetzen, als er Zofia so reden hörte. Immerhin mal jemand, der das Wort »geil« in seinem ursprünglichen Sinn verwendete und nicht jeden flotten Turnschuh oder pfiffigen Werbeslogan geil fand. Sie ließ durchblicken, daß die Perücke sündhaft teuer war. Aber nur als Information. Sie wollte damit nicht klagen und nicht punkten. Der Preis schien sie überrascht, aber nicht gestört zu haben. Wo kam das Geld her?

»Was machst du?« fragte Jan.

»Wie – machen?«

»Wie verdienst du dein Geld?«

»Sag ich dir ein andermal«, sagte sie.

»Und wie alt bist du nun wirklich?«

Sie wiederholte sich: »Ich bin zu alt für dich.« Die pfiffige Antwort gefiel ihr selbst, aber Jan wollte es genauer wissen. Doch sie wich weiter aus: »Einer wie du hätte eine jüngere Frau verdient.« Und nach einer Pause: »Oder du müßtest älter sein.«

Es stellte sich heraus, Zofia fand große Altersunterschiede geil. Zwanzig, besser dreißig Jahre jünger als der Mann sollte die Frau sein. Jan sei eigentlich zu jung für sie. Sie schwärmte für Männer ab Sechzig.

»Also bist du Anfang Dreißig«, schätzte Jan.

Sie schwieg. Jan dachte an Bruno. Der würde ihr dann besser gefallen. »Und ich hätte dann deiner Ansicht nach eine Zwanzigjährige verdient?« fragte er.

»Oder eine Minderjährige«, sagte Zofia und sah verworfen aus.

»Mach keine Witze«, sagte Jan, »Mißbrauchsprozesse sind widerlich.« Er glaubte, daß er besser nicht von seinem umgekehrten Altersunterschied zu Elisa erzählen sollte. Dann dürfte sein Ansehen bei Zofia sinken. Es bestand die Hoffnung, daß sie als Polin keine deutsche Klatschpresse las und also nicht im Bild war über die flotte Elisa mit ihrem sieben Jahre jüngeren Richter, der in besonders frauenfreundlichen Zeitungen schon mal zehn Jahre jünger gemacht wurde. Ginge es nach Zofia, müßte Elisas Mann achtzig sein. Er würde Zofia auch nicht auf die Nase binden, daß ihre Ansichten über den idealen Altersunterschied von Paaren sich von denen Elisas diametral unterschieden. Obwohl es erwähnenswert erholsam war, einmal das blanke Gegenteil zu hören. Elisa und ihre Anhängerinnen taten jeden Mann, der eine mehr als zehn Jahre jüngere Frau zu heiraten wagte oder gar mit ihr ein Verhältnis hatte, als verdächtig oder als Machomistkerl ab. Wenn Zofia Anfang Dreißig sein sollte, dann war sie zehn Jahre jünger als Jan, und das sexuelle Abenteuer mit ihr war damit an der Grenze der Unappetitlichkeit einzustufen. Unappetitlich – das war das Elisa-Wort. Sex mit deutlich jüngeren Frauen war unappetitlich.

Jans Instinkt, Elisa nicht ins Spiel zu bringen, hatte ihn wieder richtig beraten. Denn Zofia sagte: »Was an dir geil ist, ist daß du einen nicht mit Geschichten über deine Frau und deine Familie nervst.«

Trotzdem riskierte Jan einen Einwand: »Es kann auch interessant sein, übereinander Bescheid zu wissen. Von dir wüßte ich gern mehr.« Sie verriet jetzt, was sie mit ihrem »ich wußte es« gemeint hatte: Sie habe es gewußt, beziehungsweise geahnt, daß Jan kein Spießer war, der »Aber ich bin doch verheiratet!« ruft, wenn man ihm zwischen die Beine greift, kein Angsthase, der sagt: »Ich laß mich doch nicht mit jemandem wie Ihnen ein!«

Ihre echten schwarzen Haare hatte Zofia straff nach hinten gebunden, um für die blonde Perücke Platz zu machen. Stand ihr auch gut. Jans Gelüste begannen sich wieder zu regen. Zofia schien Erfahrung darin zu haben, wie man die Regeneration von Liebhabern beschleunigt. Normalerweise waren Jans kleine Männerbrustwarzen hysterisch empfindlich. Selbst Elisas sparsame Brustwarzenküsse vor vielen Jahren hatte er nicht ertragen können. Stimulationsversuche an dieser Stelle wirkten kontraproduktiv und ernüchterten ihn. Als sich Zofias Hände nun in diese kritische Zone vortasteten, war er auf der Hut. Plötzlich kniffen Zofias Finger gleichzeitig zu. Zwei

Schlangenbisse, die zwar schmerzten, doch siehe, es war ein himmlischer Schmerz, die Injektion eines kostbaren Serums, ein heilsamer Stromstoß, der den Zeiger seines Zofiameßgeräts wieder zum Ausschlag brachte. Jan begriff rasch, daß sie ihm diese herbe Liebkosung auch deswegen zukommen ließ, damit er sie bei ihr anwendete. Ihre Hände brachten den seinen bei, was zu tun war: Sie bestand so jungfräulich verschämt auf ihrer verschlossenen Jeanne-d'Arc-Jacke, daß er den Widerstand brechen, ihre schützend vor die Brust gepreßten Arme aufbiegen und ihre Jacke trotz ihres energischen Protests genau so weit öffnen mußte, daß er beide Hände bis zu ihren beiden Brüsten schieben konnte. So wollte sie es. Dann mußte er mit den Fingerspitzen den Schlangenbißkniff ausführen. Sie geriet völlig außer sich, als ihm das gelang, und Jan lernte an ihren Reaktionen rasch, welche Dosierung und welche Kneifrhythmen sie besonders in Raserei versetzten – welche Kneifpausen sie flehen und welche unerwarteten Überraschungskniffe sie glücklich aufschreien ließen. Sie schien allein durch diese Manipulationen ihre Erlösung zu finden, denn nach einem Abebben ihrer Ekstasen schob sie seine Hände von ihrem Busen weg, schloß lächelnd ihre Jacke, und noch nie hatte Jan ein so glückliches Gesicht gesehen.

Juristisch betrachtet war das keine harmlose sexuelle Manipulation mehr, aus der man sich herausreden konnte, was hier nun schon zum zweiten Mal stattfand, das war eindeutiger Vollzug von Geschlechtsverkehr mit allem Drum und Dran. Ein klarer Grund für das Einreichen einer Scheidung. Klassischer, altmodischer Ehebruch. Und doch: Durch Zofias Jacke war der Betrug weniger verwerflich, fand Jan. Er weidete sich hier nicht an dem nackten, makellos blühenden Körper einer Geliebten, die um eine unappetitliche Anzahl von Jahren jünger war als seine Ehefrau, er stellte keine gemeinen Busen- und Oberarmgewebefestigkeitsvergleiche an, sondern hatte ein unverhofftes, gleichsam verpacktes Geschenk in Empfang genommen, und das war halb so schlimm.

Ja, er liebte Zofia plötzlich sekundenlang dafür, daß sie seine Sünde zu einer verzeihlicheren gemacht hatte.

Nach dieser zweiten Runde schlummerte Jan ein. Als er nach einer halben Stunde erwachte, war Zofia verschwunden. Da sie beide kein Gepäck bei sich hatten, hatte er keinen Anhaltspunkt, ob sie wiederkommen würde oder nicht. Der unbemerkte Abgang paßte zu ihr. Die Diebin stiehlt sich davon. Jan suchte nach einem Zettel mit einer Botschaft: Bin nur kurz eine Zahnbürste kaufen gegangen. Etwas in der Art wäre beruhigend gewesen. Nichts. Aber eine Agentin Czerkowska hinterläßt keine unnötigen Nachrichten. Immer schön geheimnisvoll bleiben. Jan hätte jetzt gern etwas von ihrem Leben erfahren. Schade. Aber sie war ja nicht aus der Welt. Schließlich fanden sich auch keine Abschiedsgrußworte: Es war wunderbar, aber besser, wir machen Schluß, solange es noch möglich ist.

Jan erschrak, weil er plötzlich wußte, daß er sie wieder anrufen würde. Dieses Wissen stand im Widerspruch zu seinem festen Vorsatz, aus der Geschichte um Himmels willen keine sogenannte außereheliche Beziehung werden zu lassen. Das hier war schon zuviel, aber es hatte sein müssen. Das Dienstzimmer war ein Vorspiel gewesen, und dieses Hotelzimmer in Trier war das notwendige Zuendebringen einer angefangenen Handlung. Aber jetzt sollte auch Schluß sein. Er fühlte sich gut, er hatte neue Erfahrungen gemacht. Er besaß sein Geheimnis. Er war nicht mehr der treue Tor. Er hatte gelernt, daß es Frauen gibt, die anders tickten als Elisa. Mehr sollte er vielleicht nicht wissen.

Jan war jetzt froh, daß Zofia gegangen war. Dies war ja nun keine Liebesgeschichte. Zwei Körper waren sich begegnet. Keine Seelen, die jetzt litten.

Allerdings quälte ihn doch etwas heftig: seine Unvorsichtigkeit. Jetzt, ohne Zofias verläßlichen Geheimagentin-Jeanne-d'Arc-Blick, wurde es Jan ganz flau. Auch das eine neue

Erfahrung. Nie zuvor war seine sexuelle Lust so groß gewesen, daß alle Sicherungen ausfielen. Fortan würde er stammelnde Angeklagte besser verstehen, aber das Verstehen von Angeklagten war die schlechteste Voraussetzung für ein gutes Urteil. Im Gegenteil. Sogenanntes menschliches Verständnis für irgendwelche Täter führte eher zu juristisch anfechtbaren Urteilen. Gerechtigkeit war eine kalte Angelegenheit.

Als erstes mußte ein Aidstest gemacht werden. Das war schon nicht mehr Leichtsinn. Wahnsinn, Starrsinn, Schwachsinn, was er sich geleistet hatte. Solange war Elisa tabu. Gut, Tabu-Phasen waren so üblich, sie waren das Normale, das würde also nicht weiter auffallen. Obwohl Elisa immer wieder Zärtlichkeitsanwandlungen hatte und sich wundern würde, wenn Jan bei einem solchen seltenen Angebot nicht die Gelegenheit ergreifen würde. Daß Zofia an höhere Stellen eigenartige Briefe über das seltsame Verhalten des Richters Jan Vanderleyden schreiben könnte, hielt Jan für eine kleine, groteske, berufsbedingte Verfolgungsphantasie, die er nicht ganz abstellen konnte. Ebenso unwahrscheinlich war, daß Zofia demnächst zu Hause vor der Tür stehen könnte, um Elisa einiges über das Interesse ihres ehrenwerten Mannes an der Verlobten eines Untersuchungshäftlings zu erzählen.

Kaum hatte er sich mit dieser Überlegung beruhigt, geriet er in Panik, weil er seine Unterhose nicht finden konnte. Er hatte die selbe Unterhose getragen, wie neulich im Beratungszimmer. Seine schönste. Rote Seide. Lässig flatternd. Durchaus als Sporthose verwendbar. Man konnte damit durch Wald und Wiesen laufen. Ein Geschenk der Söhne. Ein Tip von Elisa. Was dem Vater zum Vierzigsten schenken? Eine richtig schöne, teure Unterhose. Sie war wirklich schön, und Jan hatte sich wirklich gefreut. Dann war die Unterhose verschwunden, so wie Unterhosen und Socken und Taschentücher immer wieder verschwinden. Aber eine leuchtend rote Seidenunterhose konnte nicht einfach verschwinden. Es stellte sich heraus: Sie war bei Elias im Internat. Angeblich aus Versehen. Der Knabe log natürlich. Jan machte ihm klar: Das geht nicht, erst schöne Unterhosen verschenken und sie dann selber tragen. Elisa fand das kleinlich von Jan. Elias wollte eben auch mal was Schickes. Es war nicht leicht, wieder an die Unterhose zu kommen. Elias vergaß, sie mit nach Hause zu bringen. Einmal zog Jan Elias, der mit Musik aus dem Kopfhörer abgelenkt war, mit einem Ruck die schlotterweite Jeans von den Hüften – und siehe, er trug die rote Seidenunterhose des Vaters. Das ist ein Beweis, daß er dich eben doch heimlich verehrt, sagte Elisa später: »Man trägt doch nicht die Unterhose eines Stiefvaters, den man ablehnt.«

Diese auffallend schöne, einmalige und geschichtsträchtige Hose war verschwunden. Und nur Zofia konnte sie mitgenommen haben. Also doch eine Erpresserin, Intrigantin, Existenzvernichterin, der er aufgesessen war. Was war das mit dem Taschentuch? Othello war das, da brauchte er nicht Bruno anzurufen, das wußte er noch. An dieser Eifersuchtstragödie kam auch ein literarisch nur mäßig gebildeter Richter nicht vorbei.

In Shakespeares großem Drama wurde die Katastrophe durch eine gemein eingefädelte Intrige ausgelöst, in Jan Vanderleydens kleinem bürgerlichen Trauerspiel durch den erbärmlichen Leichtsinn eines enthemmten Amtsrichters. Im Gegensatz zur arglosen Desdemona hatte Jan Vanderleyden allerdings wirklich Schuld auf sich gehäuft. Es würde keine Toten geben, aber auch ein schmachvolles, häßliches Ende. Das Grundmuster des Othello-Stücks war von einer Plausibilität, der sich der verängstigte und seiner Unterhose beraubte Jan nicht entziehen konnte: Mit Hilfe eines Stoffetzens überführt zu werden, das hatte eine zwingende Logik und eine grausame Ironie. Überdeutlich sah Jan es vor sich: Wie ihn Elisa demnächst mit einer roten Unterhose wedelnd empfangen würde: Das hat mir eine attraktive junge Frau vorbeigebracht, deren Rock ein bißchen zu kurz und deren Handschuhe ein bißchen zu lang waren. Dann mußte natürlich der Nachsatz kommen: Ich wußte gar nicht, daß du so einen billigen Geschmack hast!

13

Es klopfte an der Tür. Der Roomservice offenbar. Zur Hölle mit den Fragen nach irgendwelchen Wünschen. »Nein«, schrie Jan, »ich brauche nichts!« Es klopfte erneut. Vermutlich eine Tamilin, die das Wort »nein« noch nicht gelernt hatte. Jan zog seine Hose über den nackten Hintern und öffnete die Tür.

Zofia. Mit einem blitzenden Aluminiumkoffer. Er zog sie ins Zimmer. »Meine Unterhose«, schrie er. Sie drehte sich zum Fenster und dann wieder Jan zu. »Simsalabim!« sagte sie, griff in den Ausschnitt ihres Kleides und wedelte mit der roten Unterhose – anders, als Elisa eben noch in seiner Angstvorstellung gewedelt hatte. Sexuelle Erlösung war schön und gut und befreiend, aber einen furchtbaren Verdacht los zu sein, war auch nicht ohne. Er zog Zofia gerührt an sich. Sie verstand seine Aufwallung nicht und ließ sie interessiert geschehen. »Gib her«, sagte er glücklich und griff nach der Unterhose. Zofia hielt sie hoch und schüttelte den Kopf: »Sie gehört mir!« Sie preßte die Unterhose kurz gegen ihr Gesicht, atmete tief ein, als inhaliere sie ein Rauschmittel, knüllte sie zu einem kleinen roten Stück Stoff zusammen, ließ sie wieder in ihrem Ausschnitt verschwinden und schloß auf die bewährte Manier die Jacke. »Geil«, sagte sie, »meine Trophäe! Aber Männer, die keine Unterhosen tragen, sind noch geiler.«

Soviel Erfahrung hatte Jan nicht nur aus den Anfangszeiten

mit Elisa, sondern auch aus seinen wenigen Beziehungen davor dann doch, daß er wußte: Die dritte Runde war nicht ganz unproblematisch für seine Konstitution, nicht weil ihm die Kraft ausging, sondern weil durch die glücklich verlaufenen ersten beiden Runden das Ziel der Lust nicht mehr die große Rolle spielte und ein wenig aus den Augen geriet. Das trotz seiner Immergleichheit doch jedes Mal verlockende und erstaunlich erlösende Ziel war dann so weit weg, es fehlte auf dem Weg dahin die wahnhafte Vorstellung, nach einem rasanten Zwischenspurt das Rennen rasch und doch zufriedenstellend zu beenden. Ohne diese Hoffnung auf ein baldiges glückliches Ende aber konnte die dritte Runde leicht zu einer mechanischen, monotonen Rammelei werden – die nur einer frühen Freundin aus Jans Vorzeit gefallen hatte, die darin etwas Meditatives erkannte und folgerichtig später auch als Esoterikerin in Indien endete. Elisa hatte dritte Runden immer kategorisch abgelehnt, wohl auch aus Erfahrung mit anderen Männern. Sie hatte keinen Bock auf diese »nähmaschinenartige Prozedur«, wie sie sagte. Da dritte wie auch zweite Runden nur zu Beginn von Beziehungen irgendeine Rolle spielen, lag hier kaum Konfliktstoff für die Ehe von Elisa und Jan, die sich in diesem Punkt nicht von fast allen anderen Ehen und Partnerschaften unterschied, deren Problem ja alsbald meist darin besteht, daß die Lust zu einer ersten Runde nicht recht aufkommen will.

Die Zofia-Beziehung aber war keine drei Stunden alt, und beide Parteien neigten noch zur Unersättlichkeit.

»Komm!« sagte er. »Moment«, sagte sie und zog mit dem Koffer ins Bad. »Was ist das für ein Koffer?« rief ihr Jan hinterher.

Er hörte sie im Bad rumoren. Nach einer Weile erschien sie. »Was ist mit dir los«, sagte er. Sie trug einen engen schwarzen Lederrock und drehte sich plötzlich um. Eine Modenschau. Der Rock war hinten offen, das heißt, er hatten Ösen, an denen er zusammengeschnürt war. Unter dem Zickzack der

Schnüre leuchtete der Graben ihres hübschen Solariumhinterns. Dazu trug sie die Weste, die sie bei ihrem ersten Überfall im Gericht getragen hatte, oder eine ähnliche, die in dieser Kombination nicht mehr an einen ritterlichen Harnisch erinnerte, sondern total verhurt aussah.

Jan war sprachlos.

»Ich wußte es«, sagte sie.

»Was?«

»Daß du es geil finden würdest.« Sie lächelte beglückt: »Wenn ich das vorhin im Dom getragen hätte, hättest du mich von hinten ficken können.«

»Zofia!« flehte er so streng wie möglich. Er flehte und mahnte vergebens. Zwar fand er ihren Aufzug geschmacklos, aber er blieb nicht ohne Wirkung. Das feine Tuch der grauen Anzughose spannte sich unübersehbar.

Zofia bekam leuchtende Augen: »Geil«, sagte sie, nahm ein Kissen, kniete sich vor das geöffnete Fenster, legte ihre Ellenbogen auf das Fensterbrett, und mit Blick auf das Haus vis-à-vis sprach sie zu Jan in einer Art Reportagetonfall: »Wir sind jetzt im Dom. Du bist der Priester im Beichtstuhl. Ich habe bei dir gebeichtet, daß ich dem Richter in seinem Büro einen geblasen habe. Das hat den Priester aufgegeilt. Der Priester hat mir aufgetragen, eine halbe Stunde lang Bußgebete zu sprechen. Dabei beobachtet er mich aus dem Beichtstuhl. Und wichst seinen Priesterschwanz. Plötzlich sieht der Priester, daß ich einen Fickrock trage. Da kann er nicht anders: Er kommt aus dem Beichtstuhl und nähert sich mir von hinten. Er kann jetzt zum ersten Mal in seinem Leben eine Frau ficken, der arme Priester. Du bist dieser Priester. Du fragst mich heuchlerisch, ob ich mit meinen Bußgebeten schon fertig bin. Du nennst mich ›mein Kind‹. Du willst die Situation ausnützen ...«

»Hör auf!« Jan wehrte sich. »Ich bin kein verdammter Priester! Schluß mit dem Katholikenkitsch!« rief er. Aber seine Verärgerung war nicht groß genug, um die Lust zu vertreiben.

»Ja«, sprach Zofia weiter, und ihre Beschwörung verwandelte sich immer mehr von einer Phantasiereportage in ein Gebet, »ja, jetzt ist mein Richter gekommen, und er spricht zum Priester: Verpiß dich in deinen Beichtstuhl, du kleiner Wichser, und belästige mein Mädchen nicht. Wenn du willst, kannst du mir aus deinem komischen Beichtstuhlfenster zuschauen, was jetzt passiert. So spricht mein Richter. Und ich bin hier im Dom, um Buße zu tun, weil ich ohne Genehmigung vom Saft seiner köstlichen Richterrute genascht habe ...«

Zofia war nicht verrückt, entschied Jan, das war ein verrücktes Spiel hier, es gefiel ihm nicht, aber er wollte es auch nicht verderben, und wenn es auch geschmacklos war, so war es doch nicht ganz unaufregend. Er war nicht gläubig, nicht fromm, nicht christlich und schon gar nicht katholisch, er fand keinen Gefallen an Blasphemie, aber er wollte doch mitspielen, so gut es ging, stellte sich nun hinter die kniende Büßerin und betastete mit den Fingerspitzen ihr wespenkorsettartiges Oberteil, das sich weniger insektenhaft anfühlte, als er geglaubt hatte, auch der Rock fühlte sich angenehm an, und währenddessen sprach Zofia weiter von ihrem Richter: wie er hinter ihr stand und mit strengem Blick ihre Garderobe prüfte, »die Ficktauglichkeit der Garderobe«, wie sie atemlos sagte, und während Jan seine Hose öffnete, sprach Zofia von der Rute, die der Richter nun aus seiner Hose befreite, von seiner »herrlichen, glänzenden Richterrute« sprach sie, die ein sündiges Luder wie sie nicht verdient habe, aber die Gnade des Herrn sei unermeßlich.

Es gab nur eine Möglichkeit, die Litanei zu stoppen, ahnte Jan: Er mußte sich jetzt hinter Zofia knien und versuchen, durch die Verschnürung des Rocks hindurch irgendwie ins Ziel zu treffen – eine Aufgabe, die schließlich leichter gelang, als er dachte. Seine langstreckentrainierte Beinmuskulatur leistete gute Dienste, einem weniger sportlichen Mann wäre die Übung auf Anhieb nicht gelungen. Und Zofia beendete die Litanei mit dem dreifach gestöhnten Glückseligkeitsruf: »Ich wußte es! Ich wußte es! Ich wußte es!«

Danach waren nur noch Wohllaute von ihr zu vernehmen, einmal allerdings ein Satzfetzen, der an der Grenze aller Geschmäcker war und Jan fast die Fassung und auch die Lust geraubt hätte: »Und der Herr nagelte sie«, sagte Zofia, aber sie sagte auch das glücklich, erleuchtet, beseligt fast, und Jan war längst zu fixiert auf seine eigene Erlösung, um einen Protest gegen die grausame Formulierung anzumelden.

»Aua, meine Knie«, sagte Zofia lachend und stand ächzend auf.

»Ich habe Hunger«, sagte Jan. Nun war es wirklich genug mit dem Sex.

Zofia nickte. »Weißt du, warum ich mich nicht mit dir in Koblenz zum Essengehen verabreden wollte?« fragte sie. Sie war schlank, aber sie sah nicht aus, als ob sie Eßstörungen hätte.

Jan wußte es nicht.

»Rate!«

Jan erriet es nicht.

Weil Zofia es zum Kotzen bürgerlich fand: dieses Essengehen und dann vielleicht zusammen ins Bett. Diese Art von nettem Abend könne sie nicht ausstehen. Nach getaner Arbeit essen gehen, das sei etwas ganz anderes. Jetzt sei sie bereit.

»Ich hoffe, du läßt den Rock an«, sagte Jan. Eine unbedachte Bemerkung. Denn Zofia war das tatsächlich zuzutrauen. Sie überlegte: »Mit einem Mantel drüber ginge es schon«, sagte sie allen Ernstes. Jan stellte sich vor, sie würden den Richterkollegen begegnen. Ein Glas Wein zusammen wäre dann fast unvermeidlich. Einer der Kollegen würde zu Zofia sagen: Darf ich Ihnen aus Ihrem Mantel helfen, gnädige Frau. Dann käme es zur Enthüllung des irrwitzigen Rocks. Er schilderte Zofia diese Phantasie. »Geil«, jauchzte sie, entschied sich aber doch für etwas »Straßentauglicheres«, wie sie sagte.

Sie unterschied ihre Garderobe offenbar in »ficktauglich« und in »straßentauglich«.

»Wo hast du diesen Koffer her?« fragte Jan, als sie darin nach etwas suchte und mit präzisen Griffen Ordnung schaffte.

»Schließfach natürlich, Bahnhof«, sagte sie und kramte weiter ohne aufzublicken. Sie hatte offenbar keinerlei Zweifel gehabt, daß die Verabredung in Trier so ausgehen würde. Sie schien auch fest mit einer Übernachtung zu rechnen. Von einem Ende des Aufenthalts war jedenfalls nicht die Rede.

Das Zimmer hatten sie, das war kein Problem. Elisa synchronisierte in München und war auch kein Problem. Das Gericht war ein Problem. Morgen vormittag war eine Verhandlung. Nichts Weltbewegendes, aber eine Verhandlung. Irgendeine Fahrradfahrerin war auf dem Bürgersteig von einem aus einer Ausfahrt kommenden Auto angefahren worden, hatte sich die Hand gebrochen und wollte Schmerzensgeld. Man durfte aber auf dem Bürgersteig nicht Radfahren. Das sah sie nicht ein. Sie glaubte: Wer Rad fährt, ist immer im Recht. Bei einem Vergleichstermin hatte Jan ihr geduldig erklärt: Sie könne den Prozeß nicht gewinnen. Sie blieb stur. Es ging ihr ums Prinzip. Sie wollte ein Zeichen setzen. Sie wollte die Aufmerksamkeit ihres Prozesses ausnützen und eine Fahrraddemonstration organisieren und sich für das Radfahren auf Bürgersteigen einsetzen. »Um Himmels willen«, hatte Jan gesagt.

Diese trübsinnige Verhandlung war auf morgen Vormittag angesetzt. Jan hatte Glück gehabt, daß es nicht eine wichtigere Sache war. Andererseits hatte man bei wichtigen Verhandlungen bessere Gründe, sie zu verschieben: neu aufgetauchte Zeugen oder Unterlagen. Wie sollte er eine Verschiebung dieser morgigen Lachnummer begründen?

Er sagte zu Zofia: »Ich muß mal telefonieren.«

»Ich gehe solange aus dem Zimmer«, sagte sie.

»Es ist nicht meine Frau«, sagte Jan gerührt, »es ist das Gericht.« Zofia blieb dabei. Das fand sie generell nicht gut.

»Was?«

»Wenn Männer telefonieren und Frauen dabeistehen.«

»Und umgekehrt?«

Männer die Frauen beim Telefonieren zuhören? Solche Männer konnte sich Zofia gar nicht vorstellen. Neugierige Männer. Das Allerletzte. Idioten.

Jan hatte noch nie in seinem Richterleben eine Verhandlung aus einem privaten Grund verschoben. »Richter Pflichtbewußt«, hatte Elisa einmal gespottet, als Jan wieder einmal nicht mit auf eine ihrer Premierenfeiern kommen konnte. Da müßten schon Elias und Alex entführt werden, wenn Jan endlich einmal einen Gerichtstermin ausfallen lassen sollte, sagte sie vorwurfsvoll. Jan war allerdings sicher, daß sie keinerlei Wert auf seine Anwesenheit legte. Reines Getue.

Jetzt rief er in seinem Koblenzer Gericht an. Mit der Unabhängigkeit der Richter hatte es seine eigene Bewandtnis. Man konnte nicht so flott und unabhängig lügen wie ein Geschäftsmann: Vertrackte Entscheidung mit dem Verbandsposten, deswegen müssen sie morgen noch einmal zusammenkommen, saudumm, das Ganze. Eine derart schick und glaubhaft klingende Ausrede konnte man sich als Richter nicht leisten. So frei war man nicht. Man mußte die dümmere Lüge wählen, die altmodische Amtslüge: »Bin leider krank geworden, kann morgen nicht kommen«, sagte Jan mit entsprechend belegter Stimme und wunderte sich über den ehrlichen Genesungswunsch: »Gute Besserung!«

Zofia hatte im Flur gewartet, kam wieder herein und fragte: »Willst du mich blond oder dunkel beim Essen?«

»Dunkel«, sagte Jan.

»Geschäftsfrau oder Flittchen?«

»Geschäftsfrau.«

»Tuch oder Leder?«

»Halb-halb«, sagte Jan,

»Rock oder Hose?«

»Hose«, sagte Jan, »in Hosen kenn ich dich noch nicht.«

Zofias Koffer war nicht groß, schien aber eine Menge Material für Verkleidungen zu bieten. Daß Frauen Männer fragen, was sie anziehen sollen, kannte Jan von Elisa. Nur zog die dann garantiert etwas anderes an. Daß eine Frau dann aber wirklich das anzog, was der Mann vorschlug, war ihm neu.

»Ich mag dich«, sagte Zofia, während sie in eine pechschwarze Lederhose schlüpfte.

»Warum?«

»Weil du weißt, was du willst«, sagte sie.

»Das liegt an dir«, sagte Jan, »das war nicht immer so.«

Sie war jetzt fertig angezogen: »Gehen wir?« Sie trug zu ihrer Lederhose zierliche Schuhe mit extrem hohen Absätzen.

Hosen und solche Absätze? »Bist du sicher, daß du eine Dame bist?« fragte Jan.

Sie nickte.

»Und du kannst mit diesen Schuhen auch auf der Straße laufen?«

Sie nickte wieder. Oben trug sie ein schlichtes weißes T-Shirt. »Du wolltest halb-halb«, sagte sie, als er sie betrachtete. »Oder willst du die Lederlady?« Sie griff in ihren offenen Koffer, fischte eine Art Motorradjacke heraus und hielt sie sich an.

»Zuviel Leder«, sagte Jan, »bleib so.«

Mit ihren enormen Absätzen war Zofia fast so groß wie Jan. Auf der Suche nach einem Lokal ging sie mit sicheren Schritten neben ihm durch die Gassen der Altstadt. Er fragte Passanten nach einem passablen Lokal. Auffallend, daß die Leute besonders freundlich und brauchbar Auskunft gaben.

»Liegt das an dir, oder liegt es an Trier?« fragte Jan.

»Es liegt daran, daß wir gut gefickt haben«, sagte Zofia. »Die Leute sind immer nett zu einem Paar, das gut gefickt hat.« Dann sagte sie noch: »Du bist ein Mann, der die Leute nach dem Weg fragt.« Das sei selten, meinte sie, das gefiel ihr. »Mein Mann würde das nie tun.«

»Dein Mann?« Jan blieb stehen.

»Es macht dir doch nichts aus, daß ich einen Mann habe?« sagte sie. »Ich wollte dich nicht damit nerven, es ist mir rausgerutscht. Es ist doch egal, oder? Du hast schließlich auch eine Frau.«

Jan hatte sich wieder gefaßt.

Zofia sagte: »Du redest nicht von deiner Frau, ich rede nicht von meinem Mann – okay?« Es war mehr eine Anweisung als eine Frage oder eine Bitte.

Jan ließ nicht locker: »Lebt er hier?«

»Er lebt in Polen und spielt genausowenig eine Rolle wie Marek«, sagte sie und fing an, leicht unwirsch zu werden.

»Gibt es Kinder?« fragte Jan.

»Also gut«, sagte sie und blieb stehen. »Weil du Richter bist: Es gibt drei Kinder. Zwei Mädchen, einen Jungen. Aber es gibt kein Problem, verstehst du!«

Sie war gereizt, weil sich eine Mutter verdächtig macht, die nicht bei ihren Kindern ist. Diese Blicke: Entweder Mitleid oder Verdacht, daß die Kinder verwahrlosen. Alles Unsinn. Alles Klischees. Es gibt nicht immer nur traurige Geschichten. Ihren Kindern ging es gut. Sie waren gelungen. Mit ihrem Mann hatte sie nicht mehr viel zu tun. Er war nett zu den Kindern.

»Wie alt, die Kinder?« fragte Jan.

Zofia lachte: »Du willst nur wissen, wie alt ich bin. Die Kinder sind neun, elf und zwölf.«

Jan rechnete.

»Aber ich war sehr jung, als ich sie bekommen habe«, sagte Zofia und ergänzte ihre Auskunft: »Es gibt einen Bruder, eine Schwester, Oma, Opa. Das alles in Polen auf dem flachen Land. Ich bin hier und verdiene das Geld für die ganze Bande. Ich habe wenig Zeit. Ich habe einen Liebhaber gesucht. Jetzt habe ich einen Liebhaber. Es ist ein Richter. Er hat eine Frau, und sein Beruf läßt ihm wenig Zeit. Das ist genial, und er ist besser als der Liebhaber davor. Der hieß Marek. Marek hatte zuviel Zeit und kam auf dumme Gedanken. Zufrieden?«

Zofia wollte nichts von ihrem Mann erzählen. Deswegen sagte Jan, als sie beim Griechen saßen, auch nichts von Elisa, nichts von ihrem Verhältnis zu ihren Kindern, das ihm plötzlich verlogener denn je erschien. Zofias drei Kinder kamen ihm unbesehen gelungener vor als Elisas beide Bengel. Er sagte auch nichts von Elisas Kampf gegen die Stöckelschuhe, der schon ein paar Jahre zurücklag. Damals wurden Schuhe mit hohen Absätzen als Symbole patriarchalischer Frauenknechtung angesehen, als Folterinstrumente, mit denen sich noch immer einige unbelehrbare Emanzipationsverräterinnen die Füße ruinierten, um ihren nichtswürdigen Machos zu gefallen. Er fühlte eine kleine Liebesaufwallung für Zofia, weil sie ihm nicht die Möglichkeit gab, sich über Elisa zu beklagen. Klagende Ehemänner hatten kein Niveau. Jan gefiel es, daß er schweigend sein Niveau und seine Würde wahren konnte.

Jan war froh, daß Zofia nicht mehr die Frau aus dem Nichts war, die Frau ohne Vergangenheit. Er hätte gern mehr von ihrem Leben erfahren, aber sie schwärmte lieber von der Liebe mit Jan. Sie aßen zusammen einen großen Teller mit fritierten Tintenfischen. Zofia hatte nicht gedacht, daß deutsche Richter Meeresfrüchte auch mit den Fingern aßen. Sie bat den griechischen Kellner um Papier und einen Stift.

»Was schreibst du?«

Sie setzte eine Tagesordnung auf. Wie in Sitzungspapieren kürzte sie »Tagesordnungspunkt« mit »TOP« ab. Ohne solche Listen kommt man zu nichts. Man vergißt so schnell, was man sich vornimmt. »Der Tag ist noch nicht rum«, sagte sie und lachte. »Daher: Ideen und gute Vorsätze immer sofort aufschreiben, Erledigtes abhaken. Verbesserungsvorschläge machen, Protokoll führen.«

»Laß sehen«, sagte er.

»Ich bin erst beim Nachtragen der bisherigen TOPs«, sagte

sie und schob Jan die angefangene Liste zu: »Treffen-Trier-TOPs« hatte sie darüber geschrieben.

»TOP1 AG Dom?«

»Was soll das heißen?« fragte Jan.

Zofia erklärte: Tagesordnungspunkt eins war Angeilen im Dom.

»Angeilen?«

»Angeilen, Aufgeilen – ich nenne es Angeilen, ich finde das Wort Angeilen geiler.«

»Warum kürzt du das alles so kompliziert ab?«

»Weil ich eine mitdenkende Chefsekretärin bin«, sagte Zofia. Eine gute Chefsekretärin weiß: Ihr Chef darf nie in Verlegenheit kommen. Wenn die neugierige Ehefrau des Chefs seine Anzüge in die Reinigung bringt und in der Innentasche ein Papier mit einer Liste findet, dann ist der Chef froh, wenn die Tagesordnungspunkte abgekürzt sind. »Siehst du nie solche Filme, wo Ehefrauen verräterische Notizen oder Briefe finden?«

Jan lachte. Elisa hatte sich tatsächlich in ihren Filmen schon um die Garderobe ihrer Männer gekümmert, in Wirklichkeit war ihr das fremd.

Jan mußte daran denken, daß ihm jetzt noch eine Nacht bevorstand, das machte ihn etwas ängstlich. Die kommende Nacht wäre nicht nötig gewesen. Er könnte nach den Tintenfischen beim Griechen zufrieden nach Koblenz zurückfahren. Die Arbeit war getan. Es war ein Fehler gewesen, nicht darauf zu bestehen. Kurzsichtig. Unnötig, daß er die morgige Gerichtsverhandlung verschoben hatte. Sie könnten schon längst zusammen im Zug sitzen. Ein normales Gespräch führen. Wenn nicht über Familienangelegenheiten, dann eben über Politik. Politische Ansichten austauschen, warum nicht. Arbeitslosigkeit. Europa. Spinnen die Amerikaner total oder nur teilweise? Zur Not auch Vergangenheitsbewältigung. Polnischer Antisemitismus. Waren doch alles Themen. Zofia war nicht verrückt, und sie war wohl auch nicht kriminell. Sie war hoffentlich auch gesund, obwohl der Tagesordnungspunkt Aids noch nicht geklärt war und wohl nie auf die Liste kommen würde, weil da nur geile Sachen stehen sollten. Aber ihre Sexualität war zweifellos gewöhnungsbedürftig. Dieser Ledertick. Dieser Kirchenfimmel. Auch darüber sollte geredet werden. Konservative Richter würden »pervers« dazu sagen. Jan war vorsichtig. Er gebrauchte das Wort »pervers« nur bei wirklichen Untaten. Trotzdem: Eine Erklärung würde er von ihr gerne hören.

»Wie geht es ohne Unterhose«, fragte Zofia.

»Gut«, sagte Jan.

»Wir schauen nach einer neuen«, entschied sie und sah auf seine Uhr: »Es ist noch nicht einmal sechs.«

Wieder schritt sie sicher über das Kopfsteinpflaster wie über einen Laufsteg. Die freien Arme bewegte sie wie ein Mannequin, balancierend, leicht angewinkelt, auch etwas mit den Händen in der Luft rudernd. Bilderbuchschwule und Transvestiten ahmten manchmal diesen weiblichen Gang nach. Dann sah es affektiert aus. Auch manierierte Revolverhelden in Italowestern zogen so zum letzten Gefecht. Wieder trug sie keine Tasche: eine Frau, die sich nicht schminkte, die kein Handy bei sich trug, keine Brille, Sonnenbrille, Kontaktlinsen, kein Geld. Ein Rätsel. Mit ihrer engen schwarzen Lederhose sah sie ziemlich kämpferisch aus, eine Karatelady, die auf einen Schlag ein Dutzend fieser Asiaten wegfegt, die auf sie einstürmen. Jan teilte ihr seine Beobachtungen mit und war erstaunt, daß sie über seine Komplimente nicht lachte, sondern nur mit einem knappen Lächeln reagierte, das allerdings gut zu ihrem Gang paßte. Es war ein außergewöhnliches Vergnügen, neben dieser Frau herzugehen, zumindest, solange man keinem Richterkollegen begegnete. Andererseits wäre es auch spannend gewesen, was so ein Richterkollege für Augen machen würde, wenn er Zofia so gehen sähe.

Im Kaufhaus fand sich Zofia sofort zurecht, als wäre sie hier zu Hause, drückte Jan ein paar bunte Unterhosen in die

Hand und zeigte ihm den Weg zu einer Kabine. Die Unterhosen waren nicht schön, der Stoff zu steif. Sie reichte ein weißes T-Shirt nach: »Ich will dich mal ohne Kragen sehen!« Plötzlich erschien Zofias Arm in der Kabinentür: »Probier mal das!« Eine Lederhose, schwarz, etwas für Rocksänger oder Schwule. »Bist du verrückt!« sagte Jan. Sie huschte in die Kabine: »Natürlich bin ich verrückt – verrückt nach dir.« Jan fand den Ton mit einem Mal dreist, ordinär, unangebracht, derb – das heißt, seine Vernunft war dieser Ansicht. Die Rute war dieser Ansicht nicht, sie konnte nach dem griechischen Tintenfischteller und dem Altstadtspaziergang ihre Unternehmungslust nicht verbergen. Mittlerweile hatte Jan genug Erfahrung mit Zofias Anziehungskraft und wußte, daß Abwehr sinnlos war. Hier, auf engstem Raum zusammen in der Umkleidekabine, war er Zofia besonders hilflos ausgeliefert. Sie wollte in die Hocke gehen, aber es war zum Glück zu eng. Sie fluchte kurz daß sie den hinten geschnürten Rock nicht trug: »Der wäre jetzt ideal.« Sie war nicht zu beruhigen, irgend etwas mußte geschehen. Sie bat Jan erneut, die Lederhose anzuprobieren. Sie wollte wissen, ob die ihm stand. Er protestierte eine Weile, bis ihm die Argumente ausgingen, schließlich konnte er nicht sagen: »Wer bin ich denn!« – dieser Ausruf war in dieser Situation zu idiotisch. Sie verließ die Kabine, damit er genügend Bewegungsfreiheit hatte, um in die Hose zu schlüpfen. Kaum war dies vollbracht, kam sie wieder in die Kabine, jauchzte auf, umarmte Jan und stellte sich neben ihn, bewunderte Jan und sich im Spiegel. »Wir sind von einer Art«, sagte sie entzückt. Durch die schwarzen Lederhosen und die weißen T-Shirts sahen sie sich tatsächlich ähnlich. Wie ein Motorradpärchen, fand Jan. Er war sich noch nie so fremd vorgekommen, sagte das auch: »Ich bin mir total fremd.« Er wollte damit gegen sein Aussehen aufbegehren, ohne Erfolg, denn Zofias Kommentar war: »Nichts geiler, als sich fremd zu sein.« Jan versuchte es anders. »Ich sehe aus wie ein verkommener Schwuler, der am Bahnhof nach einem Stricher Ausschau hält.« Zofia: »Ich finde Schwule total geil.« Das hätte auch von Elisa kommen können. Vielleicht nicht »total geil«, aber »total süß«, »total goldig«, »total klasse«, »total super« und natürlich »total in Ordnung« fand Elisa jeden Schwulen, von dem die Rede war. Lieber schwul als Macho. Daß Jan ihr in diesem schwulen Aufzug gefallen würde, war allerdings nicht zu vermuten. Die Hose saß enger als Jans Anzughosen, die Richterrute zeichnete sich deutlich unter dem engen Leder ab. »Verboten sieht das aus«, sagte Jan erschrocken und schüttelte den Kopf. »Ja, genau, verboten«, sagte Zofia, »und das ist das Allergeilste überhaupt.« Sie schaffte es jetzt sogar, in die Knie zu gehen und Jans verbotene Wulst teils wild, teils zärtlich mit Küssen zu bedecken. »Mein gefangenes Tier«, frohlockte Zofia leise und reimte: »Das Tier von Trier.« Dann machte sie sich vorsichtig am Reißverschluß zu schaffen. »Ich werde dich befreien«, versprach sie, und mit seinem letzten noch nicht völlig lustvernebelten bißchen Vernunft fragte sich Jan, ob im Fall einer Klage wegen Erregung öffentlichen Ärgernisses ein Anwalt mit dem Hinweis durchkäme, eine Umkleidekabine sei ihrem Wesen nach kein öffentlicher Ort, im Gegensatz zum Beispiel zu einer öffentlichen Telefonzelle. Als solle sofort die Probe aufs Exempel gemacht werden, öffnete sich die Tür mit einem derben Stoß, und eine kleine, dicke Kopftuchtürkin stand neben ihnen. »Der Reißverschluß klemmt, meine Frau versucht ihr Bestes«, sagte Jan. Die Türkin nickte desinteressiert und verschwand wieder. Zofia war nicht etwa erschrocken oder gewarnt durch die glimpflich verlaufene Störung, sie fühlte sich durch Jans Schlagfertigkeit offenbar angespornt und trotz der unverschließbaren Schwingtür in Sicherheit. Vielleicht reizte sie auch die Gefahr. Die Befreiung des Tiers von Trier war jedenfalls nicht mehr zu verhindern. Jan verfolgte das Ereignis gebannt im Spiegel. Das wirklich fatale war, daß die Türkin offenbar von mehreren kleinen Kindern begleitet wurde. Man hörte, wie auch sie nach einer freien Kabine suchten. Die Kabinenschwingtür war unten einen Spalt offen, und ab und zu waren bedrohlich nah Kinderschuhe in verschiedenen Größen zu sehen, und die Schwingtür wackelte. Mittlerweile schien sich eine komplette türkische Großfamilie draußen vor der Tür versammelt zu haben. Man war offenbar entschlossen, eine der Umkleidekabinen zu stürmen. Zerren, Drücken, Zetern. Tumultartiges Treiben.

Immer, wenn ein Fuß unter der Schwingtür zu sehen war, mußte Jan deutlich machen, daß diese Kabine besetzt sei. Als gäbe es eine Gattin, die außerhalb der Kabine treusorgend auf Bitten ihres Ehemannes wartet, rief er mit lauter Stimme, was Ehemänner aus Umkleidekabinen so rufen: »Ich glaube, eine Nummer weiter wäre besser, kannst du mal schauen, ob die da ist?« Oder er benutzte den alten Trick, einfach die unglaubliche Wahrheit zu sagen: »Ich finde, ich sehe etwas ordinär in der Hose aus, Schatz! Bring mir bitte eine, in der ich weniger verboten aussehe!« Zofias Hände krallten sich in seinen Hintern und zeigten, daß sie seine schauspielerische Leistung trotz ihrer konzentrierten Tätigkeit zur Kenntnis nahm und zu würdigen wußte, und auch, daß sie sich der Komik der Situation bewußt war.

Zu einem glücklichen Ende aber war in dieser Hektik nicht zu kommen. »Es hat keinen Sinn«, sagte Jan nach einer Weile, was nur halb richtig war, denn eine sinnreiche Folge der Nichtbefriedigung war natürlich, daß Jan nun um so versessener nach Befriedigung war und daher nicht mehr klar bei Verstand. Zofia nutzte die Gunst des Augenblicks und überredete ihn, die Hose zu kaufen, die er eben noch abscheulich gefunden hatte. Im Zustand der Klarheit hätte er diesen grotesken Kauf diskussionslos abgelehnt, so aber zückte er matt vor Lust die Kreditkarte, ja er behielt in seiner Verblendung die unmögliche Hose an, obwohl sogar Zofia Bedenken hatte, ob dieses Kleidungsstück überhaupt straßentauglich war, zumal das Tier von Trier, wieder eingesperrt, sich unter der Hose abzeichnete. Das Problem konnte gelöst werden, Jan trug sein

Jackett über dem Arm. Auch die Einkaufstüte mit der abgelegten Hose und dem abgelegten Hemd half Jan, die Monstrosität zu verbergen. Sie gingen nun beide schwarzweiß durch die Straßen, blieben vor Schaufensterscheiben stehen, um sich an ihrem Anblick zu erfreuen, und Jan war erfüllt von einem ihm bisher unbekannten Glücksgefühl von Zusammengehörigkeit und Artgenossenschaft. Es war Mai und um halb acht noch immer hell.

14

Im Hotelzimmer konnte sie nicht mehr wie bisher die Regie übernehmen. Jan hatte die neuen Spielregeln begriffen, wurde sofort initiativ und stürzte sich auf Zofia, die gerade in ihrem Koffer etwas suchte, ein neues »Geilteil«, wie sie sagte, um sich für die vierte Runde dieses Tages zu rüsten. Nun spürte sie Jans starken, lüsternen Griff statt der lustverstärkenden Rüstung. Er zog ihr die Hose von den Beinen, eine Häutung, die er mit einem gewissen Bedauern vornahm, weil sie sich nun nicht mehr so ähnlich sahen. Es blieb ihr als einziges nur der breite Gürtel, der zuvor lässig und locker und nur zur Zierde auf den Hüften gelegen hatte. Auch das T-Shirt raubte er und bewunderte kurz und wortlos ihren Körper, der sich so fest anfühlte, daß er sich vorstellen konnte, Zofia wäre tatsächlich zwanzig Jahre jünger als er und hätte ihm mit der Geschichte von ihren drei Kindern in Polen einen Bären aufgebunden.

Er nannte sie eine Heiratsschwindlerin, genauer: »Meine Heiratsschwindlerin!« – ein Rolle, die sie sofort annahm. Jan war sie in dieser gerissenen Rolle lieber als in der einer Büßerin. Auch konnte er in diesem Spiel seine Identität als Richter behalten: Frau Zofia Czerkowska stand wegen schweren Betrugs vor Gericht. Sie hatte gleich mehreren rüstigen und klapprigen Rentnern eine Heirat in Aussicht gestellt, um an deren Geld heranzukommen. Jan führte die Gerichtsverhandlung und war natürlich sofort ihren Reizen erlegen.

Und nun schlief er in Trier mit der Frau, die er zu verurteilen hatte.

Die Vorstellung, es als Richter mit einer Angeklagten zu treiben, war aufregend. Das war nun wahrlich kein heiteres Poppen mehr, kein frischfröhliches Vögeln, kein munteres Rammeln, was hier stattfand. Hier wurde tierisch gefickt, und Jan genoß es. Er ging sogar so weit, die Rolle des pflichtvergessenen Richters abzustreifen und für einige Minuten den toll gewordenen Viagra-Rentner zu spielen, dem es völlig egal war, ob er betrogen wurde, der mit Vergnügen seine mühevoll zusammengehäufte Altersversorgung hingab, allein für das Vergnügen, mit der Betrügerin Zofia Czerkowska zu schlafen, der ohne jede weitere Nachfrage die Internatskosten für drei eheliche und weitere uneheliche Kinder Zofias zu übernehmen bereit war, dazu die Altersheimkosten für sämtliche Großeltern sowie die Kosten der Alkohol-Entziehungskur für ihren Ehemann.

Dann wurde es Jan bewußt, daß er mit seiner Triathlon-Figur und seiner Lederhose die Rolle des Rentners auf Dauer nicht glaubhaft spielen konnte, und er war in dieser Phase der vierten Runde eine Weile er selbst, aber zum ersten Mal in seinem Sexualleben war er nicht der freundliche Frauenversteher, sondern das Tier, der Rock-'n'-Roll-Prolet, rücksichtslos auf nichts anderes aus als auf seine eigene Befriedigung, der sich nicht einmal die Zeit nimmt, sich auszuziehen. Was hatten Elisa und er sich gemeinsam mokiert über die Männer in den Filmen, die in den Vögelszenen Hemd und Hose anlassen, während die Frau gänzlich nackt war. Was für eine infame Ideologie war da am Werk: die Frau das entblößte Opfer, der Mann ihr rücksichtsloser Schänder, der seine egoistische Eile als Leidenschaft ausgibt und die weibliche Nacktheit nur konsumiert. Pfui. Männer sind Schweine. Schon aus dem Grund stellte Jan seinen sehenswerten Dauerläuferkörper Elisa immer gänzlich nackt zur Verfügung. Aus den Frauenzeitschriften, die überall zu Hause herumlagen, wußte Jan, daß auch fortschrittlich bewegte Frauen gelegentlich die Phantasie erdulden mußten, von einem wilden Kerl wortlos genommen zu werden, und daß sie sich deswegen nicht zu schämen brauchten. Er aber fühlte sich nicht für die Phantasien von Frauen zuständig, sondern für die Wirklichkeit, und da war er einfühlsam besaitet. Natürlich hatte auch Elisa Unterwerfungsphantasien. Nach Rücksprache mit Agentin Jennifer hatte sie dies sogar in einem Interview mit einer ihrer besten Journalistenfreundinnen in einem ihrer Lieblingsjournale öffentlich zugegeben. Mit Jan sprach sie darüber nicht. Er kam in ihren Phantasien auch nicht vor. Das waren dann doch eher Kameramänner, die Elisa zu solchen Träumen einluden, oder junge Kollegen, deren aufregende Unerfahrenheit eine stürmische Eroberung erwarten ließ. Und natürlich blieb es nicht ausschließlich bei Phantasien. »Man gönnt sich ja sonst nichts«, sagte sie kichernd zu den wenigen alleraller-allerbesten Freundinnen, die in die Details eingeweiht wurden, aber auch die erfuhren nicht, daß die Realität wieder einmal ein wenig enttäuschend gewesen war, was vor allem daran lag, daß Elisa durch ihre liebreizende Art und ihr Image nur Männer anzog, die einer starken Frau wie ihr scheu ihre Zuneigung darbrachten und sich nicht wie entfessselt verhielten.

Dies alles konnte Jan nicht wissen, wie auch Elisa nichts von dem wissen konnte, was hier in Trier geschah. Wäre die Ehe von Elisa und Jan je vor einen Richter oder einen Therapeuten gekommen und wäre eine genaue Bilanz erstellt worden, dann hätte die Situation zum augenblicklichen Zeitpunkt folgendermaßen ausgesehen: Im Lauf der circa zehn Ehejahre hatte Elisa im Schnitt zwei Mal pro Jahr Sex mit einem anderen Mann. Oh, würde sie sagen, so oft? Ihre Gründe waren: Man wird älter, und ein kleines Abenteuer verjüngt. Eskapade nannte sie es für sich. Und: Als Frau kann ich mir ab und zu eine Eskapade leisten – die Männer haben uns Frauen lang genug damit gequält, es ist Zeit, es ihnen heimzuzahlen. Gegen Jan war das nicht gerichtet. Aber sie fühlte sich ja nicht nur als Jans Frau, sondern auch als eine wichtige Figur der Frauenemanzipation. Mehr als die Hälfte ihrer Eskapaden gingen auf dieses Symbolkonto. Sie vögelte stellvertretend, um die Ehefrauen dieser Welt zu rächen, die von ihren Männern betrogen wurden, und sie vögelte mit jedem Mann möglichst nur ein Mal. So ungefähr dachte Elisa. Natürlich verhütete sie immer brav. Eine Liebesgeschichte, die sie auffraß, wollte sie nicht, und Jan brauchte von ihren Eskapaden nichts zu erfahren.

Jans Bericht wäre ganz kurz ausgefallen: Zehn Jahre Ehe ohne irgendwelche Geschichten, nie eine andere Frau begehrt – höchstens ... Höchstens was? fragt der Therapeut. Höchstens habe ich mir mal meine Frau mit blonden Haaren vorgestellt. Da schmunzelt der Therapeut: Das zählt nicht, Herr Vanderleyden. Dann käme der Therapeut zur Sache: Jetzt aber haben Sie nun doch etwas mit einer anderen Frau. Schuldgefühle? Null. Null, null, würde Jan sagen, allenfalls manchmal ein Anflug davon wegen meines Aids-Leichtsinns.

Zum gegenwärtigen Zeitpunkt genoß es Jan in vollen Zügen, der Grobian zu sein. Zofia bettelte und flehte. Sie wollte an ihren Zauberkoffer. Nur ganz kurz. Bitte! Doch Jan, der bisher jeden Frauenwunsch erhört hatte, erlaubte das nicht. Er übte Gewalt aus, wurde vom Sünder zum Todsünder. Und das ohne die geringsten Gewissensbisse. Du bleibst hier, du kleines Luder! Sie flehte und flötete etwas von einer roten Luxuskorsage, die sie anlegen wollte und die Jan noch viel verrückter machen würde. »Ich bin verrückt genug«, rief Jan und blieb hart. »Das würde dir so passen, Prinzeßchen! Das Prinzeßchen mit den feinen Schühchen und dem teuren Reizfummeln! Sei gefälligst mit der Rute deines Richters zufrieden!«

Diese grausamen Worte kamen aus Jans Mund! Keuchend, boshaft herausgestoßen. Sie kamen aus einem kultivierten und wenn man so will unschuldigen Mund, aus dem bisher gegenüber Frauen vor allem Höflichkeiten gekommen waren. Beim Verkünden von Urteilen bei Gericht konnte dieser Mund streng sein, war aber im Ton immer sachlich und nie gemein.

Es war, als hätte ein Fremder Jan diese Worte eingeflüstert. Er sprach in fremden Zungen. Ein wilder Geist war in ihn gefahren. Oder, rationaler: Zehn Jahre Elisa und die zarten Beziehungen davor hatten nicht ausgereicht, um seine Instinkte verkümmern zu lassen, die ihm nun diese Worte eingegeben hatten, Worte, die in diesem Augenblick absolut richtig und wahrhaft frauenfreundlich waren – zumindest Frau Zofia Czerkowska wollte jetzt genau solche Worte hören. Entzückt vernahm sie, daß hier eine Stimme erklang, die ihr die Leviten las – das mochte sie, und sie hatte vielleicht auch geahnt oder tatsächlich gewußt oder wenigstens gewittert, daß auch im freundlichen Herrn Vanderleyden der Zuchtmeister steckte, den sie brauchte – eine Rolle, der Marek in keiner Weise gewachsen gewesen war.

Zofia schmolz. Sie war selig. Sie wurde schließlich nicht von einem schmuddeligen Ungeheuer überfallen und mißbraucht, nicht von einem bösartigen Rocker hergenommen, der zu faul und zu besoffen war, sich auszuziehen, und bei dem man Angst vor Aids haben mußte, sondern von einem eleganten und zuverlässigen Herrn, der diesen Rocker nur spielte und der sie, trotz ihres etwas plumpen Annäherungsversuchs und den sparsamen Angaben zu ihrer Vergangenheit und ihrer beruflichen Tätigkeit, nicht für eine Nutte hielt und verachtete. Dieser Mann nahm sich Zeit und hatte wie sie Spaß an Verwandlungen. Er hatte sich von ihr in einen rücksichtslosen Liebhaber verwandeln lassen. Er sah in seiner Lederhose brutal aus und ließ sie seine Macht spüren. Sie gab sich ihm hin – ihm und ihren Phantasien.

»Mein Tier«, rief Zofia, als es so weit war, es war unüberhörbar ein Jubeln, diesmal ließ sie sogar den Reim mit »Trier« weg, sie meinte es universell, und Jan entfuhr vor lauter

Glück ein »Ich liebe dich« – drei Worte, mit denen er sonst sehr sorgsam und geizig umging und die auszusprechen er nur ganz selten Gelegenheit hatte. Darüber erschrak er mehr als über die Derbheiten, die ihm in seiner Rolle entschlüpft waren.

Dafür, daß Jan sein ganzes bisheriges Leben lang ein moderater Sex-Konsument gewesen war, hatte er sich in den vergangenen Stunden mit einer Frau, die in dieser Hinsicht exzessiv veranlagt war, erstaunlich gut geschlagen. Auch die Nacht überlebte er mit gewissen Höhen und Tiefen. Schließlich war er nicht weltfremd. Durch seinen Beruf waren ihm die Abgründe der menschlichen Existenz bekannt. Mit Abgründen hatte er es hier nicht zu tun, allenfalls war es ein abgründiges Spiel, das Zofia unermüdlich vom Zaun brach, und für das sie ihn als Spielgefährten gewinnen wollte.

Zwar hatte Jan eben erst im unzurechnungsfähigen Taumel von Liebe gesprochen, verliebt aber, entschied er für sich, konnte er nicht sein. Untrügliches Zeichen der Liebe ist es, das wußte er noch, wenn die Nacht dem Liebespaar zu schnell vergeht. Die Nacht in Trier aber verging langsam. Sie dauerte erstaunlich viele Stunden lang und bot genug Zeit und Gelegenheit, um vieles nachzuholen und vieles zu lernen. Und wenn es zwischendurch auch immer wieder Flauten gab, in denen Jan die Leere anfiel und er lieber allein und woanders, ohne diese Sünde und diese begeisterte Sünderin gewesen wäre, so tröstete er sich mit dem Gedanken, daß es nicht schaden konnte, wenn ein Richter ein bißchen mehr über die animalischen Facetten der menschlichen Sexualität Bescheid wußte, und daß dies hier eine Art Crashkurs war, den er für seine Fortbildung besuchen mußte und nicht vorzeitig abbrechen durfte.

Allmählich begriff er die Regeln und die Rhythmen des Spiels: Daß er nämlich, wenn Zofia erneut Gelüste anmeldete, durchaus nicht immer sofort als Erfüllungsgehilfe zur

Stelle zu sein brauchte. Er durfte nur nicht den Fehler machen, ein normaler und höflicher Frauenversteher sein zu wollen. Charmante Bemerkungen über Zofias Unersättlichkeit waren fehl am Platz, und ebensowenig wurde es akzeptiert, wenn er um eine Ruhepause bat. An ihren Augen konnte Jan erkennen, daß er, wenn er sich normal und freundlich verhielt, in ihrer Achtung zu sinken begann. Schwäche durfte nicht vorkommen. Auf diese Weise verlor man schnell sein Ansehen und wurde zu einer ohnmächtigen Gestalt, wie Marek und ihr Mann es ihrer Ansicht nach waren. Das Gegenteil war der Fall, wenn man sie mit möglichst strengen und ungnädigen Worten zurechtwies. Strenge zu einer wehrlosen Frau war für Jan eben noch einer der übelsten männlichen Wesenszüge gewesen, bei Zofia war es die einzige Chance, ihr herrzuwerden – herrzuwerden? Ob man das nach der neuen deutschen Rechtschreibung auseinanderschreibt, dachte Jan: ihr Herr zu werden? Oder hatte man es nie zusammengeschrieben? Die Lage würde um einiges deutlicher werden – durch die Getrenntschreibung. Denn das war es zweifellos, was Zofia wollte: einen Herrn. Oder hieß es mit Genitiv: ihrer Herr zu werden? Wie war es, und wie hieß es? Ging es um Jans Chance, Zofia herrzuwerden. Oder seine Chance, Zofias Herr zu werden? Ja was denn nun? Sollte er mal Elisa vorschlagen: Sie sollte sich von Bruno eine Passage in ihre Memoiren schreiben lassen, in der sie über Sprache und Rechtschreibung nachdenkt: Wie unzumutbar patriarchalisch die Sprache noch immer sei, wie verräterisch doch der Ausdruck »einer Sache herrwerden« sei, egal wie geschrieben, denn gemeint sei immer die zur Sache herabgewürdigte Frau, die der Mann beherrschen wolle. »Mein Kommentar zur neuen Rechtschreibung«, könnte die Passage in Elisas Memoiren enden: »Sie muß nicht immer neuer, sie muß endlich frauenfreundlicher werden!« Was für ein Schlußsatz für einen Gedanken, man hört den Applaus förmlich. Dennoch fehlt mir noch was, würde Elisa zu Bruno sagen: Ach Bruno, bring doch an der Stelle noch unter, daß ich so viele Romane lese und eben deswegen wirklich eine Leidtragende der Männersprache bin.

Ob es darum ging, Zofia herrzuwerden oder Zofias Herr zu werden – die sprachlichen Zweifel waren dann doch zweitrangig und harmlos, verglichen mit den psychologischen: Warum akzeptierte Zofia im Bett keine normalen, freundlichen Umgangsformen? Das Bett war nun mal weich, warum mußte es hier so hart und herrisch zugehen? Warum dieses Bedürfnis, möglichst klein, jung, unschuldig, aber dabei natürlich voller sündhafter Begierden zu sein? Warum diese Lust, einem Gebieter eilfertig zu dienen und zu gehorchen, dabei möglichst Fehler zu machen und dafür beschimpft und bestraft zu werden?

Zofia erzeugte den Sex, von dem sie sich immer wieder in Wellen oder Schüben davontragen lassen wollte, nach einem Prinzip, das mit einer simplen Automatik funktionierte: Sie wurde so lästig, daß selbst ein friedlicher Mann wie Jan streng und wütend werden mußte. Es war natürlich nicht die wirkliche Wut des wirklichen Gewalttäters. Es war eine künstliche, spielerische, aber dennoch relativ heiße Wut, und genau diese Wut wollte sie haben. Dabei entstand genug Energie, um sie schmelzen zu lassen, und bei diesem hinreißend anzusehenden Prozeß verwandelte sich die Wut auf sie augenblicklich in einen wütenden Lustanfall, bei dem erstaunlicherweise auch ein paar Funken Liebe frei wurden. Nach Lust und Liebe dann eine Weile die Leere – und dann begann das Spiel von neuem. Natürlich wollte sich Zofia keiner wirklichen Gefahr aussetzen. Dann wäre sie wirklich verrückt gewesen. Daher hatte sie Jan zu ihrem Herrn und Gebieter gewählt, nachdem das Experiment mit Marek mißlungen war. Sich von einem Kriminellen beherrschen zu lassen, mußte ihr zunächst als großer Reiz erschienen sein, die tatsächliche Gefährlichkeit eines Kriminellen war dabei nicht zu verachten. Aber Marek hatte selbst beherrscht werden wollen. Nie würde sie das vergessen: Als sie ihm die Peitsche brachte, um allein schon für diese Zumutung gezüchtigt zu werden, hatte dieser Mann plötzlich nach Hieben gefleht. Ein Richter war nicht so derb und gefährlich wie ein Ganove, dafür mächtiger, und vor allem die Macht war das Geile – beziehungsweise die Ohnmacht. Vor einem Richter hatten sogar sonst furchtlose Kriminelle Respekt. In der Hierarchie der Gewaltigen stand ein Richter weit oben. Und wenn man es geschickt anstellte, konnte man ihn eins, zwei, drei in einen Lederhosenganoven verwandeln. Zofias höchst riskanter Griff neulich in Jans Büro hatte sich als Glücksgriff erwiesen. Sie hatte es geahnt, gewittert, gewußt. Sie war vollkommen glücklich mit ihm. Sie freute sich diebisch. Sie war noch nie in ihrem Leben mit einem Mann so glücklich gewesen. Sie hätte ihn gern wie am Anfang gesiezt und »Herr Richter« zu ihm gesagt, aber darum wagte sie noch nicht zu bitten. Eins nach dem anderen.

Für alle Ewigkeit unklar würde es bleiben, ob Zofia in Jan eine ihm selbst vollkommen unbekannte, auch in seinen Träumen bisher nicht vorgekommene Lust am Gebieterischen gewittert hatte, die in seinem Verhalten bisher keinerlei sichtbare Spuren hinterlassen, aber eben doch einen Duftstoff entfaltet hatte, der der feinen Nase einer dafür empfänglichen Artgenossin nicht verborgen geblieben war, oder ob Zofia diese fremde Lust in Jan erst erzeugt und ihn zu einem rabiaten Spielgefährten gemacht hatte. Wie oft hörte man das vor Gericht von beschuldigten Männern: Sie hat mir zu verstehen gegeben, Herr Richter, daß ihr »Nicht doch!« ein »Ja« ist. Dann natürlich der Zwischenruf der Frauen: Er lügt! Sie müssen ihn einsperren, Herr Richter, ich fürchte mich vor diesem Ungeheuer!

Ei oder Henne – egal. Für Zofia spielte das keine Rolle, sie war mit sich und dem, was sie tat und geschehen ließ, im Reinen: Sie wollte versaut und verworfen sein und Verbotenes tun. Die Krönung dieser Genüsse war das Überwältigtwerden, aber auch die Unterlassung der ersehnten Überwältigung war nicht ohne. Für ihre Ungehörigkeit hatte sie Strafe verdient, und allein die Androhung, sie mit Nichtficken zu bestrafen, war eine Grausamkeit, die sie als ungeheuer aufregend empfand.

Jans seit Jahrzehnten gerade hängendes Weltbild aber geriet durch die Erfahrungen von Trier in Schräglage, und in den wenigen halbwegs klaren Augenblicken ihres Zusammenseins hatte nach den körperlichen Hochleistungen auch sein Verstand einiges zu tun, er mußte sich all diese unbekannten Enthemmungen notdürftig erklären, entschuldigen, verharmlosen und provisorisch in sein Weltbild einordnen, damit er nicht die Orientierung verlor.

Zu Jans Erleichterung war es am Morgen Zofia, die nach einem kurzen Frühstundenschlaf die Uhr im Kopf hatte und ein wenig drängte. Sie nahm Jan damit die undankbare Rolle des Mannes ab, der nun wieder seinen Pflichten nachgehen muß und keine Zeit mehr für Liebe hat. In den Elisa-Filmen bekamen die heimlichen Liebschaften genau an diesem Punkt immer die ersten heimlichen Risse: Er schaut verstohlen auf die Uhr, hat schon die schöne Nacht vergessen und zeigt damit, daß er nicht besser ist als die anderen Männerscheusale.

Zofia war die perfekte Komplizin. Um zehn ging der Zug, den sie erreichen wollte. Nein, sie fuhr nicht nach Koblenz, sie fuhren also nicht zusammen. Sie sagte das ohne Bedauern.

Als sie im Bad war, fiel Jan auf, wie sehr sie das Hotelzimmer verwüstet hatten. Selbst die Ordnung und Sauberkeit verhöhnenden Söhne hinterließen ihre Zimmer zu Hause nicht in einem derartigen Zustand, wenn sie ins Internat zurückfuhren. Ein unverschlossenes Fläschchen mit Gleitöl war vom Nachttisch gefallen und hatte einen großen dunklen Fleck auf dem Teppichboden hinterlassen. Nachts war Jan einmal an die Rezeption gegangen und hatte eine Flasche

Rotwein und zwei Gläser geholt, die auch irgendwann umgekippt sein mußten. Große Rotweinflecken auf Kopfkissen und Boden. Am schlimmsten aber hatte es das Bettzeug getroffen. Laken und Decken waren übersät mit rätselhaften schwarzen Abdrücken und Schleifspuren und sahen aus, als hätten sich hier Kohlebergwerksarbeiter und Kaminkehrer gewälzt, als wäre eine Horde Teufel mit frisch geputzten Schuhen darauf herumgesprungen.

Was Leidenschaft für Schäden anrichten konnte! Offenbar hatten Zofias euphorisch angepriesene Lederteile diese Spuren hinterlassen, die so aussahen, als würden sie sich von keiner Spezialreinigung der Welt jemals entfernen lassen. Vielleicht war auch seine gestern nachmittag gekaufte Lederhose an dieser Sachbeschädigung mit schuld. Es war zwar ein klarer Fall von fahrlässigem Verhalten, er sah aber nach mutwilliger und bösartiger Zerstörung aus.

Typischer Streitfall. Regressansprüche ja oder nein? Jan hatte hoffentlich seinen Namen und seine Adresse undeutlich genug geschrieben. Obwohl kaum anzunehmen war, daß ein Hotel einem Gast einen Brief mit etwa folgendem Wortlaut hinterherschickte: Sehr geehrter Herr Vanderleyden, in dem von Ihnen und Ihrer Begleiterin am 12. des Monats bewohnten Zimmer haben die Verwüstungen ein Ausmaß angenommen, das in unseren Zimmerpreisen nicht eingeschlossen ist. Für die nötigen Spezialreinigungen des Teppichbodens (Rotwein, Öl) und die unbrauchbar gewordene Bettwäsche erlauben wir uns, einen Betrag von Euro 300 in Rechnung zu stellen. Und diesen Brief bekam dann die ahnungslose Ehefrau in die Hand.

Jan erinnerte sich an einen Fall, von dem ihm einmal ein Kollege erzählt hatte: Möbelhändler klagt gegen Hotelkette. Der Möbelhändler hatte mehrere Tage in einem großen Frankfurter Hotel genächtigt, über das viel zu teure Zimmer gestöhnt und auch über das viel zu üppige Frühstück, mit dem der horrende Preis gerechtfertigt werden sollte, ein enormes Frühstücksbüfett, von dem nur reiche Rentner etwas haben und keine Menschen, die um acht Uhr das Haus verlassen müssen, weil sie um halb neun den ersten Termin mit den Kredithaien der Bank haben. Der Möbelhändler kommt keine Nacht vor drei ins Hotel, um sieben steht er auf, teure vier Stunden Schlaf, denn das Zimmer kostet 800 Euro, ein anderes hat er nicht bekommen, es ist Messezeit. Zum Frühstück um halb acht kriegt er gerade mal einen Orangensaft und eine Tasse Kaffee herunter und keine fingerdicken kanadischen Wildlachsscheiben. Am letzten Tag hat er ein bißchen mehr Zeit. Er bittet einen Geschäftspartner um neun Uhr zu einem Termin ins Hotel. Bei diesem Termin kann er endlich einmal das Frühstück ausnutzen, das er seit Tagen sinnlos mitbezahlt. Frühstück und die Besprechung verlaufen angenehm. Er zahlt die horrende Hotelrechnung und reist ab.

Vierzehn Tage später kommt eine Rechnung. Die Ehefrau des Möbelhändlers schnüffelt nicht, sie hilft ihrem Mann mit Post und Papierkram. Doch selbst die gutwilligste Ehefrau wird stutzen, wenn ihrem Mann eine Hotelrechnung zugeschickt wird, auf der steht: »Frühstück für eine zweite Person – 70 Euro«. Sie glaubt ihm den Geschäftspartner nicht, sie rast wie Othello. Es kommt zur Scheidung, das Möbelgeschäft geht pleite. Der Richter hätte natürlich alles tun müssen, das Verfahren nicht zulassen oder in einem Schlichtungstermin die Sache klären. Verletzung der erwartbaren Diskretion seitens des Hotels mit schweren Folgen für Leib und Seele, das ist aussichtslos, die Anwälte der Hotelkette Hyänen. Der Prozeß eine Lachnummer, reines Boulevardtheaterstück, aber mit tragischem Ausgang: Selbstmord des Klägers. Jetzt auch noch die Prozeßkosten zahlen zu müssen, das ist ihm zuviel. Nur über meine Leiche, beschließt er.

Als Zofia aus dem Bad kam, wies Jan sie ein bißchen verlegen und ein bißchen amüsiert auf die verfleckte Bettwäsche hin, die ihr noch nicht aufgefallen war, und wollte ihr erzählen, aus welchen Gründen mit seinem baldigen Selbstmord zu rechnen sei. Doch ihr war nicht nach Späßen zumute. Sie starrte entsetzt auf die Flecken wie auf die ersten Zeichen einer schrecklichen Krankheit, riß die Bettdecken beiseite, besichtigte die Spuren der nächtlichen Orgie aus nächster Nähe, verglich sie mit einigen ihrer Lederteile, prüfte, rieb, roch, verhielt sich wie eine besonders gründlich arbeitende Beamtin von der Spurensicherung, und Jan hätte sich nicht gewundert, wenn sie Stoffasern entnommen und in Laborbehältern verwahrt hätte.

Dann stürzte sie zu ihrem Koffer und entnahm ihm ein übergroßes Handy der ersten Generation, tupfte zitternd vor Zorn eine Nummer und redete laut und zeternd in einer fremden Sprache auf einen oder mehrere Menschen ein, die sie allesamt nicht zu Wort kommen ließ. Erregt ging sie auf und ab, ihr ganzer Körper bog sich vor Wut. Jan, den sie während ihres Anfalls nicht beachtete, verstand kein Wort, fand ihr Fauchen und Fluchen aber beeindruckend.

Nach fast zwanzig Minuten warf sie ihr altmodisches Riesenhandy in den Koffer zurück und sagte: »Jetzt brauche ich erst einmal einen Kaffee.«

Beim Frühstück erfuhr Jan endlich etwas über ihre berufliche Tätigkeit. Sie war tatsächlich eine Geschäftsfrau. Sie schien mit diesen Lederklamotten Handel zu treiben. Das Wort »Vertreterin« fiel nicht, aber ihr Musterkoffer wies darauf hin, daß sie so etwas Ähnliches sein mußte. Eine Handlungsreisende in erotischen Kleidungsstücken. Jan war etwas enttäuscht über die biedere Auflösung, aber auch beruhigt. Die Aidsgefahr sank damit unter Null. Zofia war keine Berufsmasochistin. Sie dealte völlig legal mit einem Stoff, der nicht verboten war und der von zuverlässiger Qualität zu sein hatte.

Offenbar wurde die Ware in Polen hergestellt, und die Qualität der Exemplare, die in der Nacht zum Einsatz gekommen waren, war äußerst mangelhaft. Sie erwarte gute Arbeit, pünktliche Lieferung, sie hasse diese polnische Schlamperei, ereiferte sie sich wieder. »Ist doch klar, daß man beim Ficken ins Schwitzen kommt«, sagte sie sehr laut im Frühstücksraum, in dem es sehr leise war: »Diese Stümper! Da kann man ja wohl erwarten, daß das Leder nicht abfärbt. Sauerei!« Sie griff sich in die Haare. Als Furie standen ihr die echten schwarzen entschieden besser.

»Ich glaube, ich bin von der blonden Perücke geheilt«, sagte Jan. Dann mußte er raten, was so eine Perücke kostet. »Fünfhundert«, riet er. Weit daneben. Zofia triumphierte: »Das Vierfache!« Und die Lederteile erst! Noch viel teurer. Eigentlich unbezahlbar. Eigentlich verrückt. Aber eben geil. Und sie mußte schließlich nicht bezahlen. Sie kassierte. Und probierte. Daß Jan das exklusivste und unbezahlbarste der Stücke »Kreuzotterkorsettoverall« getauft hatte, belustigte sie. Der offizielle Name war »Modell Python«.

»Bei den Preisen haben die Kunden ein Recht auf einwandfreie Ware«, sagte sie gestelzt.

Jan sagte: »Daß eine so ungewöhnliche Frau wie du so einen gewöhnlichen Satz sagt.«

Für solche Anmerkungen hatte sie jetzt keinen Sinn. Es war eine Katastrophe, aber eine noch viel größere wäre es gewesen, wenn die Kollektion so in die Herstellung gegangen wäre. Unvorstellbar. Reklamationen und ein ruinierter Ruf. Insofern Glück im Unglück. »Das habe ich dir zu verdanken«, sagte sie und sah Jan an wie einen Geschäftspartner.

Er beschwerte sich. Heute Nacht sei er zum Herrn und Gebieter ernannt worden, und jetzt stellt sich heraus: Er wurde als Testperson mißbraucht. Jetzt lachte sie endlich. »Du bleibst mein Herr«, sagte sie.

Bei diesem Stichwort vergaß sie sofort den Ärger mit dem abfärbenden Leder, und die Phantasie ging mit ihr durch: Das Zimmermädchen würde angesichts dieses versauten Zimmers ein anderes Zimmermädchen holen, und dann würden sie zusammen rätseln, was hier vorgefallen sein könnte. Diese Vorstellung gefiel Zofia. Während sie ihren Obstsalat löffelte, improvisierte sie einen pornographischen Dialog, denn natürlich wurden die beiden Zimmermädchen durch die Verwüstungen und die Überlegungen, was Gründe für diese Verwüstungen gewesen sein könnten, immer erregter. Weil sie das Zimmer nicht so einfach sauberkriegen konnten, riefen sie den Hotelmanager, der fluchte auf diese Schweinegäste, würde aber auch ganz lüstern, weil er ahnte, daß es in diesem Zimmer heute Nacht hoch hergegangen war, höher als in seinem bisherigen Hotelmanagerleben.

Ehe Zofia schildern konnte, was weiter geschehen würde, machte Jan von seiner Macht als Gebieter Gebrauch und sagte: »Stop!« Sie gab zu erkennen, daß sie auch einen Zug später nehmen könnte. »Kommt nicht in Frage«, sagte er und merkte, wie aus dem wahrhaftigen und klaren Vorsatz während des Aussprechens von nur vier Wörtern eine klare Lüge wurde. Da war es: das Verbot, das umgangen, das Gesetz, das gebrochen werden wollte. Es war zu spät für Verzicht.

Um dreiviertel zwölf – sie waren noch voll bei der Sache, und das Ende war nicht in Sicht – klingelte das Telefon. Die bäuchlings liegende Zofia hob ab und reichte Jan, der sich gerade vehement an ihr zu schaffen machte, den Hörer mit den Worten: »Für Sie, Chef.« Es war der Hotelmensch, der wissen wollte, ob Herr Vanderleyden vorhätte, das Zimmer eine weitere Nacht zu nutzen. »Nein, wie kommen Sie darauf?« fragte Jan, während Zofia einige spezielle Lustgriffe anwendete. Es machte ihr Spaß, daß Jan dabei mit möglichst normaler Stimme telefonieren mußte. »Weil in diesem Haus die Zimmer eigentlich um halb zwölf zu räumen sind«, sagte der Hotelmensch. Jan hielt Zofia die Sprechmuschel vor den Mund. Während er sich tief in sie vergrub, sagte sie ungerührt: »Mein Chef diktiert mir noch ein paar Zeilen, um zwölf ist das Zimmer frei.«

15

Ich wußte es, sagte sich Jan, als die Nachricht vom Arzt kam: kein Aids. Wie schön das Wörtchen »negativ« aus dem Mund der Sprechstundenhilfe klang. Was er nicht gewußt oder nicht realisiert hatte: wieviele lange Tage man vom Zeitpunkt der möglichen Ansteckung bis zum Abnehmen der Blutprobe warten mußte, wie lang sich dann die Stunden von der Abgabe des Glasröhrchens bis zum Untersuchungsergebnis hinziehen, und was einem dabei durch den Kopf geht an peinigenden Gedanken über die Macht des Leichtsinns, und wie unbedacht man sein Leben aufs Spiel setzen konnte. Kaum hatte Jan die Botschaft vernommen, war alle Pein vergessen.

Das erhebende Gefühl, gesund zu sein, verband sich mit Dankbarkeit seinem Schicksal gegenüber, das ihn gnädigerweise verschont und ihm eine zweite Chance zu einem Leben ohne Leichtsinn gegeben hatte. Diese Dankbarkeitsaufwallung empfand er auch Zofia gegenüber.

Nein, er war nicht verliebt in sie. Das stellte Jan mit Erleichterung fest. Sein Leben sollte sich nicht ändern. Bruno hatte von den Hier-bin-ich-Träumen gesprochen, diesen untrüglichen Zeichen des Verliebtseins. Diesen Traum hatte Jan nicht. Auch nicht in seiner Variante als Albtraum: Zofia steht eines Tages überraschend vor der Tür, ganz kampfbereite Kreuzotter, Jan kommt gerade vom Laufen, ist noch verschwitzt, trägt eine lächerliche Sporthose, Elisa hält sich im Halbdunkel der Diele rein zufällig in Sicht- und Hörweite auf, und dann kommt von Zofia dieser klassische Satz der vernachlässigten Geliebten, tonlos vor Trauer und Wut, aber sehr laut: Warum rufst du nicht an? Das war unvorstellbar. Das war ganz schlechtes Kino. Das kam nicht einmal in Elisas starken Frauenfilmen vor. Das waren Männerängste aus der Mottenkiste. Gemeine Phantasien dieser Art plagten Jan nicht wirklich. Ab und zu sah er solche Bilder vor sich, aber sie ließen sich wegzappen wie eine alte Fernsehserie, über deren Billigkeit man zwei, drei Minuten gestaunt hatte.

Zofia tauchte nicht auf, sie stellte keine Forderungen, und Jan zweifelte auch nicht an seiner Ehe. Im Gegenteil. Zur Feier seiner Gesundheit machte er einen Annäherungsversuch bei Elisa, der von Erfolg gekrönt war. Seine gute Laune machte ihn unwiderstehlich. Elisa kicherte: »So stürmisch, der junge Mann!«

Keine Sehnsucht nach Zofia und den wesentlich stürmischeren Geschehnissen in Trier ließ ihn aus dem Fenster starren, kein Schmachten legte ihn lahm. Der Abschied war völlig unsentimental gewesen, ohne Resümee, ohne Abmachung, ohne Zusicherungen, Versprechungen, Fragezeichen. Keine Gelöbnisse, Geständnisse, kein klammheimliches Hoffen auf Fortsetzung und auch kein noch klammheimlicheres darauf, daß der strapaziöse Anfall sich bitte nicht mehr wiederholen möge.

Zofia hatte mit ihrem Musterkoffer voll der mangelhaften Ware den Zug bestiegen – und war ohne zu winken abgefahren. Das Abenteuer war vorbei, das Leben ging weiter. Mochten die Bettlaken in Trier beschmutzt und der Teppichboden besudelt sein und das Hotelpersonal die Gäste dieses verunstalteten Zimmers verwünschen, Jan fühlte sich erfrischt wie nach der Teilnahme an einem Triathlon.

So groß waren seine Wohlgelauntheit und seine Dankbarkeit, nicht nach Zofia und ihrer Ungeniertheit süchtig geworden zu sein, daß ihm ein Wiedersehen immer verlockender erschien. Das Spiel hatte Spaß gemacht. Man konnte nicht verlieren, warum nicht noch einmal eine Partie! Er versuchte, sich die sexuellen Abenteuer mit Zofia als eine Sportart zu erklären, die ihm guttat, verdammt gut, sagte er sich. Spiel und Spaß und Sport. Ein Sport, den man im Gegensatz zu seinen vergleichsweise langweiligen, stumpfsinnigen Lauforgien nur zu zweit ausüben konnte. Elisa hatte selbst gesagt, wie autistisch sie sein Laufen fand.

Trier hatte auch seiner Arbeit gutgetan. Jan glaubte, sich besser konzentrieren und seine Verfahren schneller wegarbeiten zu können. Zweifellos war das Zofias heilsamer Einfluß. Die Frau war Medizin für ihn. Ohne unangenehme Nebenwirkungen. Mit einem normalen Seitensprung hatte das in Trier nichts zu tun, das war mehr ein Streich, genau, ein nachgeholter Jugendstreich. Als Schüler war Jan ein bißchen arg artig gewesen, da mußte er sich jetzt eben mit Verspätung austoben. Wenn es aller Welt nicht schräg genug zugehen konnte, wenn selbst Elisa die Drehbuchautoren und Regisseure ihrer Filme bat, schrägere Dialoge zu schreiben und schräger zu inszenieren, dann hatte auch der sein Leben lang geradlinig dahineilende Jan eine Art Recht auf Schräge und Tollheit.

Auch wenn Zofia diesen katholischen Tick mit dem Sündigen und Büßen hatte, so lockte den heidnischen Jan nicht die Sünde. Zofia hatte nichts dunkel Verschlingendes für ihn. Er sah sie mehr denn je als stolze Ritterin, und daß ihre Rüstung aus Korsetts bestand, deren Leder von schlampigen Polen schlecht gefärbt war, gab der strahlenden Kämpferin für die Freiheit der Lust einen pikanten und liebenswerten Zug ins Unvollkommene.

Manchmal wurde das Wohlwollen, mit dem er an Zofia dachte, so groß, daß die kraftspendende Wirkung, die von der Erinnerung an Trier ausging, überdeckt wurde von einem lüsternen Glühen, das seinen Körper erfaßte und ihn am Arbeiten hinderte. Dann hatte er Zofias dunkle Stimme im Ohr. Wie hinreißend naiv und gerissen zugleich sie diese unmöglichen

Sätze sagen konnte: Ich bete dich an! Du bist mein Gebieter! Und das mit diesem weichen slawischen Akzent, der alles noch eindringlicher und überzeugender machte, der Wahrheit und Lüge charmant mischte und den Unterschied von Rollenspiel und Wirklichkeit bedeutungslos machte. Einmal hatte sie ihn »Mon Sire« genannt, was phantastisch nach Bühne und Schiller und Gedankenfreiheit klang und Jan zum König von Spanien oder zum französischen Thronfolger beförderte und aus Zofia die gerüstete Jungfrau machte, die mit ihrem künftigen König das Feldlager teilte. Sie erzählte, daß sie als Kinder nicht wußten, wie sie das französische »Monsieur« aussprechen sollten und deshalb »Mon Sire« gesagt hätten. Und Jan war froh, daß er Elisas Bitten erhört und Elias verpflichtet hatte, Schillers »Jungfrau von Orléans« zu lesen. Das Stück wurde nun mal im Unterricht durchgenommen, es mußte ein Aufsatz darüber geschrieben werden, und Elias stellte sich auf den Standpunkt, lieber verzichte er auf das blödsinnige Abitur, als daß er auch nur eine Seite dieses entsetzlichen Dramas lese. »Bitte«, hatte Elisa am fernen Telefon gefleht, »bitte versuch doch irgendwie, dieses Stück in den Dickschädel meines Sohnes zu kriegen.« Bei der gemeinsam erzwungenen Lektüre, hatte Jan sich dem störrischen Elias erstmals nahe gefühlt. Was mutete man den armen Schülern zu! In Trier war er dann froh gewesen, Schillers Stück noch frisch im Kopf zu haben, das ihm half, aus einer Frau, die sich zumindest nach den Maßstäben des bürgerlichen Fernsehfilms verludert und verhurt benahm, eine unkonventionelle und streitbare Heilige zu machen, die in dem göttlichen Auftrag unterwegs war, den verschlafenen Bürgern die wahre sexuelle Freiheit zu schenken. Er würde sie nicht wie König Karl, diese Flasche, fallenlassen. In seiner Monarchie würde er sie zur Erziehungsministerin machen, sie würde in keiner Schlacht fallen – und als Hexe verbrannt werden schon gar nicht.

Analog zu der Liste mit den Punkten, die Zofia auf die sexuelle Tagesordnung gesetzt hatte, hätte Jan eine Liste mit den Gewinnen führen können, die ihm die nähere Bekanntschaft mit Zofia bisher eingetragen hatte. Einiges war zusammengekommen. So war auch sein Karnevalsbild korrigiert worden. Eine Nebensächlichkeit, aber doch eine positive Veränderung seines Geschmacksurteils, eine Zunahme an Toleranz: Im Gegensatz zu den meisten seiner Kollegen war Jan kein Freund des Karnevals. Er pilgerte nicht in dessen Hochburgen Mainz und Köln, wenn es wieder so weit war, er schunkelte und er verkleidete sich nicht. Die Lust, ein anderer zu sein, hatte er nie nachvollziehen können. Lächerlich fand er das. Auch mit dieser Lust hatte Zofia ihn bekannt gemacht: der Lust, sich lächerlich zu machen und den guten Geschmack zu verletzen, ein Gefühl für die Freuden des närrischen Treibens hatte sie in ihm erweckt. Und es war entschieden origineller und individueller, sich in büßende Sünderinnen, diensteifrige Ritterinnen oder durchgedrehte Geschäftsfrauen, in zügellose Alleinherrscher und ungute Beichtväter zu verwandeln, und das außerhalb der vom Kalender festgesetzten Tage, in der alle Welt Maskierungen akzeptiert.

Es war an der Zeit, die Frau, die ihm so viele neue Erfahrungen beschert, die seinen Horizont erweitert und ihn verständnisvoller gemacht hatte, endlich wiederzusehen. Die Liste mit den Tagesordnungspunkten trug er gern bei sich und freute sich an der für Außenstehende unbegreiflichen Codierung. Diese Liste war auch eine Vergewisserung, daß das Treiben in Trier keine Einbildung gewesen war, sondern harte Tatsache. Er faßte ab und zu nach dem Stück Papier wie nach einem Ausweis, der bei Bedarf Türen öffnet, und lächelte. Fast bedauerte er, daß ihm das Hotel keine Rechnung für das versaute Zimmer schickte. Das Geld hätte er gern bezahlt und die Rechnung irgendwo versteckt, als sichtbaren und befühlbaren Nachweis ihrer Tollheit. Das hätte den Streich gekrönt.

Vom Gericht aus wollte Jan Zofia nicht anrufen. Elisa, die bei einem so außerehelichen Vorhaben nicht in Reichweite sein sollte, war nach wie vor selten zu Hause, aber Bruno war ein Problem. Natürlich hatte Jan ein Arbeitszimmer, und Bruno hatte sein Geisterzimmer und saß nicht ständig in der Küche oder auf der Terrasse neben seinen Espressotassen oder vor dem Fernseher im Wohnzimmer, aber irgendwie war Jan die Vorstellung unangenehm, daß Elisas Memoirenschreiber in der Nähe war, wenn er mit Zofia telefonierte.

Auch wenn er auf dem Gebiet des Fremdgehens keinerlei eigene praktische Erfahrung hatte, wußte Jan von der schmutzigen Wäsche, die in strittigen Scheidungsverfahren haufenweise hervorgezerrt wurde, und nicht zuletzt aus einigen Elisa-Filmen, daß noch ekelhafter, verachtenswerter und feiger als ein kitschig sülzender untreuer Ehemann ein untreuer Ehemann ist, der sich nach vollzogener Untat wortlos von der mißbrauchten Geliebten zurückzieht und nichts mehr von sich hören läßt. Der war ein doppeltes Schwein: als Gatte und als Geliebter.

Jan war ein höflicher Mensch, er wußte, was sich gehörte. So lange zu schweigen, war nicht seine natürliche Art. Was ihn dennoch dazu berechtigte, war die Ernennung zum Herrn und Gebieter, die Zofia in Trier vorgenommen hatte. Gut, ein Spiel, aber innerhalb dieses Spiels konnte man sich auch wie ein Gebieter benehmen. Und ein Gebieter hat viel zu tun. Er hat sich um sein Reich und seine Pflichten zu kümmern. Es gab viele unerledigte Fälle auf seinem Schreibtisch und manchen Kummer mit den beiden nichtswürdigen Prinzen. Und es gab eine Gemahlin. Und einen Ghostwriter der Memoiren dieser Gemahlin gab es, der das Leben des Herrschers auch nicht gerade erleichterte. Von einem so vielbeschäftigten Herrscher kann eine aus Polen angesprengte, vielleicht auch nur dahergelaufene Ritterin, die, nachdem sie ihren Mut und ihre Kühnheit mehrfach bewiesen und sich dann aus freien Stücken in den Dienst ihres neuen Herrn gestellt hatte, keine zeitraubende Hinwendung, kein stundenlanges verliebtes Gesäusel erwarten. Wenn es dem Herrn einfiele, würde er sich ihrer erinnern. Sie hatte ihn zum Herrscher gemacht, und zu einem ordentlichen Herrscher gehörte eine Portion Willkür. Daher hatte Jan auch nicht das Gefühl, Spielregeln verletzt und Vorwürfe verdient zu haben, wenn er sich einige Wochen nicht bei Zofia meldete. Nicht nur das: Es machte ihm Spaß, sich Zeit zu lassen, er genoß die kleine Grausamkeit gegen Zofia und gegen sich selbst, die Ungalantheit, die Rüpelhaftigkeit, die Boshaftigkeit seines Schweigens. Er genoß es, Zofia und sich selbst schmoren zu lassen und ein wenig auf die Folter zu spannen – und er begriff Zofias Methode, daß auch das Aufschieben und Verbieten und das Sichverbieten der Gelüste eine Lust ist. Diese Karenzzeit war gut für die Ehe, weil solange kein Ehebruch geschah, und für die Liebschaft, weil die Spannung stieg. So war das gebieterische Schweigen für alle Seiten vorteilhaft. Zu seiner Verwunderung stellte er fest, daß männliche Rücksichtslosigkeit, die er zusammen mit Elisa gegeißelt hätte, bequem und obendrein sexy sein konnte. Er ließ Zofia zappeln und war sicher, sie zappelte gern. Er zappelte ja selbst und fühlte sich gut dabei.

Das nächste Treffen sollte sich ergeben. Und es ergab sich, daß Elisa anrief und zu Jan sagte: »Du hast vermutlich nichts dagegen, wenn ich dir Bruno für eine Woche ausspanne.« Der letzte Film war so gut wie fertig, schon begannen die Vorgespräche zum nächsten. Harte Sache diesmal: fängt gleich mit Unfall und Querschnittslähmung an. Aber das nur nebenbei. Wichtig ist: Bruno soll alle Phasen einer Filmproduktion kennenlernen. Wie sollte er ihr Leben beschreiben, wenn er nicht live bei dem dabeigewesen war, was nun mal ihr Leben war!

Der Film ist nun mal mein Leben – wenn die Sache mit Zofia nicht gewesen wäre, hätte Jan jetzt mit mildem Spott gesagt: Ich dachte, *ich* bin dein Leben!, um sie mit gespielter Beleidigung darauf hinzuweisen, wie sehr sie ihr Privatleben vernachlässigte. Diese Bemerkung, wenn auch nur witzelnd, wäre ihm jetzt verlogen vorgekommen. Er war im Augenblick mehr als einverstanden, von Elisa vernachlässigt zu werden. Er verkniff sich auch eine Spitze auf die Leseratten-Elisa, die ihm auf der Zunge lag. In einer letzten Kolumne hatte Elisa verlauten lassen: Lesen ist mein Leben. Vermutlich stammte der Satz von einer Redaktionspraktikantin. Jan wußte davon, weil der junge Staatsanwalt ihm die Seite mit Elisas Leseempfehlungen mitgebracht hatte. »Von meiner Frau für Ihre Frau.« Die Frau des jungen Staatsanwalts hatte an den Rand geschrieben: »Ganz tolle Tips wieder. 1000 Dank.« Der junge Staatsanwalt schwor Jan bei dieser Gelegenheit, die Ermittlungen im Fall Marek in kürzester Zeit so weit abgeschlossen zu haben, daß man das Verfahren endlich eröffnen könne. »Ich habe keine Lust, wegen Überdehnung der U-Haft gerüffelt zu werden«, sagte Jan, »dieser Marek hat langsam genug gesessen.« Er hoffte immer noch, daß der Fall in Dresden oder Leipzig verhandelt werden würde. Der junge Staatsanwalt hoffte das nicht. Er wollte den Fall behalten, gegen das Böse kämpfen und siegen.

Bruno verschwand für anderthalb Wochen. Jan hatte ganz vergessen, wie es allein im Haus war. Er ließ eine Anstandsfrist von zwei Tagen verstreichen, dann rief er Zofia an – sehr viel bewegter, als es sich für einen Gebieter gehörte. »Wir müssen uns sehen!« Das hatte gebieterisch klingen sollen, aber er hatte noch keine Übung im herrschaftlichen Anweisungston. Wir müssen uns sehen! Das war der Satz, den er von Zofia nicht hätte hören wollen.

Die Resonanz war nicht überwältigend. Zofia mochte überfallen werden, das ja, doch nur, wenn ihr danach zumute war, wenn sie das Zeichen dazu gab. Sie mochte keine Überfälle aus heiterem Himmel. Der Anruf paßte ihr ganz und gar nicht, das merkte Jan sofort. Die kommode Machtposition mußte erst wieder erarbeitet werden, und jetzt war der Zeitpunkt dazu nicht da. Immerhin widersprach sie nicht, was ein Wiedersehen betraf, ließ auch durchblicken, daß Jan als Chef das Sagen hatte und sie nur seine Sekretärin war, aber eine

Sekretärin beziehungsweise Chefsekretärin, deren Ratschläge kein Chef, der noch bei Trost war, ignorieren würde. Nach einer Weile erst, als sie sich an das Gespräch gewöhnt hatte, sagte sie: »Gut, daß du anrufst.« Ein Temperamentsausbruch war das nicht. »Endlich« – das Wort fiel auch nicht, was Jan erleichternd und bedenklich zugleich fand. Kein Vorwurf kam von ihr, und schon gar nicht ein: »Ich habe dich so vermißt!« So dezent und beiläufig wie irgend möglich ließ Jan durchblicken, daß er noch über eine Woche allein zu Hause sein würde. Darauf ging sie nicht ein. Sie war einsilbig wie jemand, der stumm fernsieht, während er telefoniert, und die Handlung nicht verpassen will. Vielleicht war sie auch mit einem polnisches Mafiaboss beschäftigt. Jan hütete sich, solchen eifersüchtigen Unsinn zu sagen. Soviel war ihm klar: Ein Gebieter kennt keine Eifersucht. Je ablehnender sie war, desto mehr würden sich seine Gefühle beruhigen. Das hatte auch sein Gutes.

Sie schien zu merken, daß er lustlos wurde, und übernahm plötzlich und völlig unerwartet die Schuld daran: »Ich bin nicht gut im Telefonieren.«

»Es sei denn, polnische Lederwarenleute müssen angebrüllt werden«, sagte Jan, und endlich hörte er sie lachen.

»Das ist noch mal gutgegangen«, sagte sie, »die neue Kollektion müßte in Ordnung sein.«

Sie klang jetzt zugänglicher. Jan witterte eine Wende: »Der Warentester steht bereit. Vielleicht nicht wieder in Trier. Zumindest nicht in diesem Hotel. Die schiefen Blicke, wenn die Wüstlinge wiederkommen, möchte ich nicht sehen.«

»Schiefe Blicke sind doch gut«, sagte sie, und langsam wurde ihre Stimme wärmer. Sie machte genüßlich das Hotelpersonal nach: »Die Zimmerschänder kommen wieder.«

»Ich bin für eine andere Stadt«, sagte Jan, »aber auch eine alte mit viel Kopfsteinpflaster. Ich will dich wieder über das Kopfsteinpflaster gehen sehen.«

»Und nur Kondom«, sagte sie, »immer Kondom.«

Jan wurde reumütig. Sie war vernünftiger als er. Eine gute Gelegenheit, selbst Vernunft zu zeigen und Aids anzusprechen. »Mir kannst du vertrauen«, sagte er, »ich habe einen Test machen lassen.«

Zum Glück nahm sie das nicht als Mißtrauensbeweis: »Das hättest du dir sparen können. Ich habe kein Aids.« Das klang klipp und klar. Als Jan mutig nachfragte, ob sie den anderen Männern auch immer vertraut habe, sagte sie: »Ich schlafe nicht mit anderen Männern.« Auch das klang klipp und klar, stand aber im Widerspruch zu der sexuellen Hemmungslosigkeit, die sie doch irgendwo gelernt haben mußte. Da war noch Klärungsbedarf. Aber nicht jetzt. Sie fing an, ungeduldig zu werden. Wenn aber Aids keine Rolle spielte, was meinte sie dann mit dem Kondom-Hinweis? Gut, man konnte auch schwanger werden. Es gab Frauen, die die Pille nicht nahmen. »Ich fand es toll ohne Kondom«, sagte Jan und war gespannt auf ihre Reaktion.

»Hast du E-Mail?« fragte sie.

»Im Gericht«, sagte Jan. Zu Hause brauchte er das nicht. Alle schwärmten davon. Das ging ihm auf die Nerven. Einladungen zu Sommerfesten von Kollegen. Sie beschwerten sich bereits, weil sie ihm normale Post schicken mußten.

»Besorg dir E-Mail«, sagte Zofia, jetzt wieder ganz polnische Geheimagentin, die einen wichtigen Tip gibt.

Er rief die Söhne im Internat an.

»Turnvater Jan, was verschafft uns die Ehre?«

Jan ließ sich beraten. Er brauchte einen Laptop und E-Mail. »Der Alte wird vernünftig«, hieß es. Elias bot an: Jan konnte seinen wenige Wochen alten Laptop haben, wenn er ihm das Folgemodell kaufte. »*Ich* will den neuen«, sagte Jan. »Entschuldige mal, wozu brauchst du 1,6 Gigahertz«, sagte Elias. »Ich brauche 1,6 Gigabyte«, rief Jan. »Gigahertz!« Elias korrigierte, beleidigt von Jans Ahnungslosigkeit. Alex war vernünftiger. Es gab wirklich jede Menge alte Spitzenlaptops zu

Hause. Er beschrieb einen ausrangierten, funktioniert tadellos. Nur irgendein Spiel sei nicht gelaufen auf ihm, sagte er, ehe der Vater nachfragen konnte, wieso es dann ein neuer hatte sein müssen. Da seien noch Daten drauf. Die solle er löschen, und zwar unbesehen.

»Ja, ja«, sagte Jan.

»Nicht so flüchtig ›ja, ja‹ sagen«, sagte Alex streng, »das sind meine persönlichen Daten, und das Ding heißt nicht ohne Grund PC – Personal Computer, und die Sachen da drin sind nicht für andere Menschen bestimmt, und schon gar nicht für den Turnvater Jan.«

So pfiffig hatte Jan Alex noch nie reden hören. Er versuchte, darauf einzugehen, und sagte leichthin und verständnisvoll: »Hast wohl Pornos geladen.«

»Aus dem Alter bin ich raus«, sagte Alex, »da ist mein Übertritt zum Islam dokumentiert und auch meine Vorbereitungen zu Anschlägen auf amerikanische Einrichtungen, und ich möchte nicht meinen Richtervater zum Mitwisser machen.«

Jan war ganz gerührt von soviel Ironie. Mußte er Elisa erzählen, daß Alex mit zweiundzwanzig nunmehr die Pubertät überwunden hatte und auf dem Weg war, ein amüsantes Mitglied der menschlichen Gesellschaft zu werden.

Der computerversierte Protokollführer übernahm das Präparieren von Alex' ausgedientem High-Speed-Laptop, dem er dabei anerkennend mit den Fingern die schmalen Seiten tätschelte. »Schnelles Teil«, sagte er, »suchen Sie sich einen E-Mail-Namen aus.«

»Richterrute«, sagte Jan. Er wollte wissen, wie der Protokollführer reagierte. Das Wort schien auf Außenstehende nicht anstößig zu wirken. »Was ist denn das«, war die neckische Antwort, »ist der Herr Vanderleyden ein heimlicher Befürworter der Prügelstrafe?«

Er schickte Zofia einen Brief mit der neu geschaffenen Adresse. Anrufen wollte er lieber nicht. Schon einen Tag später erhielt er die erste private E-Mail seines Lebens. Zofia lobte seinen Adressennamen. Sie selbst hatte den Namen »Kreuzotter« gewählt. »Extra für uns«, schrieb sie. Dann kam die versprochene Antwort auf seine Frage am Telefon, was es mit ihrem Beharren auf einem Kondom auf sich habe. »Nur Kondom« oder »immer Kondom« habe weder etwas mit der Verhütung von Schwangerschaften noch mit dem Verhindern von Aids zu tun, das sei kein Thema, »nicht für uns«, schrieb sie, sondern bedeute, daß die nächsten Treffen immer in Städten mit einem Dom stattfinden sollten – phantasielateinisch: Con Dom. Weil es nichts Aufregenderes gäbe, als sich in Domen zu verabreden. Weil einer der dringend anstehenden Tagesordnungspunkte der Mißbrauch der Büßenden durch ihren Richter sein müsse – und zwar in einem Dom. Eine entsprechende Rangordnungszahl brauche dieser Tagesordnungspunkt auch, vielleicht »TOP 66«. Dann verfiel sie plötzlich ins Siezen und in eine geschraubte Amtssprache: »Im Anhang finden Sie eine Vorschlagsliste mit Domstädten zu Ihrer Auswahl.«

Jan kam aus dem Staunen nicht heraus. Eine polnische Lederwarenvertreterin mit Lateinkenntnissen, und dann diese schriftliche Bereitwilligkeit, besser: diese Unzuchtsbereitschaft, und das nach einem Telefongespräch, das eher so geklungen hatte, als sollte das, was in Trier passiert war, vielleicht doch besser vergessen werden. Jan griff den kuriosen Amtston auf und spielte mit. Er siezte sie, dankte für ihr Schreiben, machte darauf aufmerksam, daß gewisse Abmachungen der schriftlichen Form bedürften, die nun gegeben sei, so daß die von Frau Czerkowska getroffenen Zusagen bezüglich eines Treffens in einer Domstadt als bindend im Sinne eines Briefvertrags zu betrachten seien. Es machte ihm ein solches Vergnügen, das nächste Treffen in einer parodierten Behördensprache anzupeilen, daß er sogar seinen abendlichen Lauf vergaß.

Um halb zwölf in der Nacht rief Elisa beschwipst aus einem Lokal in Berlin Mitte an, wo sie mit Bruno saß – und seiner reizenden Frau, von der nur ein Trottel getrennt leben könne. Sie wollte sich eigentlich nur entschuldigen, weil es so angenehm sei in Berlin, sicher angenehmer als in Koblenz. Jan sagte: »Ich schau mal, ob ich Justizminister werde, dann komm ich rüber.« »Die Memoiren machen Riesenfortschritte«, sagte Elisa, »also das Konzept macht Fortschritte, klingt wirklich super, was Bruno so erzählt, darf man ja eigentlich gar nicht weitersagen, daß Memoiren auf die Art entstehen. Hast du das gewußt, Jan?«

Nein, das hatte Jan nicht gewußt. Er war gerührt von Elisas Mädchenhaftigkeit. Sie schmollte: »War dauernd besetzt bei dir!«

»Internet«, sagte er, »jetzt gibt es hier Internet und E-Mail, und ich mache offenbar etwas falsch.«

Wenn Elisa beschwipst war, konnte sie nicht aufhören zu telefonieren, auch wenn ihr nichts mehr einfiel. Sie schwieg dann einfach. Jan sagte: »Grüß Bruno und sag ihm, daß ich ihn vermisse.«

Jan fand den Anhang nicht, von dem Zofia in ihrer E-Mail gesprochen hatte, und beendete seine Antwort an sie mit einer entsprechenden Reklamation. Eine halbe Stunde später kam Zofias Antwort. Jans Vertragsunsinn hatte offenbar den richtigen Nerv bei ihr getroffen. Sie werde persönlich dafür sorgen, daß die Verträge pünktlich und zur Zufriedenheit des Geschäftspartners eingehalten werden würden. Sie tat so, als habe ihre Sekretärin vergessen, bei der E-Mail zuvor den Anhang hinzuzufügen. Sie werde diese Person zur Rechenschaft ziehen. »Sie wissen, wie schwer es heute ist, zuverlässige Mitarbeiter zu finden«, schrieb sie und verwies noch einmal auf den jetzt beigefügten Anhang. Jan nahm sich vor, demnächst einen der am Gericht herumschwirrenden psychiatrischen Gutachter zu fragen, ob die Psychologie einen Namen für die Lust am Anderssein und das Spielen anderer Rollen hatte. Eine Erklärung dafür brauchte er nicht. Das Vergnügen, das Zofia dabei empfand, sich aus purer Lust und Laune in eine verluderte Geschäftsfrau und deren Sekretärin zugleich zu verwandeln und aufzuspalten, sprach für sich. Auch seine Lust auf neue Rollen war nun nicht mehr zu bremsen. Es war zu erwarten, daß er beim nächsten Meeting als Geschäftspartner von Frau Czerkowska sich an deren Sekretärin heranmachen würde. Und wenn es denn unbedingt sein mußte, würde er auch den Priester spielen, der sich an der Büßerin vergreift.

Der Anhang enthielt zunächst eine Liste mit Domstädten. Neben ihrem Verkleidungs- und Rollenspielwahn schien Zofia auch einen Listenwahn zu haben. »Meine Chefin hat mich beauftragt, Ihnen diese Liste zukommen zu lassen. Sie überläßt selbstverständlich Ihnen die Wahl der Stadt und bittet um Terminvorschläge.«

Jan verlor sich begeistert in diesem neuen Spiel. Es war mittlerweile zwei Uhr nachts. Die Vorstellung, daß Zofia im Augenblick genauso wach war wie er und an nichts anderes dachte als er, war fast, wie wirklich neben diesem schillernden Geschöpf zu liegen und es zu bändigen. Er betrachtete die Liste, die mit »Con Dom (Auswahl)« übertitelt war:

Aachen
Fulda
Köln
Limburg
Mainz
Meißen
Naumburg
Regensburg
Speyer

Hinter Trier stand »erledigt«. Jan wußte gar nicht, daß es so viele Domstädte gab. Was war der Unterschied zwischen einem Dom und einem Münster, außer daß Zofia das Wort »Münster« vermutlich nicht so sexy fand, verständlicherweise. Doch wo war Worms? Worms fehlte auf der Liste. In Worms stand immerhin der Dom, der ihm als erstes eingefallen war.

Er schrieb: »Wo ist Worms?« und schickte die Worte weg. Jetzt hatte er die Vorteile dieser Kommunikationsform begriffen. Wenig später die Antwort: »Hier ist die Sekretärin. Diesmal ist es nicht ein Versehen von mir. Die Chefin bat mich, Worms auszulassen. Frau Czerkowska hält nichts von den Nibelungen, von Treue so wenig wie von Verrat. Die Mannweiber der germanischen Sagenwelt gefallen ihr nicht. Hängt Brunhilde nicht ihren frisch angetrauten Gemahl Gunther mit ihrem Gürtel an einem Haken an der Wand auf, weil er nicht in der Lage ist, sie in der Hochzeitsnacht zu überwältigen? Wie Sie wissen, hat meine Chefin für Gürtel einiges übrig, aber sie zieht den Gürtel der Aphrodite vor. Die dominante Gürtelsymbolik der Germanen ist meiner Chefin fremd. Sie will ja mit dem Gürtel nicht unbezwingbar werden, sondern unwiderstehlich.«

Jan floß dahin in einer Aufwallung von Sympathie. Mit Schaudern erinnerte er sich an die schlimmsten Stunden seines Lebens, vor gut fünfzehn Jahren, Referendarszeit, er war kurz und glücklos mit einer Betriebswirtin liiert, die zum Studienabschluß von ihren Eltern zwei Karten für Bayreuth bekommen hatte. Jan mußte mit. Er ahnte Furchtbares, aber nicht, daß es die Hölle werden würde. So viele Stunden Gefangenschaft, und nur Haß. Er haßte jede Sängerin und jeden Sänger, ihr Herumstolzieren und die grotesken Bewegungen ihrer Oberkörper, er haßte diese Musik, diesen schleimig dahinkriechenden, sämig aufwallenden und übersüßten Brei. Er haßte das Publikum, die vielen prominenten Visagen, die wichtigtuerische Andacht in diesen Mienen, er haßte seine Begleiterin und sich selbst, weil er so dumm gewesen war, zuzusagen und jetzt zu feige, ein paar Mal laut »Scheiße!« zu rufen und diesen Ort des Ekels stolz und aufrecht zu verlassen, er haßte Richard Wagner, diesen antisemitischen Giftzwerg, und den idiotischen Bayernkönig Ludwig II., der diesen Mann gefördert hatte, er haßte die Juden und Israelis, weil sie diesen Komponisten nicht konsequent genug haßten. Er haßte so viele Stunden lang so sehr, daß er seitdem nicht mehr richtig hassen konnte, denn während des Hassens war ihm auch die Unvernünftigkeit des Hassens klar. Später mußte er sich sagen lassen, Wagners Musik sei extrem sinnlich, und er sei genau das nicht, deswegen könne er mit der raffiniert sublimierten Sexualität dieser Musik nichts anfangen. Für die Wonnen des endlos langen orgiastischen Dahinschmelzens habe der asketische Jan eben keine Ader.

Daß Zofia Worms zu einer Tabuzone erklärt hatte, ergötzte ihn, er fühlte sich ihr verbunden.

Wie schon öfter stellte er sich Zofia als Rächerin vor. Diesmal hatte sie im Auftrag ihres Königs Jan I. Bayreuth einzunehmen: Er sah Zofia als unerschrockene Ritterin des Kreuzotter-Ordens vor sich, der sich dem Kampf gegen die Sublimation und für die sexuelle Deutlichkeit verschrieben hatte, er sah sie während der Aufführung einer Wagneroper geschmeidig auf die Bühne springen: Das Publikum schrie entsetzt auf, Gattinnen von Ministerpräsidenten eilten verstört in Richtung Ausgang, die blechernen Germanen humpelten hinter die Kulissen, während Zofia sich die blonde Perücke vom Kopf riß, die schwarzen Haare schüttelte, ein Mikrofon wie einen Revolver aus ihrem breiten Aphrodite-Gürtel zog, das Orchester mit einer einzigen Geste in eine Rockband verwandelte und Obszönitäten zu singen begann. Natürlich machte sie mit dem Mikrofon die seit Jahrzehnten in der fortgeschrittnen Rockmusik üblichen phallischen Spielchen, natürlich trug sie die ellenlangen Handschuhe, mit denen sie einst nach dem Mikrofon zwischen Jans Beinen gegriffen hatte, natürlich liebkoste sie das Mikrofon nicht nur mit Mund und Fingern, sondern hielt es sich schamlos zwischen die Beine.

Dieses verwegene Video spukte in tiefer Nacht durch Jans Kopf. Es ging auf drei Uhr zu, und er wurde langsam müde, doch ehe er sich hinlegte, faßte er seine Phantasie doch noch in Worte. Das Amtsdeutsch widersetzte sich, auf Amtsdeutsch war allenfalls eine Beschwerde wegen Störung einer öffentlichen Opernaufführung zu formulieren. Daher faßte er seine Tirade als königlichen Erlaß ab, der die Lieblingsjungfrau des Monarchen anwies, Bayreuth zu stürmen, die Hochburg der ungut schwelenden Klänge zu schleifen und die verklemmten Wagnerianer zu verjagen.

Nach der langen Nacht mit kurzem Schlaf fand Jan auch am Morgen keine Zeit zum Laufen, nahm sich für den Abend die doppelte Strecke vor, und probierte, ehe er das Haus verließ, noch einmal sein neues elektronisches Postspielzeug aus. Schon war die Verbindung da, und mit Herzklopfen sah er, daß nach dem Abschicken seines königlichen Erlasses um 3 Uhr 18 Uhr vier weitere E-Mails von Kreuzotter an Richterrute eingegangen waren.

16

In Berlin wurde Bruno von einer Krise heimgesucht. Er hatte sich auf das Schreiben von Elisas Memoiren vor allem eingelassen, weil er Geld brauchte, aber es war ihm zunehmend schleierhaft, was er schreiben sollte. Elisas Idee, ihn die Produktion eines Filmes als Beobachter begleiten zu lassen, um ihm exklusive Einblicke in ihr anstrengendes Berufsleben zu verschaffen, war nett, aber vollkommen wertlos. Immerhin kam er so wieder einmal umsonst in die Hauptstadt und weg von diesem Koblenzer Tatort-Haus und mußte nicht Jans Blicke auf seine Zigarettenstummel ertragen und dieses Handtuch, das der Herr Richter um den Hals trug, wenn er nach seinem ewigen Laufen aus der Dusche kam. Bruno nannte es für sich »Tatort-Haus«, weil solche Häuser immer in Tatort-Krimis vorkommen.

Ein möglicher Memoirenanfang wäre: »Ich wohne in einem dieser Häuser, an deren Türen man sich zwei Beamte von der Kripo vorstellen kann, die sich beim Drücken des Klingelknopfs mit einem Blickwechsel zu verstehen geben, daß sie zwar nicht soviel Geld haben wie die Personen, die hier zu Hause sind und die sie gleich zu Gesicht bekommen werden, aber dafür auch weniger Dreck am Stecken.«

Um Elisa zu testen, hatte er ihr einmal diese Passage gezeigt. »Bruno, du bist wohl übergeschnappt«, hatte sie gesagt.

Auch weil Bruno nach Gelegenheiten suchte, von dem

elenden Pirmasens wegzukommen, hatte er sich für den Memoirenjob interessiert. Vielleicht konnte er aus dem wahnsinnigen Wohnsitz Funken schlagen und die Stadt in einem literarischen Porträt verewigen, weil soviel Hoffnungslosigkeit und Zurückgelassenheitsgefühle schon wieder selten waren. Ein richtig schön depressives Buch. In Wirklichkeit hätte er nicht dorthin ziehen sollen. Alles Trotz und Idiotie und irgendwie Angeberei. Manche Männer machten vorwurfsvoll Selbstmord, wenn die Ehefrauen nichts mehr mit ihnen zu tun haben wollten, Bruno war nach Pirmasens gezogen.

Neben dem Honorar und der Möglichkeit, dem verhaßten Wahlheimatort eine Weile zu entkommen, war Bruno natürlich auch von Elisas Anfrage gerührt gewesen. Was für eine nette Geschichte rundete sich hier: Ein Dichter verehrt in seinen besten Jahren eine junge Schauspielerin. Er schreibt eine Hymne auf sie, sie meldet sich, es kommt zu einer ersten Annäherung, doch dann wendet sich die Schauspielerin ab und verschwindet aus seinem Leben. Dreißig Jahre später dann ihr Anruf: Willst du meine Memoiren schreiben? Wer könnte da nein sagen.

Allein Elisas Freundinnenkult zehrte an Brunos Nerven. Sie war sehr großzügig mit dem Superlativ. Ständig stellte sie ihm neue beste Freundinnen vor. Er verlor den Überblick und wurde streng: »Ein Dutzend Freundinnen hast du bei mir gut«, sagte er, »den Rest kannst du dir selber in die Memoiren reinschreiben.« Elisas beste Freundinnen kamen vor allem aus den Redaktionen der Frauenzeitschriften. So wirklichkeitsblind war sie nicht, alle ihre Schauspielerkolleginnen für beste Freundinnen zu halten, aber doch immer noch zu viele, auch solche, die Elisa schon auf Grund ihrer Beliebtheit und ihrer Allgegenwart nicht ausstehen konnten. Die Beliebtheit machte Elisa allerdings nicht hochnäsig, sondern aufmerksam für die Schicksale anderer, denen es nicht so gut ging. Das machte sie noch beliebter. Ein Kreislauf der Nettigkeit, eine automatische Sympathiespirale. In ihrer Beliebtheit sah sie eine Art Auftrag, sich für andere zu interessieren, sich für andere einzusetzen, vor allem für die Sache der Frau gegen die Chauvis und Machos unter den Männern. In jedem der Dutzende von Interviews, die sie geduldig gegeben hatte, ging es immer wieder darum, und nach jedem dieser Interviews fühlten sich die Interviewerinnen und die Photografinnen als Elisas Freundinnen und verbreiteten in der Branche, die gewöhnlich von Mißgunst geprägt ist, die Legende von der wunderbar uneitlen, völlig unarroganten Elisa, die trotz ihres Erfolgs den Boden unter den Füßen nicht verloren habe. Von all diesen Freundinnen wurde sie als »eine von uns« angesehen: Elisa, die trotz ihres enormen Erfolgs natürlich geblieben war.

Nach einem Interview hastete sie nicht zum nächsten Termin, nein, sie trank mit den Journalistinnen einen Kaffee oder auch ein Glas Wein, gemütlich, wie sie sagte, lud die anderen ein. Die Zungen der Freundinnen lösten sich, und sie schilderten ihre Männer als unsensible, zudringliche Wesen, die noch viel zu lernen hätten. »Wir haben noch einen weiten Weg vor uns«, sagte Elisa leise, fest und zuversichtlich. All diese Gespräche unterschieden sich nicht wesentlich von dem, was in den moderat liberalen Frauenzeitschriften zu lesen war, und was Elisa als Filmheldin in immer wieder neuen Variationen zum Ausdruck brachte: Frauen, ihr seid stärker, als ihr denkt, Männer, ihr seid schwächer, als ihr vorgebt zu sein.

Elisa erwähnte bei solchen Gesprächen Jan nicht, ließ nur durchblicken, daß sie auch mit ihrem Mann Glück gehabt habe. Er sei kein zudringlicher Molch, kein Bestimmer, eine gepflegte Partnerschaft, so könne man ihre Ehe nennen. Nur selten wagte eine der tausend Freundinnen nachzufragen, wie es mit der Leidenschaft bestellt sei. Aber auch das brachte Elisa nicht in Verlegenheit. »Genügend vorhanden«, sagte sie lächelnd und empfand das in diesem Augenblick auch so.

Bruno ließ sich nicht so leicht überzeugen. »Es ist eben

nicht genügend vorhanden«, sagte er. Elisa versuchte, sich zu wehren: »Woher willst du das wissen!« Bruno sah ihr tief in die Augen. Er hatte die buschigen Augenbrauen eines vitalen Mannes Mitte Sechzig und kannte die Wirkung seines Blicks. Wenn man erfahren genug aussah, konnte man sich auch Platitüden leisten: »Weil es nie genug ist«, sagte er.

Elisa lächelte so, daß Bruno ahnen sollte: Es gibt da etwas. Verborgene Leidenschaft. Geheimnisvoll lächelte sie. Sicherheitshalber sagte sie noch dazu: »Wenn ich beschwipst genug bin, erzähle ich dir vielleicht mal was.« Der Satz gefiel Bruno nicht. Er kam wie ein Almosen.

Elisa dachte an den jungen Aufnahmeleiter. Genau das hatte der neulich auch gesagt. »Es ist nie genug.« Der junge Aufnahmeleiter war schon die zweite Sünde in dem Jahr, nach dem jungen Kameramann bei der Produktion davor. Dafür hatte sie das ganze vorige Jahr keine Gelegenheit gehabt, sich eine Selbstbestätigung zu gönnen. Der junge Aufnahmeleiter hatte sie ein bißchen frech gefragt, ob ihre Ehe wirklich so gut sei, wie man überall nachlesen könne. Das war eigentlich unverschämt, aber er hatte es mit einem süßen, unschuldigen Augenaufschlag gefragt. Sein schöner junger Mund hatte sich nach Elisas Antwort zu einem so entzückenden skeptischen Lächeln geformt, daß sie nicht anders konnte, als später im Hotel auf sein Klopfen das Zimmer zu öffnen. Sie hatte nach den Strapazen der Dreharbeiten wieder mal eine Belohnung nötig. Eine auf die Fünfzig zugehende Frau hatte einen dreißigjährigen Mann verdient. Jan war blaß und hager. Er hatte mit seinen bald zweiundvierzig Jahren die Figur eine Jünglings. Der Aufnahmeleiter war kräftiger, braun überall. Sie streichelte und küßte seinen Hintern, der nicht so schlohweiß war wie Jans. Als sie miteinander geschlafen hatten und sich der Schwanz des Aufnahmeleiters bald wieder regte, unterzog sie ihn einer Inspektion. Sie sagte Schwanz. Pimmel war Ehe. Schwanz war das kleine Geheimnis. Der Schwanz des

Aufnahmeleiters war beschnitten, das kannte Elisa nicht. Sie ließ sich den Unterschied demonstrieren. Leider war der Aufnahmeleiter, obwohl er David hieß, nicht jüdisch, das hätte Elisa noch besser gefallen. Dann wäre diese Nacht auch noch eine Art Versöhnung gewesen und nicht nur ein Zeichen dafür, daß Frauen endlich so weit waren, sich das herauszunehmen, was die Männer sich seit Menschengedenken herausnahmen: jüngere Liebhaber zu wählen.

Daß Jan ihr so treu war, daß er blind war selbst für die hübschesten ihrer Freundinnen, die sie gelegentlich mitbrachte, bedauerte Elisa ein wenig. In keinem einzigen Film hatte sie einen treuen Mann. Immer wurde sie hintergangen. Dann verstieß sie die Männer oder verzieh ihnen. So bewies sie Stärke. Sie hätte auch gern Jan verziehen. Er machte es ihr ein wenig zu einfach. Neulich war sie mit einer Photografin und zwei Redakteurinnen übers Wochenende nach Hause gekommen, eine Elisa-Homestory sollte entstehen. Es waren Schulferien, die Kinder waren nicht im Internat. Elias und Alex, sie hatten gekocht. Unglaublich. Und Vater Jan hatte geholfen. Das Essen hatte nicht geschmeckt, aber sie hatte sich nichts anmerken lassen. Sie hatte nur mit den Freundinnen Blicke gewechselt, als alle drei Männer in der Küche waren. Lautlos kicherten die Frauen: Süß, wie sich Jan und ihre Söhne bemühen, aber sie können es nicht. Am Schluß waren alle beschwipst, nur Jan war es nicht, weil er die beiden Redakteurinnen noch ins Hotel fahren wollte. So war er. Leider. Anstatt auch zu trinken und ausgelassen zu werden und der wirklich bildhübschen dreißigjährigen Redakteurin zu sagen, daß sie bildhübsch sei, und ihr damit Gelegenheit zu geben, sich über den Äußerlichkeitswahn der Männer zu mokieren oder »na, na, na!« zu sagen, blieb Jan nüchtern. Sie hätten auch mit dem Taxi ins Hotel fahren können. Jan hätte über seinen Richterschatten springen und die Freundinnen auch einmal beschwipst chauffieren können, aber er hielt eisern durch.

Von den Kameramännern und Aufnahmeleitern wußte Jan nichts. Hätte er es gewußt, hätte er als Frauenversteher kaum anders darüber gedacht, als Elisa sich das ausgemalt hatte: Wer zu dem so lange unterdrückten Geschlecht der Frauen gehört, kann sich das leisten. Jan war nicht eifersüchtig. Er hätte sich, wenn er Wind von Elisas Geheimnissen bekommen hätte, keine Details der Liebesnacht vorgestellt, das war nicht seine Art, das wäre ihm indiskret vorgekommen. Nicht im Traum hätte er sich vorstellen können, daß Elisa mit dem Schwanz eines Mannes von ihrem Filmproduktionsteam gespielt haben könnte, daß es ihr sogar gefiel, versuchshalber ein bißchen daran herumzulutschen, und »du Großer!« zu sagen.

Und dann gab es noch den Verleger. Das durften weder Bruno, der ohne diese prickelnden Abenteuergeschichten ein lesenswertes Buch schreiben sollte, noch die besten ihrer besten Freundinnen erfahren. Auch die Agentin Jennifer nicht, obwohl die etwas mitbekommen haben dürfte. Es war der Verleger erster Wahl, in dessen Edelverlag die Memoiren ursprünglich hatten erscheinen sollen. Böse Zungen behaupteten, Elisa sei ihm als Autorin einen Tick zu unedel für seinen Verlag gewesen, daher der Rückzieher. Das war natürlich Unsinn. Sie mochten sich sehr, sie standen sich persönlich nah, ein bißchen zu nah, fand Elisa, um geschäftlich etwas zusammen erreichen zu können. Sie selbst war es, die dem Verleger ihr Buch ausgeredet hatte, so sah es Elisa.

Die Sache mit dem Verleger war ungeheuer spannend, fand Elisa. Er war schon hoch in den Siebzigern und immer noch sexy. Genau deswegen ging es niemanden etwas an, wenn sie dieser Verleger manchmal zum Essen einlud. Auch schon mal zu sich nach Hause. Es war nicht die Macht, es war die Bedeutung dieses Mannes, die Elisa faszinierte. Unglaublich, mit welchen Geistesgrößen er zu tun hatte. Dauernd telefonierte er mit literarischen Nobelpreisträgern oder zumindest mit Anwärtern auf den Nobelpreis. Elisa war nicht sicher, wie es mit diesem Mann weitergehen würde. Es durfte auf keinen Fall so aussehen, als ob ihre Attraktivität und Popularität und ihr feministisches Image von noblen Trägern der Hochkultur als Schmuck benutzt würden. Sie wollte auch nicht in den Verdacht geraten, sich an die Hochkultur anzubiedern. Es durfte nie ein Photo von einem Essen mit dem Verleger geben. Diese schrecklichen Restaurant-Blitzlichtphotos. Dann lieber unverfänglichere Photos mit einem jungen Kameramann, Aufnahmeleiter oder Maskenbildner. Der Verleger sah auf manchen Photos leider schon ein bißchen sehr alt und wirr aus. In Wirklichkeit war er nicht so. Aber wenn seine Vitalität auf den Bildern zu sehen wäre, war das auch nichts für Elisa. Die alten Männer! Das wußte man ja nun, daß die nicht genug kriegen konnten. Von daher sollte Elisa mit dem Verleger weniger in Berlin und München zum Essen gehen, sie sollte lieber mit ihm in Talkshows sitzen und charmant, aber unnachgiebig auf die Unterprivilegiertheit älterer Frauen in den Medien aufmerksam machen.

Bruno war verärgert, von Elisa nicht mit Informationen oder brauchbaren Andeutungen zu ihren erotischen Eskapaden versorgt zu werden. Er ahnte einiges. Wenn sie ab und zu mit knusprigen Gockeln ins Bett stieg und andererseits Männer verdammte, die Frischfleisch vernaschten, wenn sie für interessante ältere Männer schwärmte, obwohl sie nach außen die Ansicht vertrat, es müsse mehr für ältere Frauen geschwärmt werden, dann waren das genau die Inkonsequenzen, die ihr fades Erfolgsleben etwas weniger glatt machten. Bruno hätte sie gern als Frau dargestellt, die genau weiß, daß sie von einem der Korrektheit verpflichteten Fernsehen zu einer Vorzeigefrau eines moderaten Feminismus stilisiert und auf dieses Weise mißbraucht wurde. Aber es war aussichtslos. Elisa glaubte tatsächlich, diese Kämpferin zu sein.

»Ich hasse die Emanze, die ich seit zwanzig Jahren verkörpere, der Feminismus kommt mir aus den Ohren raus, ich kann das Geschwafel von den unterdrückten Frauen nicht mehr hören. Die zuvorkommende Art, mit der mich mein stets nüchterner Nichtrauchermann behandelt, macht mich noch wahnsinnig. Ich will, daß gesoffen und gepafft und kein Sport getrieben wird, und wenn junge Frauen glauben, mit älteren Männern ins Bett gehen zu müssen, dann sollen sie das tun. Ich will, daß die Fetzen fliegen wie in dem schönen Stück von Edward Albee. Wer hat Angst vor Virginia Woolf. Ich hasse die Fernsehärsche, die mir nie diese Rolle gegeben haben. Mein Anfang war verheißungsvoll. Hier ist die Geschichte, wie ich zur Galionsfigur gemacht wurde, und zwar nicht von den bösen und brutalen Männern und auch nicht vom bösen und brutalen Markt, sondern von meiner eigenen Dummheit.«

Völlig sinnlos, Elisa diese Textpassage als idealen Anfang ihrer Memoiren vorzuschlagen und sie überzeugen zu wollen, daß das Buch mit einem Paukenschlag beginnen mußte, wenn es von wirklichem Interesse sein sollte und nicht nur Fans mit dem belieferte, was sie ohnehin wußten. Sie würde vermutlich nicht einmal niedlich »ach, Bruno« sagen oder »Bruno, du spinnst«, sondern ganz barsch werden: »Willst du mich verarschen, oder was?«

»Als Bruno mit einer Hymne auf meinen ersten Film in mein Leben trat, hätte ich ihn nicht abwimmeln, sondern mich ihm an den Hals werfen sollen. Er hätte verhindert, daß ich mich als Powerfrau der Nation vorführen und verheizen lasse und in überflüssigen Zeitschriften überflüssige Bücher empfehle, die ich nie gelesen habe.« Grimmig starrte Bruno auf ein Blatt Papier mit dieser Passage und erwog den Ausstieg aus Elisas PR-Industrie. Da war sein Buchprojekt über Pirmasens weniger absurd und ehrenvoller! Eine Stadt konnte sich jedenfalls nicht wehren. Dieses ständige Im-rechten-Licht-stehen-Wollen machte Elisa zu einem denkbar ungeeigneten Medium für ihre eigenen Lebenserinnerungen. Bruno hatte sie für selbstkritischer gehalten. Der Erfolg hatte ganze Arbeit geleistet.

»Wer in mir eine Kämpferin für die Rechte der Frau sieht, muß mit Blindheit geschlagen sein. Ich bin ein windelweich gespültes Mainstream-Produkt und von daher sehr beliebt. Zu Hause habe ich einen windelweichen Mainstream-Mann in meiner Understatement-Pseudovilla. Wenn ich Glück habe, kriegen meine beiden Söhne die Kurve und kapieren irgendwann, daß ihre Eltern Opfer der Diktatur der Korrektheit geworden sind.«

Das Blatt mit dieser Passage schob Bruno in einem Berliner Café Elisas Agentin Jennifer zu, mit der er sich verabredet hatte. Das war eigentlich als Vorschlag zu einem Rückzug von dem Vertrag gedacht, den er noch gar nicht unterzeichnet hatte. Jennifer las, nickte und lachte kurz auf. Bruno hatte sie anfangs unterschätzt. »Tusse!« dachte er, als er sie zum ersten Mal sah, dann aber hatte er sie bald zu schätzen gelernt. Sie war keine Tusse. Sie war jünger als seine Kinder, die er noch unterstützen mußte, weil sie einfach keinen Job fanden. Bruno wollte endlich diese Vaterverantwortung los sein. Er genoß es, daß die junge Jennifer ihn ganz selbstverständlich duzte. Sie war helle. Sie verstand sofort, was Bruno mit der Passage sagen wollte, die er ihr zum Lesen gegeben hatte: Die Wahrheit wäre ja ganz interessant, aber die kann ich nicht schreiben. Sucht euch einen anderen Ghostwriter. Nichts anderes war damit gemeint.

Jennifer erzählte Bruno von dem Autor, den Elisa zuerst gefragt hatte. Als Bruno keine Anzeichen eines Beleidigtseins zeigte, sagte sie: »Ich wußte es, du bist ein Gentleman.«

»Ich war mein Leben lang zweite Wahl«, sagte Bruno, »ich bin daran gewöhnt.«

»Elisa hat wirklich gelitten«, sagte Jennifer und erzählte Bruno von der brutalen Bemerkung, die dieser Autor zu Elisas spontanem Wunsch, ihn als Memoirenschreiber zu beschäftigen, in einem Interview hatte fallenlassen: »Das fehlte noch! So weit auf dem Hund bin ich noch nicht.« Sie zitierte sogar den Satz, den der Redakteur damals gestrichen hatte.

Davon hatte sie bisher noch keinem Menschen erzählt. Sie kannte den Satz auswendig: »Ehe ich einer solchen pseudofeministischen Fernsehtusse das Leben zurechtformuliere, würde ich lieber Telefonbücher schreiben!« Jennifer sah Bruno mit großen, glänzenden Augen an. Sie faßte seine Hand. »Bruno«, sagte sie, »egal, was du von Elisa hältst, das kann man ihr nicht noch mal antun. Du mußt ihre Memoiren schreiben.«

»Wenn man ihr damit auf die Sprünge helfen könnte«, sagte Bruno, »wenn sie es akzeptieren könnte, sich so kritisch zu sehen, wie sie sich nicht sieht, dann würde sie vielleicht ein bißchen so werden.«

»Probier's doch«, sagte Jennifer, »bitte, ich helf dir dabei, so gut ich kann.«

Als sie aufstanden und sich verabschiedeten, gab ihm Jennifer nicht das übliche Küßchen. Sie umarmte Bruno, so, wie ihn die junge Elisa damals hätte umarmen sollen. Sie ließ gar nicht los. Sie sagte: »Du riechst gut.« Er ließ sie nicht los, auch weil er feuchte Augen bekam und warten wollte, bis der verräterische Glanz verschwunden war.

17

Zofia hatte als junges Mädchen ein Tagebuch geführt. Einmal hatte ihr eine alte Gräfin aus Westdeutschland, die ein paar Tage in ihrer Familie zu Gast gewesen war, Stöckelschuhe nebst einigen Paar Nylonstrümpfen mitgebracht. Den Vorfahren der Gräfin hatte früher ein Schloß in Schlesien gehört. Alles verfallen, die Sandsteinfiguren aus dem Schloßpark sollten in Krakau stehen, hatte sie gehört, die wollte sie noch einmal sehen. Zofias Vater konnte Deutsch, er zeigte der Gräfin Krakau und die Figuren. Zu Zofias Überraschung trug die Gräfin selbst weder Seidenstrümpfe noch Schuhe mit hohen Absätzen, sondern häßliche dicke Kniestrümpfe, einen unförmigen wollenen Rock und Schuhe, die noch plumper waren als die üblichen Polenschuhe. Die Kinder durften bei ihr im Auto mitfahren, einem Volkswagen Käfer. Das alles war einmal, in uralten Kommunismuszeiten. Einen Band mit Märchen hatte die Gräfin auch als Geschenk mitgebracht. Andersen. Manchmal übersetzte der Vater ein Märchen. Die wilden Schwäne und die kleine Meerjungfrau hatten es der kleinen Zofia angetan. In ihrem Tagebuch hatte Zofia vor allem die Märchen weitergesponnen. Sie schrieb gern. Als sie erwachsen war, hatte sie selten Gelegenheit dazu.

Die Briefe, die sie mit dem inhaftierten Marek gewechselt hatte, waren ziemlich stumpfsinnig gewesen. Dieser Mensch war ganz nett, aber nicht gerade beflügelnd. Er war nicht auf

Zofias Phantasien eingegangen und hatte immer das Gleiche geschrieben und immer das Gleiche lesen wollen. Sein Horizont war begrenzt, und seine Sexualität war enttäuschend.

Mit Jan konnte sich Zofia endlich entfalten. Er spielte mit. Er brachte sie zum Lachen, und sich von ihm überwältigen zu lassen war ein Genuß. Er wurde wild, aber nie eine Bestie. Und zu einem Wurm wurde er nie. Sie fühlte sich behütet in seiner Gegenwart. Er war ihr Monsieur, ihr Sire, ihr Monsignore. Daß er sofort auf ihren Vorschlag eingegangen war, sich mit ihr E-Mails zu schreiben, ließ sie zur Hochform auflaufen. Ihre Schreiblust und ihre sexuellen Phantasien konnten sich erstmals austoben. Ihre Vorliebe für Lederkorsagen mischte sich mit den Erinnerungen an die Illustrationen aus dem alten Märchenbuch ihrer Kindheit, ihr Leben als Geschäftsfrau mit dem Versuch, als Luder einen Kick in ihr Leben zu bringen. Ein Richter war Jan, und doch wies er sie nicht in die Schranken, oder wenn, dann nur spielerisch. Endlich einmal ein Mann, der sich nicht einschüchtern ließ von ihrer sexuellen Verspieltheit. Ihre E-Mails brachten ihn vollends zum Rasen. Er gefiel ihr besser denn je. Sein Drängen auf ein Wiedersehen zeigte: Er meinte es ernst.

Ihr Vorschlag, sich über E-Mails auszutauschen, war Jan anfangs seltsam vorgekommen. Als wolle sie ihn abwimmeln. Doch die Vorteile der Kommunikationsmethode lagen rasch auf der Hand. Die Nachrichten wurden blitzschnell beantwortet und hinterließen keine Spuren. Zofia überzeugte ihn: »Ich habe absolut keinen Bock auf Ehefrauen, die Briefe finden oder SMS-Nachrichten oder Telefonnummern, und ich finde Ehemänner erbärmlich, die den Hörer auflegen oder die Stimme verstellen, wenn ihre Frau ins Zimmer kommt, das will ich nicht haben.«

Es klang so, als hätte sie einige von Elisas Powerfrauenfilmen gesehen. Aber sie sah nicht fern, sie wußte gar nicht, wer Elisa war. Auch das empfand Jan als Balsam, einmal nicht der treue Prinzgemahl der beliebten Elisa Nazionale zu sein, sondern sein eigener Herr.

Nach einigen Tagen, in denen Zofia genußvoll und detailliert die Tagesordnungspunkte des nächsten Treffens ausgemalt hatte, glaubte Jan, es ohne sie nicht mehr aushalten zu können. Bruno war noch immer in Berlin bei Elisa. Jan lechzte nach Zofias Nähe, hatte aber nicht genügend Zeit für ein Wochenende in Speyer, Mainz oder Aachen. Das war ja wohl hoffentlich auch mehr ein Witz, das mit den Domen.

Er machte in dieser Sache einen Vorstoß. »Ich muß dich sehen«, schrieb er. Sofort. Ohne Dom. Domstädte in Ehren, später ja, jetzt aber ein vorgezogenes außerordentliches Treffen. Es sei einfach albern, sich nicht bei ihm zu treffen. Also komm! Es zerreißt mich! Rette mich, Ritterin! Spring über deinen Schatten!

Sie kam wieder mit ihrem Tabu. Darauf war Jan diesmal vorbereitet: Wer Verbotsübertretungen und Strafen schätzt, der müßte auch Tabubrüche gut finden, sagte er, kam aber damit nicht durch. Erstens kommen Ehefrauen generell überraschend nach Hause, erklärte Zofia, und zweitens hat es keinen Stil, wenn ein Richter bei sich zu Hause eine verluderte Geschäftsfrau fickt. Richtig ordinär sei das. Und dazu das Risiko, erwischt zu werden. Wenn sie das Wort schon höre: erwischt. Kein Niveau habe das. Ein hundsgemeiner Tabubruch ohne Kick. »Ich rate dringend ab«, schrieb sie.

Jan war beeindruckt von soviel Vernunft und Erfahrung und ästhetischer Urteilskraft. Es zu gegebener Zeit in einem Dom zu treiben, fand Zofia, sei hingegen ein richtig schweres Verbot, und entsprechend schön, es zu übertreten. Das traue sich nicht jeder. Wenn Jan demnächst in einem Dom von ihr Besitz ergreifen werde, dann habe das Stil. Sie benutzte tatsächlich das Wort »gottgefällig« für diese Untat, und Jan fragte sich, ob sie noch alle Tassen im Schrank hatte. Seine Lust auf Zofia wurde durch diesen Verdacht allerdings nicht gedrosselt. Wenn es nicht zu vermeiden war, würde er auch den

Tagesordnungspunkt im Dom in die Tat umsetzen. »Dein Domherr« unterschrieb er eine der E-Mails, in der die condom-Frage besprochen wurde. »Köln können wir von der Liste streichen«, entschied Jan in dem Zusammenhang und übernahm bereits Zofias Kategorisierung: Gotik ist ungeil. Die Gotik ist zu großkotzig, zu jenseitig, zu dunkel, zu erdrückend, zu eindruckschindend, zu verkleinernd, zu fanatisch, um sich in ihren Mauern an kleinen sündigen Polenmädchen zu vergreifen. Dies habe in Zukunft wie in Trier in den weniger gruseligen romanischen Kirchenbauten zu geschehen. Eine Begegnung in der Kirche brauche ein gewisses Licht. Mit dieser einfühlsamen Bemerkung machte Jan seinen Lapsus wieder gut, in seiner Ungeduld einen ordinären, häuslichen Tabubruch erwogen zu haben, der absolut nicht zu einem Edelmann paßte.

Zofia, stellte sich heraus, war gar nicht im Lande. Das sah man E-Mails nicht an, wo der andere gerade war. »Ich schau den polnischen Schlampern auf die Finger«, schrieb sie. Sie schien nie zu schlafen. Ihre Mails kamen in der Zeit von Mitternacht bis in die Morgenstunden.

Dann war Bruno wieder zurück. Die Frage nach dem Tabu der eigenen vier Wände hatte sich damit erledigt. Bruno machte ein grimmiges Gesicht. »Ich muß mit den Memoiren langsam anfangen«, sagte er, trank jetzt keinen Wein mehr, dafür soviel Espresso wie noch nie, schrieb aber nichts. Nach wie vor wusch er die Espressotassen nicht aus und räumte sie nicht weg. Wenn keine frischen Tassen mehr da waren, benutzte er niedrige Gläser. Dann kam Elisa für ein paar Tage. Jan hatte alle Tassen und Gläser von Bruno stehenlassen. Elisa sollte sehen, was ihr Ghostwriter für ein Patron war. Sie räumte die Tassen und Gläser nicht weg und kommentierte das Durcheinander auch nicht. Sie hatte wegen ihrer Memoiren keine Sekunde Zeit für etwas anderes. Mit Bruno saß sie viel im Geisterzimmer. Ab und zu hörte Jan sie kichern. Keine

Nacht kam sie vor drei ins Bett. Jan schlief schon. Er hatte jetzt einen anderen Zofia-Rhythmus. Wenn Elisa im Haus war, konnte er schlecht die halbe Nacht vor dem Laptop sitzen, auch nicht, wenn sie mit ihren Memoiren zu tun hatte. Sie hätte Fragen gestellt. Er ging daher früher zu Bett und früher ins Gericht und widmete sich die erste Stunde Zofias neuen Mails, die in der Nacht eingegangen waren.

In diesen Tagen unterliefen Jan die ersten Verhandlungsfehler seines Richterlebens. Nichts Folgenschweres. Aber gleich zwei Urteile, die nicht fehlerfrei waren. Juristisch hatte er geschlampt. Es fiel nur ihm selbst auf. Von der erfrischenden Wirkung, die das Treffen in Trier gehabt hatte, war nichts mehr übrig, die Gier auf das nächste Treffen erschwerte seine Konzentration, und Jan ahnte in diesen bedrängenden Augenblicken, wie einem Triebtäter zumute ist, der an nichts anderes mehr denken kann als an seine nächste Tat. Er ahnte auch, wie es ist, wenn man ins Schlittern kommt.

Ganz ohne Rückfälle in bürgerliche Gewissensnöte war die noch immer reichlich rätselhafte Liaison mit Zofia für Jan nicht zu haben. Aids war kein Thema mehr, und die alberne Angst vor Erpressung und vor einem Ende der Ehe und der Karriere waren vergessen. Mit einem Mal aber überkam Jan die Angst vor der Albernheit. Es war eine Frage des Stils: Er befürchtete, eine lächerliche Figur abzugeben.

Auch wenn seine literarische Bildung mangelhaft war, so hatte er doch Erinnerungen an Bücher und Filme und Theateraufführungen. Die Welt bestand nicht nur aus Elisas Fernsehfilmen und ihren Buchempfehlungen. Irgendwann hatte er einmal den Film »Der Blaue Engel« gesehen. Und plötzlich kam er sich vor wie Professor Unrat. Richter Unrat, der feschen Lola verfallen, macht sich zum Gespött. Sie läßt ihn zappeln. Gut, er war kein schrulliger älterer Junggeselle. Und Zofia war keine Lola. Auch mit blonder Perücke sah sie nicht aus wie Marlene Dietrich. Sie war auch nicht von Kopf bis

Fuß auf Liebe eingestellt, sondern aufs Ficken. Aber vielleicht sahen die Unrats von heute nur anders aus. Sie trugen keine Spitzbärte und keine Kneifer mehr, sondern waren athletisch. Und die Lolas stießen die Männer nicht mehr zurück, sondern ließen sie ran. Sie wollten erst einmal ihren Spaß haben. Indem sie die Hörigen spielten, machten sie die Männer hörig. Anschließend wurden die Männer virtuell vertröstet, bis sie austrockneten. Genau: Der moderne Unrat saß vor dem Bildschirm des Computers und merkte gar nicht, daß er eine verbrennende Motte war. Die modernen Lolas hielten sich die ausgesaugten Männchen mit E-Mails vom Leib.

Elisa reiste zwitschernd ab, Bruno blieb zurück und wurde düster. »Sie sind doch nicht etwa in meine Frau verliebt«, sagte Jan zu ihm. »Nein«, sagte Bruno, »es ist nur so, daß diese verdammten Memoiren nicht werden wollen.« Ohne Elisa im Haus frönte Jan wieder seiner neuen nächtlichen Leidenschaft. »Sie sind ja noch fleißiger geworden«, sagte Bruno.

Nicht jede Nacht gab es Post von Zofia. Fast war es angenehm, wenn einmal keine kam. Dann las Jan ältere Zeilen und antwortete darauf. Es gab so etwas wie Sexsucht, und vielleicht hatte ihn Zofia damit angesteckt? Schon entstand ein Brief, in dem er sie »Fräulein Vira« nannte, sie der Ansteckung oder der billigenden Inkaufnahme einer Ansteckung bezichtigte und ein Verfahren gegen sie ankündigte. Sie war begeistert, spielte die völlig verdrehte Rolle einer Reuigen, die durchblicken ließ, daß sie mit ihren Straftaten fortfahren werde, und erfand sofort neue Tagesordnungspunkte, in denen Fräulein Vira zu ihrem angemessenen Einsatz kam, und phantasierte von irgendwelchen Masken, die sie dann tragen werde, um noch mehr dem Bild eines Fräulein Vira zu entsprechen, dieser gefährlichen und geheimnisvoll anonymen Überträgerin des Lust- und Sexvirus.

Das Virus, *das* Fräulein, *das* Luder – Zofia legte in ihren Briefen immer wieder gern das weibliche Geschlecht ab, machte sich zum Neutrum, zu einem ziemlich sexualisierten Neutrum allerdings: Das Virus war gefährlich geil, das Fräulein zuchtlos, das Luder läufig. Es gab Nachrichten, in denen sie ganze Passagen lang von sich in der dritten Person sprach. »Mon Sire, ich weiß, ich sollte Sie nicht von Ihrer Arbeit ablenken, bestrafen Sie Ihr läufiges Luder mit Entzug, mag es wimmern und winseln, sein Herr erhört es nicht.«

Zofias unerhörtes Phantasieren brachte auch Jans Phantasie auf Trab – aber nicht nur lustvoll. Auch reichlich phantastische Befürchtungen suchten ihn heim. Er malte sich aus, daß Zofias Lust nicht echt sein könnte, und obwohl der Schrekken künstlich war, ließ er ihn frösteln. Vielleicht war das Ganze doch eine Falle? Eine Falle mit Niveau. Nicht der Untersuchungshäftling Marek X sollte freigepreßt werden, wie er anfangs geargwöhnt hatte. Das Ganze war eine höhere Prüfung, und er hatte sie nicht bestanden. Man hatte eine dieser intelligenten polnischen Nutten, die ein paar Semester studiert hatten und im Westen rasch das nötige Geld verdienen wollten, auf ihn angesetzt, und er war prompt darauf reingefallen. Eine anonyme feministische Instanz wollte herausfinden, wie weit es mit dem Gleichberechtigungsdenken eines frauenfreundlichen Richters wie Jan Vanderleyden her war.

Manchmal konnte sich Jan die Geschichte mit Zofia nicht mehr ohne solche absurden Verschwörungstheorien erklären. Eine masochistisch veranlagte Lederwarenvertreterin aus Polen, das mochte es durchaus geben, und auch noch, daß es einer solchen Person mit ungewöhnlichen Klamotten und einer hübschen Figur und dem Charme der Hemmungslosigkeit gelang, sich einen unerfahrenen, vom Feminismus leicht verunsicherten Richter zu greifen. Dergleichen konnte vorkommen. Es war nicht unrealistisch. Weniger realistisch, kaum noch vorstellbar und also ziemlich verdächtig war, daß die polnische Lederwarenvertreterin Zofia Czerkowska in einer Sprache, die nicht ihre Muttersprache war, einen altmodischen, geradezu alttestamentarischen Ton ebenso gewitzt imitieren konnte wie den immer noch herrschenden gestelzten Ämterton oder den flotten Ton einer modernen PR-Agentur.

Zofias Botschaften bestanden zu einem großen Teil aus einem Ausbreiten der Tagesordnungspunkte für die kommenden Treffen. Diese liebevoll und »dienstfertig« bis ins Detail ausgemalten Schilderungen hatten ihre Reize nicht zuletzt durch ihre krause Mischung aus altmodischer Amts- und moderner Geschäftssprache, in der von »projektbezogenen Analpenetrationen in Abwandlung zu Tagesordnungspunkt 14 vom 26. des Vormonats« ebenso die Rede war wie von einer »erneuten Wiedervorlage eines Antrags, die Richterrute zum Zwecke der ›Entsaftung‹ aussaugen zu dürfen«, aber auch von »Meetings« und »Locations«.

Es konnte etwas nicht stimmen mit Zofia. Daß sie von Elisa auf ihn angesetzt sein könnte, hielt Jan verschwörungstheoretisch für allzu phantastisch – aber plötzlich war da dieser Gedanke, daß all die fremdartigen Worte, an denen er sich bisher ergötzt hatte, nicht von ihr stammten, sondern von irgendeinem abartigen Menschen im Hintergrund, von einem perversen Schriftsteller vielleicht. Oder von einem Psychologen, der mit wissenschaftlich unredlichen, aber wirkungsvollen Mitteln arbeitete: Er hatte die Zwangsprostituierte Zofia Czerkowska, die in Wirklichkeit vermutlich weniger attraktiv Jekatarina Furzewa hieß, einem osteuropäischen Menschenhändlerring abgekauft und nutzte ihre Gefügigkeit. Er schickte sie vor, um Männer wie Jan verrückt zu machen und zu testen, wie weit sie zu gehen bereit waren. Jan Vanderleyden als eines der dummen Opfer eines abscheulichen Menschenversuchs. All die E-Mails, die ihn zum Glühen brachten, waren vielleicht nur Köder, von einem kühlen Kopf ausgedacht, einem Hirnforscher vielleicht, der damit beweisen wollte, wie leicht der Verstand auch familiär und beruflich gefestigter Männer durch ein bißchen sexuelle Stimulation ausgeschaltet werden konnte – und daß diese Stimulation sogar mit Simulation funktionierte. Und es würde noch schlimmer kommen: Auch ausgewiesene Frauenversteher, die jahrelang Seite an Seite mit ihren Gattinnen gegen die immer noch waltende Unterdrückung der Frau und ihre Benutzung als Kuschelkätzchen und Dienstmagd ihre Stimme erhoben hatten, würden im Handumdrehen zu finsteren Steinzeitbarbaren, wenn eine Frau nur ein paar sklavinnenhafte Andeutungen machte. Dies würde das erschütternde Ergebnis dieser Studie sein, und Jan wäre eine der vielen ahnungslosen Testpersonen, deren Identität fairerweise nie preisgegeben werden würde, aber der entsetzliche geheime Makel, auf fatale Weise seine Grundsätze verraten zu haben, würde ihn sein Leben lang begleiten. Hier half nicht einmal die Ausrede, die nach dem Zusammenbruch totalitärer Regime immer benutzt wurde: Ich mußte mitmachen. Ich hatte keine andere Wahl. Ich konnte doch nicht meinen Richterjob aufgeben und meine Familie verhungern lassen, bloß wegen dieser Nazis. Niemand zwang Jan. Er hätte sagen können: Was soll der Sklavenquatsch! Der Sklavenquatsch aber machte ihm Spaß. Und wenn er gesagt hätte: Schluß mit dem Unfug! Schluß mit Leder und Kreuzotterritterrüstungsspiel!, dann hätte dieses Verbot das Spiel um so mehr angeheizt. Dem Kreislauf dieser Lust war nicht zu entkommen. Er war infiziert.

Zofia merkte an Jans spröden Antworten, daß etwas nicht stimmte. Sie erhöhte die Dosis ihrer Obszönität, erfand neue Rollen, jetzt war sie tatsächlich auch eine Sklavin auf dem Sklavenmarkt, die nur den einen Wunsch hatte, von Jan ersteigert zu werden und ihm ein Leben lang zu gehören. Aber auch dieses ebenso hingebungsvolle wie kitzelige Angebot löste nicht die Reserviertheit des Gebieters.

Sie fing an, ihren E-Mails Bilder anzuhängen. Eine neue Korsettkollektion war eingetroffen. Wie von fast allen Waren wurden auch von diesen Prospekte gedruckt, und natürlich mußten sie auch im Internet betrachtet und bestellt werden können. Da Zofia eine ziemlich perfekte Figur hatte, führte sie all ihre Phantasieritterrüstungen als Photomodell selbst vor. Dazu hatte sie sich in einem professionellen Studio photografieren lassen. Auf den Internetseiten war ihr Gesicht nicht zu sehen. Es handelte sich um Fetischklamotten, exklusiv, unglaublich teuer, und nur für den einen Zweck gemacht, Begierde zu erwecken und zwar nicht nur die von Männern. Mehr als die Hälfte der Abnehmerinnen dieser so sündhaften und verbotenen Teile waren lesbisch. Gewisse Druckknöpfe, Schnallen, Ösen und Riemchen im Bereich der Hüften und am Schritt, die der ahnungslose Jan beim Test der schlecht gefärbten Kollektion in Trier als besonders ritterliche Verzierungen bewundert hatte, waren zu nichts anderem da, als sich mit einem Dildo zu rüsten.

Nun starrte Jan auf den Bildschirm und wußte weniger denn je, was von Zofia und der ganzen Angelegenheit zu halten war. Selbst der erzreaktionärste amerikanische Staatsanwalt würde hier mit dem Pornographievorwurf nicht durchkommen. Keine Geschlechtsteile, keine Penetration, kein Sperma, nicht einmal ein blanker Busen. Nichts zu beanstanden. Könnte zu Werbezwecken in jeden Postkasten geworfen werden. Auf jedem Kaufhaus-Dessousprospekt war mehr nackte Haut zu sehen. Das einzig Unsittliche waren die Preise.

Jan spürte einen Anflug von Eifersucht. Daß Zofia vor einem Photografen so schamlos posiert hatte! Die eine Hand hielt sie, wie um sich ein wenig zu wehren, vor die eingelederte Brust, die andere lag im Schritt ihrer Rüstung, als müsse sie ihre Jungfräulichkeit vor einem Eindringling schützen, der sie in ihrem Gemach überrascht hatte, und ihm gleichzeitig einen Hinweis geben, was er ihrer Ansicht nach mit ihr tun sollte. Dazu der Blick: die aus der Bilderwelt der Erotik bekannte triebtäteranimierende Mischung aus falscher Erschrockenheit und froher Erwartung.

Zofia hatte es aber bei ihrer Sendung an Jan nicht bei den

Photos bewenden lassen, auf denen sie die Stücke der neuen Kollektion vorführte. Das hätte sie albern gefunden. Jan war nicht der Inhaber eines Erotikladens, der zu einer Bestellung angeregt werden sollte. Jan brauchte etwas Besonderes. Zofia, geschickt im Umgang mit dem Grafikprogramm des Computers, hatte Bilder zusammengestellt, die sie »Flügelaltäre« nannte, und die nun auf dem Bildschirm von Jans Laptop leuchteten: »dem Gericht zur Kenntnisnahme«, wie sie neckisch dazugeschrieben hatte.

Die Photos der gerüsteten Zofia bildeten den Mittelteil, jedes der Bilder hatte dann einen oder zwei Seitenflügel, je nachdem, ob es sich um einen Zwei- oder Dreiflügelaltar handelte. Auf den Seitenflügeln waren Schwäne und Stiere zu sehen, aber nicht irgendwelche Schwäne und Stiere, sondern Schwäne und Stiere, die außer sich waren, nur noch eine Sekunde verharrten, ehe sie sich auf Zofia stürzen würden, die natürlich nicht Zofia war, sondern eine Leda oder Europa, die es gleich mit dem Schwan oder dem Stier zu tun bekommen könnte. In ihrer Liebe zur Genauigkeit hatte sie den einzelnen Altären penible Beschreibungen beigegeben, kunsthistorische Phantasiegutachten, die sie immer wieder in sexuelle Phantasien umkippen ließ: »Mittelteil: Unbekannte Schöne (Polin?), die Leda des Correggio nachstellend, in freudiger Erwartung, bewährt, gerüstet und gegürtet, Photo, frühes 21. Jahrhundert. Rechter Flügel: Wilder Schwan, Detail, Jan Asselijn, Holland, 18. Jahrhundert. Linker Flügel: Bildnis eines Edelmannes, Florenz, frühes 17. Jahrhundert. Herkunft: Das Triptychon wurde im frühen 21. Jahrhundert zusammengestellt und diente als Anbetungsaltar einer reichen Polin. Im Gegensatz zu älteren Altären befindet sich die Figur der Stifterin nicht am Rand, sondern ist ins Zentrum des Geschehens gerückt. Ungewöhnlich auch, daß hier für ein Motiv aus der griechischen Mythologie die Form eines Flügelaltars gewählt wurde, der bisher Darstellungen der christlichen Kunst vorbehalten war. Deutung: Die Leda-Darstellungen der Renaissance hatten aus der Wollüstigkeit des Mythos keinen Hehl gemacht. Mit den Mitteln der Collage bzw. Bildkonfrontation wird auf diesem sogenannten ›Koblenzer Leda-Triptychon‹, auch ›Unterwerfungs-Triptychon‹, der Moment der Überwältigung stark hervorgehoben. Leda scheint sich nicht ohne Wohlgefallen damit abgefunden zu haben, von Zeus in Gestalt eines Schwans sodomiert zu werden. Der Vorname des Malers des wilden Schwans könnte ein Hinweis darauf sein, daß der Liebhaber der Stifterin Jan hieß. Zu beachten der Edelmann auf dem linken Altarflügel, der das Geschehen gebannt zu beobachten scheint: Der Griff seines Degens erinnert an eine Erektion und ragt anatomisch (wie zufällig) an der entsprechenden Stelle aus seinem an die Robe eines Richters erinnernden Umhang hervor. Die Phallus-Symbolik (Insignium der Macht) ist unverkennbar: Mit der Hand am Griff des Degens ist der Edelmann wie der Schwan zu sexuellem Einschreiten entschlossen.«

Entzückt und ratlos betrachtete Jan diesen und ein halbes Dutzend weiterer Flügelaltäre und las die beigefügten Bildbeschreibungen. Andere zeigten sie als Europa, kurz bevor sie vom Stier genommen wurde. So köstlich und komisch, so märchen- und mythenhaft, so verspielt und keck, so obszön und anregend die Bilddateien waren, so bestätigten sie eher seinen Verdacht, daß Zofia eine vorgeschobene Person war, daß hinter ihr irgendwelche unheimlichen Mächte ihre Fäden zogen, in denen sich Jan unrettbar verstricken würde. Es war schon höchst unwahrscheinlich, daß eine Lederwarenvertreterin so raffinierte Briefe schrieb. Daß ihr nun auch noch kunsthistorische Fachausdrücke wie Diptychon und Triptychon geläufig sein sollten, machte alles noch undurchschaubarer.

Jan schickte einige der Altäre und ihre Beschreibungen, die keine Anspielungen auf ihn enthielten, an einen Sachverständigen weiter, mit dem er einmal bei der gütlichen Einigung in einem Erbschaftsstreit gute Erfahrungen gemacht hatte, und bat ihn um einen Gefallen: nur kurz einen Blick auf diese Sachen zu werfen und ihm zu sagen, welche Voraussetzungen nötig seien, um solche Bilder und Texte zu fabrizieren. Antwort: Neben guten Kenntnissen mit Computer-Grafikprogrammen vor allem eine Portion Phantasie, Humor, Intelligenz und ein paar Semester Kunstgeschichte, schon um den Abstand zu gewinnen, mit dem gewonnenen ikonographischen Wissen so locker und ironisch umzugehen. Fast interessanter als die Texte, in denen Kunstgeschichtsschreibung witzig parodiert werde, sei das Photomodell. Diese Frau oder der Photograf oder eine Bildregie mußten eine ganze Menge auch sehr ausgefallener Ledadarstellungen der abendländischen Kunst vor Augen gehabt haben. Die Posen seien bis ins Detail nachweisbar Leda-und-der-Schwan-Posen von Correggio, Rubens, Michelangelo, Leonardo und weniger bekannten Renaissancemalern.

Zofia hatte sich viel Mühe gegeben mit ihren Diptychen und Triptychen und fand Jans zurückhaltende Reaktion enttäuschend. Allerdings hat ein Richter viel zu tun und kann wohl nicht immer auf Bastelarbeiten ungezogener Mädchen eingehen. Vielleicht hatte er die Bastelei einfach nur albern gefunden und überging sie. Schade, aber nicht so schlimm. Die Photos hatte sie sowieso gebraucht. Das Arbeiten mit dem Grafikprogramm hatte ihr Spaß gemacht. Vor den Kopf gestoßen konnte sie ihn nicht haben. Ein Richter, der sich in seinem Büro vorführen ließ und der schon beim ersten Treffen bereit war, den lüsternen Priester zu spielen, konnte nicht an geilen Schwänen Anstoß nehmen, die vor zwei- oder dreihundert Jahren gemalt worden waren. Einen der Stiere, der sich auf sie als Europa stürzen wollte, hatte sie aus einem pompejanischen Fresko – zweitausend Jahre alt, zweitausend Jahre geil. Warum spielte Jan nicht mit?

Sie ließ ihre diversen Rollen fallen und fragte an: »So karg, so stumm? Kein Drängen mehr? Soviel zu tun – oder habe ich etwas vermasselt?«

Jans Antwort: »Manchmal kann ich gar nicht glauben, daß all die Worte und Bilder, die du mir schickst, von dir sind.« Mit diesem Satz wollte er sein Mißtrauen ausdrücken. Er war gespannt auf ihre Antwort.

»Perfekt«, schrieb sie, »ich bin ja auch deine unglaubliche Leda, und du bist mein unglaublicher Zeus.«

Wieder kein Licht und keine Lösung. So ging es nicht weiter. Jan betrachtete täglich die Altäre und konnte sich nicht sattsehen. Er fieberte nach dieser Frau und brauchte Sicherheit. Er hatte keinerlei Zeit zum Ausspähen von Domstädten. Instinktiv tat er das Richtige. Er bat nicht um ein Treffen, er bestimmte. Er buchte ein Doppelzimmer in einem kleinen Tagungshotel außerhalb der Stadt und schrieb an Zofia: »Festsetzung einer außerordentlichen Sondersitzung nach stattgegebenem Dringlichkeitsantrag. Die angefallenen Tagesordnungspunkte werden ausgesetzt und bei den ordentlichen Treffen nachgeholt. Einzige Tagesordnungspunkte: kurzer Geschäftsbericht mit Bilanzprognose, Verhandeln des Kreditrahmens, Besprechen der Mißtrauensanträge. Kleiderordnung: leger. (Keine Presse.) Eintreffen der Teilnehmer: 18 Uhr 30. Dauer der Sondersitzung inkl. Abendessen: 24 Uhr. Es besteht Übernachtungsmöglichkeit. Abreise am nächsten Morgen: bis spätestens 7 Uhr 30.« In die Betreffzeile der E-Mail schrieb er das Wort »Verfügung« und wußte, daß es richtig war, was er tat.

Pünktlich um 18 Uhr 30 erschien sie in der Hotelhalle. Sie trug ein tagungshoteltaugliches Kleid, figurbetont, schwarzer fließender Stoff: die Top-Sekretärin, die den Herren gefallen, sie aber nicht auf dumme Gedanken bringen will. Eigentlich wollte Jan den reservierten Banker spielen, der sich erst langsam auftauen läßt und ihr nur kühl und höflich die Hand gibt, aber dann mußte er sie doch umarmen. Trier war über zwei Monate her, und er hatte sehr nach diesem Körper gedarbt. Als er sie zur Begrüßung an sich zog, faßte sie sich sonderbar an. Jan mußte nicht lange rätseln. Er wußte aus Trier, wie sich eine gerüstete Zofia anfühlte. Sie lächelte triumphierend. Es war ihr gelungen, die Kleiderordnung einzuhalten und sie gleichzeitig zu unterlaufen. Unter der Tagungsdame war sie die Verruchte. »Herr Dr. Schwan, nehme ich an«, sagte sie lächelnd, »mein Name ist Leda.«

Diesmal nahm sich Zofia im Lift keine Zeit für ein Verzögerungsspiel. Und Jan hatte keine Lust, eine Weile den Banker zu spielen, der mit der Vergabe weiterer Kredite zögert. Kaum waren sie im Zimmer, fiel Jan als wilder Schwan über Zofia her. »Mein Zeus!« rief sie. Für Jan war es nicht nur die übliche Erlösung. Er war sich beim Betrachten von Zofias Altartafeln in letzter Zeit manchmal halbwüchsig vorgekommen und manchmal wie ein greiser Lustmolch. Nun fühlte er sich von diesem Makel befreit. Er war kein Autist mehr, der auf dem Bildschirm aufregende Photos anstarrte. Er war wieder erwachsen und kommunikationsfähig.

Später mußte er sie zu einer Unterbrechung zwingen. »Die Pflicht ruft«, sagte er mit halbwegs geklärtem Verstand, »das Arbeitsessen.«

»Ich führe das Protokoll«, sagte sie.

»Fräulein Vira«, sagte er.

Während des Essens ließ sie einen Löffel fallen, sagte »bemüh dich nicht«, tauchte selbst ab, und schon machte sie sich, von der langen Tischdecke einigermaßen geschützt, an ihrem Spielzeug zu schaffen. Jan rief sie zur Ordnung: »Wir sind nicht zum Spaß hier!«

Die strittigen Punkte konnten geklärt werden. Er weihte sie nicht in die Feinheiten seiner Befürchtungen ein. Dafür war Zofia die falsche Frau. Wer Herrscher mag, mag keine ängstlichen Herrscher. Vorsicht ja, aber keine Angst. Angst war etwas für Leute wie Marek. Ein Zeus kennt keine Angst. Auch keine Skrupel. Er will keinen Ärger haben mit seiner Hera. Deshalb verwandelte Jan seine hysterische Besorgnis, die

Briefe könnten nicht von ihr sein, in ein kleines lästiges Mißtrauen, das ihn in letzter Zeit geplagt hätte. Schon darüber war sie so verärgert, daß sie ihre Rolle als korsettgerüstete Leda und ansteckend sexsüchtiges Fräulein Vira vergaß. Wie hatte er so mißtrauisch sein können! Er mußte doch wissen, daß auf seine treue Gefolgsfrau absoluter Verlaß sei!

Jan versuchte, ihr klarzumachen, daß die E-Mail-Schreiberei zwar tatsächlich gewaltige Vorteile habe, daß aber ohne Stimme, ohne ein Papier, das man anfassen und an dem man riechen konnte, auf Dauer ein gewisser Wirklichkeitsverlust eintreten könne und so eben Zweifel entstünden. »Auch Götter können ausgeschmiert werden«, sagte er. Er hatte sich bei Bruno nach literarischen Stoffen erkundigt und erzählte Zofia die Geschichte von Cyrano de Bergerac, der einer Frau feurige Briefe schrieb, und diese Frau dachte, die Briefe stammen von ihrem feurigen Liebhaber. Mit solchen Auskünften half ihm Bruno enorm weiter. Zofia kannte die Geschichte nicht, fand sie aufreizend und trat schon wieder unter dem Tisch auf Jans Füße. »Ich fände es nicht besonders komisch, wenn deine irren Briefe nicht von dir wären«, sagte Jan. Daß er die Briefe irre fand, tröstete sie ein bißchen über seinen Verdacht hinweg, den sie absurd und lächerlich fand. Er nutzte ihre erneute Verärgerung und sagte, er fände seine Zweifel berechtigt. Er wurde jetzt derb, weil er mittlerweile wußte, das kam bei Zofia an: »Von einer dahergelaufenen Polackenschlampe erwartet man solche Briefe nicht. Nicht diese Raffinesse.« Wie kommt es, daß sie eine fremde Sprache so gut spricht und schreibt, daß sie verschiedene Tonarten imitieren kann? Das möge sie ihm bitte erklären. Jan wechselte den Ton und wurde vom ordinären Zuhälter zum anzüglichen Banker: »Sonst ist es nichts mit Kreditverlängerung, Frau Czerkowska.«

Sie stöhnte: »Also gut. Schon mal was davon gehört, daß Juden besonders sprachbegabt sind?«

Von Gerichtsverhandlungen kannte er das: diese Zeugenaussagen, die ein Raunen im Publikum auslösen. Das Raunen nahm einem das eigene Erstaunen ab. Jetzt war kein Publikum da.

»Schau nicht so entgeistert«, sagte sie und erklärte: »Wenn du mich mit der Frage nervst, warum ich euer komisches Deutsch besser als mancher Deutsche schreiben kann, dann nerve ich dich mit der Theorie, daß Ostjuden besonders leicht Sprachen lernen und übrigens auch noch einen deutlich höheren Intelligenzquotienten haben. Es ist eine rassistische Theorie, aber sie ist ziemlich belegt und damit erhärtet.« Bei dem Wort »erhärtet« lachte sie Jan an und wollte das Thema wechseln. »Ein paar Sätze will ich schon noch wissen«, sagte er und erfuhr: Zofias Vater war Ostjude. Aus der damaligen Sowjetunion wollte er in den 60er Jahren nach Frankreich, blieb aber in Polen hängen, zusammen mit den sechs oder sieben Sprachen, die er sprach. Ein weltlicher Typ, er hatte nie eine Synagoge von innen gesehen. Enttäuschter Kommunist. Ingenieur.

Die Mutter war als Polin natürlich katholisch. Dem Vater war das egal. Nach jüdischen Spielregeln war man jüdisch nur, wenn die Mutter jüdisch war. Sie sah ihn an und sagte trotzig: »Ich bin also keine halbe Jüdin. Nur eben genetisch, zur Hälfte.«

Jan mußte lächeln. Er dachte an Elisa und ihren Philosemitismus. Sie würde ihm die Liebschaft mit einer Jüdin möglicherweise eher verzeihen und vermutlich keinen Unterschied machen zwischen genetisch und religiös. Zofia wollte, daß er sein Lächeln erklärte. Als er ihr, etwas verlegen, seinen Gedanken verriet, streckte sie ihm die Zunge heraus.

»Reden wir nicht mehr drüber«, sagte sie.

Jan schwieg.

»Schweig nicht so betroffen«, sagte sie.

»Ich bin nicht betroffen«, sagte Jan.

»Doch«, sagt sie. Und als er wieder schwieg: »Ich bin Vira, ich bin Leda«, sagte sie. »Nur das zählt.« Und als er immer noch schwieg. »Ist meine Kreditwürdigkeit jetzt hergestellt?«

Jan wollte noch wissen, wieso eine Frau, die mit Lederklamotten handelte, soviel Ahnung von Kunst hatte, und wieso sie mit einem Job, bei dem sie sich die Zeit doch wohl ganz gut selbst einteilen konnte, immer nur nachts E-Mails schrieb.

»Scharfsinnig, Herr Richter«, sagte sie. Und dann: »Weil ich einen Beruf habe.«

»Deine Ledersachen?«

»Das ist mein Hobby«, sagte sie, »es gibt noch einen Beruf.«

»Und zwar?«

»Ich sag's nicht.«

»Du sagst es!«

Sie wand sich: »Du wirst mich verachten.«

»Ich werde dir verzeihen«, sagte Jan und dachte: Auch wenn sie ein Bordell betreibt, auch wenn sie minderjährige Zwangsprostituierte beschäftigt, verzeihe ich ihr.

Sie senkte ihren Blick: »Es ist typisch polnisch.«

Er riet: »Spargelstechen? Erdbeerenpflücken?«

Sie lachte matt.

Er riet weiter: »Taschendiebin? Trickbetrügerin? Schmierestehen bei Einbrüchen in Autosalons?«

»Ich bin Restauratorin«, sagte sie.

»Wie bitte?«

»Ich wußte es.«

»Was?«

»Daß du enttäuscht sein würdest.«

»Warum hast du das nie erzählt?«

»Weil es so bieder ist. So kreuzbrav. So ungeil. Tagsüber in der Arbeit. Richtig angestellt. Ich trage einen Kittel. Ich rieche nach Terpentin.«

Jan wurde ganz sanft vor Rührung. Das wollte sie eben nicht. Sie wollte keinen sanften Restauratorinnenliebhaber. Sie wollte nicht gelobt werden für ihren unermüdlichen Fleiß, sondern ihre unermüdliche Lust. Natürlich kannte sie sich mit Kunst aus. Sie hatte ständig mit alten Meistern und alten Gemälden zu tun. Es gab tausend Kunstbücher in der

Werkstatt. Es war doch klar, daß sie alle mal durchgeblättert hatte. Es war doch klar, daß ihr lüsterne Darstellungen gefielen, und daß sie sich mit der scharfen Leda identifizierte.

Jan sagte: »Ich dachte, sich an Bildern aufzugeilen, ist eine männliche Unart.«

»Dann bin ich eben männlich«, sagte Zofia. »Und eine Unart ist es schon gar nicht. Es ist eine Gnade.«

Geilheit als Gnade, Lust als Segen, Schwänze als himmlisches Spielzeug, Erektionen als Gottesgeschenke und Verwandlungen als Mittel, um den Sex nie monoton werden zu lassen – wenn jüdische Gene, frühkindliche Erfahrung mit Stöckelschuhen und katholische Erziehung diese Philosophie des Boudoirs erzeugten, dann konnte man diese Mischung nur als ideal bezeichnen. Nicht nur die Sexbesessenheit und die Enthemmung von Fräulein Vira waren ansteckend, auch ihre Phantasie und ihr Sprachgefühl. Sie konnte sich an einzelnen Worten weiden. Sex war ihr Spiel und auch ihr Sport, der sie begeisterte, und nach dem sie in der Tat süchtig war. Durch Jans Ritterinnenrüstungsassoziationen hatte sie das ihr bis dahin nicht geläufige Wort »gerüstet« aufgeschnappt und kostete es nun in allen Facetten aus. Sie liebte Jan dafür, daß er ihr dieses Wort geschenkt hatte. Ihre ihr selbst unerklärliche Schwäche für ledernes Outfit bekam dadurch eine Erklärung: Sie erschien zum Wettkampf gerüstet – und überwältigt zu werden ihr Sieg. Jan war der erste Mann in ihrem Leben, der dieses Spiel begriff. Sie hielt seine Erfahrung auf diesem Gebiet für grenzenlos. Sie liebte ihn abgöttisch, und auch das Wort »abgöttisch« übernahm sie in ihren Sprachgebrauch und liebte das Heidnische, das Übertriebene daran – und natürlich das Verwerfliche und Verbotene der abgöttischen Verehrung.

Von Zofias Sprach- und Wortspielerei ließ sich Jan anstecken und mitreißen. Bisher hatte er seine Lust daran nur in Kalauern unterbringen können, mit denen er beim Verlesen seiner Urteile für etwas Heiterkeit im Gerichtssaal sorgen konnte. Nun ernannte er Zofia zu seiner nicht nur »bewährten«, sondern auch »bewehrten« Lieblingsleda. Und sie erfand sofort das Wort »Bewehrungshelferin« – das nämlich wäre die Lieblingssklavin, die ihr beim komplizierten Schnüren und Schnallenverschließen helfen würde. Einer Frau wie Leda, die von einem Gott verehrt wird, standen natürlich Sklavinnen zur Verfügung, die der Herrin beim Anlegen der Garderobe zur Hand gehen mußten. Es gab offenbar eine Hierarchie. Jan war ihr Herr, aber auch sie war Herrin. »Ich schenk dir eine süße kleine Bewehrungshelferin zum Geburtstag, wenn du mir sagst, wie alt du bist«, sagte Jan.

Da es sich diesmal um eine außerordentliche und knapp befristete Sondersitzung handelte, hatte Zofia ihren Musterkoffer nicht dabei, sondern war nur mit einem einzigen vergleichsweise unverworfenen Stück ausgerüstet, das sie unter dem Kleid getragen hatte. Sie konnte Jan daher zu ihrem Bedauern nicht das martialische Modell »Penthesilea« aus der neuen Serie vorführen, was ihn auf die Idee brachte, die weibliche Rolle zu übernehmen. Und tatsächlich, es war ein großes und völlig neuartiges Vergnügen und eine aufregende Erweiterung des Spektrums, über diese Frau nicht als Zeus in Schwanengestalt herzufallen, sondern als rasende Amazone. »Mein Orgasmus war tatsächlich irgendwie vaginal«, sagte der erschöpfte Jan anschließend. Mangels weiterer Ausrüstungsgegenstände kam es in dieser Nacht im Tagungshotel auch zu einer gänzlich nackten Begegnung ihrer beider Körper – also zu einem vollkommen normalen Geschlechtsverkehr, für Zofia eine der verbotensten Schamlosigkeiten überhaupt. Sogar ihre geliebten Handschuhe zwang sie der grausame Jan auszuziehen. Es gelang ihr, einen abgestreiften Handschuh fest in der geschlossenen Hand zu behalten und nicht herzugeben, sie brauchte offenbar unbedingt einen Zipfel vom Fetisch. Auch ein ledernes Halsband hatte Jan ihr gelassen, nicht nur ein Gnadenakt, sondern weil sie gut damit aussah.

In dieser Nacht wurden neben dem Wort »Bewehrung« weitere Worte in den gemeinsamen Wortschatz aufgenommen und von Zofia sofort in eine Liste eingetragen:

1. Philozofia für eine Lebensphilosphie, in der die Geilheit wie eine Gottheit verehrt wird. Zum Teufel mit der herkömmlichen Philosophie! Es lebe Karl Marx und seine Geburtsstadt Trier. Marx hatte vollkommen recht: Die Philosophie hat die Welt bisher immer nur erklärt und nicht verändert. Die Philozofia wird die Welt endlich zu einem erfreulichen Ort machen.
2. Makrofon als neues Wort für ihr Lieblingsspielzeug. Jan hatte ihr erzählt, daß sie mit ihren Lederkorsagen allen Rocksängerinnen die Schau stehlen würde – so obszön und extrem phallisch wie sie könne keine andere Frau mit dem Mikrofon hantieren. Darauf hatte sie gesagt: »Du hast kein Mikrofon, du hast ein Makrofon.«
3. In Anlehnung an die Bezeichnung »Richterrute« wurde vom Bundesgerichtshof unter Vorsitz von Gerichtspräsident Jan Vanderleyden die Variante »Route 66« zugelassen, englisch auszusprechen wie der gleichnamige Song. Bei der deutschen Aussprache des Wortes ist die Assoziation mit einer Waffe gegeben. Aus der weiblichen »Straße« beziehungsweise »Route« wird so ein Revolver mit einem beträchtlichen Kaliber: Der Sechsundsechziger.

Bei der Erfindung dieser Bezeichnung hatte Zofia in einer tagungshotelzimmeruntauglichen Lautstärke gerufen: »Ja, schieß mich ins Jenseits mit deinem Sechsundsechziger!« Revision, hatte Jan nach vollbrachter Tat gedacht, es ist an der Zeit, die ehernen Regeln der Frauenbewegung in einem Revisionsverfahren zu überprüfen.

Notieren Sie ferner, Fräulein Vira, hatte er gesagt und diktiert: »Auf Antrag von Frau Zofia Czerkowska sollen eine Reihe bisher negativ besetzter und lustfeindlicher Wörter durch sexuelle Konnotationen lusttauglich gemacht werden. Die Wörter ›lochen‹ und ›nageln‹ sollen zugelassen werden, wenn das Ausmaß der Ekstase des Geschlechtsverkehrs die Bezeichnungen rechtfertigt. Wörter, wie ›Zugriff‹ und ›Verfügung‹, die bisher nur im Bereich der Exekutive angewendet wurden und dort einen unangenehmen Beigeschmack haben, werden Teil der sexuellen Kommunikation und erhalten dort eine positive Bedeutung.«

Zofia legte ihren Block aus der Hand: »Ich tippe das ab, Chef, und maile es Ihnen heute noch zu.«

18

Die kurze Sondersitzung hatte nicht ausgereicht, um alle Fragen zu klären. Immerhin waren die großen Zweifel beseitigt. Zofia war kein Phantom, sie war kein ferngesteuertes Wesen, keine Männerphantasie, sondern eine lebhaft phantasierende Frau. Sie war trotz ihrer diversen zweiten Häute keine falsche Schlange, keine giftige Natter. Sie war kein Vampir, der sich ein Opfer suchte, um es auszusaugen und geheime Rache an den Gelüsten der Männer zu nehmen – denn auch dies waren spitzbärtige Männerphantasien, die aus der Frühzeit des vorigen Jahrhunderts stammten. Zofia wollte nicht Ruin und Verfall, sondern Blüte und Bestand. Auch das war ein Grund gewesen, die Treffen Con Dom herauszuzögern: Ihr ausgefülltes Berufsleben ließ ihr keine Zeit für ausgiebige Begegnungen. Sie mußte sich einen Tag freinehmen. Sie brauchte aber ihre kostbaren freien Tage für ihre Reisen nach Polen, um dort ihre Kinder zu sehen, der Sippschaft Geld in den Rachen zu stopfen und den Zulieferern der Lederklamotten Dampf zu machen. Und dann war es auch für die Lust nicht gut, wenn man sich zu oft sah. Zofia hatte gelernt. Ihr Mann, dann Marek, das waren zwei Irrtümer gewesen. Sie wollte keinen Fehler mehr machen. Jan war für sie ideal. Familie und Beruf und auch wenig Zeit wie sie. Sein Mißtrauen hielt sich in Grenzen, und er verbarg es gut. Entscheidend war, daß Jan keinerlei Angst vor ihrer Sexualität hatte. Wenn sie Schlange war, fing er nicht an zu zittern. Er war ihr Bändiger und Beschwörer.

»Du bist der Richtige für mich.« Das hatte sie ihm mitten in der Nacht mitten ins Gesicht gesagt. Und weil sie es mit der Genauigkeit hatte, weil immer alles exakt passen mußte und sie das Wort »exakt« gern verwendete, fügte sie hinzu: »Exakt der Richtige.« Und weil ihr das jetzt fast ein bißchen zu spießig nach einem normalen Liebesgeständnis klang und sie kein normales Liebesverhältnis haben wollte – und auch, weil sie sich gern derb ausdrückte, sagte sie noch: »Dein Sechsundsechziger hat exakt die richtige Größe für mich!«

»Wann sehen wir uns wieder?« fragte Jan sofort und nicht ohne Stolz. Er war sich jetzt sicher: Auch wenn vieles nach Zoten klingen mochte: Das waren keine aufgesagten Telefonsexsprüche zum Männerverrücktmachen, Zofia meinte, was sie sagte.

»Wir sollten uns nicht so oft sehen«, sagte sie, und das, nachdem sie sich nun wochenlang nicht gesehen hatten. Ehe Jan nachfragen konnte, lieferte sie die Begründung: »Glaub mir, nur so hält es.« Lang war die exakt geführte Liste mit Tagesordnungspunkten, aber irgendwann würden sie abgearbeitet sein, es würde ihnen nichts Neues mehr einfallen, und es würde ihnen langweilig werden, und sie würden sich anöden, und die Lust aufeinander würde eingehen.

»Nie«, sagte Jan.

»Dazu aber müssen wir vernünftig sein«, sagte sie. Es reichte ihrer Ansicht nach, wenn sie sich alle vier Wochen austobten und sich in der Zwischenzeit mit E-Mails bei Lust und Laune hielten. So würde dieser Lust die Tragik erspart bleiben. Jan hatte sogar einen Namen für das erfolgreiche Rezept ihrer Liaison gefunden: »Kontrollierte Obsession.«

Wenn Jan jetzt morgens im Gericht saß und sich auf eine Verhandlung vorbereitete, peinigte ihn, was Zofias Lebenswandel betraf, keine Unsicherheit mehr. Er war im Bilde. Er wußte, daß Zofia in diesem Augenblick in der Werkstatt eines Kölner Museums einen Spezialauftrag ausführte, daß sie nicht vor acht Uhr zu Hause sein und nicht vor Mitternacht eine E-Mail schicken konnte, daß sie einen nach Terpentin riechenden und mit Ölfarben befleckten Kittel trug, und ihrem Gesicht war anzusehen, daß sie an ihre nächste Lederkollektion dachte, eine Serie, die den Namen »Leda« tragen sollte. Sie beugte sich mit feinen Pinseln über rissige gotische Altartafeln mit keuschen Madonnen und weißen Lilien und dachte an andere Altäre mit lüsternen Ledas und wilden Schwänen. Oder an schwarze Schwäne. Schwarze Schwäne waren noch schärfer. Im Tagungshotel hatte sie Jan das Photo eines Gemäldes gezeigt, auf dem ein pechschwarz glänzender Schwan sich mit einer Wucht über eine unbewehrte Leda hermachte, das all das, was sonst unter der Flagge der erotischen Kunst segelte, als harmlose Kindereien erscheinen ließ, inklusive der beliebten Darstellungen perverser de-Sade-Orgien. »Tadeusz Styka, ein Pole, um 1900«, hatte Zofia geflüstert, fast ehrfürchtig, wie ein Weinkenner, der eine Flasche mit einem kostbaren Jahrgang zeigt. »Scheint in den polnischen Genen zu liegen, die Schwanenlust«, hatte Jan gesagt. Und: »Wenn dieses Photo in der Schublade eines Amerikaners gefunden werden würde, der wegen sexueller Belästigung angeklagt ist, wäre der Mann geliefert.« – »Und wenn es bei einer Frau gefunden würde?« hatte Zofia zurückgefragt.

Sie wechselten nicht mehr tagtäglich und allnächtlich drei bis vier E-Mails, sondern nur noch alle drei, vier Tage. Die Frequenz war im beiderseitigen Einvernehmen gedrosselt worden. Zofia war wegen ihrer durchgemailten Nächte ebenso mit ihrer Arbeit in Verzug gekommen wie Jan, der schließlich nach wie vor Richter war – mit viel zu vielen unerledigten Verfahren auf dem Schreibtisch. Das einzige, was in seinem Richterleben deutlich abgenommen hatte, waren die Karriereträume. Dafür hatte er Zofia, und die war kein Traum, sondern Wirklichkeit. Als Landgerichtspräsident mit einer Zofia-Liaison konnte und wollte sich Jan nicht vorstellen. Auch nicht als Staatssekretär im Justizministerium.

Er feilte weiter an seinen Urteilen, jetzt aber ohne von der trügerischen Hoffnung beherrscht zu sein, deren Hieb-und-Stichfestigkeit und brillante Formulierungen könnten irgendwelchen höheren Stellen auffallen. Mit einiger Zufriedenheit stellte er fest, daß ihm die private Glück- und Lustnische mehr wert war. Er hatte sich schon damit abgefunden, von den ältlichen Richterkollegen heimlich für einen Karrieristen gehalten zu werden. Ein Typ, mit dem man nicht einmal in der Karnevalszeit zusammen über die Stränge schlagen konnte. Nun war Zofia ein Teil seines Lebens, und alles war anders. Nun verspürte er eine süße Freude darüber, daß der Kollege Vanderleyden, das vermeintliche Karrierearschloch, heimlich ein Sexualleben führte, von dem die ausgedienten Linken in ihren knackigeren Zeiten nicht einmal zu träumen gewagt hätten.

Die sichere Aussicht auf künftige Treffen machte ihn ruhiger. Er klappte nicht mehr ständig seinen Laptop auf, um nachzusehen, ob Post von Zofia gekommen war. Auch Elisa gegenüber war es ihm wohler, wenn er nicht unentwegt daran denken mußte, welche Tagesordnungspunkte Zofia sich für die anstehenden con-dom-Treffen in Speyer, Aachen und Mainz ausgedacht und ihm zugemailt haben könnte. Elisa nahm ihn zur Zeit allerdings kaum war. Wenn sie da war, erzählte sie Bruno alte Geschichten vom Abgewiesenwerden auf der Schauspielschule, und wie sie dadurch zur Fighterin wurde. Jan hatte die Geschichten schon hundert Mal gehört und in verschiedenen Elisa-Home-stories in Zeitschriften gelesen. Er wunderte sich über Brunos Geduld. »Jetzt aber an die Arbeit!« rief Elisa ihrem geplagten Ghostwriter zu wie einem Kind, dem man den Farbstift gespitzt hat und das nun wieder zeichnen soll.

Spaßeshalber hielt Jan über sich selbst Gericht:

Jan Vanderleyden, geboren 1963, wohnhaft in Koblenz, angeklagt wegen Erregung öffentlichen Ärgernisses in mehrfachen Fällen in Tateinheit mit Verletzung religiöser Gefühle, beleidigenden Zeigens obszöner Gesten und Hausfriedensbruch, weil er in den Domen von Speyer, Aachen und Mainz trotz mehrfacher Aufforderung durch anwesende Meßdiener, Priester und anwesende Gläubige keine Anstalten machte, den Geschlechtsverkehr mit der mitangeklagten, aber flüchtigen Zofia Czerkowska abzubrechen. Die Verteidigung macht geltend: Der Angeklagte Jan Vanderleyden wurde in der Zeit, in der ihm die Delikte zur Last gelegt werden, von seiner Ehefrau extrem vernachlässigt, da diese ausschließlich mit dem Verfassen ihrer Memoiren beschäftigt war und für ihren Gatten keinerlei Zeit hatte, wie sie selbst zu seinen Gunsten als Zeugin ausgesagt hat. Der von der Verteidigung bestellte Gutachter hat dargelegt, daß es in solchen Fällen zu unkontrollierbaren Triebabfuhren und einem Verschwimmen der natürlichen Scham- und Anstandsgrenzen kommen kann. Wegen fortwährender Vorenthaltung des Geschlechtsverkehrs seitens der Ehefrau wurde der Angeklagte zu seiner Triebtat quasi gezwungen. Jetzt hat der Angeklagte das Wort. Das kann man so sehen, sagt Jan, aber das wäre nicht richtig. Raunen im Gerichtssaal. Die Gerichtsreporter der Zeitungen erwachen aus ihrem Schlummer und fragen ihre Nachbarn, was der Angeklagte eben gesagt hat. Er hat die Entlastung nicht angenommen. Jan zum Richter: Meine Ehefrau trifft keinerlei Mitschuld, das mir zur Last gelegte Verhalten hat mit einer Vernachlässigung durch meine Ehefrau nur insofern zu tun, als mir diese Vernachlässigung sehr recht war, da sie mir die Möglichkeit gab, meinem Liebesleben mit Frau Czerkowska um so exzessiver zu frönen.

Drei, vier, manchmal fünf Tage lang war es so, als gäbe es Zofia nicht. Dann kam wieder Post von ihr. Zofias Ton hatte an pornographischer Schärfe und Deutlichkeit zugenommen. Die Art und Weise, auf die sie Jan wie eine Bittstellerin ersuchte, Zugriff auf sie zu nehmen und strenge Strafen wegen ihres unsittlichen Verhaltens zu verhängen, war durchtrieben und aufregend. Auch ihre Flügelaltäre wurden zusehends kunstvoller, wüster und liebevoller und hatten zur Folge, daß Jan sie immer wieder anstarren mußte. Die Lederfetischphotos, die sie von sich selbst in die Altäre einbaute, waren übrigens nicht von einem Photografen, sondern von einer Photografin, versicherte Zofia. »Zu deiner Beruhigung«, schrieb sie. Doch Jan fand es nicht beruhigend, daß sie sich so hatte photografieren lassen. Den umgeschnallten Dildo hielt sie wie ein Mann, der damit beschäftigt ist, sich einen runterzuholen. Auf einem Altarflügel war sie in einer Pose zu sehen, als beobachte sie masturbierend die Darstellung auf der mittleren Tafel: eine weitere Schändung Ledas durch den Schwan, diesmal gemalt von einem gewissen Mola um 1660, London, National Gallery. Zofias Identifikationsbereitschaft war offenbar unbegrenzt. Sie spaltete sich. Sie fühlte sich nicht nur als Leda, sie war wie hier auch gleichzeitig die Betrachterin der Überwältigung und brachte so das Kunststück fertig, höchst angeregt ihrer eigenen Schändung beizuwohnen.

Manche Altäre verschlugen Jan den Atem und lenkten ihn für Stunden von seiner Richterarbeit ab. Er hatte mittlerweile gelernt, seine privaten E-Mails auch mit dem Gerichts-Computer abzurufen und zu beantworten und dabei ein Gesicht zu machen, als lese er auf dem Bildschirm nur noch schnell ein für die laufende Sache wichtiges Urteil nach. Sein Interesse für zügig abgewickelte und juristisch tadellose Verfahren wurde überstrahlt von dem Wunsch nach einem baldigen Treffen mit Zofia.

Seine Rolle als Zofias Gebieter oder Sire oder auch nur Geschäftspartner erlaubte Jan aber kein unmännliches Jammern. Als er eine Andeutung machte, daß seine übergroße Lust auf das nächste con-dom-Treffen in Speyer ihn für alle anderen Tätigkeiten lahm legte, zeigte sie sich irritiert. Arbeit war wichtig. Die Arbeit durfte unter der Lust nicht leiden. Lust durfte keine Nachteile haben.

Bei der Gelegenheit stellte sich heraus, daß Jan einen großen Fehler gemacht hatte. »Ja tust du ES denn nicht?«

Er verstand die Frage nicht.

Die Antwort kam diesmal rasch. Mit dem »Es« meinte Zofia die Selbstentsaftung. »Warum entsaftest du dich denn nicht?« schrieb sie geradezu entsetzt. Klar, daß Jan nicht zum Arbeiten komme, wenn er sich das vorenthalte. Sie war fassungslos. Jan war noch fassungsloser. Die Klärung des Mißverständnisses zog sich mehrere Tage hin.

Es war für Zofia die natürlichste Sache der Welt, beim Abfassen ihrer E-Mails in höchste Verzückung zu geraten. Ihr Inhalt bestand vor allem aus dem Konzipieren des nächsten Treffens, aus einem ständigen Vorschlagen, Ersetzen und Verwerfen von immer neuen TOPs. Sie liebte das Wort TOP und benutzte es, so oft es ging. Sie war eine Top-Sekretärin, die ihre TOP-Tagesordnungspunkte top vorbereitete und manche ihrer ritterlichen Lederoberteile nannte sie auch zärtlich Top. Sie nannte manche ihrer Mails »Fickvorbereitungsanschreiben« und genoß es, sich dabei in die höchste Vorfreude und Vorlust hineinzuschreiben. Sie unterbrach ihre »Sekretärinnenarbeit«, wie sie das Tippen der E-Mails selbst nannte, nur um »Es« zu tun. Da sie die Worte »masturbieren« und »onanieren« nicht mochte und daher mied, hatte Jan nicht gleich verstanden, was sie mit dem »Es« meinte, und hatte sie schon für eine durchgeknallte Psychotherapeutin gehalten, tatsächlich im Lexikon nachgeschlagen und sich bei der Gelegenheit vorgenommen, in irgendwelchen künftigen Urlauben sich ein bißchen mit Freud zu befassen. Es und Ich und Über-Ich – schon interessant, und sträflich, wie oberflächlich sein Wissen war. »Das Es wird vom Lustprinzip gesteuert, welches das Individuum zur sofortigen Befriedigung seiner Bedürfnisse drängt«, stand im Lexikon. Und: »Nach der Theorie von Sigmund Freud ist die Energie hinter den instinktiven Antrieben des Es die Libido.« Jan schrieb die Sätze ab und mailte sie Zofia.

Antwort: »Genial: Freud ist unser Mann.« Sie war der festen Ansicht, daß Freud mit dem Es das Es-tun, also das Hand-an-sich-legen meinte, und ließ sich von dieser Ansicht auch nicht abbringen.

Jan wußte jetzt immerhin, wovon die Rede war. Was er nicht wußte: Ihre Mails dienten nicht nur ihrer Selbstbefriedigung, sondern sollten auch seiner dienen. Daß er Es selbstverständlich tat, wenn er das las, davon ging sie aus. Sie schickte ihm mit viel Liebe und Fleiß erstellte Masturbationsvorlagen. Und er hatte Es nicht getan. Eine Katastrophe! Ungesund! Wie soll er denn in dem Zustand auch nur einen klaren Gedanken fassen können! Sie nahm die Schuld sofort auf sich, beschimpfte sich, sie könne nicht schreiben. Ihre Altäre seien mies, wenn ihnen keine Entsaftungskraft innewohne. Sie meinte das ganz ernst.

Er versuchte, sie ganz wahrheitsgemäß zu beruhigen: »Keine Frau kann so gut schreiben wie du!«

Sie: »Das sagst du nur so, du willst die Schlampe trösten, das hat sie nicht verdient.«

Er: »Das Gericht ist nach reiflicher Überlegung zu diesem Urteil gekommen.«

Sie: »Darf ich nach dem Urteil fragen?«

Er: »Wegen fortgesetzten Umherstreunens und penetranten Anbaggerns honoriger Herren trotz mehrfacher Verwarnung, wird Zofia Czerkowska zu einem Monat Haft verurteilt. Die Strafe wird zur Bewährung ausgesetzt, weil die Entsaftungskraft der Briefe der Beschuldigten nach Meinung der Sachverständigengutachten sehr hoch einzuschätzen ist. Das Gericht schließt sich der Meinung der Sachverständigen an und verbindet sein Urteil mit dem Appell an die Angeklagte, auf diesem Weg weiterzumachen. Eine Haft könnte diese für die Gesellschaft nützliche Fähigkeit verkümmern lassen. Das hartnäckige Verschweigen ihres Alters trotz verschiedentlicher Ermahnung des Gerichts hat die Arbeit des Gerichts an diesem Verfahren allerdings erheblich erschwert. Es ist anzunehmen, daß die Angeklagte, die über ein jugendliches Aussehen verfügt, sich mit dem Verweigern ihrer Altersangabe minderjährig stellen und auf eine Jugendstrafe spekulieren wollte. Sie erhält wegen Informationszurückhaltung und Behinderung der Arbeit des Gerichts eine Ordnungsstrafe. Die Höhe der Ordnungsstrafe wird vom Vorsitzenden Richter noch festgelegt und der Überstellung der schriftlichen Urteilsbegründung hinzugefügt.«

Mit solchen Kindereien verplemperte Jan kostbare Zeit, aber Zofia liebte den absurden Urteilston nun einmal und dankte es ihm mit weiteren Tagesordnungspunkten, in denen sie auf so entzückende Art, so voller zärtlicher Hingabe, so unverblümt und detailliert ausführte, was ihnen die Zukunft brächte, daß er die Zeit nicht als verschwendet ansah und er den Gedanken beiseite schob, ob das noch normal war, was sie hier trieben. Was war schon normal?

Masturbation hatte es in Jans Erwachsenenleben nicht gegeben. Das war eine Pubertätsanwandlung, und seit einem Vierteljahrhundert vorbei. Und auch als Teenager hatte die Selbstbefriedigung nicht gerade zu Jans Leidenschaften gehört. Die Zeiten waren damals vorbei, wo Religionslehrer oder Eltern den Kindern einredeten, vom Onanieren bekämen sie Rückenmarksschwund oder sie müßten deswegen in der Hölle schmoren. Die achtundsechziger Kollegen hatten solche Kindheiten gehabt und erzählten manchmal davon, welchen Blödsinn man ihnen aufgetischt hatte. »Jeder hat tausend Schuß« zum Beispiel. Klar, daß man dann sparte. Oder man glaubte es nicht, forderte das Schicksal heraus und versuchte, möglichst schnell auf tausend zu kommen, um zu beweisen, daß der Spruch nicht stimmte. In Jans Generation aber war man vernünftig aufgeklärt worden, viele Mitschüler waren wie er nicht getauft, keine Religionslehrer behelligten einen, es gab keine Legenden zu diesem Thema. Jan hatte immer einen schalen Ersatz darin gesehen, etwas Unmännliches. Klar, es war eine Erleichterung, aber man wollte kein Wichser sein. Ein Wichser war einer, der keine Freundin abbekommen hatte, ein Versager, eine Niete. Mit Achtzehn fühlte sich Jan einfach zu erwachsen dafür, es war unter seiner Würde. Auf dem Stand war er stehengeblieben, es hatte all die Jahre keinen Anlaß gegeben, die Ansichten zu ändern.

Zofia fiel aus allen Wolken und wurde sie selbst: Dieses Problem mit dem Es war spielerisch nicht mehr zu lösen. Jan war ein Notfall. Daß ihre Post in Jan jede Menge Libido erzeugte, war der Sinn der Sache, daß er aber nicht die sofortige Befriedigung seiner Bedürfnisse in die Hand nahm, war gefährlich. Sie war besorgt. Kein Wunder, daß er anfing, ein schlampiger Richter zu werden. Das durfte nicht sein. Zofia mochte keine schlampige Arbeit. Sie war pflichtbewußt und erwartete das auch von anderen. Man konnte und sollte nicht ohne sexuelle Phantasien leben. Sie waren wichtig und wunderschön. Damit diese Phantasien nicht überhand nahmen und einen auffraßen, mußte man Es tun. Das war noch wichtiger und wunderschöner. Danach war der Kopf wieder klar. Klarheit war nicht wunderschön aber wichtig.

Sie mußte Jan dazu bringen, wie sie Selbstentsaftung zu betreiben. Sonst konnte ihre Planung nicht funktionieren, mit den acht bis maximal zwölf Treffen pro Jahr auszukommen. Die sogenannten Real-Ficks mußten natürlich von Fern-Ficks, abgekürzt FFs, begleitet werden. Denn man entsaftete sich ja nicht ins Blaue, sondern in den Gedanken an den anderen. FF war nur möglich mit Partner. Das war keine armselige Hungerleiderselbstbefriedigung. Mit den FFs kostete man den RFs nach und bereitete sich auf neue vor. Das hatte Würde. Man war selbständig, souverän – man war nicht der Sklave, sondern der Herrscher seiner Lust. Die Selbstentsaftung hatte etwas Königliches, wenn nicht Göttliches. Hatte der große und gerechte Gott der Geilheit eine Frau? Nicht daß man wüßte. Na also. Auch er ein Selbstentsafter großen Stils.

Und Zeus hatte auch nicht die Zeit, sich pausenlos in Schwäne und Stiere zu verwandeln und Ledas und Europas zu überfallen. Seine Frau Hera konnte sich nicht dauernd von Aphrodite den Gürtel ausleihen, um ihrem Mann begehrenswert zu erscheinen. Also war auch Zeus ein großer Selbstentsafter. Und natürlich seine Frau Hera. Und Europa und Leda – keine Frage, daß die in seliger Erinnerung an die himmlische Schändung ihr Leben lang große Selbstentsafterinnen gewesen waren. Wenn die Selbstentsaftung in der griechischen Mythologie nicht erwähnt wurde, dann weil sie erzählerisch und bildnerisch wenig hermachte.

Um Jan in diese Kunst einzuführen, schrieb ihm Zofia, wie sie Jan vor sich sah: Mit einem souveränen Griff befreit er das Geschenk des Herrn aus seiner Hose und läßt es stolz herausspringen. Wie würdig, wie herrschaftlich und männlich es aussieht, wenn er gebieterisch auf sich zugreift. Dank ihres Sprachgefühls kam sie im Handumdrehen zu überzeugenden Schlußfolgerungen: Mit dem Ausdruck »sich selbst begreifen« könne nichts anderes gemeint sein, als sich selbst anzufassen. Sich zu entsaften, sei somit ein Akt des sich Sichselbstbegreifens, sprich der Selbsterkenntnis. Wer es nicht mit sich selbst triebe, beendete sie ihre Lektion, habe keine Ahnung von sich.

Um Jan anzulernen, überwand sie ihre Aversion gegen gewöhnliche Wörter und schickte ihm »Masturbationsprotokolle«. Darin beschrieb sie nicht nur, was in ihrem Kopf vorging und was, soweit realisierbar, beim nächsten Treffen in die Tat umgesetzt werden sollte, sondern auch, wie es aussieht und wie es sich anfühlt, wenn sie sich selbst begreift. Sie erfand »Masturbationsbefehle«, die er ihr erteilte und die sie ausführte, und sie ging schließlich so weit, aus Jans Sicht das Öffnen ihrer E-Mails zu beschreiben – natürlich im Gericht, denn Büro und Sex gehörten auch für Zofia zusammen: wie er beim Lesen ihrer Masturbationsprotokolle nicht anders kann, als sich selbst zu begreifen und zu befreien.

So plastisch, so verlockend, so griffig war ihre Gebrauchsanweisung formuliert, daß auch der masturbationsunerfahrene Jan damit zurechtkam, und keine Mühe hatte, die erste Selbstentsaftung seines Erwachsenenlebens erfolgreich durchzuführen.

»Dankesschreiben«, schrieb er darüber. Und dann: »Ich begreife Ihre unternehmerische Philozofia nun voll und ganz in ihrer logischen Konsequenz«, schrieb er ihr in allerbester Laune. Mochte der armselige Wichser ohne Frau nach vollzogener Tat ein flaues Gefühl der Leere haben, dies war bei den von Zofia propagierten Fern-Ficks nicht der Fall. Die Aktion selbst war ja nicht nur von den bekannten Lustgefühlen begleitet, sondern auch von dem Wohlwollen des entfernten Partners. Danach wurde in wenigen Sekunden der Kopf klarer, es war wie das Erwachen aus einem schönen Traum. Jan fühlte sich danach ausgeruht und voller Tatendrang.

Wenn man die Kunst des FFs beherrschte, war man auch ein großzügiger, geduldiger, ein liebenswürdig entspannter Mensch, der keinen Aufstand machte, wenn die Geliebte wieder einmal den Termin für das nächste Treffen verschieben mußte. »Der Vorteil liegt auf und in der Hand«, schrieb Jan in seinem Dankesschreiben und schickte es an Zofia.

Durch die neu erworbene Kunstfertigkeit entstand auch eine Fülle neuer Tagesordnungspunkte. Zofias Favorit: Nicht die Genehmigung zu erhalten, Mon Sire bei der königlichen Selbstentsaftung zusehen zu dürfen, und das dann heimlich zu tun, dabei natürlich entdeckt und wüst beschimpft zu werden.

Als Jan in einem nüchternen Augenblick, als er die Stimme Elisas im Ohr und ihr Kopfschütteln vor Augen hatte, einmal bei Zofia anfragte, was eine begehrenswerte Frau wie sie, die sich täglich ein paar Männer ihrer Wahl angeln könnte, so toll daran findet, einem Richter beim Wichsen zuzuschauen, wurde sie wieder einmal ärgerlich und schrieb: »Manchmal glaube ich, du hast nichts begriffen. Das ist Gleichberechtigung. Bisher haben nur Männer hübschen Frauen gern dabei zugesehen, jetzt wollen auch Frauen dieses Schauspiel genießen.«

Das Feiern der Selbstentsaftung schlug sich auch in Zofias Bildbastelarbeiten nieder. Sie montierte sich in immer eindeutigeren Posen in ihre Altartafeln. Die neuen Bilder waren allerdings nicht von der professionellen Qualität wie die vorangegangenen, sie waren offenbar mit dem Selbstauslöser aufgenommen und etwas unscharf und hatten dadurch eine laienhafte pornographische Note. Sie ließen sich nicht so gut vergrößern wie die Studioaufnahmen, die ein Heranholen von Zofia auf Riech- und Berührungsnähe erlaubten. Jan probierte es mit der Beschwerde im Ton eines enttäuschten Geschäftspartners: »Ich bestätige dankend den Erhalt Ihrer neuen Lieferung von Flügelaltären, vermisse aber die gewohnte Brillanz der Bilder. Dem Anbeter der Altäre ist dadurch der Zugriff erschwert.« Eine Woche später die knappe Antwort: »Wir bedauern, daß die gelieferte Ware nicht Ihren Vorstellungen entsprach, und hoffen, daß Sie nach unserer gründlichen Überarbeitung nun keine Beanstandungen mehr haben.« Nun war Zofias Schamlosigkeit in allerbester Studioqualität zu erkennen. Sie hatte die neue Kollektion »Leda plus« in ihren Musterkoffer gepackt, war damit zu ihrer Photografin gestöckelt und hatte sich vor dem Makro-Objektiv so selbstverliebt wie möglich begriffen. Jedes Edelpornomagazin hätte sich um solche Photos gerissen. Keine Frage, diese Frau betete sich an. Und das war gut so. Jan fand ihren schamlosen Narzißmus entzückend. Und doch entfuhr ihm die Frage: »Was mag sich die Photografin dabei gedacht haben?« Zofia überhörte den etwas ängstlichen Spießerton: »Sie hat gesagt, endlich einmal eine hübsche Lederlady und nicht diese verliebten Brautpaare und diese angewurzelten Konfirmanden.« Angesichts der Überschärfe der neuen Altäre ließ Jan eine weitere Beschwerde folgen: Die neue Ware sei nicht zu bemängeln, allerdings treibe sie den Erregungspegel so in die Höhe, daß Selbstentsaftung keine Entlastung mehr bringe. »Bitte darum, den Termin in Speyer vorzuziehen.«

Als Jan zwei Tage später das Gericht verließ und auf sein Fahrrad steigen wollte, klemmte ein Handschuh im Gepäckträger. Zu Hause die E-Mail: »Riech daran! Halt ihn fest! Damit geht es leichter.« Ein P.S. gab es auch: »Fahrräder sind ungeil. Kauf dir ein Motorrad.« Er hatte Zofia verraten, daß er einen Motorradführerschein hatte.

Man kann sich nicht wirklich in einen schwarzen Schwan verwandeln, aber man kann sich wenigstens ein Motorrad zulegen, wenn man stürmisch anbrausen will. Leda, fand Jan, hatte ein Recht auf einen Zeus mit mehr Power, kaufte sich kurzentschlossen eine Maschine und kam sich damit vor wie ein junger Pole, der im Westen einen funkelnden Fetisch geklaut hat. Alex hielt ihn für übergeschnappt, Elias war begeistert. Elisa fand ein Motorrad »zu sehr macho«. Frauen auf Motorrädern ja, Männer eher nein. Bruno sagte, jetzt habe ich endlich etwas für die Memoiren, der Richtergatte nicht immer nur brav auf dem Fahrrad. Ein Richter auf dem Motorrad sei zwar auch ein Klischee, aber eines von nicht ganz so niederschmetternder Vernünftigkeit. Dieser Aspekt ließ Elisa einlenken. Da Jan kein Macho, sondern ein ausgewiesener Machogegner war, gab ihm das Motorrad vielleicht sogar eine pikante Note. Sie erwog eine kleine Fahrt als Sozia, aber erst nach Abdrehen ihres Films. Wenn Jan mit dem Motorrad ins Gericht fuhr, trug er manchmal die in Trier gekaufte Lederhose, über die es auch geteilte Ansichten im Haus gab. Mittlerweile hatte sich Jan so weit im Griff, daß es ohne Zofias Gegenwart nicht mehr zu unkontrollierten Pubertätserhebungen kam. Dabei verspürte Jan ein kindisches Vergnügen, die Kollegen an Unkorrektheit zu übertreffen, die das Tragen von Jeans im Dienst für eine Oppositionsleistung hielten. Ein Richter, der mit einer Lederhose ins Gericht kommt, also mit einem Kleidungsstück, das zumindest in Fernsehfilmen von sadistischen Zuhältern und anderem Gesindel getragen wird, das war schon um einiges kühner.

Ganz ohne Gegenleistung waren die Flügelaltarlieferungen mit der anbetungswürdigen Sünderin Zofia nicht zu haben. Auch ihr falle das Warten auf das Treffen Speyer nicht leicht, schrieb sie, sie brauche für die Fertigung weiterer Altäre dringend ein Bild von Jans 66er in seinem größtmöglichen Zustand. Sie kleidete ihre Bitte in eine so komisch verdrehte Antragstellersprache, daß Jan kaum Chancen hatte, sich zu wehren. Er versuchte, mit allerlei Tabuerklärungen aus der mißlichen Lage zu kommen, Zofia aber ließ nicht locker. Nach dem dritten »Gesuch« war er so weit, daß ihm sein Nein spießig vorkam.

Das Haus war frei für Untaten. Bruno war kurz in Pirmasens bei seinen fünftausend Büchern und wollte nach einer Frauenfigur in der Literatur suchen, die er Elisa in den Memoiren vielleicht vergleichend an die Seite stellen könnte. Eine zweite Ebene, die dem Buch guttun würde. Elisa nickte begeistert, aber es fiel ihr keine Figur ein. »Es gibt so viele«, sagte sie. »Allerdings«, sagte Bruno. Jetzt war Elisa in Budapest. Ihre erste historische Rolle. Endlich mal etwas anderes. Sie war Krankenschwester und hundertfünfzig Prozent gegen die Nazis, ihre Chefärztin dagegen ein hundertfünfzigprozentiges Naziweib. Sie beschwor Bruno, daß dieser Film noch in die Memoiren müsse.

Dennoch wollte Jan nicht das Haus für seine Untat entweihen. Er wählte einen ruhigen Spätnachmittag im Gericht. Noch nie hatte er die Tür seines Dienstzimmers abgesperrt. Er brachte eine kleine Digitalkamera auf einem kleinen Stativ in Position. Das Objektiv fuhr mit einem Insektengeräusch aus. »Exakt.« Er hörte Zofias Wort, aber es half nichts. Bei Jan tat sich nichts. Kein Makro. Er roch an Zofias Handschuh. Nichts. Es dauerte nicht lange, und das Objektiv zog sich mit leisem Spott wieder in die Kamera zurück. Es war ein

Kampf. Jan wurde ehrgeizig. Er mußte es schaffen. Die Vorstellungskraft genügte doch sonst. Wie konnte ihn die kleine Kamera irritieren. Es war eine Prüfung, die er bestehen mußte. Auch der Beweis der gelungenen Entsaftung mußte erbracht werden und deutlich zu sehen sein. Vollzug. Zofia hatte ihn mit einer Unzahl von delikaten Altartafeln versorgt, und er wollte sich revanchieren. Als Frau war es leichter. Da ließ sich Lust vortäuschen. Da hatte man nicht diese sichtbaren Beweise zu erbringen. Ironischerweise war es der kühne Gedanke, eine in Zofia wildverliebte Lesbe zu sein, der Jan endlich zu den ersehnten männlichen Kräften verhalf und damit zu einem photogenen 66er, und im gnädigen Dunst der Wollust, der sich in seinem Kopf ausbreitete, erschien die Aktion mit einem Mal auch nicht mehr absurd oder kindisch. Es gelang ihm, sich mit Zofias Augen zu sehen, und schon verschwand der Verdacht der Unwürdigkeit, und die ganze Sache wurde zu einer Art guten, wenn nicht gar heroischen Tat: Der Herrscher läßt sich herab, sich von seiner Kamera beim Hantieren mit seinem Zepter ablichten zu lassen, im Dienst der Kunst und der Andacht.

Die Ausbeute war ernüchternd, aber nicht so, daß Jan den Glauben an sich verloren hätte. Nur wenige der mehr als hundert Aufnahmen passierten seine Selbstzensur – immerhin. Zwei Bilder in verwegen beiseite geschlagener Richterrobe hatten durch die Zufälligkeit ihrer Bewegung sogar eine gewisse Eleganz, fand er und ließ Zofia einige der Photos zukommen.

19

Wie geht es? Was macht der Job? Wo dreht Elisa gerade? Wann machen die Kinder Abitur? Das waren die normalen Fragen, die der normale Jan aus seinem normalen Bekanntenkreis zu hören bekam. Die nichtnormale Zofia wollte natürlich andere Dinge wissen.

»Alles im Griff?« fragte sie.

»Alles im Griff«, sagte Jan, und das hieß, daß er nicht nur Zofia fest im Griff hatte, sondern auch sich und alle seine Körperteile. »Wir haben uns begriffen« – das war die Losung.

Auch seine Ehe hatte er im Griff. Die Obsession war unter Kontrolle, er tappte nicht mehr wie zu Beginn seiner Beziehung zu Zofia wie eine wandelnde Wünschelrute umher, blind für seine familiären Pflichten. Auch seine Arbeit als Richter litt nicht mehr, und er geriet nicht mehr in Zitterkrämpfe vor Ungeduld, wenn er an sie dachte und sich das nächste Treffen ausmalte.

Sie nannten ihre Treffen jetzt »Touren«, und diese Bezeichnung traf so gut, daß Zofia sofort begeistert »exakt!« rief, als Jan das Wort einfiel. Sie hatten eine gemeinsame Extremsportart entdeckt, die sie mit Leidenschaft betrieben. So mußte man es sehen, fand Jan. Andere machten Abenteuerurlaub. Man schrieb sich ein bis zwei Mal pro Woche, schwärmte von der letzten Tour und plante die nächste. Als Student war Jan manchmal in die Berge zum Klettern gegangen. Auch im Felsen waren die Griffe das Entscheidende, wenn man hochkommen und nicht abstürzen wollte. Die Sache mit Zofia war vergleichbar, sagte er sich: strapaziös, aber erfrischend. Man verausgabte sich, man genoß die Sicht, man geriet ins Schwitzen, und Zofia mit ihrem Musterkoffer war das beste Beispiel dafür, daß auch die richtige Ausrüstung nicht fehlen sollte. Es waren extreme Touren, aber sie waren vernünftig geplant. Touren sind nicht das Leben, sie machen das Leben schön. Die Umstände müssen günstig sein. Das Wetter ist wichtig. Wenn es nicht paßt, verschiebt man die Tour und übt zu Hause ein bißchen.

Sie wollten nicht abstürzen. Kein unnötiges Risiko eingehen! Die Schwierigkeitsgrade mußten peu à peu gesteigert werden. Man durfte sich nicht überfordern. Jans Selbstauslöserphotos im Gericht, das war an der Grenze gewesen. Hoher Schwierigkeitsgrad, ohne Übung fast nicht zu schaffen. Daß es doch geklappt hatte, machte ihm eine ähnlich gute Laune, als wenn er eine steile Felswand ohne Seil durchstiegen hätte. Und Zofia als seine Begleiterin hatte das Ergebnis zu schätzen gewußt. Die wenigen gelungenen Photos mit Robe und gezückter Richterrute hatte sie zu einer Reihe von weiteren Triptychen verarbeitet, deren Witz und Kunstcharakter das grotesk Exhibitionistische der Jan'schen Photos vergessen ließ. Immer waren die Flügelaltäre mit märchenhaften Inschriften versehen: »Leda: Wer bist du? Ich habe einen Schwan erwartet. Wo ist dein Gefieder? Zeus: Ich habe nicht immer Zeit, mich zu verwandeln, du dummes Ding.« Zofias Fundus an neuen eigenen Photos, die sie meist in einer seltsamen, christlich-mythologischen Mischung aus erschrocken und entzückt, sündhaft und büßend zeigten, schien unerschöpflich zu sein.

Das Treffen in Speyer hatte auch seine heiklen und riskanten Momente gehabt. Zofia hatte tatsächlich auf dem Tagesordnungspunkt »Schändung im Dom« bestanden. Eine Tour mit ihr war kein Sonntagsausflug, man brauchte Mut und gute

Einfälle. Sex im Kopf, schön und gut, aber das genügte nicht, wenn man zusammen war. Und Jan war angesichts ihrer Entschlossenheit auch beides: erschrocken und entzückt. Erschrocken, weil er noch nicht wußte, wie die Aufgabe zu bewältigen war, entzückt, daß der unwirkliche, virtuelle Charakter der Liaison, der sich in den Phasen zwischen den Touren ausgebreitet hatte, damit radikal aufgehoben wurde. Zofia war keine Intellektuelle, die sich mit wilden Vorstellungen und unzüchtigem Reden begnügte. Man konnte sich nicht wirklich von Bewehrungshelferinnen die Korsetts atemberaubend eng schnüren lassen, das mußte man leider selbst tun. Man konnte auch nicht wirklich den Bischof oder einen Priester verführen, das mußte Phantasie bleiben, aber die Nummer auf der Kirchenbank, das mußte mit einem geeigneten, abenteuerlustigen und die Anstrengungen von Extremtouren nicht scheuenden Mann wie Jan möglich sein. Er mußte sich etwas einfallen lassen. Eine Verhaftung war nur als Phantasie reizvoll, in Wirklichkeit sollte es bitte glimpflich abgehen. Eine Büßerin ist nicht aktiv, also überließ sie ihm völlig die Regie, und Jan schaffte es schließlich mit Bravour und festigte seinen Ruf als zeushafter Bezwinger.

Am frühen Abend schickte er sie zum Dom. Erst mußte sie allein ein bißchen büßen, so sah es der Tagesordnungspunkt vor. Dann kam er nach. Die Idee mit den Treffen in den condom-Städten fand Jan nach wie vor amüsant, die besonderen Reize von Sex in der Kirche allerdings würden sich ihm als Ungläubigen nie voll und ganz erschließen. Dennnoch machte er mit. Zofias Wünsche zu erfüllen, war ihm ein Vergnügen. Sie zahlte es dem Katholizismus auf ihr Art heim, Jan half ihr dabei, und kam sich nicht wie von heute vor, sondern wie ein Wüstling auf einer antiklerikalen Illustration aus dem 18. Jahrhundert. Was ihn für Zofias Tick einnahm und fast rührte, war das Altmodische daran. Die modernen Christen mit ihren tolerant leuchtenden Augen, ihrem Singsang und ihren Schlafsäcken hielt Jan für eine Plage. Das sprach entschieden für Alex und Elias, daß sie nicht auf den penetranten Kult hereinfielen. Die jungen Katholiken hatten das Pilgern entdeckt, störten sich nicht an den Keuschheitsvorstellungen, die der Papst selig lächelnd verkündete, und hatten in ihrer Frischfröhlichkeit keine Ahnung mehr von der kulturellen Bedeutung der Blasphemie.

Sie kniete in einer Bankreihe, ziemlich weit hinten. Jan wartete, bis sie allein in der Kirche waren, dann waltete er seines Amtes. Mit dem Ausschlag der Wünschelrute gab es im Beisein von Zofia nicht die Probleme, die er in seinem Richterstübchen gehabt hatte. Er kam hinter sie und brachte sich in Position, das übrige verlief, als hätten sie es gemeinsam des öfteren geprobt. Jeder Kirchenbesucher, auch Fachleute der Frömmigkeit wie Meßdiener, Priester, Bischöfe – ja selbst der Papst, wenn er an diesem Sommerabend den Dom aufgesucht hätte, wäre gerührt gewesen, mit welcher gottgefälligen Innigkeit diese beiden Gläubigen hintereinander kniend ins Gebet versunken waren.

Eine so schwierige, gemeinsam ohne Schaden an Leib und Seele bewältigte halbe Stunde schweißt zwei Menschen zusammen. Einzig daß kein Photo zur Erinnerung an die Heldentat existierte, wurmte Zofia, die schon erwog, den Tagesordnungspunkt in Aachen oder Limburg erneut auf die Liste zu setzen – dann aber müßte ein Meßdiener gebeten werden, die beiden fromm verschmolzenen Pilger zu knipsen. Im Hotelzimmer allerdings bestand sie darauf, bei der Abwicklung der weiteren Tagesordnungspunkte einzelne sehenswürdige Stationen und Positionen im Bild festzuhalten. »Material für neue Altäre«, erklärte sie.

Nach Speyer fühlte sich Jan Zofia ebenbürtig. Er hatte sie besser kennengelernt. Sie sprach zwar gern und fast prahlerisch von ihrer Sexsüchtigkeit, war für eine Süchtige aber viel zu beherrscht. Sex war ein Teil ihres Lebens, aber nicht alles. Ihre Tätigkeit als Restauratorin nahm sie mindestens ebenso ernst, der undurchschaubare Korsagenhandel war ihr gleichfalls wichtig. Offenbar tat sie alles, was sie tat, konzentriert. Mit Jan zusammen war sie konzentriert Leda und ebenso konzentriert ein Lederluder, eine Büßerin oder Geschäftsfrau – und beim Spielen all dieser aufregenden Rollen war die Zeit zu kostbar, um Gespräche über berufliche Tätigkeit zu führen. Spielen machte nur Spaß, wenn man es unabgelenkt mit heiligem Ernst tat. Jan wollte ihr die Rolle des Luders ausreden, die ihm zu trivial war, aber Zofia beharrte darauf.

Wenn sie süchtig war, dann hatte sie ihre Sucht fest im Griff. Die richtige Dosis war das A und O. Sie stellte noch einmal die Grundregeln klar: sich nicht zu oft und zu lange zu treffen, um nicht zu viele Tagesordnungspunkte abzuarbeiten. Jan lachte sie aus, doch sie sagte: »Die Zahl der Achttausender ist begrenzt.« – »Wer sagt dir, daß wir nicht erst bei den Dreitausendern sind«, sagte Jan. – »Ja, kann schon sein, aber man will dann schnell höher.« Bei der Gelegenheit ließ sie durchblicken, daß Jan noch einiges bevorstand. Keine Frage, daß man ein Luder irgendwann auch würde peitschen und fesseln müssen. Wie eine Hündin hatte sie in Jan den Herrn gewittert. Sie war ihm zugelaufen. Er hatte sie in seiner Großzügigkeit nicht verstoßen. Aber er würde sie erziehen müssen, und das würde kaum ohne Schläge abgehen. Und Jan wurde sich wieder einmal unheimlich, weil er ahnte, daß er auch diesen Aufgaben gewachsen sein würde.

Elisa machte sich nichts aus Touren. Wenn es eine halbe Stunde bequem bergauf ging, sprach sie bereits von einer Gewalttour – und Gewalt lehnte sie ab. Sie war mehr für Ausflüge und Spaziergänge. Auch nicht schlecht, fand Jan, nur hatte er festgestellt, daß seinem Körper extremere Belastungen ab und zu ausgesprochen guttaten. Elisa lästerte über Jans alltägliches Laufen, seine neue Begeisterung für härtere Touren behielt er besser für sich. Die Faszination für Extremsportarten war schlecht zu vermitteln. Die Leute schüttelten nur den Kopf. Einmal war Jan zusammen mit tausend anderen Amateurathleten hundert Kilometer durch Nordafrika gerannt. Auch darüber hatte er so gut wie nicht gesprochen. Das galt als verrückt, und vielleicht war es auch verrückt. Aber selbst das hatte ihm gutgetan.

Das Wort »Tourenkameradin« paßte nicht ganz zu Zofia. Es klang ein bißchen zu sehr nach Bergfilm und Hemden mit aufgekrempelten Ärmeln, ein bißchen zu alpin. Man stellte sich ein stämmiges Mädel vor, mit wollenen Kniestrümpfen. Zofia war eher eine Compañera mit ihren Stöckelschuhen. La Compañera Zofia. Sie würde auch beim Klettern im Fels und im Eis auf ihre Highheels nicht verzichten. Was Jan darüber hinaus half, seine neue Leidenschaft vor sich selbst zu legitimieren, war die Tatsache, daß seine Tourenkameradin eine Individualistin war, die alle Gruppenbildung energisch ablehnte. Partnertausch, Gruppensex, Swingerclubs – das waren für Zofia Spießerträume und Geschmacklosigkeiten aus der Provinz – »erbärmlich«, sagte sie und machte ein Gesicht, als müsse sie sich übergeben. Und mit der geradezu archaischen Kraft einer Stammesfürstin verabscheute sie andere Stämme und Stammestrachten, die sich für einen Außenstehenden kaum von den ihren unterschieden. Stammestrachten aus Latex, für ahnungslose Nichtfetischisten auf den ersten Blick oft den Stücken aus ihrer Kollektion ähnlich, waren für sie indiskutable Abscheulichkeiten. Einzig der Latexdildo wurde geduldet. Schon eine falsch plazierte Öse oder Schnalle oder Niete oder nur Naht auf einem ihrer Lederteile konnte sie in schlechte Stimmung versetzen. Das Wort SM oder Sado-Maso wies sie energisch von sich. Studios? Für Erbärmliche! Damit wollte sie nichts zu tun haben. Diese Szene fand sie geschmacklos. Erbärmlich. »Phantasien ausleben« war für Zofia ein Horrorausdruck, miese Vereinssprache, Clubgemütlichkeit. Auch deswegen war ihre Wahl auf Jan gefallen, der all diesen Dingen fernstand. Sie war eine Solistin, und er war ein Solist, mit dem man sich in einer anständigen und einigermaßen unverbrauchten Sprache verständigen konnte, der rasch die Freuden des FFs und seine heilsame Wirkung auf die sexuelle Laune und das allgemeine Wohlbefinden begriffen hatte, der nicht lange vom Ausleben der Phantasien und der Bedeutung des Fetischismus sülzte, sondern entschlossen zur Tat schritt, um die Schändung im Dom möglich zu machen.

In langen E-Mails pries Zofia Jans Tatkraft und dankte ihm mit neuen Triptychen und Altarbildern. Jans Lieblingsaltarserie bestand aus nur einer Tafel und zeigte sie beide, wie sie zusammen vor dem Spiegel stehen und sich selbst betrachten: amüsiert, animiert, einverstanden. Mit sich selbst zufrieden, aber nicht selbstzufrieden. Vielleicht selbstgefällig, aber mit der Selbstgefälligkeit antiker Götterlieblinge. Darunter hatte Zofia mit großen purpurroten Buchstaben die Inschrift angebracht:

»Wir beherrschen uns.«

Immer wieder klickte Jan die E-Mail mit diesem »Speyerer Diptychon, Mittelrheinische Schule, frühes 21. Jahrhundert« an und betrachtete gebannt das Doppelportrait. Der Bildschirm des Laptops wurde zum Flügel eines modernen portablen Reisealtars, den der Herrscher stets mit sich führt, um ihn jederzeit aufklappen und seine Andacht verrichten zu können. »Wir beherrschen uns« – mit dieser Inschrift hatte Zofia ihrem Namen als Sophia, die Weise, alle Ehre gemacht, fand Jan. Die Selbstbeherrschung kam darin ebenso zum Ausdruck wie die Macht, die sie auf ihren gemeinsamen Touren aufeinander ausübten. Als Jan ihre Weisheit pries, war ihre Antwort: »Wir beherrschen uns – das hast du selbst gesagt, als wir vor dem Spiegel standen, ich führe nur das Protokoll.«

Jan war froh, daß nie von Liebe die Rede war. Zofia wollte nicht wissen, ob er sie liebte oder Elisa liebte und wen er wie liebte. Auch von ihr gab es zu seiner Erleichterung keine entsprechenden Geständnisse. Zwar war in Augenblicken der Ekstase von beiden immer wieder einmal das berühmte »Ich-liebe-dich« zu hören, aber das zählte nicht, das entfuhr ihnen als Jubelruf aus der Lustgurgel, darüber hinaus sagte es nichts.

Elisa fand sich unausstehlich, weil sie ständig, wenn sie nach Hause kam, mit Bruno »an den Memoiren arbeitete«, wie sie sagte, das heißt, sie saß mit ihm in seinem Geistschreiber-Geisterzimmer und blätterte neben ihm die Ordner mit Presseberichten durch, die Jennifers Praktikantin, eine promovierte Archäologin ohne Stelle, herausgesucht hatte, und rauchte ab und zu eine von Brunos Zigaretten, aber nicht auf Lunge. »Mit mir möchte ich nicht verheiratet sein«, sagte sie zu Jan, und zu den Söhnen sagte sie: »Eure Mutter möchte ich nicht haben« und bezeichnete sich zu Jans Erstaunen als »egoistisches Luder«, aber die Zeit des Memoiren-Stresses werde auch mal vorbei sein, und dann werde sie sich wieder der vernachlässigten Familie widmen und endlich auch wieder Bücher lesen, wozu sie vor lauter Memoirenschreiben in letzter Zeit überhaupt nicht gekommen sei.

Sie überhäufte Alex und Elias mit Geldgeschenken und nannte Jan plötzlich, wie schon einmal zu Beginn ihrer Ehe während eines Urlaubs auf den Kanarischen Inseln liebevoll »Il verito« – das sollte eine Art spanische Zärtlichkeitsform des hölzernen Titels »Jan der Gerechte« sein, und dieses kitschige, künstliche »Il verito« blieb eine Weile erhalten, auch als Elisa vom ortsansässigen deutschen Konsul, der ihr zu Ehren ein Fest gegeben hatte, belehrt wurde, daß »Il verito« nicht etwa ein bißchen schiefes Spanisch war, wie sie geglaubt hatte, sondern absolut unspanisch, ein Ausdruck, der für jeden Spanier vollkommen unverständlich sei, falsch bis zum Anschlag sozusagen, weil nämlich »vero« auf spanisch, anders als auf italienisch, nichts mit »wahr« zu tun habe, sondern Pelz des Eichhörnchens meine, weswegen »Il verito« allenfalls der kleine Eichhörnchenpelz bedeute. Jan fand die Ausführungen des Konsuls köstlich, Elisa wandte sich ab. »Besserwisser«, maulte sie. Jan hatte beide Namen immer albern gefunden und stoisch ertragen. Er war daran gewöhnt, daß man sich mit einem Beruf lächerlich machte, in dem man unentwegt nach der Wahrheit suchte und die vor einem stehenden Leute auffordern mußte, die Wahrheit und nichts als die Wahrheit zu sagen. Jetzt, wo es heimlich Zofia in seinem Leben gab, klang »Il verito« wie purer Hohn, berührte ihn aber weniger unangenehm, als früher die Anspielung auf seine Rechtschaffenheit. Er hatte nie Frivolität in seinem Leben vermißt, aber jetzt, wo sie da war, fühlte er sich wohl damit.

Als Richter taugte man nicht zum leuchtenden Helden. Als Mafia-Richter vielleicht, wenn man von zwei feindlichen Clans einträchtig zersiebt worden war, aber nicht, wenn man zu entscheiden hatte, ob Fahrpreiserhöhungen der öffentlichen Verkehrsbetriebe rechtens waren, oder sich irgendwelche Rasierapparate »dreifach hautschonend« nennen durften, obwohl man sich mit ihnen blutig schabte. Auch die Verurteilung eines sogenannten Mietnomaden, komplizierter, als Laien glaubten, und juristisch eigentlich eine Meisterleistung, war keine Heldentat, sondern allenfalls eine Meldung auf der Lokalseite wert. »Also, einen Mieter hinter Gitter bringen, ich weiß nicht«, hatte Elisa gesagt, und Jan hatte ihr auseinandersetzen müssen, daß diese sozial schwache Kreatur jahrelang nicht nur keinen Pfennig Miete bezahlt und damit diverse Wohnungseigentümer ruiniert hatte, die auf diese Mieten angewiesen waren. Er hatte außerdem diese Wohnungen vollkommen verwahrlosen lassen, Türen, Fenster und Badewannen waren unbrauchbar. Immer, wenn sich die verzweifelten Vermieter Zugang zu ihrem Eigentum verschaffen wollten, um nach dem Rechten zu sehen und um zu retten, was zu retten war, hatte der Mietnomade die Besitzer sofort wegen Hausfriedensbruchs angezeigt. Ein erstes Gericht hatte dem Vandalen Recht gegeben – vermutlich unter dem Vorsitz eines altlinken Kollegen, der selbst drei Eigentumswohnungen mit pünktlich zahlenden Mietern besaß, und dessen Herz daher für die Besitzlosen schlug. Weil Jan an das verwüstete Hotelzimmer von Trier denken mußte, erzählte er auch Zofia davon, die sich sonst nicht für seine Gerichtsverfahren interessierte. Hier aber hörte sie doch zu und ließ sich zu einer Phantasie hinreißen, in der sie aus dem Mietnomaden einen Sexualvandalen machte, der in den Wohnungen Exzesse veranstaltet hatte, gegen die die Hotelzimmerverwüstung von Trier ein Nichts an Zerstörung war. Ihren phantasierten Vandalen ließ sie vor Gericht zu seinen Klägern sagen: »Sie sind ja nur neidisch.«

Und noch ein Gerichtsurteil beschäftigte Zofia, weil es in ihren Interessensbereich fiel: Ein amerikanischer Supermarktkonzern hatte seinen Mitarbeitern erotischen Umgang miteinander auch in ihrem Privatleben verboten und wollte diese Betriebsbestimmung auch in Deutschland in seine Anstellungsverträge aufnehmen. Diese Puritanerperfidie war von einem soliden deutschen Gericht als Verstoß gegen die Grundrechte abgeschmettert worden. Schade nur, fand Zofia, daß Jan nicht der Richter war. Und wollüstig malte sie sich Strafen für die gesamte Konzernspitze aus: Eine Art Sexualstraflager, wo die Manager, die sich das infame Betriebsgesetz ausgedacht hatten, von Scharen süßer Nymphen bis zum Wahnsinn gereizt, aber niemals befriedigt werden würden. Elisa, die Zofia in ihrer kritischen Sicht auf Amerika kaum nachstand, konnte das souveräne deutsche Urteil zu ihrem eigenen Ärger nicht lauthals begrüßen, weil sie als Vorzeigefigur eines Vereins gegen die Belästigung von Frauen am Arbeitsplatz zu einer differenzierteren Betrachtung gezwungen war.

Jan stellten sich andere berufliche Fragen als Phantasiestrafen für prüde Betriebswirte. Sollte er sich nun zum Vize des Richtervereins machen lassen oder nicht? Sollte er, wozu sich unerwartet rasch erste Gelegenheiten boten, einen Job am Verwaltungsgericht anstreben, damit er sich nie wieder mit Schadenersatzansprüchen gestürzter Radfahrer und dem ganzen anderen elenden Kleinkram befassen mußte.

Und war es nicht an der Zeit, sich über den Staatsanwalt hinwegzusetzen, der ihn noch immer beschwor, Marek in Haft zu behalten, da er einen idealen Kronzeugen in dem Schleuserprozeß abgeben werde und sie sich eine einmalige Gelegenheit verpfuschen würden, wenn sie diesen Mann laufenließen. Der junge Staatsanwalt lachte: »Tun Sie, was Sie nicht lassen können. Es ist Ihr Verfahren. Sie werden fluchen, wenn Ihnen Marek bei der Verhandlung als Zeuge fehlt.«

Jan wollte sich auf der Stelle entscheiden. In Sachen Marek brauchte es dazu dringend Zofias Rat. Es war für Jan ein ungewohntes Gefühl, sich ohne ein sexuelles Ziel an Zofia zu wenden. Seitdem sie per E-Mail ihre Gelüste austauschten, hatten sie nicht mehr miteinander telefoniert. Tagsüber war nichts mit E-Mail. Da saß sie in ihrem Kittel in der Restaurierungswerkstatt des Museums, roch brav Terpentin und malte sich sündhafte Sachen aus. Also anrufen. Am Telefon entfalte sich kein Sex, fand sie, aber der war dieses eine Mal auch nicht gefragt. Das jetzt war ein Dienstgespräch. Jan rief das Museum an und ließ sich mit der Restaurierungswerkstatt verbinden. »Es gibt hier keine Frau Czerkowska«, hieß es.

Also doch! Es hatte ja nicht stimmen können. Er hatte es nur glauben wollen. Hochgradig grotesk war Zofias Erklärung gewesen. Sie hatte ihm ihren Job als Restauratorin deshalb solange wie möglich verschwiegen, weil dieser Job angeblich nicht geil genug sei und im übrigen von ihrem peinlichen Sicherheitsdenken zeuge, von dem sie einfach nicht loskomme – und dafür geniere sie sich wirklich. Hinreißende Ausrede. Sie machten sich keine Liebeserklärungen, aber dafür hatte Jan sie innig geliebt: Eine Frau, die ungeniert genug ist, sich in einem Dom bespringen zu lassen, geniert sich wegen ihres bürgerlichen Sicherheitsdenkens! Das war zu schön, um wahr zu sein. Immerhin stimmte die eine Hälfte. Und das war schon eine ganze Menge. Die Tat im Dom war wirklich geschehen, das war ein Streich der Sinne gewesen. Zofia gefiel ihm auch, wenn sie nur eine verlogene Lederwarenvertreterin war, die mal ein bißchen Kunstgeschichte studiert hatte und sich mit falschen Angaben interessanter machen wollte. Er hatte ihr viel zu verdanken, auch wenn sie hochstapelte. Er hatte sich mit ihrer Hilfe von einem hölzernen gotischen Asketen in einen munteren Renaissance-Lebemann verwandelt, der gelernt hatte, über die Stränge zu schlagen. Aus dem frauenfürchtigen, gerechtigkeitsfanatischen, Enthaltsamkeit übenden, irgendwie calvinistisch-protestantischen Berufsweichei und Hollandradfahrer mit dem kargen Namen Jan Vanderleyden war ein Sire, ein Gent, ein lässiger und südniederländischer Mijnheer Vanderleyden geworden, der schon mal mit dem Motorrad ins Gericht donnerte und sich auch sonst nicht immer benahm wie ein Würdenträger.

»Sind Sie noch dran? Vielleicht weiß man in der Direktion Bescheid«, sagte die Museumsgrabesstimme am Telefon, und dann stellte sich heraus: Frau Czerkowska arbeitete mit der Direktion und dem Landesamt für Denkmalspflege zusammen.

Die Wechselbäder, in die ihn seine Tourenkameradin stürzte, gingen zu weit. »Ich will Frau Czerkowska sprechen«, rief Jan, »egal, mit wem sie zusammenarbeitet.«

»Sie ist heute nicht im Haus, sie hat einen Termin im Ministerium«, hieß es.

Tatsächlich erreichte Jan sie dort etwas später, nachdem er mehreren Menschen erklärt hatte, daß hier das Oberlandesgericht am Apparat sei, daß es dringendst sei, daß er nur eine kurze Frage an die Sachverständige Frau Czerkowska habe. Ja, man kenne sich persönlich, Vanderleyden sei sein Name.

»Keine Angst«, sagte er, als Zofia endlich am Telefon war, »ich brauche keine Entsaftungsbeihilfe.«

Sie lachte leise: »Ich bin in einer Sitzung.«

»Was machst du im Ministerium in einer Sitzung?«

»Das ist doch jetzt egal.«

»Ich muß es wissen.«

Zofia sagte schnell: »Das Ministerium verwaltet Museen. Bilder in Museen müssen gepflegt und restauriert werden. Da gibt es einiges zu koordinieren. Jede Menge Tagesordnungspunkte.« Zofia konnte wunderbar zielgenau sein. Sie wäre eine tolle Zeugin gewesen. Auch eine gute Anwältin.

»Und was ist mit deinem Terpentinkittel?«

»Man hat mich befördert.«

»Warum hast du mir das nicht gesagt?«

Jetzt lachte sie richtig laut und polnisch: »Ist das so wichtig? Möchtest du mir gratulieren? Willst du auf mich anstoßen? Ich finde andere Sachen wichtiger. Worum geht es? Warum rufst du an?«

»Marek«, sagte Jan.

»Was ist mit ihm?«

»Ich will ihn laufenlassen.«

»Und? Willst du wissen, ob er dich ersticht, wenn er frei ist?« Zofia war hörbar amüsiert. Schade, daß diese Seite an ihr durch das ständige Dauerthema Sex zu kurz kam.

Jetzt lachte Jan. Er erklärte kurz, daß Marek als Zeuge vielleicht noch wichtig sein könnte. Ihn aber deswegen länger in Untersuchungshaft zu lassen, war idiotisch. Ließe man ihn laufen, tauchte er vielleicht unter und war als Zeuge nicht mehr zu bekommen.«

Zofia sagte: »Wenn ich ihm in Aussicht stelle, daß er in einem halben Jahr vielleicht die Spitze meiner Stöckelschuhe küssen darf, dann taucht er nicht unter.«

Jan und Elisa hatten nur wenige Tage voneinander entfernt Geburtstag, und diesmal klappte es mit dem Zusammenfeiern. Jan wurde Zweiundvierzig, Elisa Neunundvierzig. In einem Jahr mußten die Memoiren auf dem Markt sein. »Wie schaut es aus?« fragte der Verleger, »ich will nicht drängen, aber kann man schon etwas lesen?«

Bruno sagte: »Es sieht nicht schlecht aus.« Jennifer machte ein undurchschaubares Gesicht, was ihr besser stand als das flache Optimistenlächeln. Bruno unterhielt sich mit der promovierten Archäologin über ihre PR-Praktikantenstelle und fragte sie, wieviel Geld sie von ihren Eltern bekam. Elisa rief: »Mein Gott, in einem Jahr werde ich Fünfzig!« und spielte schlecht eine in Ohnmacht Fallende. Jennifer sagte: »Das mußt du noch üben, man merkt, daß du noch nie eine Frau aus dem 18. oder 19. Jahrhundert gespielt hast.« Jan hatte von der Frau eines Kollegen ein Buch geschenkt bekommen, das »Halbgötter in Schwarz« hieß. Ein Anwalt prangerte darin die »Selbstherrlichkeit und die Willkür« der Richter an. Jan konnte nicht glauben, daß das Buch kein Geschenk von Zofia war. Genau das war es doch, was Zofia so mochte: die Selbstherrlichkeit und die Willkür. Wie anders aus ihrem Mund die Worte klangen. Er freute sich auf die nächste E-Mail, die er ihr schreiben würde. Er würde mit »dein Halbgott in Schwarz« unterzeichnen. Elisa hatte ein Buch bekommen, das »Schöne junge Welt« hieß. Der Autor vertrat die These, daß die Leute heute zwischen Fünfunddreißig und fünfzig alle so gut wie gleich alt oder eben gleich jung seien und brachte eine Menge Beispiele von Schauspielerinnen zwischen Vierzig und Fünfzig, die heute in einem Alter rasante Liebhaberinnen spielen konnten, in dem man den Schauspielerinnen vor einer Generation die Rollen von asexuellen Muttis angeboten hätte. Stellen aus dem Buch wurden vorgelesen, und Elisa wurde als weiterer Beleg dieser These gefeiert. Jan blätterte in dem Buch herum, stieß auf das Popmusikidol Madonna und las, daß die auch nicht älter würde und sich immer wieder neu erfand und in Korsetts geschnürt mit Peitsche in der Hand abenteuerliche Rollen spielte, und er dachte an Zofia und ihre Rollen und ihre abenteuerlichen Korsetts, und daß sie zwar mit Madonnen nichts am Hut hatte, dafür aber mit scharfen Büßerinnen, und er freute sich, daß es sein Mikrofon war, das Zofia besonders gern in die Hand nahm, und er war ein bißchen traurig, daß sie nicht hier sein konnte – aber die Tour, das war ein anderes Leben und eine andere Welt. Tourenkameradinnen paßten nicht auf Geburtstagspartys. Jan hatte ein paar Kollegen und Kolleginnen eingeladen. Die Männer waren wie meist leger bis nachlässig gekleidet, sogar der Direktor des Amtsgerichts und der Landgerichtspräsident. Die Frauen waren herausgeputzt, und Jan fragte sich, was Zofia wohl unter einer geburtstagsfesttauglichen Garderobe verstehen und was sie tragen würde, wenn sie hiersein könnte, und was Elisa dann von ihr und ihrem Outfit halten würde. Die achtundsechziger-Kollegen hatten früher immer gern ehemalige Häftlinge zu ihren Feten eingeladen. Das war so ein Resozialisierungskitsch, fand Jan, und dann wollten sie natürlich auch das Kribbeln kosten, daß sich jemand unter ihren Gästen befand und Bier aus dem Kühlschrank holte, der Pistolen nicht nur in Plastiktüten kannte, die einem von der Spurensicherung zur Beweisaufnahme auf den Richtertisch gelegt wurden, sondern als Waffen, mit denen man Schüsse abgeben und zum Beispiel eine Bank überfallen konnte, weswegen man ihn leider hatte verurteilen müssen, obwohl der eigentliche Feind doch diese elenden Banken waren. Ziemlich aufgesetzt wirkten diese Ex-Knackies bei Richterfeten, fand Jan, doch mit der Pensionierung der achtundsechziger-Kollegen starb dieser altlinke Brauch aus, was auch schade war. Daher hatte Jan zu der Geburtstagsfeier Marek eingeladen, den er ein paar Tage zuvor aus der Untersuchungshaft entlassen hatte. Die altlinken Kollegen waren überrascht vom Wiederaufleben der alten Tradition. Das hätten sie vom den so konservativ und hölzern wirkenden Vanderleyden nicht erwartet, und Jan dachte, wie angenehm das wirkliche Leben doch war, verglichen mit einem Film, wo ihm Marek jetzt mit dem Schrei »Du-Schwein-hast-mir-meine-Braut-genommen!« ein Messer zwischen die Rippen stoßen müßte, weil der Produzent den Drehbuchautor zu diesem verzweifelten Ausruf verurteilt hatte, schon damit der gewissenlose Richter seine verdiente Strafe erhielt.

Statt dessen stellte Marek bei Jans Motorrad die Zündung richtig ein, ließ sich von Elias und Alex bewundern und von

Elisa für die lange Untersuchungshaft bedauern. »Ist das der mit den schweinischen Briefen?« fragte Elisa und war sauer, daß Jan dessen Braut oder Freundin nicht auch eingeladen hatte. »Sie sind nicht mehr zusammen«, sagte Jan.

Zwei Wochen später stand ein Familienausflug auf dem Programm. »Verito«, zwitscherte Elisa, als Jan vom Laufen kam. Endlich einmal ein Wochenende ohne Bruno und Memoirenschreiben, und bisher keine Ablehnung der Kinder gegen eine Fahrt in den Pfälzer Wald. Wetter optimal, Elisa in bester Laune, weil der Widerstandskämpferinnen-Film so gut von der Presse aufgenommen wurde. Jan hatte alle Gerichtssachen schön weggearbeitet, auch die Zofia-Post war erledigt. Zofia selbst war ein paar Tage in Polen. Es gefiel Jan, sie bei ihrer Familie zu wissen. Bei ihrem Hang zur Ungewöhnlichkeit war diese gewöhnliche familiäre Bindung außerordentlich beruhigend. Manchmal zweifelte Jan allerdings an der Existenz von versorgungsbedürftigen Angehörigen. Was ihren Job als Restauratorin betraf, hatte sie ihm schließlich auch etwas vorgemacht. Erst hatte sie den mit grotesken Argumenten verschwiegen und ihn dann in dem Glauben gelassen, sie frische als braves polnisches Mädchen mit einem Kittelchen und einem Töpfchen Firnis in der Hand rissig gewordene Bilder alter Meister auf. In Wirklichkeit hatte sie mit einem Staatssekretär aus dem Kultusministerium über einen zweistelligen Millionenbetrag verhandelt und hatte ihm klarzumachen versucht, daß man die Kunstschätze der Museen des Bundeslandes für so wenig Geld nur retten könne, wenn man sie in Krakauer Werkstätten restaurieren lasse. Vielleicht würde sich eines Tages die rührende polnische Familie mitsamt den ostjüdischen Genen in Luft auflösen, so wie sich der Terpentinkittel aufgelöst hatte.

»Verito, komm, wir wollen fahren«, rief Elisa aus dem Auto und hupte. Die Kinder johlten.

»Wo ist mein Laptop?« rief Jan.

Elisa klagte laut in die offene Haustür: »Du willst doch nicht etwa arbeiten an diesem Wochenende.«

Natürlich wollte er nicht arbeiten. Er verkniff sich den Hinweis, daß sie sich diese Bemerkung eigentlich nicht leisten konnte. Sie hatte sich doch in letzter Zeit an jedem Wochenende ihren Memoiren gewidmet, genauer: dem Durchblättern und Kommentieren ihrer Presseordner an der Seite von Bruno.

»Ich will den Laptop nicht mitnehmen«, rief Jan aus dem Haus, »ich will nur wissen, wo er ist.«

»Ich habe ihn Bruno geliehen«, sagte Elisa.

20

Das Wochenende war Jans Hölle. Und er mußte ganz allein in ihr schmoren. Er konnte nicht zornig toben und Elisa das leichtfertige Verleihen seines Laptops vorwerfen, damit würde er sich nur verdächtig machen. Auch bei den Kindern. Elias hatte Elisa schon belehrt: »Mutter, PCs verleiht man sowenig wie seine Frau oder seinen Mann, da sind persönliche Daten drin!« Elisa konnte mit der Mahnung nichts anfangen. Sie hatte noch nie am Computer gearbeitet, war nie im Internet spazierengegangen, hatte noch nie in ihrem Leben eine Datei mit irgendwelchen Daten angelegt. »Ich glaube nicht, daß Jan große Geheimnisse hat«, sagte sie und lächelte Jan an.

Brunos Computer war plötzlich kaputtgegangen. Dabei hatte er das Wochenende nutzen wollen, um in seinem Pirmasenser Katastrophenrefugium mit den Memoiren endlich einmal einen großen Schritt voranzukommen. Das Tatort-Haus von Elisa und Jan war ihm zu komfortabel, da lenkte ihn zuviel ab, allein die Espresso-Maschine beschäftigte ihn ständig. Die Wohnung in Pirmasens war ungemütlich bis an die Widerlichkeitsgrenze – zum Arbeiten eindeutig besser. Dieser Arbeitswille – und dann das Computermißgeschick. »Als sollte ich deine Memoiren nicht schreiben«, hatte er zu Elisa gesagt. Und die hatte geantwortet: »Werde bloß nicht esoterisch auf deine alten Tage!« Was lag näher, als ihm Jans Laptop zu geben.

Ein bißchen Ärger wollte der verzweifelte Jan schon zeigen:

»Toll ist es nicht«, sagte er, »die Gerichtssachen sind ja nun nicht für fremde Augen bestimmt. Es geht nicht, daß jemand Fremdes in vertraulichen Schriftstücken herumschnüffelt.«

»Bruno schnüffelt bestimmt nicht«, sagte Elisa vorwurfsvoll.

»Turnvater Jan hat die streng geheimen Todesurteile auf seinem PC natürlich nicht ordnungsgemäß verschlüsselt und versteckt, nehme ich an«, sagte Alex.

Jan wußte gar nicht, was das ist: Daten verschlüsseln. Im Gericht gab es Sicherheitssysteme und Experten dafür. Daß man auch privat seine Daten schützen konnte, war ihm neu. »Vor unbefugtem Zugriff«, sagte Alex – ein Ausdruck, an dem sich Zofia geweidet hätte. Zugriff war gut, unbefugter Zugriff war besser. Mit diesen Späßen würde jetzt Schluß sein.

Alex wollte das Auto fahren. Er fuhr vernünftig und sollte Erfahrung sammeln. Normalerweise keine Frage. Jetzt gab Jan das Steuer nur ungern ab. Es war das einzige, woran er sich festhalten konnte. Er sah sein Leben davonschwimmen. Am Steuer konnte man einsilbig sein und brauchte nicht zu erklären, warum. Glücklicherweise schlief Elisa bald ein, und Jan mußte nicht mehr der gutgelaunte und gesprächige Ausflugsehemann sein und konnte sich voll und ganz seinen finsteren Gedanken darüber hingeben, wie das Leben nach der Entdeckung seiner Tourenerlebnisse weitergehen würde.

Obwohl sein Verhältnis zu Alex und Elias nicht das Innigste war, galt doch der erste Gedanke diesen beiden: Die Kinder! Die Kinder durften es nicht erfahren, was der Vater für ein Ungeheuer war. Daß der Laptop nicht in ihre Hände geraten war, war Glück im Unglück. Andererseits waren sie völlig uninteressiert an ihrem Stiefvater und würden gar nicht auf die Idee kommen nachzusehen, was der Alte so alles auf seiner Festplatte hatte. Möglicherweise wäre das auch gegen den Ehrencodex der Computergeneration gewesen. Man durfte und sollte unverschämt zu seinen Eltern sein, man durfte und sollte in amerikanische Großrechner eindringen und die Daten öffentlich machen, aber die Daten auf den Computern von Freunden und Familie waren vielleicht tabu?

Für Bruno waren sie sicher nicht tabu. Schriftsteller waren schon von Berufs wegen Nagetiere, die sich gern an den Vorräten anderer gütlich taten. Wenn ihnen die Phantasie ausging und ihr eigenes dürftiges Leben nichts mehr hergab, zerrten sie die Intimitäten ihrer Mitmenschen ans Licht. Und wunderten sich, wenn die an der Bloßstellung keine rechte Freude hatten. In letzter Zeit hatte es ein paar Gerichtsurteile gegeben, die ihnen das Schmarotzen verboten. Dabei war der gesellschaftliche Rang von Schriftstellern eigenartigerweise noch immer erstaunlich hoch.

Mit der gleichen Dreistigkeit, mit der Bruno Espressotassen aus dem Geschirrschrank holte, in den Schubladen nach Photos wühlte und in Photoalben nach Hakenkreuzen Ausschau hielt, würde er auch die Daten auf Jans Laptop sichten. Er würde es geradezu als seine heilige Ghostwriterpflicht ansehen, als einen günstigen Wink des Schicksals, daß ihm Elisa den Laptop ihres Mannes geliehen hatte. Mal sehen, was der mustergültige Richtergatte da so drauf hat? Ob er elektronisch Patience legt oder Schiffe versenkt oder ob er sich vollbusige Weiber aus dem Internet heruntergeladen hat, um sie bei Bedarf als Bildschirmschoner zu verwenden? Als Jan den Laptop von Alex übernommen hatte, war er nach der sorgfältigen Sicherungs- und Löschaktion von Alex' Daten tatsächlich auf einen übersehenen Ordner mit der Bezeichnung »Bildschirmschoner_Silikon« gestoßen, der ein ganzes Sortiment von knackigen Kunstfrauen enthielt. Diese Bilder würden sich mühelos als Überbleibsel des jugendlichen Vorbesitzers erklären lassen.

Aber ganz bestimmt nicht der Rest! Keinesfalls um ungelöschtes Pubertätsmaterial konnte es sich bei dem Ordner mit der Bezeichnung »Route 66« handeln. Bruno würde möglicherweise schon deswegen in diesen Ordner hineinsehen, weil er 66 war. Und weil er die Rolling Stones mochte, die den alten 40er-Jahre-Song erst richtig populär gemacht hatten. Er würde sich an das Gespräch mit Jan erinnern. Es war noch gar nicht lange her. Jan hatte vergessen, was es mit dem Song auf sich hatte, und wollte von Bruno Nachhilfe. Bruno war kein schlechter Nachhilfelehrer, egal, ob es um Musik oder Literatur ging. Auch in der schon einige Zeit zurückliegenden Phase des Haderns, als Jan sich gefragt hatte, ob er Zofia womöglich verfallen sei, und er sich trotz seiner skeptischen Haltung gegenüber schöngeistiger Literatur für literarische Fälle von Hörigkeit interessierte und Bruno mit größtmöglicher Beiläufigkeit um Hinweise bat, hatte der ihm ein paar Bücher genannt und ihm die Geschichten von Lulu, Lola und Lolita erzählt, die ihm die Sorge genommen hatten, Zofia sei ein Nymphchen, das ihn in den Ruin treibe.

Der Ruin stand vielleicht jetzt unmittelbar bevor. Der unverschlüsselt und unversteckt auf der sogenannten Schreibtischoberfläche des Laptops prangende Ordner »Route 66« brauchte nur mit einem harmlosen Doppelklick geöffnet zu werden, und schon war da feinsäuberlich in chronologischer Reihenfolge die gesamte E-Mail-Korrespondenz mit Zofia einzusehen. Da sich Jan und Zofia in ihrer stürmischen E-Mail-Anfangsphase mehrmals täglich geschrieben hatten, war die Liste mittlerweile auf weit über zweihundert Mails angestiegen, die Jan immer sorgfältig gespeichert hatte, um jederzeit auf Zofias Masturbationsprotokolle Zugriff zu haben, auf ihre TOP-Listen für jeweils kommende Sitzungen, ihre Tourenberichte, Gnadengesuche und Verbesserungsvorschläge. Das alles war zusammen mit den Altartafeln eine Art Anbetungsmaterial, das in den Stunden erotischer Andacht gelesen und besichtigt werden konnte, eine unerschöpfliche Pornobibel, mit der sich die beiden Gläubigen bis zur nächsten gemeinsamen Tour fit hielten.

Jeder Mensch, nicht nur ein nach Einfällen winselnder Schriftsteller, würde ein gewisses Interesse für die Inhalte von zum Teil ziemlich durchsichtig bezeichneten Dateien entwickeln: »Speyer_Triptychon_mit_Lochung_der_Büßerin.jpg«. Bruno würde sein blaues Wunder erleben. Jans Hände wurden feucht. Er krallte sie in seine Schenkel, auch um sie am Stoff der Hose zu trocknen. Elisa neben ihm spürte seine Verkrampfung und sprach im Schlaf. Alex fragte, ob er Autobahn oder Landstraße fahren sollte. Die einzige Hoffnung war die, daß Bruno, faul wie er war, seinen Plan, in Pirmasens endlich mit dem Schreiben der Memoiren loszulegen, nicht ausführen und Jans Laptop gar nicht aufklappen würde. Nur das, nur Brunos Widerwille, mit Elisas Memoiren loszulegen, konnte Jan retten.

Elisa war so hübsch und sanft, wie sie neben ihm schlief. Wie hatte er all das aufs Spiel setzen können? Er bereute nicht seine Liaison mit Zofia, er verstand sie nicht. Alex und Elias waren an der Landschaft interessiert, das war noch nie vorgekommen. Autofahrendürfen und die Aussicht, bald den Führerschein zu bekommen, machte die beiden Knaben, die Elisa neuerdings »meine Männer« nannte, zu deutlich besseren Menschen.

Er verstand nicht mehr, was überhaupt an Sex dran war. Ein Ausflug mit der Familie in die Pfalz – was gab es Angenehmeres? Warum diese extremen Touren, diese Strapazen, diese Besessenheit? Welcher Pubertätswahn war in ihn, den Ehemann von Elisa Nazionale, gefahren, diese groteske Geschichte auch noch zu dokumentieren – Dokumente, die nun dem Ghostwriter der Ehefrau vorlagen. Wie konnte ein Richter so triebhaft, so dumm und so unvorsichtig sein? Der Computer war längst ein Teil der Rechtsgeschichte. Datenträger wurden gesucht und gejagt wie früher Schatzkisten. Die beschlagnahmte Festplatte, vom Staatsanwalt triumphierend in die Höhe gehalten, hatte Symbolcharakter. Mit diesem unscheinbaren Ding, von Experten eins, zwei, drei an einen Rechner angeschlossen und zum Laufen gebracht, konnte man nicht nur die Drahtzieher von Kinderschänderringen hinter Gitter bringen, sondern auch Minister aus dem Amt jagen. Bruno lauerte doch nur auf brisanten Stoff für Elisas Memoiren. Er konnte sich dieses Geschenk, das ihm durch Jans bodenlosen Leichtsinn gratis serviert worden war, nicht entgehen lassen. Bruno stand in Elisas Diensten. Er war ihr Vertrauter. Er konnte nicht anders, als sich irgendwann zu räuspern, wenn Elisa im Zuge ihrer Zusammenarbeit an diesen vermaledeiten Memoiren wieder einmal Jans eheliche Treue preisen und ihn als Ausnahmemann und einzig wahren Versteher der Frauen hervorheben würde. Dieses Räuspern war zwingend, das verlangte die Dramaturgie des Lebens. Bruno war alles andere als ein Intrigant. Kein Verräter. Aber ein Räuspern würde er nicht unterdrücken können. Und Elisa würde ihn fragen, warum er sich denn geräuspert habe. Und er würde schweigen, aber so, daß Elisa mädchenhaft schmollen und locken und bohren würde, und dem würde sich Bruno nicht entziehen können und irgendwann doch mit der Sprache rausrücken: Ganz so treu und ganz so nett zu den Frauen ist dein Jan vielleicht doch nicht. Sie würde Bruno nicht glauben und Beweise verlangen, und Bruno würde sagen, er habe Beweise, könne sie aber nicht zeigen, und Elisa würde so lange an seinen buschigen Augenbrauen zupfen, bis er ihr eine kleine Kostprobe zeigen würde, vielleicht die Datei »Korsett_Hündin_ersehnt_winselnd_Gebieter_Züchtigung.jpg«, ein Zweiflügelaltar, der nicht nur Zofia zeigte, sondern auf dem anderen Flügel unverkennbar Jan, wie er die Richterrobe torerogleich verwegen beiseite schwenkte. Zwar war durch die getrennten Flügel der Altäre erkennbar, daß diese beiden Menschen so nicht zusammen an einem Ort gewesen und photografiert worden waren, aber die Posen der beiden Protagonisten und die Inschrift machten überdeutlich, daß es hier um Unterwerfung und Gewaltverherrlichung ging. Eine Männerphantasie der übelsten Sorte, und wenn es stimmte, daß dieses Altarbild auch noch von einer Frau angefertigt worden war, dann war das Ganze um so schlimmer. Und Elisa könnte endlich den Satz sagen, den sie in so vielen ihrer Filme gesagt hatte: »Dieses Schwein!« Es würde ihr gar nichts anderes übrigbleiben, als sich von diesem Menschen zu trennen, der die Ideale, für die sie ihr ganzes Fernsehfilmleben lang gekämpft hatte, verraten hatte. Elisa war tolerant. Sie konnte vergeben. Vieles hätte sie ihrem bisher so liebenswürdigen Ehemann verziehen. Ein Abenteuer mit einer anderen Frau – geschenkt! Er will halt auch mal mit einer ins Bett gehen, die noch nicht auf die Fünfzig zugeht. Vergiß es, Jan, würde sie sagen, wenn er zu einer zerknirschten Entschuldigung ansetzen würde. Ein schwules Abenteuer von Jan wäre schon kniffliger, müßte aber auch drin sein. Erstens waren Schwule eindeutig die besseren Männer, und zweitens würde ihre Toleranz bei der Vergebung noch besser rauskommen. Etwas heikel wäre ein Photo, das Jan in einem Domina-Studio zeigt. Nicht so toll. Obwohl ja angeblich Richter neben Managern und Chefärzten die Hauptkunden sind. »So ein Quatsch-Klischee«, hatte Jan einmal an einem glücklichen Abend in ihrer glücklichen Ehe gesagt und sich wirklich geärgert, weil das brutalste Männerschwein im Fernsehfilm hundertprozentig ein Dominakunde ist. Elisa war an diesem glücklichen Abend mit einem halben Dutzend bester Freundinnen eingefallen und wegen einer positiven Filmkritik in Champagnerlaune gewesen. Die Söhne waren im Haus, aber nicht zu Dienstleistungen zu bewegen. Jan blieb nichts anderes übrig, als die Sekt- oder Prosecco- oder Champagnerflaschen zu öffnen. Er mochte es nicht, wie die Frauen von Flasche zu Flasche lauter johlten und immer dreister wurden. Und seine Bemerkung über das Dominakundenklischee im Fernsehfilm war entsprechend unwirsch gekommen, und eine der beschwipsten besten Freundinnen Elisas hatte »na-na-na-na-na« gesagt, und da sich nicht nur angetrunkene Männer, sondern auch angetrunkene Frauen gemeinsam besonders stark fühlen, war eine andere von Elisas Freundinnen noch weiter gegangen und hatte gesagt: »Noch nie Lust auf Unterwerfung und Schläge gehabt, Herr Richter?« Als sich auch Elisa den Dominaspekulationen anschloß und bald allgemeiner Konsens herrschte, daß alle Männer entweder schwul oder verkappt schwul oder Dominakunden seien, ging Jan laufen und lief so lang, bis alle diese Frauen weg waren. Natürlich wurde ihm vorher nachgerufen: »Das will er nicht hören!« Demnach müßte Elisa ihm auch einen »Domina 66«-Ordner verzeihen. Ich habe nur ausprobiert, was ihr mir unterstellt habt, hätte er sagen können. Aber einen solchen Ordner gab es nicht. Jan als jammernder Sklave – nicht schön, schnell vergessen, aber kein Weltuntergang. Doch ein sich herrisch gebärdender Jan, ein die Frauen auf die Knie zwingender, Drohungen ausstoßender, Unterwerfung gebietender, Verbote erteilender, Befehle gebender, Gehorsam verlangender, Gewaltanwendung androhender, die Frauen in Korsetts zwängender Jan – das war nicht mehr tragbar. Elisa würde die fürchterlichen E-Mails, die Jan »mit dieser Person« gewechselt hatte, natürlich nie zu Ende lesen, weil ihr ziemlich bald übel werden würde, wenn sie doch weiterlesen würde, würde sie feststellen müssen, daß all diese Ungeheuerlichkeiten »dieser Person« noch nicht genügen, daß sich schließlich Pläne finden, aus denen hervorgeht, daß »die Person«, von einer Assistentin zu einem Paket verschnürt, eines Tages dem Richter als Geschenk überbracht werden soll, auf daß er nach Gutdünken über es, das Geschenk, verfüge. »Ein Geschenk ist das Eigentum seines Besitzers. Er kann es mißachten oder benutzen, wie es ihm gefällt.« Solche Sätze gab es. Sie kamen von Zofia, aber Jan hatte ihnen nicht widersprochen.

Aus, Ende, Schluß mit der Ehe. Und weil der Kampf weitergehen mußte, weil den anderen Frauen Mut gemacht werden mußte, sich von solchen Männern zu trennen, würde auch das in Elisas Memoiren kommen. Tut mir leid, Jan, würde sie sagen, das kann ich dir nicht ersparen, und dann ihren Bruno heiraten und vielleicht auch mal ein Buch von ihm lesen. Die Scheidung von Elisa, dem Liebling der Nation, von ihrem mustergültigen Richtergatten, der sie so infam getäuscht hatte – und das verbunden mit ihrem fünfzigsten Geburtstag und dem Erscheinen der Memoiren, das wäre wochenlang das Thema in allen Boulevardzeitungen und bunten Illustrierten und Frauenzeitschriften, die genüßlich aus den E-Mails von Zofia und Jan zitieren würden. Jan würde keinen Schritt mehr laufen können, ohne daß hinter der nächsten Hecke ein Photograf hervorspringen und ihn knipsen würde. Es war keine Straftat, mit der Bekannten eines Untersuchungshäftlings ein Verhältnis zu haben, aber nach dem Rummel wäre er als Richter nicht mehr tragbar. Er sollte nicht lange zögern, sondern selbst um seine Versetzung bitten. Vielleicht könnte er, wenn Gras über die Sache gewachsen wäre, als ganz kleiner Richter bei einem ganz kleinen Amtsgericht ganz weit weg im Osten noch mal anfangen und sich mit Straßenverkehrsdelikten befassen. Oder den Job ganz an den Nagel hängen, Zofia ein bißchen bei der Arbeit helfen und den schlampigen polnischen Lederfärbern auf die Finger sehen. Es war allerdings die Frage, ob Jan ohne sein Richteramt und den Glanz der schwarzen Robe für Zofia überhaupt noch interessant sein würde. Das wäre dann das filmreife Ende der Liaison: Familie kaputt, Karriere kaputt, Schimpf und Schande, und Zofia greift sich einen neuen Gebieter, weil Loser schlecht die stürmischen Götter spielen können.

Beim Essen im exquisiten Landhotel wurde Elisa sofort erkannt und mußte Autogramme geben. Jan trank soviel Wein, wie irgend in ihn hineinfloß. Er wollte sein Gedächtnis verlieren. So fern vor Schreck und Suff war ihm später jeglicher Sex, daß die muntere Elisa im Hotelzimmer allerlei Verführungskräfte aufbieten mußte. Ehe Jan danach einschlief, sagte er noch betrunken vor sich hin: »Was hab ich denn, das genügt doch vollkommen.« Elisa hörte es nicht, sie schlief schon.

21

Ihr Laptop«, sagte Bruno, »vielen Dank.«

Es war ihm nichts anzumerken. Jan hingegen hatte schon bei dem Versuch, Bruno fest und offen in die Augen zu sehen, das Gefühl, wie jemand aussehen zu wollen, der nichts zu verbergen hat. Sah man überhaupt jemandem in die Augen, der einem einen geliehenen Gegenstand zurückgibt? War das nicht schon ein Schuldeingeständnis? Sagte man nicht einfach »ja, ja, schon gut« ohne aufzublicken, wenn man keinen Dreck am Stecken hatte?

Jan hatte sich bereits beim Computerexperten im Gericht erkundigt, ob es eine Möglichkeit gäbe, festzustellen, wann Dateien das letzte Mal geöffnet worden seien. »Ja und nein«, hatte der gesagt und leise gelacht, als wisse er alles. Jan hatte noch dieses Expertenlachen im Ohr.

Eine Gerichtsverhandlung war kein Verhör. Diese Drecksarbeit wurde vorher erledigt. Jan hatte als Richter nur Ergebnisse von Verhören auszuwerten. Er selbst hatte keine Erfahrung im Aushorchen. Daß Angeklagte vor Gericht plötzlich Geständnisse machten, war selten – und noch seltener auf das geschickte Fragen des Gerichts zurückzuführen. Angeklagte verloren manchmal die Nerven, oder das Lügen wurde ihnen zu lästig. Die Verhörmethoden mußten rechtsstaatlich sein. Nichts anderes interessierte. Das war vor allem Aufgabe der Polizei. Die hatten das gelernt. Er würde aus Bruno nie herausbekommen, was er wußte.

Das Phänomen des Täters, der seiner Tat nicht gewachsen ist und völlig übersensibilisiert ständig Zeichen dafür sieht, daß sich die Schlinge um seinen Hals zusammenzieht, kannte Jan nur aus Kriminalromanen, die er ohne große Lust als Student gelesen hatte, weil sein Strafrechtsprofessor ein Krimifan war und bei Prüfungen gern auf Krimis zu sprechen kam.

Nun bekam er dieses Phänomen, das der Strafrechtsprofessor als »Raskolnikow-Phänomen« bezeichnet hatte, selber zu spüren. In jeder juristischen Wochenschrift, in jeder Einladung zu Fortbildungsseminaren, in jeder neuen Lieferung zur Ergänzung einer Loseblattsammlung, in jeder Fachpublikation, in der auf wichtige Urteile hingewiesen wurde, bei jedem Mittagessen mit Kollegen, in jeder Nachrichtensendung war von nichts anderem die Rede als von beschlagnahmten Festplatten und dem Computer als Vervielfältigungsmaschine der Pornographie, von Mißbrauch und Schändung. Und immer und überall waren es unbescholtene Familienväter, auf deren Festplatten sich Hunderttausende von pornographischen Photos fanden. Daß Zofia kein Phantom aus dem Internet war und auch kein mißbrauchtes Kind, sondern eine erwachsene Frau, darin bestand ein gewisser Trost, wenn auch nur ein schwacher, zumal einige ihrer exakt geführten Protokolle eindeutig belegten, daß sie sich ab und zu mit großem Vergnügen in eine Minderjährige hineinphantasierte.

Noch nie zuvor hatte Jan an Selbstmord gedacht. In den Tagen der Raskolnikowschen Höllenpein aber schien ihm diese Lösung immer wahrscheinlicher: Von seiner Frau verlassen, von deren zehn Millionen Fans gehaßt und verachtet, von der Presse als Schwein geschmäht, aus dem Job verjagt, von der Geliebten fallengelassen – war das noch ein Leben?

Er hatte sich nachweisbar hineinziehen lassen. Er hatte mitgemacht. Alles penibel und hymnisch protokolliert. Mißbrauch und Inzest in sämtlichen klassischen Variationen. All die Verwerflichkeiten waren dokumentiert.

Beim Mittagessen in der Kantine wandte sich unvermittelt der nette Direktor des Amtsgerichts an Jan: »Meine Frau ist übrigens eine begeisterte Leserin der Buchtips Ihrer Frau.«

»Ach ja«, sagte Jan. Den Satz hatte er so ähnlich schon von fast jedem Kollegen gehört.

Der Gerichtspräsident war noch nicht fertig: »Es muß da einen tollen neuen Roman geben«, sagte er, nachdem er das Tüteneis, das es zum Nachtisch gab, vertilgt und sich die Finger mit seinem Taschentuch abgewischt hatte, »und meine Frau wundert sich, warum Ihre Frau diesen Roman nicht empfiehlt.«

»Es gibt so viele Romane«, sagte Jan matt.

»Aber dieser handelt von einem Richter, der ein Doppelleben führt«, sagte der Direktor. Er boxte Jan sportlich an die Schulter: »Das ist doch was für unsere Richterehefrauen.«

Jan mußte allein durch die Hölle. Zofia hatte ihn zu diesen E-Mails verführt, und manchmal dachte er, sie hätte ihm beibringen müssen, wie man Daten versteckt. Zu spät. Sie stand ihm nicht bei. Sie hatte von einem Mann ihrer Wahl sicher mehr technisches Geschick erwartet. Sinnlos, ihr von dem Mißgeschick zu berichten und sie um Rat zu fragen. Es war allein sein Problem. Sie hatte keine Lust auf ratlose, klagende, schwächelnde Ehemänner. Ein Mann als ertappter Sünder, das paßte nicht in ihr Bild. Sie war die Sünderin, und sie war es gern. Männer waren Täter.

Der Schrecken des Raskolnikow-Syndroms war so groß, daß Jan drei Tage lang seinen Laptop nicht anfaßte. Kein Gedanke an Sex. Vielleicht fiel das Bruno auf, und er zog seine Rückschlüsse. Dann klappte der in tiefer Betrübnis versunkene Herrscher doch seinen elektronischen Reisealtar auf. Und siehe: Als er ein paar der Anbetungstafeln, die er besonders mochte, betrachtet hatte, fühlte er plötzlich die alten Kräfte wiederkommen. Es schwoll die Zuversicht, und es schwand die Verzagtheit. Angst paßte nicht zu dieser stolzen Frau und auch nicht zu diesem Mann, die auf diesen Altären zu sehen waren: »Wir beherrschen uns!«

Eine neue E-Mail von Zofia gab es auch. Entweder aus Polen, oder sie war schon aus Polen zurück. Mit solchen gewöhnlichen Mitteilungen zu Ortsangaben vergeudete sie keine Zeit. Sie hatte ein neues Wort entdeckt. Das war wichtiger: »Lustwut«. Auf der Suche nach Gemäldebeschreibungen aus dem späten 18. Jahrhundert war sie auf ein Buch von Wilhelm Heinse gestoßen, das ihre Frage nach dem damaligen Zustand einiger Gemälde von Tintoretto zwar nicht beantworten konnte, aber als Quelle für die Erweiterung des Wortschatzes ergiebig war.

Kaum hatte sie eine Stelle bemerkt, in der von »gierigen und heftigen Zügen und Stößen« die Rede war, nahm sie Witterung auf, schon hatte sie eine weitere Stelle gefunden, wo der »harte vollgedrängte Schwanz« gepriesen wird, und wo es heißt »die Flammen schlagen aus den Augen«. Jetzt weiß sie: Wilhelm Heinse ist ihr Autor. Restlos hingerissen von diesem Autor ist Zofia, als sie folgende Bildbeschreibung entdeckt: »Die Madonna ist reizend gemalt und unser Herr Gott ist gerad mit einem Gesicht gemacht, als ob er die Madonna gnädig vögeln wollte; und sie schaut ihn an wie eine Cirkaßerin einen alten Sultan mit Demut und göttlich lieblichen Augen.« Und schon ist im Nachwort ein Goethe-Urteil gefunden: Heinses Roman sei »mit der glühendsten Schwärmerei der geilen Grazien geschrieben«. Paßt. Und dann die Stelle mit der Lustwut: Ein noch so stolzes Pferd, hieß es da, läßt sich von einem guten Reiter leicht zügeln, wenn aber ein Liebespaar von der Lustwut gepackt ist, helfen keine Zügel, dann kann das »Gebiß der Vernunft« nichts mehr ausrichten.

So war es: Die Vernunft hatte keine Chance, wenn die Lust wütete. Ihr ging es so, ihm ging es so. Zofias Blick oder bloß ein paar Zeilen von ihr, ein Photo von ihr in Leda-Pose – das reichte aus, um seinen Verstand auszuschalten und die Lust zum Wüten zu bringen. Aus dem keuschen Jan war durch Zofias Zugriffsgesuche und Verfügungsbereitschaft ein wandlungsfähiger Zeus geworden. Wenn Jan ihre Bildung pries, lachte sie. Sie witterte Stellen, die nach Lust rochen – in der Literatur, in der Kunst, in der Musik. Sie kannte nicht Hunderte von Songs, wie Jan glaubte, aber sie kannte jeden Song, in dem Sex gepriesen wurde, je expliziter, desto besser kannte sie ihn. Und wenn sie Correggio mit Leonardo und Michelangelo verglich, dann interessierte sie dabei vor allem, welcher der drei den geilsten Schwan und die am wollüstigsten sich windende Leda gemalt hatte. Jan hielt dieses Spezialwissen für universale Bildung. Natürlich gefiel ihm die entlastende Ausrede: Von dieser Frau kann ich etwas lernen. Sie hatte Witz, sie hatte Wissen. Zofia die Weise.

Zofia hatte das Wort »Lustwut« für sich und für ihn entdeckt, und ein exakter treffendes Wort gab es nicht: Die Lust auf Zofia überfiel ihn tatsächlich jäh wie ein Wutanfall. Seine edle Frau Elisa las keine Seite der literarischen Neuerscheinungen, die sie in Frauenzeitschriften mit glühenden Worten als lesenswert anpries. Zofia hingegen stürzte sich gierig auf über 200 Jahre alte Bücher und verschlang sie wirklich. Es war nicht ohne Ironie, Elisa mit einer Frau zu betrügen, die das tat, was Elisa zu tun vorgab. Es war eine Art Strafe für Elisas Verlogenheit.

Begeistert speicherte Jan Zofias neue E-Mail unter dem langen, aus Heinses Originalzitat bestehendem Dateinamen »Das_Gebiß_der_Vernunft_lenkt_die_Lustwut_nicht_um_wenn_das_Vergnügen_bereit_steht.doc«. Nun war er wieder versöhnt mit seinem Schicksal. Die Lustwut war ein hübscher und auch dringend nötiger Kontrast zur dringend nötigen Selbstbeherrschung. »Wir beherrschen uns!« Und nun: »Wir wüten!« Oder besser: »Wir lassen uns nicht umlenken!«

Jan antwortete: »Bestellung: Das Erzbistum Mainz gibt hiermit einen Dreiflügelaltar für das linke Querschiff in Auftrag, mit dem auch dem vergessenen Dichter Wilhelm Heinse ein würdiges Denkmal gesetzt werden soll. Nach Willen des

Oberlandesgerichts Koblenz, das hier als Stifter auftritt, sollte mit dem neu geschaffenen Altar ein Loblied auf die Lustwut dargebracht werden. Die Lustwut sollte darauf als die Antipodin der bissigen Vernunft zu sehen sein, welche sicherlich weniger gottgefällig ist. Es wäre wünschenswert, wenn die Altarinschrift u. a. den Satz: ›Wir lassen uns nicht umlenken‹ enthielte. OLG Koblenz, gez. Vanderleyden«

»Liebst du sie denn?« Sollte es je so weit kommen, daß Elisa ihm diese schrecklichste aller Ehefraufragen stellen würde, so gab es darauf eine Menge richtiger Antworten: »Ich kann mich beherrschen.« Oder frech: »Frag mich was Leichteres.« Oder eben: »Es ist wirklich nur ein Anfall, nichts als Lustwut.«

Jan versuchte, die quälende Ungewißheit sportlich zu nehmen. Er mußte herausbekommen, ob Bruno sein Geheimnis entdeckt hatte. Er fragte ihn nach dem Roman, von dem ihm ein Kollege erzählt habe, über einen Richter, der ein Doppelleben führte. »Nie gehört«, sagte Bruno, »es gibt so viele Romane.« Jan baute eine Falle: Er empörte sich über diesen Roman-Richter. Dieses Schwein! Diese Weibergeschichten hinter dem Rücken der Ehefrau! Wenn Bruno Bescheid wüßte, mußte er jetzt sagen: »An Ihrer Stelle wäre ich mit der Verurteilung dieser Figur etwas weniger vorlaut!« Dann hätte Jan endlich Bescheid gewußt. Aber Bruno sah ihn nur an. Leider nicht so, als habe er keine Ahnung, sondern undurchschaubar. Personen, die man für mögliche Mitwisser hält, müssen kunstvoller verhört werden. Mitwisserschaft ist schließlich keine Mittäterschaft. War man, wie Jan, als Ermittler zugleich der Täter, war das Bauen von Verhörfallen besonders schwer.

Jan erzählte Bruno von einer absurden Gerichtsverhandlung. Er kannte sie auch nur vom Richterstammtisch her. Ein zeternder Ehemann hatte behauptet, von seiner Frau bestohlen worden zu sein. Er hatte Haare an einer Geheimschublade angebracht, der seine Frau angeblich Geheimnummern entnahm, um damit insgeheim von dem Geheimkonto ihres Mannes Geld auf ihr Geheimkonto umzuleiten. Mit zwei Popeln und einem Haar hatte der Mann die Geheimschublade geheimversiegelt. Dann wieder eine rätselhafte Abbuchung auf seinem Konto. Und das Haar an der Schublade war verschwunden. Beweise, daß seine Frau die Täterin war, findet er. Vor Gericht kommt er damit nicht durch. »Sie haben zuviel Sherlock Holmes gelesen«, sagt der Anwalt der Ehefrau und präsentiert ein Gutachten: Mit Popeln befestigte Haare können sich schon durch einen simplen Luftzug lösen und weggeweht werden. »Kommt das nicht auf die individuelle Konsistenz der Popel an?« hatte der Richter den Gutachter gefragt. Der Fall war natürlich als »Popelprozeß« durch die Presse gegangen.

»Warum erzählen Sie mir das?« fragte Bruno und sah nicht so aus, als habe er am Inhalt von Jans Festplatte auch nur das geringste Interesse.

22

Elisas Widerstandskämpferinnenfilm war so gut wie fertig. Es gab noch keinen Sendetermin, aber die Presseleute kannten bereits eine fast fertiggeschnittene Fassung und waren sich einig: Das würde Elisas bester Film seit langem werden, hiermit schließe sie an den starken Anfang ihrer Karriere vor unglaublichen dreißig Jahren an. Als Krankenschwester, die still und zäh gegen ihre Nazichefärztin kämpfte, war sie eine Wucht, Chapeau, Respekt, wer hätte das gedacht. Agentin Jennifer hatte einiges zu tun, um die Presse zu bremsen: »Verschießt euer Pulver nicht, liebe Leute, hebt euch noch ein bißchen Lob für die Kritiken auf, wenn der Film ausgestrahlt wird.« Auch das gehobene Feuilleton, das Elisa-Filme sonst kaum beachtete, berichtete und machte gute Stimmung. Die Freude darüber wurde nur getrübt von den hinterhältigen Bemerkungen mancher Edelschreiber, die zwanzig Filme, die Elisa zwischen diesem und ihrem ersten Film gedreht habe, könne man getrost vergessen.

»Und wie sieht es mit meinen Memoiren aus, Brunolein?« fragte Elisa in bester Laune.

»Gut«, sagte Bruno.

»Diesmal kommst du aber mit zur Premierenfeier nach Berlin«, sagte Elisa zu Jan.

»Ganz bestimmt«, sagte Jan und war stolz auf seine Frau.

Es war noch einmal gutgegangen. Bruno konnte sein Zofia-Geheimnis nicht entdeckt haben. Leichtsinn wurde nicht immer bestraft. Es kam schließlich auch vor, daß man am Morgen ein prall gefülltes Portemonnaie in einem sizilianischen Straßencafé liegenließ und es am Abend dort immer noch unberührt vorfand, und das an einem Platz, auf dem im Schnitt drei Mal pro Stunde Touristinnen die Handtaschen weggerissen wurden. Das Gefühl, Glück gehabt zu haben, gab der Geschichte mit Zofia in Jans auch schon ganz mythologisch gewordener Sicht den Segen der alten Götter.

Nach einer längeren Pause stand nun ein Treffen in der Domstadt Limburg an, Zofia arbeitete bereits an den Tagesordnungspunkten. Er hatte festgestellt, daß auch in ihrem heimatlichen Krakau ein Dom stand, und dort ein Treffen vorgeschlagen, eher spaßeshalber, denn das war weit weg, und die Zeit war kostbar und sollte nicht durch lange Anreisen vergeudet werden. Zofia hatte den Vorschlag ernstgenommen und nicht nur ihre hiesige Wohnung, sondern ganz Polen zur Tabuzone erklärt. Zu Jans Erleichterung war »Con Dom« nur noch eine Art Traditionszusatz für ihre Tagungsorte und nicht mehr Bedingung. Die Initiation war in Speyer erfolgt, die Mutprobe glorreich bestanden. Sie schwärmten beide von diesem Tourenerlebnis, schlossen Wiederholungen in anderen Domen nicht aus, aber das war jetzt nicht zwingend, erst einmal stand anderes auf der Tagesordnung.

Für die Verschnürung Zofias, damit sie Jan wie ein Gebrauchsgegenstand zur Verfügung stand, war die Zeit noch nicht reif. Sie malte sich dieses Treffen und die Wonnen dieser Sünde zwar schon in den schillerndsten Farben aus und fertigte in Ermangelung von Photos Skizzen an, riet aber als perfekte mitdenkende Top-Sekretärin vorläufig noch ab: »Eine Realisierung muß in Anbetracht der kurzen Vorbereitungszeit auf einen späteren Zeitpunkt verschoben werden.«

Verschnürungen wurden in der Fachsprache »Bondage« genannt. Bondage war nicht unkompliziert. Wie beim Segeln mußte man Knoten lernen. Man mußte beachten, daß die Extremitäten nicht abstarben und Schaden nahmen. Die Lust wollte es möglichst fest und eng, die Vorsicht eher locker. Dieser Widerspruch schien das Problem zu sein. Daher wurden Wochenendseminare angeboten, wo Paare unter Anleitung eines Arztes mit dem neckischen Namen Dr. Bond lernen konnten, sich kunstgerecht in Fesseln zu legen. Nicht ganz billig. 300 Euro pro Paar, Einzelpersonen 200. Meist waren es lesbische Paare. Jan malte sich aus, mit Zofia ein solches Seminar zu besuchen: als einziger Mann unter lauter Lesben – sehr delikat. Dann aber leider doch die in solchen Fällen unvermeidliche überraschende Begegnung mit einer Kollegin – weniger komisch. Natürlich kam ein Kurs nicht wirklich in Frage. Bloß keine Gleichgesinnten. Bloß keine Genossen. Schicksalsgenossen, Leidensgenossen, Parteigenossen, Geschlechtsgenossen, alles furchtbar.

Ideal, fand Zofia, wäre eine Assistentin, die ihr Handwerk beherrschte. Aber die gab es nur in ihren Phantasien. Jan liebte Zofias Phantasien, in denen sie eine Herrin der Oase war, begehrt und bewundert von hübschen Sklavinnen. Sie las in den Gemächern der Oase verworfene Bücher, blätterte in Kunstkatalogen mit lasziven Bildern, hörte dazu aufpeitschende Musik, ließ sich zweite Häute und Rüstungen nähen, vernaschte ab und zu eine Sklavin oder quälte sie, indem sie ihr erlaubte, der Herrin beim Selbstzugriff zuzusehen, ihr aber gleichzeitig verbot, hilfreich einzugreifen oder es ihr gleichzutun. Ab und zu kam der Gebieter der Herrin in Gestalt des großen und gerechten Jan zu Besuch in die Oase, und dann wurden Zofias E-Mails viele Seiten lang, und lesend phantasierte Jan leidenschaftlich mit.

Für Limburg hatte Zofia vorgeschlagen, das Programm »donna flagellata« auf die Tagesordnung zu setzen, genannt nach einem pompejanischen Fresko, auf dem zu sehen ist, wie eine attraktiv kniende Frau von einem furiosen Engel gezüchtigt wird, irritierenderweise eine alles andere als furchterregende oder abschreckende Darstellung. Pompejanische Fresken lieferten wegen ihrer zahllosen Kopulationsszenen und der vielen gewaltig aufgerichteten Phalli immer wieder Material für Zofias Altäre. Auf dem Flagellata-Fresko tanzt direkt neben der gegeißelten Donna eine andere Frau – nach Zofias Deutung ein klares Zeichen dafür, daß Hiebe nur heiß machen und in Schwung und Ekstase versetzen. Jan wußte, daß er diese Prüfung bestehen mußte, wenn er Zofia nicht verlieren wollte. Er war vorbereitet. Schon bei den bisherigen Treffen mit Zofia hatte sie ihm mit Kniffen und Bissen zu verstehen gegeben, wie sie gekniffen und gebissen werden wollte, und hatte Jan so eine Vorstellung von dem vermittelt, was als »Lustschmerz« bezeichnet wird. Sie konnte ein bißchen kneifen, ihn beißen, das ja, aber nicht die Hand gegen ihren Gebieter erheben, um ihm zu zeigen, was sie wollte, das war das Problem. Doch war es Jan schon in Speyer gelungen, sich für kurze Zeit in eine Gehilfin zu verwandeln, die Zofia als Herrin verehrte und ihr unterstand. Ein Zeus kann auch das. Diese Metamorphose erlaubte Zofia, nach dem Kabel von Jans elektrischem Rasierapparat zu greifen und ihm, der in diesem Augenblick ihre Oasenfreundin war, ein paar Hiebe auf den Hintern und die Schenkel zu verpassen. Das hieß: So mußt du es mit mir machen. In diesem Augenblick hatte Jan gespürt, daß bei einem ausreichenden Vorhandensein von Lust diese Lust durch das Brennen eines Hiebes erheblich gesteigert wurde und daß dieser Lustgewinn mit Buße, Unterwerfung und Masochismus weniger zu tun hatte als mit den rätselhaften Reaktionen des Körpers. Irgendwelche Hormone, die einen schon beim Laufen beglücken konnten, wurden dadurch vermehrt ausgeschüttet und verursachten eine als himmlisch empfundene Reizüberflutung.

Zofia jedenfalls wollte es so. Sie wollte von dieser hohen und heißen Lust kosten. Sie war gerüstet. Das würde die Flagellation in Limburg erleichtern. Auf ihre nackte Haut zu schlagen, würde sich Jan weigern. Zofia aber war mit ledernen Rüstungen bewehrt. Es würde mehr eine Art Ritterschlag werden, den er ihr zu verpassen hatte.

»Ich muß mit Ihnen reden«, sagte Bruno, als Jan seine Abendandacht vor dem Limburger Flagellations-Triptychon beendet hatte und aus seinem Arbeitszimmer kam, um im Kühlschrank nach einer Stärkung zu sehen.

Das klang nicht angenehm. Jan dachte sofort daran, daß er sich immer noch nicht erkundigt hatte, wie man Dateien vor unerwünschtem Zugriff schützte.

»Was ich Sie schon immer mal fragen wollte«, sagte Bruno.

Scheußlich, wie er nicht lockerließ. Jan machte ein so unerschrockenes Gesicht, wie er nur konnte: »Ja?«

»Haben Sie eigentlich mal Kafkas ›Prozeß‹ gelesen?«

Jan lachte, ein bißchen übertrieben laut und erleichtert: »Was der Memoirenschreiber einer Schauspielerin von deren Mann alles wissen will!«

»Also nicht gelesen?«

Jan schüttelte den Kopf.

»Daß ich Ihnen über Lulu und Lola und Lolita ein bißchen Nachhilfe geben mußte, ist ja verständlich, aber daß Sie als Richter den ›Prozeß‹ nicht gelesen haben!«

Jan versuchte ein natürlicheres Lachen: »Fragen Sie doch mal Elisa, ob sie das Buch kennt.«

»Es ist einfach saukomisch geschrieben«, sagte Bruno.

»Ach ja«, sagte Jan, »ich dachte immer, Kafka ist ein bißchen schrecklich.«

»Überhaupt nicht«, sagte Bruno, »denken Sie nur an diese Erzählung mit der Verwandlung.«

Jan schwieg.

»Kennen Sie natürlich auch nicht?«

Jan machte ein Geständnisgesicht.

»Obwohl man doch als Richter ein Verwandlungskünstler ist«, sagte Bruno.

»Richtig«, sagte Jan, »diese Roben, daß es die immer noch

gibt.« Er sah auf die Uhr: »Ich wollte eigentlich noch ein bißchen laufen, ist das Examen zu Ende?«

»Lesen Sie einfach mal den ›Prozeß‹, wenn Sie Zeit haben, da kommt ein Richter vor, der sich an einem Buch mit pornographischen Bildern delektiert.«

»Ich verstehe nicht«, sagte Jan, obwohl es aussichtslos war.

»Kommen Sie«, sagte Bruno, »Sie müssen doch längst wissen, daß ich Bescheid weiß.«

Zum ersten Mal in seinem Leben empfand Jan am eigenen Leib, wie einem überführten Täter zumute ist. Er vergrub sein Gesicht in den Händen. Am liebsten hätte er sich eine Jacke über den Kopf gezogen, wie diese Kinderschänder, die vom Polizeiauto in den Gerichtssaal geführt werden.

»Seien Sie nicht lächerlich«, sagte Bruno. Er hatte das einfach nur einmal klarstellen wollen. Jans Angst vor Entdeckung hatte er längst bemerkt. Die war ihm auf die Nerven gegangen. Wenn Jan nicht so ungebildet gewesen wäre, hätte Bruno es bei der Anspielung auf »Kafkas Prozeß« belassen, so hatte er Jan plump darauf stoßen müssen.

Bruno war empört, daß Jan befürchtet hatte, er, Bruno, könne Elisa seine Entdeckungen auf die Nase binden. »Sie sind verrückt, total verrückt«, rief Bruno wütend, »wie konnten Sie mich für so eine Dreckschleuder halten!«

Jan blickte entweder aus dem Fenster oder auf den Boden. Die Erleichterung, daß Bruno die Sache ganz offenbar für sich behalten wollte, wurde gleich wieder überflutet von der Peinlichkeit, daß dieser Mensch Bilder gesehen hatte, die sich zwar Altartafeln nannten, aber eine Frau zeigten, deren Posen man nicht mehr als normal-verführerisch bezeichnen konnte, sondern als Aufforderung zur Überwältigung, und einen Mann, der zu allem entschlossen schien. Dieses Paar konnte nicht mit dem Verständnis eines außenstehenden Betrachters rechnen, und den Mann würde man sich ganz bestimmt nicht als Richter vorstellen wollen.

»Mein Gott«, sagte Jan. Da er nicht aufblickte, konnte er nicht sehen, welchen Spaß Bruno daran hatte, als Dichter vor einem angeklagten Richter zu sitzen.

»Mein Gott«, wiederholte Bruno genüßlich. »Mein Gott. Mon Dieu, Monsieur, Mon Sire – was Gott wohl zu Ihrem Benehmen in seinem Gotteshaus in Speyer sagen würde.«

Jan war noch immer entsetzt und taub für jede Ironie. Gut, die 66er-Photos betrafen nur ihn, aber mit seinem Leichtsinn hatte Jan auch Zofia hineingezogen. Eine Frau, die unter anderem im Ministerium verkehrte und Konditionen und Budgets für Restaurierungsarbeiten aushandelte, würde keinen gesteigerten Wert darauf legen, daß ihre intimsten Phantasien üppig illustriert einem Schriftsteller vor Augen kamen, der an einem Buch über die Frau dieses Richters schrieb und sich deswegen für dessen Leben interessierte.

»Sie gehen mir auf die Nerven«, sagte Bruno, »Sie machen ein Gesicht, als ob ich Sie trösten müßte, weil ich von Ihrer Zofia Wind bekommen habe. Sie sind wirklich ein miserabler Sünder. Nehmen Sie sich ein Beispiel an Frau Czerkowska, der macht die Sünde Spaß *und* das Büßen.«

Jan schwieg noch immer und zeigte sein Gesicht nicht.

»Die Pose reicht mir jetzt«, sagte Bruno und setzte zu einer globalen Beschimpfung an: Die ganze Generation Vanderleyden gehe ihm schon lange auf die Nerven, sagte er. Klar hätten die Achtundsechziger damals übertrieben, politisch und auch mit ihrer Polygamiepropaganda, aber das sei kein Grund, sich über die alten linken Umtriebe pauschal zu erheben, in die alten Zeiten zurückzufallen und konservativ vor sich hinzuwandeln. Natürlich halte das kein Mensch aus, natürlich müsse dieses brav seine Runden drehende Spießerleben zwangsläufig zu einem Zofia-Exzess führen, der Jan nun also ergriffen habe und zu dem er bitte auch stehen möge. Bruno wedelte mit der Hand in der Luft herum: »Malerfürsten werden bei Sexorgien erwischt, amerikanische Präsidenten beim Blowjob von Praktikantinnen, und die kommen da ganz gut damit klar, Sie aber tun so, als wenn die Welt untergeht, wenn der Ghostwriter Ihrer Frau ein paar verfickte E-Mails entdeckt hat. Ficken und Wichsen ist schließlich nichts Unnatürliches.«

Jan zuckte zusammen.

»Entschuldigung, ich vergaß, solche Worte mögen Sie nicht«, sagte Bruno. »Ihre Wortwahl ist natürlich origineller.«

»Denken Sie von mir, was Sie wollen«, sagte Jan, »nur tun Sie mir einen Gefallen, und halten Sie diese Frau raus. Vergessen Sie diese Frau. Sie kann nichts dafür, wenn ich meine Daten nicht schützen kann.«

»Das wird schlecht möglich sein«, sagte Bruno, »ich habe diese Frau bereits kennengelernt.«

Bruno genoß ein Weile die Wirkung seiner Worte, dann hatte er Mitleid mit Jan, der, ganz zermürbt von dem weiteren Schock, um Aufklärung bat, und verriet ihm, daß er Jans Laptop schon gelegentlich von Elisa zugeschoben bekommen habe. Er hatte seinen eigenen oft nicht dabei, weil er keine Lust hatte, an diesen Memoiren zu arbeiten. Als er den Ordner »Route 66« zum ersten Mal öffnete und sich in das vertiefte, was Zofia mit ihrer Vorliebe für die Sekretärinnensprache ihren »Schriftverkehr« nannte, sei ihm eine Frau entgegengetreten, die auf den ersten Blick dem Bild der Frau entsprach, von dem die Männer seiner Generation, das jedenfalls hatten ihnen die Feministinnen unterstellt, angeblich insgeheim träumten: die Fügsame. Dabei hatte man in Brunos Generation schon gar nicht mehr von diesem Typ Frau geträumt. Man hätte sich für eine solche Männerphantasie geniert. Zofia, so wie sie ihm aus Jans Laptop entgegentrat, hatte Bruno für die längst fällige Überwindung dieses alten Frauenbildes gehalten. Zofia, das war die Antwort einer Frau von heute auf die Männerträume von gestern.

Jan war erleichtert, weil Bruno in Zofia mehr eine exemplarische Figur zu sehen schien als das individuelle Lustgeschöpf, und wollte nun wissen, wie Brunos reichlich geheimnisvolle Andeutung zu verstehen sei, er, Bruno, habe Zofia kennengelernt.

Bruno aber ließ Jan noch etwas zappeln und setzte seine allgemeinen Betrachtungen über die Veränderungen des weiblichen Selbstverständnisses fort, zu denen ihn Zofia angeregt hatte: Auch wenn eine Frau wie Zofia um Zugriff bittet und darum, es möge über sie verfügt werden, sei sie damit ja alles andere als fügsam. Sie sei so stolz und frei und so selbstbewußt und selbstverliebt, daß sie gern ab und zu die gehorsame Hündin spiele.

»Sie schwärmen ja richtig«, sagte Jan und fügte mutig hinzu: »Sie haben sie nicht wirklich kennengelernt, das ist nicht Ihr Ernst, Sie kennen Zofia nur aus dieser E-Mail-Korrespondenz.«

Bruno ging auf diese Behauptung nicht ein. Er verschwieg Jan nicht, daß er auf dem neuesten Stand der Dinge war und ihm sogar schon Zofias neueste Ausführungen über die Lustwut bekannt waren.

Jan kam sich durchleuchtet vor und sagte nur matt: »Datenschutz.«

Bruno starrte ihn an: »Sie sind selbst schuld, wenn Sie als Paßwort »Richterrute« nehmen.

Jan litt wieder überdeutlich.

Bruno wollte Elisa nicht schlechtmachen. Sie war immerhin seine Auftraggeberin. Er wollte aber auch Jan nicht verschweigen, daß ihm Elisas Memoiren noch mehr Kopfzerbrechen bereiteten, seitdem er von Zofia wußte. Die Sitzungen im Geisterzimmer zusammen mit Elisa waren nett, doch was die Memoiren betraf, wenig ergiebig. Er hatte Elisa, die nicht nur Pressemappen durchblätterte, sondern auch erstaunliche Mengen Wein trank oder »süffelte«, wie sie sagte, dabei besser kennengelernt – auch die Scheu der emanzipierten Frau vor dem, was Zofia, begnadet im Aufspüren treffender Wörter, neuerdings »Lustwut« nannte. Damit hatte Zofia eine Bezeichnung gefunden, mit der sich das heikle Thema Sex und Gewaltsamkeit munter diskutieren ließ. Wie viele fortschrittliche Frauen näherte sich auch Elisa immer wieder gern und fast gierig diesem Thema, wenn man ihnen unauffällig Brükken baute, wagte sich dann aber nicht weiter. Erst vor kurzem hatte Bruno wissen wollen, wie Elisa auf Zofia-Worte wie Peitsche, Knebel und Fetisch reagieren würde. Sie war nicht einmal empört, kicherte leise und etwas hysterisch, wechselte das Thema und zeigte auf ihre Pressemappe: »Da drückt mir dieses Arschloch von Intendant diesen blöden Fernsehpreis in die Hand!«

Das brauchte Jan nicht zu wissen. Bruno ließ Elisa aus dem Spiel und erzählte von seiner erwachsenen Tochter, von der er dieses eigenartig pikierte Ausweichen auch kannte. Da er als Schriftsteller auch die weibliche Welt belausche, wenn sie sich vor männlicher Gegenwart sicher glaube, sagte er Jan, wisse er, daß auch Frauen untereinander das Thema Gewalt und Unterwerfung wie junge Mädchen umkreisten und es bei Andeutungen beließen. Man hatte seine Phantasien. Und nur die phantasielosen Männer gingen in die Dominastudios und ließen sich peitschen, diese armseligen Wichte. Das war der weibliche Konsens. Damit sei das Thema dann meist gegessen. Die Lektüre des »Schriftverkehrs« von Zofia und Jan habe ihn, Bruno, vor allem deswegen so nachhaltig beeindruckt, weil hier eine Frau, die ihr Liebhaber nicht zu unrecht als »gerüstet« beschrieb, ungeniert in diesen Themenbereich hineinsprengte und ohne jede Hemmungen ihre Bedürfnisse anmeldete, die sie in keinem SM-Studio der Welt befriedigen konnte und wollte.

Jan nickte so einverstanden mit diesen Ausführungen, daß er einen Dämpfer verdient hatte, fand Bruno, und sagte daher: »Daß sich Zofia einen sexuellen Parzival wie Sie zu ihrem Dienstherren erkoren hat, ist eine wunderbare Ironie, auch im Hinblick darauf, daß Sie beide die Musik Wagners nicht ausstehen können. Auch das war ein guter und sicherer Griff von

Zofia, denn nur ein weicher und verständnisvoller Mann konnte zu einem Liebhaber geschmiedet werden, wie sie ihn brauchte.«

Diese Deutung gefiel Jan weniger.

Bruno dachte an Elisa: wie sie im Geisterzimmer nah neben ihm saß und noch näher an ihn heranrutschte und nett und bescheiden die Stationen ihrer Karriere aufzeigte und mit dem ihr zugeworfenen Wort »Lustwut« nichts hatte anfangen können oder wollen. Er rauchte, streifte die Asche in eine gebrauchte Espressotasse, amüsierte sich, weil Jan zu zermürbt war, um zu protestieren, und dozierte die Gedanken zu Ende, zu denen ihn Zofia angeregt hatte: Die Frauenbewegung habe seinerzeit das archaisch-inbrünstige Thema der Lustwut ebenso ausgespart wie die Linke das Thema Patriotismus. Jetzt, in diesem Sommer, seien die deutschen Zeitungen zum Kotzen voll mit hysterischen Grabgesängen auf das Ende der Linken, wie schon 1989 nach dem Fall der Mauer und dem Ende der Idee des Kommunismus. Und natürlich flöteten die neunmalklugen Links- und Rechtsschwätzer, ein Grund für das Scheitern der Linken oder Roten und Grünen sei gewesen, daß man den Patriotismus den Rechten überlassen habe und daß man sich jetzt nicht wundern dürfe, wenn die konservativen Schleimer mit ihren geföhnten Frisuren auf den Plan träten. Welche Wohltat und welche Hoffnung sei da eine Frau wie Zofia, die sich um all das nicht scherte. Die vor allem sich selbst und die Ihren liebte, die sich nicht für linkes und rechtes Gesindel interessierte und schon gar nicht für Patriotenscheiße.

Jan nickte dankbar und kam sich wie ein Schüler vor, dem der Lehrer eine Strafpredigt halten wollte, die sich aber zunehmend in eine Stammtischphilosophie verwandelt würde, gegen die man besser keine Einwände vorbrachte.

Und ganz sicher würde sich Zofia nicht von der Frauenbewegung einspannen lassen, rief Bruno entflammt, obwohl sie mit ihren ledernen Rüstungen eine sehenswerte Galionsfigur abgäbe. Bruno lachte laut und begeistert: »Ich könnte Zofia küssen für diese erfrischenden Ansichten!«

An Zofias zahllosen Briefen und Altären und Altarinschriften hatte Bruno die Wonnen der Unkorrektheit, der Abweichung von der Norm, der Verbotsüberschreitungen und der Tabubrüche studiert, und er war hingerissen von dieser Frau, wenn auch mit 66 auf weniger phallische Art als der 42jährige Jan. Bruno konnte nicht anders, als ihr zu schreiben, daß er durch einen glücklichen Zufall zum Zeugen ihrer Korrespondenz mit Jan geworden sei und seine Begeisterung nicht verbergen wolle. Daß Zofia Jan nichts davon erzählte, hatte Brunos Begeisterung noch gesteigert. Wenn der Sex dieser Frau für ihn schon unerreichbar war, so hatte er doch geheimen Kontakt mit ihr, und das war eine gewisse Entschädigung.

Als Jan bei der jetzigen Aussprache zum wiederholten Mal und geradezu rührend zweifelnd seine Annahme kundtat, Bruno kenne Zofia doch wohl hoffentlich nur aus dem Briefwechsel, sagte ihm Bruno plötzlich mit einigem Vergnügen ins Gesicht, daß ihm Zofia durchaus persönlich bekannt sei, und weidete sich an Jans versteinerter Miene.

Nachdem Bruno Zofia persönlich kennengelernt und ihr Vertrauen gewonnen hatte, hatte sie ihm auch von ihrem ostjüdischen Vater erzählt. Dann hatten sie eine Weile geschwiegen und in Gedanken jeden einzelnen der zigmillionen Nazis, die es je gegeben hatte, ganz schnell zerquetscht und zwischen den Fingern verrieben, und weg war die Ungezieferplage. Dann hatte Zofia plötzlich laut gelacht und erzählt, daß sie vorsichtig geworden sei, Deutschen von ihrem ostjüdischen Vater zu erzählen. In Polen bekäme man möglicherweise noch immer eine antisemitische Idiotie zu hören, gegen die könne man sich mit einer Ohrfeige eindrucksvoll zur Wehr setzen, in Deutschland aber stünde dann ganz leicht eine andächtige Betroffenheit im Raum, gefolgt von vorsichtigen Erkundigungen nach der Anzahl der in KZs umgekommenen Verwandten. Sie erzählte von ihrem ersten Versuch, in Deutschland einen Liebhaber zu gewinnen: Als es soweit war und sie ihn aufgefordert hatte, sich an ihr zu vergreifen, habe er gesagt, bei einer Jüdin könne er das nicht tun. Der Hinweis, mit einer nichtjüdischen Katholenmutter sei sie keine verdammte Jüdin, habe den guten Mann noch mehr verängstigt.

»Kannten Sie die Geschichte?« fragte Bruno.

Jan schüttelte den Kopf.

Je mehr Bruno sich in den Schriftverkehr zwischen dem Mann seiner Auftraggeberin und dessen Geliebten vertieft hatte, desto mehr langweilte es ihn, aus Elisas banalem Erfolgsleben einen memoirenartigen Text zu weben. Noch nie war Bruno ein Buchprojekt so schwergefallen. Noch nie hatte er einen Auftraggeber so belogen. Es gab noch keine zehn Seiten, und er ließ Elisa und ihren Verleger in dem Glauben, das halbe Manuskript sei schon fertig. »Eigentlich«, sagte Bruno zu Jan, »sollte ich Sie erpressen: Ich verrate Elisa Ihre Untaten nicht, und als Gegenleistung schreiben Sie die verdammten Memoiren Ihrer Frau selber.«

Jan, eben erst erlöst von der Sorge, in Elisas Memoiren als übelste aller männlichen Kreaturen der Nation beschrieben und vernichtet zu werden, hatte seinen Humor noch nicht wiedergefunden. Er fand es bedauerlich, daß dieses Buch womöglich nicht erscheinen sollte. »Wie stellen Sie sich das vor?« fragte er frech, »was soll denn werden aus den Memoiren meiner Frau?«

Bruno stöhnte: »Ich finde keinen Ansatz.« Elisa war nicht willens, einer wirklich selbstkritischen Sichtweise zuzustimmen. Dabei hatte Bruno schon einen schönen Titel: »Die verheizte Frau«. Ihr Leben lang war Elisa von den Sendeanstalten, von den Produzenten und Regisseuren und Frauenzeitschriften für deren Zwecke eingespannt worden. Natürlich wollte Elisa sich nicht als verheizte Frau dargestellt sehen. Der Blick auf Zofia machte Bruno immer deutlicher, wie eine Frau heute beschaffen war, die sich tatsächlich nicht verheizen ließ. Keine berechenbare und streitbare, von allen freundlich hochgehaltene Personifikation der Korrektheit, sondern egoistische Glücksritterin mit dem durch und durch unkorrekten Hang, einem Herrn ihrer Wahl zu dienen. Elisa erschien ihm als Auslaufmodell des Feminismus, Zofia als dessen unerwünschter und eigenwilliger Nachwuchs.

Da er es sich aber nicht leisten konnte, auf das Honorar zu verzichten, das ihm bei Abgabe des Memoiren-Manuskripts zukommen würde, da er Elisa, die er gern hatte, und die an ihre Memoiren große Erwartungen knüpfte, auch nicht hängenlassen wollte, würde er so lange mit dem Niederschreiben der Memoiren warten, bis ihn das Warten so nervös und mürbe gemacht haben würde, daß er Elisas Karriere weniger kritisch sah und müheloser darstellen konnte.

»Sie sitzen also nur noch zum Schein hier herum?« fragte Jan.

»Werden Sie nicht unverschämt«, sagte Bruno. »Erstens gehört das Warten auf den Anfang auch zum Schreiben, und zweitens arbeite ich bereits an den Memoiren Ihrer Geliebten.«

»Das ist nicht wahr«, sagte Jan.

Bruno lächelte sanft: »Ich kann das beweisen. Auch ich habe Schriftverkehr mit Frau Czerkowska.« Er beugte sich vor: »Es wäre eine Sünde, das Leben dieser Frau nicht zu beschreiben.« Bruno geriet in Fahrt wie ein Gutachter, der eine Expertise diktiert: Kartoffeldorf bei Krakau, behütete Kindheit, keine Verwahrlosung, keine sexuellen Übergriffe von bösen Brüdern, Vätern, Onkeln, Priestern, ist ja auch klar, daß nur ein erwachsener Mensch Lust an der Schändung oder am Schändungsspiel haben kann, dem das nicht wirklich widerfahren ist. Als Kind starke Vorliebe für Verwandlungsmärchen, die vielleicht in Richtung späterer sexueller Vorlieben deuten: Das Nixenhafte der eingelederten Frau, nur der Prinz schafft sich die geheime Öffnung. Mit achtzehn läßt sie sich mit einem Typen aus der Nachbarschaft ein und wird schwanger, heiratet, kriegt noch zwei Kinder, der Mann ist nicht das Wahre, alles nicht weiter aufregend oder auffällig, alles im Griff. Mitte der 80er Jahre ist es in Polen schon recht lebendig, gute Stimmung, die Leute lassen sich nicht mehr alles bieten. Bilder haben Zofia schon immer gefallen und sie zum Träumen eingeladen, vermutlich wurde ihr Kunstgeschmack von Postkarten der Malerfamilie Styka geprägt, die in Polen verbreitet waren. Neben extrem wollüstigen Darstellungen des Leda-und-der-Schwan-Motivs viel schwüler Orientalismus der Art, daß der Kauf einer schönen jungen Sklavin durch einen schönen älteren Scheich als Erlösung gefeiert wird. Polnische Restauratoren sind im Westen gefragt, man schielt nach dem Westen, Zofia macht in Krakau eine Lehre als Restauratorin, die drei Kinder werden von der Großfamilie bestens versorgt. Sie sieht gut aus, sie gefällt sich, sie ist Mitte Zwanzig, sie fängt an, von einem Mann zu träumen, dem sie so gut gefällt, wie sie sich selbst. Eine Restauratorenstelle im Landesamt für Denkmalschutz in Wiesbaden wird frei, sie bewirbt sich, bekommt den Job, küßt ihre Kinder in diesem Kartoffeldorf bei Krakau und geht in den Westen. Jeden Monat schickt sie Geld, der Familie geht es so gut wie nie, Zofia verdient gut und verbraucht fast nichts und vermißt auch fast nichts. Ab und zu probiert sie einen Mann aus, Enttäuschungen. Ihre Wirkung auf Männer gefällt ihr besser als die Männer. Wenn sie ihre Familie besucht, ist sie die Königin aus dem Westen. Wie alle starken Frauen und Männer hat sie Lust, ab und zu schwach zu werden, aber dazu fehlt ihr der richtige Mann. Der eigene ist ein passabler Vater, aber sonst eine Flasche. Beim Restaurieren hat sie genug Gelegenheit, um zu phantasieren. Die alten Bilder beflügeln ihre Phantasie. Sie ist geschickt als Restauratorin, das spricht sich herum, einmal fährt sie nach Amsterdam, man will Rat und Tat von ihr bei einer Rubens-Restaurierung, Rubens mag sie nicht so, diese fetten Weiber. In Amsterdam sieht sie die

Nutten in ihren Schaufenstern und staunt über deren billige Stiefel und Röcke. Das soll geil sein? Wieder in Wiesbaden geht sie ab und zu aus, es bringt ihr nicht viel, die Musik findet sie zu brav, die Frauen zu brav, die Männer zu brav, die Klamotten der Frauen in den Diskos zu brav. Die Diskohosen und Röckchen aus Plastik der anderen jungen Frauen findet sie lächerlich, peinlich, erbärmlich. Das soll sexy sein? Sie erinnert sich an ihre Handarbeitszeit als Mädchen und näht sich ein paar Sachen aus Leder, dabei denkt sie an alte Bilder mit Edelleuten und auch an die Nutten in den Schaufenstern von Amsterdam. Sie geht tanzen, die Männer werden ganz unsicher, auch die Frauen kriegen große Augen und fragen: Wo gibt es denn dieses geile Teil? Bald näht sie jeden Monat ein paar von diesen geilen Teilen zusammen und verdient damit mehr als in ihrem Job als Restauratorin.

»Ein Märchen«, sagte Jan.

»Allerdings«, sagte Bruno, »und die reine Wahrheit und nichts als die Wahrheit, Herr Richter. Aber Sie brauchen mich nicht so entsetzt anzustarren, Sie interessieren mich in diesem Märchen nur ungefähr zu zehn Prozent, denn eine größere Rolle spielen Sie nicht in Zofias Leben.«

»Das ist ja das Gute«, sagte Jan.

Bruno fuhr fort, Zofias Biographie zu skizzieren: Sie kommt gar nicht nach mit den Nachfragen nach diesen Lederteilen, gibt an ihre Schwester in Polen Arbeit ab. Die kommt auch nicht nach, offenbar wollen alle Frauen im Westen mit Zofias scharfen Klamotten versorgt werden. Bei ihrer nächsten Dienstreise nach Amsterdam nimmt sie ein paar ihrer Kreationen mit, geht in einen Sexshop und sagt: Warum tragen eure Nutten hier nicht so etwas? Wenig später näht das halbe Kartoffeldorf bei Krakau wie verrückt, um die Nachfrage aus Amsterdam zu decken. Geld fließt in Strömen. Die Familie erwägt den Umzug nach Krakau und den Kauf eines Palais. Zofia sagt: Bleibt auf dem Teppich, Kinder. Ziemlich bald ist das Ganze eine florierende Firma. Zofia kümmert sich nur noch um die exklusivsten und teuersten Produkte aus ihrem Haus. Sie hat verdammt wenig Zeit, aber es reicht für Reisen nach Polen zu ihren wohlgeratenen Kindern, und da sie eine Menge Energie und wenig Schlafbedürfnis hat, reicht es auch zu einem ausufernden Schriftverkehr mit einem Richter und hin und wieder zu Treffen mit diesem Mann, bevorzugt in Domstädten. Ihren Job als Restauratorin will sie nicht aufgeben, nicht aus Geldgründen, sie ist schwerreich, sie braucht diese beiden Welten, sie will beides, die seriöse Geschäftsfrau im Tuch und das Luder im Leder sein, in beiden Rollen steht sie auf Sodomie. »Das wissen Sie besser als ich«, sagte Bruno.

Jan schwieg.

»Machen Sie bitte nicht so ein Gesicht«, sagte Bruno.

»Was für ein Gesicht?«

»Als würden Sie fragen wollen, ob ich mit ihr geschlafen habe.«

»Und?« fragte Jan.

»Und wenn?« fragte Bruno zurück.

Jan schwieg eisern.

»Ich bin Sechsundsechzig«, sagte Bruno.

»Sie mag ältere Männer«, sagte Jan, »sie sagte am Anfang, sie sei zu alt für mich; zwanzig Jahre jünger sollte eine Geliebte schon sein, sagte sie.«

»Dann war vielleicht doch etwas«, sagte Bruno und sah aus wie ein Faun, mit dem nicht zu spaßen ist: »Von mir werden Sie nichts erfahren, ich kann meine Geheimnisse bewahren.«

»Vielleicht kann ich bei Ihnen erfahren, wie alt Zofia ist«, sagte Jan, »ich krieg das nicht raus aus ihr.«

»Sie verraten mich nicht, wenn ich es Ihnen sage?« fragte Bruno.

»Warum sollte ich bei Zofia den Mann verraten, der mich bei Elisa nicht verrät«, sagte Jan.

»Es wäre Zofia wirklich nicht recht, wenn Sie es wüßten«, sagte Bruno.

Jan wurde ungeduldig: »Raus mit der Sprache, minderjährig ist sie nun nicht.«

Bruno drohte mit dem Finger. Er mußte wirklich alles gelesen haben.

»Wie alt?« rief Jan laut.

»Ein halbes Jahr älter als Sie, verehrter Herr Vanderleyden«, sagte Bruno – triumphierend natürlich.

»Zweiundvierzig? Das kann nicht wahr sein.«

Bruno genüßlich: »Ich weiß, Sie haben sie für Anfang Dreißig gehalten. Sie wollte Sie in dem Glauben lassen. Sie wollte Ihnen das ersparen: eine Ehefrau und eine Geliebte, und beide älter.« Bruno schüttelte bedauernd den Kopf: »Dummerweise ist für eine anständige Schamlosigkeit ein gewisses Alter nötig. Mit Zwanzig hat man einfach noch nicht die Reife, es in einer Kirche miteinander zu treiben.«

Bruno hatte die ganze Zeit über keinen Wein getrunken. Das war ihm zum ersten Mal nicht wichtig gewesen. Auch jetzt schüttete er sein Glas nicht wie üblich in sich hinein. Zofia hatte ihn offenbar disziplinierter gemacht. Er zündete sich eine Zigarette an und zog ungewohnt andächtig an ihr – so tief allerdings, daß Jan litt. Dann blies er den Rauch aus und sah Jan in die Augen, aber nicht so, als würde er ihn verachten.

»Du Scheißkerl«, sagte Bruno, »es fällt mir schwer, sie dir zu gönnen. Ich hoffe, du hast sie verdient und behandelst sie so, wie sie es will.«

Was sollte Jan sagen. Er schwieg.

»Ich sage ›du‹, hast du gehört«, sagte Bruno, »ich finde es absurd, einen Mann zu siezen, den ich auf gewissen Altarbildern betrachten durfte.«

»Ich finde es absurd, einen Mann zu duzen, der meinen Schwanz von Abbildungen kennt«, sagte Jan.

Eine Frechheit, für die sich Bruno rächen mußte. Er hatte noch nicht alles erzählt. »Schade, daß Zofias Haus für Sie tabu ist«, sagte er, »es ist sehenswert.«

»Man kann nicht alles haben«, sagte Jan, »ich gönne Ihnen diesen Vorsprung. Wie sieht es aus?«

»Schöne große Villa am Rhein. Nicht so ein neureicher Tatort-Bungalow wie hier. Sie verdient ja mehr Geld, als wir uns vorstellen können. Große helle Räume mit Kleiderpuppen, an denen sie das Design von neuen Lederteilen ausprobiert. Sehr edel. Studioatmosphäre. An den Wänden lauter plakatgroße Photos von sich selbst in ihren teuren Edelteilen, die in diesen Räumen aufgenommen wurden. Phantastisch schamlos, dieser Narzißmus.«

Jan lächelte matt. Er war etwas eifersüchtig. Das ließ sich Bruno nicht entgehen. Er fuhr fort: »Als ich da war, hatte sie Besuch von einer ihrer Töchter. Sie sagte etwas auf Polnisch, und Zofia lachte Tränen. Sie kennen ja ihr Lachen. Man hört das Slawische. Sie hat mir dann übersetzt, was die Tochter sagte: Mama, hast du Probleme mit deinem Ego? Man sieht: Polen ist nicht verloren. ›Petersburger Hängung‹, sagte sie mir. So nennt man es, wenn in Gemäldegalerien die Wände bis zur Decke vollgehängt sind. Aus Spaß hat sie die Photos auf einer Wand rahmen lassen. Lauter dicke Goldrahmen. Damit es noch mehr nach Gemäldegalerie aussieht. Und das Beste: Auf jedem dieser Rahmen ist in Jugendstilschrift das Wort DIE SVENDE eingraviert. Die Rahmen sind Kopien. Ein berühmtes Kitschbild von Franz von Stuck ist so gerahmt. Das paßt natürlich. Die Photos kennen Sie ja. Zum Teil mit dieser, wenn man so will, sündhaft zum Schritt wandernden Hand. Selbstzugriff. Die Polen können nicht nur restaurieren, sie können auch hervorragend kopieren. Die Rahmen sehen aus wie von 1900. Und jetzt das Allerbeste: In einem von Zofia belieferten Amsterdamer Edelsexshop hängt auch ein Bild von ihr im Stuckschen Sünde-Rahmen. Ein amerikanischer Internetkunsthändler hat das gesehen und bei Zofia gleich ein paar Hundert solcher Rahmen bestellt. Sie können sich vorstellen«, sagte Bruno, »wie wenig es kostet, solche Rahmen in Polen machen zu lassen, und wieviele Tausender Zofia dafür bekommen wird.«

»Warum erzählen Sie mir das«, sagte Jan.

»Weil Sie wissen sollen, daß Zofia nicht nur aus Sex besteht«, sagte Bruno, »und weil Sie ein Recht darauf haben, solche hübschen Details vor den anderen Lesern von Zofias Memoiren zu erfahren.« Für dieses Manuskript, das mußte Bruno auch noch loswerden, bekam er das Fünffache dessen, was ihm der knauserige Verleger für die Memoiren von Elisa angeboten hatte. Dann erzählte Bruno noch, wie Zofia ganz große Ohren bekommen habe, als er ihr von den leeren Wohnungen und Lagerräumen und den billigen Mieten in Pirmasens erzählt habe, und daß sie jetzt dort zwei riesige Räume gemietet habe, als Zwischenlager für ihre Lederteile und ihre Sünde-Rahmen. Bruno strahlte: »Seitdem gefällt es mir in Pirmasens gut. Immer, wenn Zofia zur Inspektion ihrer Lagerräume kommt, gehen wir einen Kaffee trinken.«

»Haben Sie schon einen Titel für Zofias Memoiren?« fragte Jan, »›Die verheizte Frau‹ paßt in diesem Fall nun wirklich nicht.«

»Es gibt nur einen Titel«, sagte Bruno, »Sie müssen selbst draufkommen.«

»Die Oase«, sagte Jan.

Für das Wochenende hatte sich Elisa angesagt. »Mit großer Besetzung«, sagte sie, und das hieß: Jennifer und zwei der derzeit besten Busenfreundinnen und der Memoiren-Verleger würden dabei sein. Bruno sei besonders wichtig. Er müsse unbedingt dabei sein. Und weil die Sache etwas delikat und nicht jugendfrei sei, sagte sie Jan, daß sie es besser fände, wenn Alex und Elias an diesem Wochenende nicht im Haus wären. Diesen Wunsch hatte sie noch nie geäußert. Im Gegenteil. Er sollte sonst immer dafür sorgen, daß die Söhne kamen.

»Das hört sich nach Tribunal an«, sagte Jan. Wieder einmal bekam er einen Schrecken.

»Ich habe Sie doch verraten«, sagte Bruno, »sie gibt ihre Scheidung von Ihnen bekannt und ihre Verlobung mit mir.«

Elisa lächelte seltsam, als sie mit ihrem Troß eintraf. »Warum duzt ihr euch eigentlich nicht«, sagte sie zu Jan und Bruno, »daß Männer dazu immer so lange brauchen.« Ein Tribunal schien es nicht zu geben.

Sie ließ es sich nicht nehmen, selbst zu kochen. Beim Essen schlug sie plötzlich mit der Gabel ans Glas, stand auf und hielt eine Rede. »Es geht um meine verdammten Memoiren«, sagte sie, »es gibt da schon im Vorfeld berechtigte Kritik.« Sie sah Jan entschuldigend an: »Auch Bruno hat mir das sehr diskret zu verstehen gegeben, daß mein Leben aus ein bißchen zuviel Arbeit besteht und etwas Außergewöhnliches fehlt. Alles zu brav und glücklich. So ein Leben interessiert kein Schwein.«

Wieder sah sie fast verlegen zu Jan hinüber und sah sehr jung aus. Dann fuhr sie fort, und jetzt hatte sie wirklich rote Backen: »Jennifer und der Verleger und ich haben eine Idee: Jan und ich erfinden jeder eine Affäre. Irgend etwas total Verrücktes, was in jedem Leben auch einmal vorkommen sollte.« Sie trank einen so großen Schluck, daß Wein an ihrem Kinn hinunterlief. Jan warf ihr seine Serviette zu. Schon lange hatte er Elisa nicht mehr so mädchenhaft und anziehend gefunden.

»Jan muß natürlich einverstanden sein«, sagte Elisa, »ich weiß nicht, wie das bei Richtern ist, und ob die das mit ihrem Beruf vereinbaren können?«

»Ich nehme Zofia«, sagte Jan, »das ist die ehemalige Geliebte von Marek, du erinnerst dich, der Typ mit den pornographischen Briefen, und sie hat ihm pornographisch geantwortet.«

»Das habe ich mir gedacht, daß eine ordinäre Ganovenbraut dein Geschmack ist«, sagte Elisa und verkündete: »Ich nehme den Verleger, aber natürlich nicht diesen hier am Tisch, sondern den ersten, dem das Buch angeboten wurde, und der es nicht haben wollte.«

Großes Klatschen und Lachen. Jan fing jetzt auch an, Wein in sich hineinzuschütten, und verkündete: »Ich lasse meine Zofia Restauratorin sein. Ich habe eine Pornoqueen erwartet, und dann das!«

Bruno trat unter dem Tisch auf Jans Fuß: »Treiben Sie es nicht zu weit!«

»Dann laß sie doch von der Leiter fallen am Schluß«, schlug Elisa vor, »dann kannst du wieder zu mir zurückkommen.«

»Ich mag keine Unfälle«, rief Jan über den Tisch, »würdest du deinen Verleger, wenn er mit dir im Bett ist, einen Herzinfarkt kriegen lassen?«

»Um Gottes willen!« schrie Elisa.

»Na also«, sagte Jan, »ich bin dafür, das alles schön sauber in der Schwebe zu lassen.«

»Das kostet uns Leser«, sagte der wirkliche Memoiren-Verleger. »Der Leser ist konservativ. Er will klare Lösungen, ein bißchen Tragik, ein bißchen Läuterung, ein bißchen Verzicht. Von der Leiter fallen, Herzinfarkt – rein auflagemäßig wäre das besser. Eine Landung. Kein Schweben.«

»Schweben ist doch schön!« Jan und Elisa sagten diesen Satz gleichzeitig und winkten sich zu.

Am nächsten Morgen verschwand Elisa mit Bruno im Geisterzimmer, noch während des Frühstücks, die Kaffeetassen in der Hand. »Klausur«, sagte sie zu Jan, der ihnen zum ersten Mal mit einem mulmigen Gefühl nachblickte, als er sie hinter der Tür verschwinden sah.

»Ist Jan wirklich so ein keuscher Apostel«, fragte sie Bruno, als sie allein waren. »Ob da was dran ist an seiner Geschichte mit der Geliebten des Autodiebs?«

Brunos Schultern und seine Augenbrauen hoben sich

gleichzeitig. Er lächelte sanft: »Keine Ahnung, die Geschichte gefällt mir jedenfalls, da läßt sich einiges draus machen.«

Elisa schwieg.

»Und wenn?« fragte Bruno.

»Wenn was?«

»Wenn etwas dran wäre an der Ganovenbraut?«

»Besser als eine Sekretärin«, sagte Elisa, »oder Staatsanwältin. Oder Jennifer. Oder was es alles so gibt. Die Geliebte eines Kriminellen ist mir entschieden lieber.«

»Geliebte von Kriminellen können ziemlich radikale Liebhaberinnen sein«, sagte Bruno.

»So, so«, sagte Elisa. Und dann: »Man kann nicht alles haben.« Sie lachte: »Das kommt aber nicht in meine Memoiren, dieser Satz, daß man nicht alles haben kann.«

Bruno sagte: »Du hast dich verändert. Du bist irgendwie stilsicherer geworden. Vor ein paar Monaten hättest du mich noch gefragt, ob das nicht ein guter Titel für deine Memoiren sei: Man kann nicht alles haben. Gehe ich richtig in der Annahme, daß sich die Einflüsse deiner Affaire mit dem Verleger der ersten Wahl bemerkbar machen?«

Elisa bat Bruno um eine Zigarette und schlug vor, er solle einfach mal drauflosphantasieren, er kenne sie ja, es sollte ihm nicht allzu schwer fallen, sich in sie zu versetzen. Bruno sagte, das sei ihm in diesem Fall zu heikel und deswegen ein bißchen zuviel verlangt. Elisa rutschte an ihn heran und nannte ihn »Brunolein« und knabberte an seinem Ohrläppchen und sagte, der Verleger erster Wahl sei nicht halb so attraktiv wie er, aber sie habe sich nun eben mal in den Verleger verknallt, nichts Ernstes, um Himmels willen! Bruno solle sich einfach vorstellen, er sei der Verleger, dann werde ihm schon einfallen, wie es zwischen ihnen zugehe. Sie sei gespannt, wie sich ihre Geschichte mit dem Verleger in Brunos Manuskript dann lesen lasse, sie könne ja immer noch Striche und Ergänzungen anbringen.

»Du bist zu feige, deine Geschichte selbst auf den Punkt zu

bringen«, sagte Bruno, »ich verlange das doppelte Ghostwriterhonorar. Das war nicht ausgemacht, daß ich Liebesgeschichten erfinden muß.«

»Das Geld ist doch kein Problem, Bruno«, sagte Elisa.

Bruno ärgerte sich. Für ihn war Geld ein Problem. »Und was ist mit Jan und dessen Affäre«, fragte er. Als Elisa schwieg, wurde er sarkastisch: »Ich schlage vor: Stille Duldung. Das macht sich gut. Nicht so forsch frauenrechtlerisch auf totaler Offenheit bestehen, sondern die Wahrung von Geheimnissen akzeptieren.«

»Klingt klasse«, sagte Elisa.

»Stille Duldung macht sich noch besser«, sagte Bruno, »wenn du Bescheid weißt.« Er bot an: »Ich könnte dich Jan in flagranti erwischen lassen: Du kommst nach Hause ...«

Elisa rutschte von Bruno weg und spielte die Empörte: »Also bitte, Bruno! Das kommt in meinen Filmen oft genug vor! Nicht auch noch in meinen Memoiren, diese Scheiße!«

Bruno: »Du könntest souveräner reagieren als in deinen Filmen. Du kannst dir von mir ein anderes Drehbuch wünschen. Es könnte dir allerlei durch den Kopf gehen, wenn du Jan dabei ertappst, wie er diese Frau traktiert.«

»Traktiert!« rief Elisa. »Er traktiert sie?«

Bruno: »Sie nennt es so. Es ist ihr Ausdruck für zärtliche Behandlung.«

Elisa: »Wie habe ich mir das vorzustellen? An was muß ich da denken? An Photos von amerikanischen Militärgefängnissen? An diese idiotischen Sado-Maso-Studios?«

Bruno: »Du würdest eher an Märchen und Mythen denken: Jan als zornig funkelnder Jupiter, der seine Blitze schleudert, dazu eine Nymphe, die so tut, als sei sie erschrocken.«

Elisa: »Mit Mythen hab ich es nicht so. Ich weiß nicht, ob ich daran denken würde. Das mit Ödipus zum Beispiel halte ich für totalen Quatsch.«

Bruno: »Könnte aber nicht schaden, wenn du in deinen Memoiren ein paar Kenntnisse zeigen würdest. Man muß dann nicht so deutlich werden.« Er erfand aus dem Stegreif eine Memoirenpassage: »Auch meinem Eheleben blieben die klassischen Entdeckungen nicht erspart. Man sollte seinen Partner nicht mit einer unerwarteten Heimkehr überraschen wollen. In wievielen Filmen habe ich diese Szene gespielt, ich hatte es für ein Klischee gehalten, das in Wirklichkeit so nicht vorkommt. Und meinem Mann, den ich oft genug ›Jan den Gerechten‹ nannte und nenne, hätte ich das am allerwenigsten zugetraut. Auch nicht den Schwung, mit dem er sich besinnungslos vor Lust wie der Schwan Correggios auf die lustvoll protestierende Leda warf. Jan der Schwan – ein ganz neuer Aspekt. Der gefiederte Richter. Er bemerkte mich nicht. Ich stand in der Tür und fing den Blick der fremden Frau auf. Ich erinnerte mich an ein Dutzend Filmszenen, in denen ich ›Du Schwein!‹ oder ›Ihr Schweine!‹ gerufen und die Tür zugeknallt hatte. Ich schloß die Tür leise und war erleichtert, daß ich vernünftiger reagierte, als meine Drehbuchschreiber und Regisseure mich bisher hatten reagieren lassen. Ich schrieb keinen Brief, ich ging zu keinem Anwalt, ich sprach mit keiner Freundin. Ich war auch nicht wütend oder traurig oder verzweifelt. Ich nahm ein Hotelzimmer und dachte daran, daß die Liebe ein Spiel ist, daß sie einen verwandelt, daß es stürmisch und gewaltsam werden kann, und ich dachte an meine Liebhaber, die mir nicht stürmisch genug gewesen waren, und an den großen und mächtigen Verleger, in den ich verliebt war, und der auch etwas von einem Schwan hatte, von dem ich mich unter die Fittiche genommen fühlte.«

Elisa hatte lächelnd zugehört. »Ich seh schon«, sagte sie, »ich werde noch einiges damit zu tun haben, diese Memoiren zu überarbeiten.«

Als Elisa und ihr Troß wieder abgereist waren, machte Jan Bruno ein Geständnis: »Ich habe geschwitzt, als Sie sich mit Elisa zu dieser Besprechung zurückzogen.«

Bruno sagte: »Unter den neuen Umständen wird es mir ein Vergnügen sein, Elisas Memoiren zu schreiben. Von Ihnen habe ich ja reichlich Material.« Nach einer Pause: »Was wäre, wenn ich den Wunsch Elisas aufgreifen und die Restauratorin von der Leiter fallenlassen würde?«

»Nur wenn Sie mich danebenstellen, damit ich sie auffangen kann«, sagte Jan.

»Und wenn Sie gerade nicht da sind? Wenn sie sich das Genick bricht?«

»Dann wird es tragisch, dann müssen Sie mich Selbstmord machen lassen«, sagte Jan.

»Gut für das Buch«, sagte Bruno.

Sie schwiegen eine Weile.

Dann fragte Jan: »Haben Sie eine Ahnung, ob da wirklich etwas dran ist an der Geschichte von Elisa und ihrem ersten Verleger?«

Bruno sagte: »Warten Sie ab und lesen Sie die Memoiren Ihrer Frau, wenn sie fertig sind, und glauben Sie dann, was Sie wollen. Von mir erfahren Sie kein Wort.«